## नमिता गोखले

नमिता गोखले का जन्म 26 जनवरी, 1956 को उत्तर प्रदेश के लखनऊ में हुआ। आपने अठारह से ज़्यादा पुस्तकों का लेखन किया है जिनमें कथा और कथेतर, दोनों क़िस्म का लेखन शामिल है। आपका पहला उपन्यास *पारो : ड्रीम्स ऑफ़ पैशन* 1984 में प्रकाशित हुआ। आपकी अन्य पुस्तकों में प्रमुख हैं—*गॉड्स ग्रेव्स एंड ग्रांडमदर, ए हिमालयन लव स्टोरी, दि बुक ऑफ़ शैडोज़, शकुन्तला : दि प्ले ऑफ़ मेमोरी, माउंटेन इकोज़, बुक ऑफ़ शिवा, द पफ़िन महाभारता* आदि। इसके अलावा आपने कई पुस्तकों का सम्पादन, सह-सम्पादन भी किया है। विभिन्न पत्र-पत्रिकाओं में नियमित स्तम्भ-लेखन और सम-सामयिक साहित्यिक, सांस्कृतिक मुद्दों पर भी लिखती रही हैं। आपको कई पुरस्कारों-सम्मानों से विभूषित किया जा चुका है।

आप जयपुर लिटरेचर फ़ेस्टिवल की सह-निदेशक हैं।

## पुष्पेश पंत

जन्म कुमाऊँ की पहाड़ियों में एक गाँवनुमा क़स्बे में 1946 में। प्राथमिक शिक्षा घर पर फिर नैनीताल और दिल्ली में। इतिहास, अन्तरराष्ट्रीय सम्बन्धों तथा क़ानून में स्नातकोत्तर उपाधियाँ। आयुर्वेद का स्वयं अध्ययन। चार दशक तक दिल्ली तथा जवाहरलाल नेहरू विश्वविद्यालय में अध्यापन और शोध। स्तम्भ-लेखन, टेलीविज़न डॉक्यूमेंटरी निर्माण। पाककला में विशेष दिलचस्पी। एक उपन्यास, कुछ कहानियाँ लिखी हैं। हाल में कथा साहित्य के कई अनुवाद।

# राग पहाड़ी

नमिता गोखले

अनुवाद
पुष्पेश पंत

राजकमल पेपरबैक्स

मूल कृति *Things to Leave Behind* का अनुवाद

राजकमल पेपरबैक्स में
**पहला संस्करण :** 2019



---

**राजकमल पेपरबैक्स :** उत्कृष्ट साहित्य के जनसुलभ संस्करण

---

राजकमल प्रकाशन प्रा. लि.
1–बी, नेताजी सुभाष मार्ग, दरियागंज
नई दिल्ली–110 002
द्वारा प्रकाशित

**शाखाएँ :** अशोक राजपथ, साइंस कॉलेज के सामने, पटना–800 006
पहली मंजिल, दरबारी बिल्डिंग, महात्मा गांधी मार्ग, इलाहाबाद–211 001
36 ए, शेक्सपियर सरणी, कोलकाता–700 017

वेबसाइट : www.rajkamalprakashan.com
ई–मेल : info@rajkamalprakashan.com

यश प्रिंटोग्राफिक्स
नोएडा–201 301 (उत्तर प्रदेश)
द्वारा मुद्रित

**मूल्य :** ₹ 199

RAAG PAHADI
*Novel by* Namita Gokhale
*Translated by* Pushpesh Pant

ISBN : 978-93-88753-99-9

सब कुछ देखने में समर्थ नैना देवी और मेरी प्यारी
नानी शकुंतला पांडे के लिए

*स्वर्ग के राजा इन्द्र ने शिव के विलाप का चीत्कार सुना। 'यदि देवता ही शोक-संतप्त होने लगेंगे तब संसार का क्या होगा? सभी लोक घोर हताशा और विषाद में डूब जाएँगे।' इन्द्र ने गरजते हुए अपना चक्र सती के शव को निशाना साध फेंका। इन्द्र की नाभि से एक सहस्र दल कमल खिल आया सती के अंगों को ग्रहण करने के लिए जिन्हें चक्र काट रहा था। शिव अपनी शोक तंद्रा से जागे। उन्होंने नाचना आरम्भ किया। लय-प्रलय की लीला का पुनरारम्भ हुआ। जैसे-जैसे नृत्य की ताल तेज़ होती गई शिव की दिव्य पदचाप जम्बूद्वीप में गूँजने लगी। शिव ने सती के शरीर को शान्ति प्रदान की। शरीर के विभिन्न अंगों को वह 51 तीर्थों में ले गए। यह पवित्र स्थल अब और भी पावन हो गए। सती के स्तन मगध में निरंजना नदी में गिरे जहाँ मंगलागिरि पहाड़ियाँ आज खड़ी हैं। योनि ने कामाख्या को पवित्र बनाया उसी जगह जहाँ शिव ने उसकी शक्ति पर ध्यान लगाया था। गंधमादन पर्वत पर, जो अब कुमाऊँ में है, देवदार के एक ऊँचे वृक्ष की छाया में एक छोटा-सा मन्दिर था। यहाँ सती की आँखें गिरीं। नीले आसमान का अक्स सँजोते। वही नैना देवी की झील बन गईं।*

—मानसखंड के प्राचीन पाठ पर आधारित
'एन एक्सटेंडेड हिस्ट्री ऑफ़ कुमाऊँ हिल्स'
लेखक : रुद्र दत्त पंत
*अल्मोड़ा अख़बार*, 1892 से उद्धृत

# क्रम

# बारामासा

सबसे पहले आसमान। नीला, गहरा नीला। हाथियों और भेड़ की शक्ल में घुमड़ते बादल और कैनवस के चक्कर काटती छोटी-छोटी चिड़ियाँ। फिर पन्ना ताल के चारों तरफ़ की छोटी पहाड़ियाँ। एक मटमैली हरी धुंध में खड़े पेड़, प्रतीक्षा करते हवा के उस झोंके की जो उन्हें सहलाकर हिला दे। झील कहीं नीली, कहीं हरी, धूप में झिलमिलाती छोटी-छोटी लहरें। मैं घास पर बैठी हूँ, और चित्र का एक हिस्सा भर हूँ। वह उस चित्र में रंग भर रहा है। मैं देख रही हूँ उसकी सजग आँखों को। वह जैसे मुझे पढ़ रहा है वैसे ही एकाग्रता से कैनवस पर कूची फेर रहा है।

कूची कैनवस को ऐसे छूती है जैसे उसका हाथ मेरी त्वचा को छू रहा हो। मेरी हलकी पीली त्वचा, हवा में उड़ते मेरे बाल, मेरा अस्तित्व यहाँ नहीं है। प्रतीक्षारत मैं। उसकी नज़र सभी को वापस ले आती है। एक पतंगा झील के किनारे एक चट्टान के ऊपर मँडरा रहा है पर वह मुझे नहीं देख रहा, पानी में अपने प्रतिबिम्ब को तलाश रहा है। मैं उसके पंखों का हिस्सा हूँ, उस पारदर्शी उड़ान का पैमाना।

मैं अपने को आसमान और बादलों में देख सकती हूँ। मैं अपनी नंगी त्वचा पर घास को महसूस कर सकती हूँ। मैं अपने पहने उन कपड़ों को भूल गई हूँ जो इस वक़्त मेरी बग़ल में उतरन के रूप में भारी ढेर में पड़े हैं।

मेरा शरीर धरती की तरह है, वह नम मिट्टी है जो कुछ ढूँढ़ती सी चिपक जाती है।

यह चैत का महीना है। वसंती पवन में फूलों की सुगंध है, कृष्णकली की महक। दूर पहाड़ी पर एक औरत न्योली गा रही है। मैं अपने मन की आँखों से उसे देख सकती हूँ। उसका एक हाथ एक कान पर है जिससे वह बाहर की आवाज़ों को रोक रही है। दूसरा फैला हुआ है जैसे हवा को सुन रही हो, जो उसके गाने की आवाज़ को दूर तक ले जाएगी। यह एक विषाद भरा गीत है, उदास। सभी न्योलियाँ ऐसी ही होती हैं, जो बहकर गुज़रती बयार में वियोगी की आह को पहाड़ी से घाटी तक ले जाती हैं। इस यात्रा में साथ देते हैं सिर्फ़ पीढ़ियों का ज्ञान सँजोने वाले कौए या सफ़ेद मछुवारे पक्षी।

मैं ऐसे ही घास पर बैठी हूँ अपने कपड़ों के ढेर के बग़ल में। एक पुरुष चित्रण कर रहा है मेरे अस्तित्व का, मेरे निर्वसन शरीर का, मुझमें लज्जा के अभाव का।

'बेड़ू पाको बारामासा ओ नारायण काफल पाको चैता मेरी छैला!' यह एक स्त्री की आवाज़ है। शुद्ध और तरल सिर्फ़ अपने लिए गाते हुए।

एक चींटी धीरे-धीरे मेरे पैर पर ऊपर रेंगती है। जैसे-जैसे यह कीड़ा नम मिट्टी से आनन्दित होता है और जैसे-जैसे पतंगा दोपहर की धूप-छाँव में सपने देखता है गहराते साये साँझ के आगमन की सूचना देते हैं। किसी दूसरी पहाड़ी से जहाँ स्त्री स्वर की अनुगूँज हवा ने पहुँचा दी थी किसी और ने गाने की धुन पकड़ ली है, और गूँज के समाप्त होने के पहले एक पुरुष की भारी आवाज़ सुनी जा सकती है—

'तेरा खूटा काना बूड़ो हो मेरा खूटा पीड़ा मेरी छैला!'

मुझे अचानक एहसास होता है कि मैं भी यह गाना गुनगुनाने लगी हूँ। विलियम डैम्पस्टर कैनवस से नज़र उठाता है ऐसे, जैसे उसका मन भटक रहा हो। उसके सुनहरे बालों में नारंगी रंग का एक धब्बा लगा है।

मैं सोचती हूँ, मैं उसका चित्र बना रही हूँ। मेरा चित्र बनाते हुए पीला और हरा मिलकर नीला रंग बन जाता है। लाल और सुर्ख लाल रंग उसके रंगों की तश्तरी में चमकते हैं। मैं उस पानी का रंग हूँ जो बहते हुए आकाश, पेड़ों, चट्टानों और चमकती उन मछलियों को प्रतिबिम्बित करता है जो काई में छिपी रहती हैं। साथ ही प्रतिबिम्बित करता है गुज़रते बादलों की छाया को भी।

घर से किसी की पुकार सुनाई देती है। मैं वापस अपनी त्वचा में लौट आती हूँ और हड़बड़ी में कपड़े पहनने लगती हूँ। घास की गंध उनमें बस गई है जो मुझे याद दिलाती है मैं कहाँ हूँ। कपड़ों का बोझ मुझे याद दिलाता है कि मुझे अब लौटना चाहिए।

दूर पहाड़ी पर गाने वाली स्त्री ने अपना गाना बन्द कर दिया है। डैम्पस्टर ने कूचियाँ पानी के ज़ार में रख दी हैं। उसके हाथों में और मेरी त्वचा पर अलसी के तेल की गंध है। आज का हमारा वक़्त पूरा हो गया है। ऐसा आज जो कभी आया ही नहीं। मैं अपने जूते पहनती हूँ और महसूस करती हूँ कि उसके भीतर एक कंकड़ घुस गया है। मेरे बालों में घास के तिनके हैं।

उस शाम आसमान रंग बदलता है। मैं संध्या के तारे को आसमान में चढ़ता हुआ देखती हूँ। मैं इस वक़्त पहले से कहीं ज़्यादा अकेली हूँ क्योंकि मैं किसी और के बीज को अपने भीतर महसूस कर सकती हूँ। पहाड़ शान्त है। मेरे पेट में ज़रा दर्द है और मेरा शरीर फिर से भारी हो गया है। वह बोझिल है और फिर भी मुक्त। मेरे शरीर का एक हिस्सा गा रहा है और मैं उन आवाज़ों की अनुगूँज सुन सकती हूँ जो एक पहाड़ी से दूसरी तक जाकर लौट रही है।

भाग एक

# वे दिन

अध्याय-1

# जाओ और कुछ करो!

सन 1856 में गदर के उथल-पुथल वाले वर्ष के ठीक एक साल पहले नैनीताल के नवजात हिल स्टेशन में एक अनोखा दृश्य देखा गया। छह पहाड़ी औरतें काले और लाल पिछौड़े ओढ़े तीन दिन तक झील के चक्कर काटती रहीं, ऐसे मातमी गाने गाते हुए जिन्हें कोई समझ नहीं सकता था। चूँकि वे निचली सड़क का इस्तेमाल कर रही थीं जो कुत्तों और हिन्दुस्तानियों के लिए आरक्षित थी अत: अंग्रेज़ साहब लोगों के लिए उनकी हरकतों की अनदेखी करना आसान था। हालाँकि, पहाड़ी बिरादरी काफ़ी डर गई थी। अंग्रेज़ों को जो बात पता नहीं थी उसका पता उन्हें था। यह श्राद्ध का अपशकुनिया महीना था जब मृतकों की आत्माएँ पतझड़ की साँझ ढले झील पर मँडराती हैं। लाल और काला ऐसे रंग हैं जो काली और मृत्यु पूजकों को प्रिय हैं। ये औरतें सिर्फ़ डाकिनियाँ ही हो सकती थीं, दुष्ट स्त्री प्रेतात्माएँ जिनका मक़सद अनिष्ट ही हो सकता था। मगर उन्होंने कहा कुछ नहीं। एक-दूसरे से भी नहीं। उनकी आशंकाएँ नज़र और बन्द होंठों में ही क़ैद रहीं क्योंकि दुष्ट आत्माओं को पहचानना उनकी शक्ति बढ़ा देता है।

फिर निकल आए घोंघे। मौसम की पहली बारिश के बाद बड़ी संख्या में घोंघों ने ताल के किनारे प्रकट होना शुरू किया। वे इन चट्टानों पर एक के ऊपर एक तह लगाकर बिछने लगे, हिलते-डुलते, कसमसाते। यह कोई सुन्दर दृश्य नहीं था। लशिंगटन साहब ने भरसक कोशिश की कि इस असाधारण घटना का कारण पता लगाया जा सके। उन्होंने उस हिमालयन गज़ेटियर के दो खंडों का बड़े मनोयोग से अध्ययन किया जिनका संकलन अटकिंसन साहब ने बड़े परिश्रम से किया था। उन्होंने उन भागों को खोजा जिनमें जंगलों और वनवासी जनजातियों का वर्णन था। इसके बाद उन्होंने मैक्लेलैंट के उस शोध-पत्र का पारायण किया जिसका शीर्षक

था 'कुमाऊँ का भू-गर्भशास्त्र और प्राकृतिक वर्णन'। इसकी रचना 1835 में की गई थी। इसके साथ-साथ उन्होंने हुकर के 'हिमालयन जर्नल्स : नोट्स ऑफ़ ए नेचुरलिस्ट' को भी खँगाला। आख़िरकार वह इस नतीजे पर पहुँचे कि लम्बी ग्रीष्म ऋतु ने उन मेढकों की संतानों को नष्ट कर दिया था जो घोंघे खाते थे इसीलिए बेशुमार घोंघे पनप रहे थे।

पहाड़ियों को असलियत पता थी। वह आपस में फुसफुसाकर कहते, "यह तो नैना देवी की आवाज़ है। उसने अपनी नाराज़गी ज़ाहिर करने को सन्देशवाहक भेज दिए हैं। उसे अपने पवित्र जल के आस-पास गोरों का प्रवेश पसन्द नहीं। वह बदला लेने को आतुर है।"

जब एक अंग्रेज़ युवती ताल के आयारपाटा वाले किनारे पर एक चट्टान से फिसलकर डूब गई तब तमाम अपशकुन सच साबित होने लगे। कानाफूसी और भी तेज़ हो गई, "देवी चाहती है एक बलि सन्तुष्टि। वह अपने पवित्र जल के आस-पास गोरों की दख़लंदाज़ी का बदला ले रही है।"

जब लशिंगटन साहब तक इस कानाफूसी की ख़बर पहुँची तब उन्होंने कहा, "क्या बकवास है! घोंघों से ढकी चट्टानें चिकनी और फिसलनदार हो रही हैं और बेचारी मिस कैन्डल का दुर्भाग्य ही उन्हें ले डूबा। अन्धविश्वासी पहाड़ी इसे अपनी ताल की देवी का कोप समझते रहें, उन्हें भला कौन रोक सकता है? वह तो बच्चों की तरह अबोध है।"

मिस कैन्डल को फिसलते हुए उनके साथियों ने देखा था। जॉन एडवर्ड और कैनेडी साहब ने फ़ौरन उनके पीछे-पीछे पानी में गोता लगा दिया पर कुछ हासिल नहीं हुआ। वह झील के हरे पानी में गुम हो गई, जैसे कोई पत्थर अदृश्य गहराई तक डूब रहा हो। उन्हें बचाने के लिए कुछ किया नहीं जा सका।

जब तीन दिन बाद भी मिस कैन्डल का शव सतह पर नहीं उतराया तो बरेली से दो पेशेवर गोताखोरों को बुलाया गया। गठीले बदन वाले इन रोहिला कबाइलियों ने झील की तलहट को उन तेज़ धाराओं से जूझते हुए टटोला, जहाँ वह उन्हें जलराशि के नीचे पथरीली गुफाओं में खींच रही थी। उनमें से एक ने हिम्मत हार ली और वह वहीं चट्टान पर मायूस बैठ गया जहाँ मिस कैन्डल की अकाल मृत्यु हुई थी। दूसरा लगा रहा और अंततः एक गुलाबी और फूली लाश लेकर ही बाहर निकला। वह भय और थकान से विक्षिप्त हो चुका था। उसने कहा, "मैंने देवी को देखा! पानी के नीचे उसका एक मन्दिर है जिसकी रक्षा एक दैत्याकार मछली कर रही है, जो मगर के आकार की है। मैं मेम साहब की लाश को उससे छीनकर लाया हूँ। अब मैं भी मर जाऊँगा।"

बौखलाए रोहिला गोताखोर को स्थानीय कम्पाउंडर और उसके सहायक की मदद से इलाज़ के बाद तन्दुरुस्त किया गया। कुछ दिन बाद वह थकान से पस्त बरेली लौट गया। इसी बीच सेंट जॉन इन विल्डरनैस नामक गिरजाघर में मिस

कैन्डल को दफ़नाने का बन्दोबस्त किया जा रहा था। यह एक भावह्विल करने वाला समारोह था। लशिंगटन साहब, मिस्टर एडवर्ड और मिस्टर कैनेडी, मिस ग्रांट और मिसेज़ मार्पल के साथ बहुत सारे घर से बिछुड़े ऐसे फिरंगी जो यहाँ हिमालय की तलहटी पर पहुँचे थे मिस कैन्डल की मौत और अपने बेघर होने का मातम मनाते सिसकियाँ ले रहे थे। पादरी अभी हाल ही में आगरा से तबादले पर यहाँ आया था और गोस्पल ऑफ़ सेंट लूक को पढ़कर सुना रहा था।

मिस विक्टोरिया ग्रांट नैनीताल की एकमात्र होटलनुमा सराय चलाती थी जहाँ मिस कैन्डल रह रही थीं। उन्होंने 'अबाइड विद मी' की पहली पंक्तियाँ गाना शुरू किया ही था कि उनकी रुलाई फूट पड़ी। दूरदर्शी लशिंगटन साहब ने सस्ती शाल की लकड़ी से बने ताबूत को बरेली से रोहिला गोताखोरों के साथ ही मँगा लिया था। उसे जंगली पहाड़ी फूलों, प्रिमरोज़, कॉस्मोस और मुरझाए फ़ॉरगेट मी नॉट के गुच्छों से सजाया गया था। जिस समय शरीर को सुपुर्दे ख़ाक किया गया उस समय चीना पहाड़ के शिखर की हरियाली ढलान के ऊपर नीले आकाश में पश्चात्ताप भरे काले बादल घिरने लगे थे। मातम मनाने वालों में सभी की आँखें नम थीं।

जब क़ब्र पर एक पत्थर लगाया गया तो वह ख़ाली क़ब्रिस्तान में अकेला खड़ा था जिसकी इबारत पुरदर्द दास्तान बयाँ कर रही थी जो 'यीशु के आग़ोश में सोया है उसे प्रभु निश्चय ही अपनाता है।'

कुमाऊँ की पहाड़ियाँ अभी हाल ही में ब्रिटिश राज के क़ब्ज़े में आई थीं। लम्बे समय से काठमांडू दरबार ही पहाड़ी राज्यों पर शासन कर रहा था। गोरखाली अंग्रेज़ों से युद्ध में हारने के बाद ही पीछे हटे थे। बूढ़े सेनापति राजा ने लगभग साढ़े सात सौ सिपाहियों के साथ और इतने ही स्थानीय लोगों के साथ उनका सामना किया। अंग्रेज़ी फ़ौज ने उन्हें बहुत जल्द ही छका दिया, कुछ वैसे ही जैसे ऑक्टर लोनी ने गढ़वाल में अमर सिंह थापा को शिकस्त दी। कुमाऊँ की राजधानी अल्मोड़ा ने 27 अप्रैल, 1815 को ईस्ट इंडिया कंपनी के सामने समर्पण कर दिया और 1816 में सिगौली संधि के बाद ईस्ट इंडिया कंपनी का राज यहाँ क़ायम हो गया।

9 दिसंबर, 1842 को पी. बैरन नाम का एक अंग्रेज़ बरास्ता बरेली–नैनीताल की मशहूर झील की तलाश पर निकला। वह पालकी पर सवार तराई के ज्वराक्रांत इलाक़े को पीछे छोड़ते हुए आगे निकला। उसके साथ क़रीब 60 पहाड़ी थे, बेगार भुगतते हुए बँधुआ मज़दूर जिन्हें एक हफ़्ते पहले यह काम सौंपा गया था कि वे बीस फुट लम्बी दो पतवार वाली एक नाव काँधे पर लादकर ले जाएँ।

बैरन घुमक्कड़ यात्री था। उसने हिमालय में भटकने के बाद बरेली क्लब में जिन टॉनिक पीते हुए इस रहस्यमय झील के बारे में सुना जो पहाड़ों की गोद में छिपी थी। वहीं बैरन के साथियों ने बैरन को बताया कि कमिश्नर ट्रेल इस जगह तक पहुँचे थे पर उसके बाद उन्होंने रहस्यमय चुप्पी साध ली थी। हर पहाड़ी, यहाँ तक कि

गया–गुजरा पहाड़ी भी, नैनी झील के बारे में जानता है और सरासर झूठ बोलता इसके बारे में अनजान बना रहता है।

स्थानीय पहाड़ियों ने भरसक यह कोशिश की थी कि नैनीताल के अस्तित्व को फ़िरंगियों और कंपनी बहादुर से छिपाकर रखें। हर वर्ष शरद ऋतु में नैनीताल के किनारे मैदान पर नंदा देवी का मेला जुटता था। यहाँ पर घर नहीं थे क्योंकि यह एक पवित्र स्थान था जिसे इनसानों की बस्ती प्रदूषित नहीं कर सकती थी। सिर्फ़ कुमाऊँ और गढ़वाल के कमिश्नर ट्रेल साहब को तीर्थयात्री के रूप में यहाँ आने दिया गया था। झील को देखते ही ट्रेल को उन पहाड़ों से प्यार हो गया जिनके प्रशासक के रूप में उन्हें तैनात किया गया था। ट्रेल का मानना था कि इन पहाड़ों को बाहरी प्रभाव से बचाकर रखना उसका कर्तव्य है। उनकी सोच में यूरोपीय यात्रियों का यहाँ आना एक सार्वजनिक त्रासदी ही होती, इसलिए उन्होंने इस झील के बारे में कोई जानकारी अपने देशवासियों को नहीं होने दी।

पर बैरन दूसरी ही मिट्टी का बना था। कुछ वर्ष बाद उसने पिलग्रिम नाम से अपना यात्रा वृत्तांत प्रकाशित भी करवाया था। रहस्यमय झील का उल्लेख भर उसे उत्तेजित करने के लिए काफ़ी था। इस स्थान का पता लगाने के लिए ख़ासे बन्दोबस्त के साथ वह उस यात्रा पर निकला जो नैनीताल के आस–पास के इलाक़े का अन्वेक्षण अभियान था। उन दिनों बेगारी प्रथा ज़ारी थी और पहाड़ के गाँव वाले गोरों द्वारा माँग करने पर बँधुआ मज़दूरी के लिए मजबूर थे। बैरन ने अपने संस्मरणों में यह दर्ज किया है :

> मैंने पहले भी इसका ज़िक्र किया है कि नैनीताल यात्रा पर हमारा पथ–प्रदर्शक बहुत अनमना था इसलिए अकसर नरम बल प्रयोग कर हमें उसे भटकाने से रोकना पड़ा। हम लोगों का हिमालय यात्रा का अच्छा अनुभव था और आसानी से कोई हमें झाँसा नहीं दे सकता था। झील से निकलने वाले पानी के सोते उस दिशा का संकेत देते थे जहाँ वह स्थित है। भारवाहक कुली हमें बिलकुल उलटी दिशा में ले जाते लग रहे थे। एक बार शक हो जाने पर हमने इसका इलाज ढूँढ़ निकाला। कुली के सर पर भारी पत्थर का वज़न लाद दिया गया ताकि वह जल्दी से जल्दी मंज़िल तक पहुँचने के लिए छोटा सीधा मार्ग चुन सके। आमतौर पर पहाड़ी बहुत भोले होते हैं और बहुत जल्दी अपना भेद खोल देते हैं। अगर आप कभी नैनीताल किसी पथ–प्रदर्शक के साथ जा रहे हैं जो यह दावा करता है कि उसने कभी यह जगह देखी ही नहीं है तो उसे राह पर लाने का यही नुस्खा है। उसके सर पर एक भारी पत्थर लाद दें और उससे कहें कि उसे इसे नैनीताल तक ले जाना है जहाँ कोई पत्थर नहीं है। यह हिदायत भी जोड़ दें कि इस पत्थर को गिरने या टूटने न दे, क्योंकि इसे सही–सलामत वहाँ तक पहुँचाना है। वह बहुत जल्द ही इस बात को कबूल लेगा कि नैनीताल में पत्थरों की कोई कमी नहीं और यह बात उगल देगा कि उसने नैनीताल देखा है। हमने एक मील

के बाद इस व्यक्ति के सर से बोझ हटा दिया और इसके बाद हमें यह कभी सुनने को नहीं मिला कि वह नैनीताल का रास्ता नहीं जानता।

बैरन ने अपने संस्मरण में अपने भाव विभोर होने का बखान किया है जिसका अनुभव उसे इस झील को पहली बार देख कर हुआ था—'यह निश्चय ही मेरी हिमालय में पन्द्रह सौ मील की पैदल यात्रा का सबसे सुन्दर दृश्य था। यह दृश्य मेरे स्मृति पटल पर छा गया है और मुझे ज़रा भी शक नहीं, मैं बारंबार यहाँ आऊँगा कम से कम सौ बार—आप भी वहाँ जाएँ और ऐसा ही करें।'

दो वर्ष बाद बैरन अपने मित्रों के साथ नैनीताल लौटा। इनमें इंजीनियर्स वेल्स और सिविल सर्विसेज के बैटन थे। जो साठ लोग अपने सर पर नाव लादकर पहाड़ चढ़े थे उन्होंने तब राहत की सामूहिक साँस ली जब उन्होंने नाव को साफ़ पानी पर उतारा। इस दृश्य को ठाकुरों, पटवारियों, थोकदारों ने विस्मय और आनन्द से देखा। नाव ने झील का एक चक्कर काटा और स्थानीय तमाशबीनों ने हुलसते हुए नाविकों की हौसलाअफ़ज़ाई की। इसके पहले किसी मनुष्य ने झील के पवित्र जल पर नाव तो बहुत दूर की बात है, एक डोंगी या बेड़ा तक तैराने का दुस्साहस नहीं किया था।

नरसिंह थोकदार एक विशालकाय रोबदाब वाला ज़मींदार था जिसकी मूँछ डरावनी थी। यह दृश्य देख उसकी आँखों में पानी भर आया और मुँह से वचन फूट पड़े—"आहा यह तो साक्षात् त्रिमूर्ति है। वेल्स साहब ब्रह्मा हैं, बैटन बहुत सज्जन और ईमानदार हैं। वह तो विष्णु है और बैरन शिव।"

नाव किनारे तक पहुँची और 'त्रिमूर्ति' उससे उतरी। नरसिंह ने दौड़कर उनके पैर छुए। बैटन, वेल्स और बैरन उसे कुतूहल से देखने लगे।

नरसिंह ने कहा, "विष्णु तो समुद्र के तले में लक्ष्मी के बग़ल में सोते हैं, गहरी नींद में स्वप्न देखते हुए, जब तक उनकी नाभि से एक कमल नहीं निकलता। यही कमल पानी की सतह तक पहुँच गया है। आपकी नाव इसका नया अवतार है, इसी सनातन कमल का, वह पानी पर चल रहा है। ब्राह्मण की जय, विष्णु की जय, शिव की जय।"

बैरन ने पूछा, "तुम झील में कभी तैरते नहीं हो ? मैं तो सोचता था कि हर पहाड़ी पेड़ चढ़ सकता है और नदी तैरकर पार कर सकता है।"

नरसिंह ठाकुर ने गर्व से कहा, "ऊँची जात वाले ऐसा नहीं करते। मैंने कभी तैरना नहीं सीखा।"

नरसिंह थोकदार को नैनीताल झील के आस-पास की ज़मीन और पहाड़ उत्तराधिकार में मिले थे। इस विरासत को बर्तानवी प्रशासन ने हाल ही में चुनौती दी है। बैटन साहब ने अपनी अदालत में उसके ख़िलाफ़ फ़ैसला लिया था और अब मामला सदर अदालत और बोर्ड ऑफ़ रेवेन्यू के सामने था।

पिलग्रिम बैरन के दिमाग़ में एक शरारत भरा विचार आया। यह कहते हुए कि "नरसिंह पहला स्थानीय हिन्दू होगा जो इस जलाशय में नौका विहार करेगा," उसने

ज़मींदार को नाव में खींच लिया। बैटन और वेल्स ने उसका अनुसरण किया। बैरन ने पतवार थामी और नाव को झील के बीचोबीच ले गया, जहाँ हरे-भरे पहाड़ों और नीले आसमान का अक्स आईने की तरह पानी की हलकी-हलकी हिलोर लेती सतह पर झलक रहा था। नरसिंह थोकदार मंत्रमुग्ध, मुदितमन होकर झील के पानी से अपनी पलकों और मस्तक का अभिषेक कर रहे थे फिर अँजुली में जल लेकर उसका आचमन किया।

वेल्स ने चेतावनी दी, ''सावधान, इस बेवक़ूफ़ से कहो कि सँभलकर बैठे वरना नाव पलट जाएगी।'' नरसिंह इसके बाद बिलकुल चुप मुस्कुराता बैठा रहा। थोड़ी देर में बैरन ने उससे कहा, ''नरसिंह थोकदार, मैंने सुना है कि आप सोचते हैं कि यह झील आपकी सम्पत्ति है? अगर ऐसा है तो हमारी मंशा आपको ताल के बीचोबीच छोड़ने की है, जहाँ से आप ख़ुद वापस किनारे तक लौट सकते हैं।''

चिन्ता का एक भाव नरसिंह के चेहरे पर घिर आया। ''झील बहुत गहरी है,'' उसने कहा। बैरन ने अपनी बात जारी रखी, ''यदि हम नाव को पलटा दें तो हम लोग तो तैरकर किनारे तक पहुँच जाएँगे और तुम यहीं डूब जाओगे। तब इस झील की मिल्कियत और तुम्हारे दावे का क्या होगा? ज़रा जल्दी बताओ।'' नरसिंह ने कुछ मोहलत की तलाश में बतियाना जारी रखा, ''मैंने कभी गोरे साहब के फ़ैसले पर सवाल नहीं उठाया है।'' उसने किनारे की तरफ़ नज़र दौड़ाई जहाँ मज़दूर और स्थानीय गण्यमान्य लोग तालियाँ बजाकर नाव का अभिनंदन कर रहे थे।

बैरन ने तत्काल एक नोटबुक और पेंसिल निकाली। अधिकांश ऊँची जात के पहाड़ी अमीर हों या ग़रीब थोड़ा-बहुत लिख-पढ़ सकते थे। अंततः नरसिंह ने रुक-रुककर काँपते हाथों से नैनी झील और आस-पास की पहाड़ियों पर अपने स्वामित्व के दावे को ख़ारिज कर दिया।

''शाबाश।'' उसकी पीठ थपथपाते हुए बैरन ने कहा। बैटन और वेल्स ने भी एक मुस्कान उसे बख़्श दी। फिर उन्होंने किनारे का रुख़ किया जहाँ नरसिंह ने गोरे साहबों को धकियाते हुए सबसे पहले ज़मीन पर क़दम रखा।

बड़े दुख के साथ उसने ऐलान किया, ''इन अंग्रेज़ ठगों ने मुझे ताल के बीच में लूट लिया। मैंने अपने पुरखों की विरासत इनके नाम लिख दी है।''

उनके शब्दों का स्वागत लोगों ने व्यंग्य से किया। एक दूसरे थोकदार ने कहा, ''जैसे तुम वाक़ई इस ज़मीन के मालिक थे।'' दूसरे ने कहा, ''कम से कम तुममें इतनी अक्ल तो थी कि अपनी जान की क़ीमत अपनी ज़मीन से ज़्यादा आक सके।''

दूसरे खेमे में सन्तोष का भाव था। ''मैंने देखा है,'' बैरन ने कहा, ''थोड़ा सा बल प्रयोग का डर दिखाना इनको कुछ करने के लिए राज़ी करवा देता है।''

''हमारे ऊँची जात के नरसिंह ठाकुर एक बुद्धिमान व्यक्ति हैं, समझदार इनसान!'' बैटन ने कहा।

वेल्स ने जोड़ा, "वाक़ई बहुत बहादुर।"

शतरंज की बिसात पर बाजी बिछ चुकी थी। नरसिंह थोकदार ने स्थिति को स्वीकार करते हुए कहा, "मुझे शक है कि बोर्ड ऑफ़ रेवेन्यू वेल्स साहब के दावों को ख़ारिज कर मेरे हक़ में फ़ैसला देता। हारी हुई बाजी में फँसे रहने का क्या फ़ायदा? शायद अब कंपनी बहादुर मुझे पटवारी बनवा दें, मैं इस ज़मीन का चप्पा-चप्पा जानता हूँ। लगान वसूली की निगरानी मुझसे बेहतर कौन कर सकता है? मैंने यह तो प्रमाणित कर ही दिया है कि साहब लोग मुझ पर भरोसा कर सकते हैं।"

वेल्स ने कहा, "यह एक खिलाड़ी की भावना से खेल खेलने वाला इनसान है। बैटन, तुम्हें पटवारी के पद के लिए इसकी अर्जी की सिफ़ारिश करनी चाहिए।"

बैटन ने मुड़कर झील की तरफ़ देखा। यह एक ऐसा क्षण था जिसे वह कभी भूल नहीं सकता था। दोपहर की सुनहरी धूप की परत पानी पर बिछी थी और चारों तरफ़ हरी-भरी पहाड़ियों ने उसे अपने आलिंगन में बाँध रखा था। यह मंथर सौन्दर्य शान्ति का साम्राज्य भाव-विह्वल करने वाला था। कुछ देर बाद अंग्रेज़ों ने, जब वे शराब की चुसकियाँ ले रहे थे और स्थानीय ठाकुर चमकीले तारों की चाँदनी के तले शिकारी दावत के जश्न का बन्दोबस्त कर रहे थे, आसमान को और रंग बदलते—गुलाबी से बैगनी होते देखा। उस रात बैरन ने अपने रोज़नामचे में, जो हमेशा यात्रा में उसके साथ रहता था, लिखा, "मोमबत्ती की रोशनी में यहाँ प्रकृति के अद्वितीय सौन्दर्य के समक्ष ऐसा लगता है कि उदात्त प्रकृति के सामने झुककर हम श्रद्धा सुमन अर्पित करें।"

नई बस्ती पनपने लगी। नैनीताल तेज़ी के साथ फैलने लगा। भले ही देवी-देवता शान्त ना हुए हों बैरन, वेल्स और बैटन की त्रिमूर्ति असर दिखला रही थी। तीन अमर ऋषियों—अत्रि, पुलस्त्य और पुलह की वह झील जहाँ सती की आँख गिरी थी अब किसी दूसरे काल में किन्हीं दूसरे लोगों की हो गई थी।

गंगा-जमुना के मैदान में चीनी का बाज़ार फल-फूल रहा था और इसके निर्यात का व्यापार समुद्र तट से दूरी के कारण प्रतिस्पर्धी गन्ने की खेती की चिन्ता से मुक्त था। बैरन ने बेशुमार दौलत कमा ली थी और अन्त में पिलग्रिम बैरन शाहजहाँपुर का लॉर्ड बैरन बन गया। उसने नैनीताल में एक घर बनवाया जिसका नाम रखा 'पिलग्रिम्स कॉटेज' जो आज भी उसकी याद दिलाता वहाँ खड़ा है।

लशिंगटन साहब ने भी जो कुमाऊँ के कमिश्नर थे, एक ठीक-ठाक मकान बनवाया जिसमें दोस्तों की मेहमाननवाज़ी और नौकर-चाकरों के लाव-लश्कर का

पूरा बन्दोबस्त था। सरकार ने नैनीताल के लगान का दाम दो आना प्रति कच्चा बीघा तय किया था। उस वक़्त एक एकड़ में छह बीघे होते थे। एक गिरजाघर और सार्वजनिक इमारतों के लिए जगह अलग से निश्चित करते एक बाज़ार की भी योजना थी, जहाँ स्थानीय पहाड़ी लोगों के लिए देसी दुकानें बनाई जा रही थीं।

कारोबार और रोजग़ार के नए मौक़े नज़र आने लगे थे। हालाँकि सभी स्थानीय लोग इस बाबत उत्साहित नहीं थे। जब 1816 में सिगोली की संधि के बाद नैनीताल से 45 मील दूर अल्मोड़ा में अंग्रेज़ों ने एक छावनी स्थापित की थी तब वह जगह पहले से ही चन्द राजवंश की राजधानी थी। अल्मोड़ा में जाति और सामाजिक हैसियत की अनेक सीढ़ियाँ थीं जो एक-दूसरे से टकरातीं व आपस में मिलती थीं। लम्ब धोतिया, ठुल धोतिया ब्राह्मणों की, राजपूत-ठाकुरों, खसियों की, व्यापारी शाहों की और शिल्पकारों टम्टाओं की। अछूतों के लिए अलग जगह थी। इनका काम था उपद्रवी प्रेतात्माओं का शमन, जागर लगाना, भूत भगाना और भैरव मन्दिर की रखवाली। अंग्रेज़ एक उपजाति के रूप में अपने रहस्यमय तौर-तरीक़ों वाली ज़िन्दगी के कारण इसी में कहीं शामिल कर लिये गए थे।

नैनीताल का नया हिल स्टेशन फ़र्क़ था। इस क़स्बे का नियोजन स्थानीय हिन्दुस्तानियों को ग़ुलाम बनाने के विचार से किया गया था। ऊपरी माल रोड यूरोपियनों उनकी पत्नियों, बच्चों और घोड़ों के लिए आरक्षित थी। निचली माल रोड कुत्तों, नौकरों और हिन्दुस्तानियों के लिए थी। दोनों ही रोड झील का घेरा लगाती थीं। कुछ लोग वे थे जिन्होंने यह स्थिति क़ुदरती मानकर स्वीकार कर ली थी। दूसरे लोग दबी ज़ुबान से शिकायत करते थे पर ज़ोर से कभी नहीं।

इसका कारण यह था कि नेपाली गोरखाओं के अत्याचारी शासन के बाद नवागंतुक अंग्रेज़ निश्चय ही बेहतर लग रहे थे। गोरखाओं के साथ लड़ाई ने कुमाऊँनी समाज की कमर तोड़ दी थी। बीसी, भूमि कर, माँगा कर और शुभांगी दस्तूर के साथ उत्पीड़क कुशाही कर पाँच रुपया प्रति जूल के हिसाब से ब्राह्मणों समेत सभी से वसूल किया जाता था। लूट-खसोट और आतंक का बोलबाला था। हरिद्वार की गोरखा चौकी में गढ़वाली किसानों की ग़ुलाम के रूप में बिक्री आम थी। अंग्रेज़ों ने एक क्रूर और ऐसे उत्पीड़क शासक से पहाड़ियों को मुक्ति दिलाई थी जो उन पर तरह-तरह के जुल्म ढाता था। इस संधि पर दिसम्बर 1815 में हस्ताक्षर हुए और इसे 1816 में लागू किया गया। इसके तहत नेपालियों को कुमाऊँ-गढ़वाल, सिक्किम और तराई की बहुत सी ज़मीन वापस करनी पड़ी। ईस्ट इंडिया कंपनी के दबाव में नेपाल के राजा प्रद्युम्न शाह को इस बात के लिए राज़ी होना पड़ा कि उनके दरबार में एक अंग्रेज़ प्रतिनिधि तैनात होगा। उन पर यह प्रतिबन्ध भी लगाया गया कि वह किसी अमेरिकी या दूसरे यूरोपियन को अपने यहाँ नौकरी नहीं दे सकते हैं।

कुमाऊँनी लोगों की माँगें बहुत सीमित थीं। वे चाहते थे कि प्रधान हिन्दू मन्दिरों

के रखरखाव के लिए वार्षिक अनुदान की व्यवस्था हो और गाय-बैलों की हत्या पर सख़्त प्रतिबन्ध लग जाए, जिसका पालन अंग्रेज़ हुक्मरान भी करें।

अंग्रेज़ी शासन में एक नया श्रेष्ठि वर्ग ग्रामीण आबादी और गोरी चमड़ी वाले जांबाज शासकों के बीच पुल के रूप में उभर रहा था। ऊँची जाति के ब्राह्मण और राजपूत यह भूमिका निभाने के लिए उपयुक्त थे। शाहों ने कंपनी के नए निज़ाम का फ़ायदा उठाने के कारोबारी तरीक़े तलाश किए।

ब्राह्मण देवीदत्त पंत एक ऐसे हाज़िरजवाब सरकारी वकील थे जिन्होंने अदालत में ज़िलाधिकारियों का भरोसा जीत लिया था। उन्होंने अपने दादा से पीतल और ताँबे के गोरखाली सिक्कों के दो बोरे विरासत में प्राप्त किए थे। उन्होंने इनको बदलकर कंपनी के मलिका विक्टोरिया के चेहरे वाले नए सिक्के और सोने की कुछ अशर्फ़ियाँ और मुहरें जुटा लीं।

नैनीताल में नई कचहरी बनने के बाद देवीदत्त पंत ने बड़ा बाज़ार में अपने रहने लायक़ एक मकान ख़रीद लिया। जैसे-जैसे उनकी वकालत फली-फूली इस मकान का आकार भी बढ़ता गया, वह दोमंज़िला से तिमंज़िला हो गया। यह इमारत भीतर से काफ़ी चौड़ी और गहरी थी, भले ही बाहर से ऐसी नज़र नहीं आती थी। कई लम्बे गलियारे और कमरे थे जहाँ उनकी पत्नी सरूली, बूढ़ी सास और उनकी विधवा बहन दुर्गा अपनी लड़की तिलोत्तमा के साथ रहती थी।

देवीदत्त का दफ़्तर पहली मंज़िल पर था जहाँ बैठक और गोदाम भी थे। यहीं वह अपने मुवक्किलों से मिलते थे, मर्द रिश्तेदारों, दोस्तों के साथ गपशप भी यहीं होती। राजनीति के बारे में और अंग्रेज़ों के अजीब तौर-तरीक़ों के बारे में। दफ़्तर अँधेरा और सिलाप वाला था। लकड़ी के फ़र्श पर जूट की चटाई बिछाई गई थी। कमरे में पुरानी किताबों और काग़ज़ों की और केरोसिन के लैम्प से उठने वाली धुएँ की गंध बसी थी। यह लैम्प ऊँची तिपाही पर धरा रहता था। इसकी देखरेख देवीदत्त के वरिष्ठ मुंशी की ज़िम्मेदारी थी। एक दीवार घड़ी थी जिसमें 30 घंटे में एक बार चाबी भरी जाती थी। इसे विलायत लौट रहे एक साहब से सेकंड हैंड ख़रीदा गया था। यह दफ़्तर की शान थी। घंटा बीतने पर इसमें एक उदास धुन बजती थी। इसमें चाबी भरना देवीदत्त के कनिष्ठ मुंशी का काम था। घर की औरतें ऊपर की मंज़िल में रहती थीं। तीसरी मंज़िल पर रसोई थी जहाँ एक ब्राह्मण महाराज ख़ास मौक़ों पर पर्व-उत्सव के दिन खाना पकाते थे। रोज़मर्रा का खाना घर की बड़ी औरतें ही बनाती थीं। बच्ची तिलोत्तमा को रसोई में जाने की इजाज़त नहीं थी। छोटी उम्र की ब्राह्मण कन्याएँ एक अस्पष्ट स्थान में रहती थीं। उन्हें गोत्र और जातिगत हैसियत शादी के बाद ही प्राप्त होती थी। सिर्फ़ द्विज ब्राह्मण और उनकी पत्नियाँ या विधवाएँ ही पंतों की रसोई में चूल्हा जला सकती थीं। खान-पान के मामले में शुद्धि और प्रदूषण के नियमों का पालन कड़ाई के साथ होता था। गृहस्थी का धर्म इन्हीं के इर्द-गिर्द घूमता था।

उसके बावजूद यह एक आधुनिक घर था जिसमें पहली मंज़िल पर एक शौचालय था, जिसके पीछे वाले दरवाज़े से सीढ़ियाँ नीचे गली में उतरती थीं। इस संडास को साफ़ करने के लिए हर रोज़ एक मेहतर आता था। वह परिवार के मल को अपने सर पर सँभाले पहाड़ी के छोर तक ले जाता था और उसे नीचे ढलान में गिरा देता था। एक मैला-कुचैला नौकर लड़का सीढ़ियों के नीचे सोता था। वह ब्राह्मण रसोई की शुद्धि का पूरा ध्यान रखता था और वही बाहर के भी सारे काम करता था। घर की महिलाएँ उसके प्रति रहमदिल थीं, अपनी-अपनी तरह से, हालाँकि ये लोग एक-दूसरे को पसन्द नहीं करते थे।

वकील साहब की पत्नी सरूली चारों में सबसे सौम्य स्वभाव की थी। हालाँकि वह उस निर्मम उत्पीड़न को नहीं भुला सकी थी जिसका सामना बचपन से उसे करना पड़ा था। बचपन में हुई चेचक की बीमारी के निशान उसके चेहरे पर थे। शीतला माता ने उसकी जान तो बख़्शी थी पर उसके भाई को अपने साथ ले गई थी। उसकी माँ ने उसे इसके लिए कभी भी माफ़ नहीं किया। अब वह ख़ुद उस अभागी सरूली और उसके पति पर अपने बुढ़ापे में निर्भर थी।

वकील साहब की बड़ी विधवा बहन दुर्गा अपनी सीधी, अच्छे स्वभाव वाली भाभी सरूली को सख़्त नापसन्द करती थी क्योंकि वह निःसंतान थी। बाँझ के पेड़ की तरह बाँझ। दुर्गा ख़ुद एक कलाकार थी, उसकी कलात्मक संवेदनशीलता काफ़ी विकसित थी। अपने एपण बनाने के कौशल के लिए वह मशहूर थी। गेरुए रंग के लिए गेरू और चावल के आटे से वह नफ़ीस आकृतियाँ बना पूजा के कमरे, दहलीज़ और लकड़ी की सीढ़ियों को सजाती थी। दुर्गा का कौशल सभी रिश्तेदारों द्वारा सराहा जाता था। सफ़ेदी के लिए तीन अँगुलियों से वसुधारा का चित्रण या लक्ष्मी के नन्हे-नन्हे पदचिह्न छापना सीखने के लिए नई बहुएँ उसके पास भेजी जाती थीं।

उसकी कलाकारी यही समाप्त नहीं होती थी। दुर्गा को चित्र बनाने का शौक़ था तो उनमें रंग भरने का भी। उसके कमरे की दीवारें पौराणिक चित्रों से सजी थीं। एक पूरी दीवार पर सीताहरण चित्रित था जहाँ एक मुछंदर रावण उन्हें अपनी बाँहों में उठाकर ले जा रहा था और उनके आभूषण हवा में उड़ रहे थे। एक दूसरे दृश्य में शिव और पार्वती पवित्र कैलाश पर्वत पर बैठे थे और उनके सामने एक कुंड में ब्रह्म कमल खिला था। कहीं और वृन्दावन में श्रीकृष्ण गोपियों के साथ रास रचाते दिख रहे थे। मिथकों में चाहे यह कहीं भी घट रहा हो चित्रकार ने पहाड़ी पेड़ और फूल वहाँ उगा दिए थे।

सरूली अपनी तुनकमिज़ाज ननद की प्रतिभा की सराहना करती थी पर उसे बदले में चुप्पी या कुछ बुदबुदाए शब्द ही मिलते। विधवा दुर्गा देवी धीरे-धीरे अन्तरमुखी होती जा रही थी। बड़ा बाज़ार के घर की दीवारें रंगीन चित्रों से पटी थीं

पर उसके भीतर की बहुत सारी कहानियाँ सुनाए जाने को घुमड़ रही थीं। कभी वह एक चित्र को खुरदरा देती और फिर से बनाने की कोशिश करती, कभी अधूरा ही छोड़ देती। ऐसा उसने तब किया था जब वह कृष्ण द्वारा गोपियों के कपड़े छिपाने या दुष्ट दुर्योधन द्वारा द्रौपदी के अपमान का चित्रण कर रही थी।

सम्भवत: झील की देवी अपने मन्दिर में अकेलापन महसूस कर रही थी। एक सुबह दुर्गा का फूला शव पाषाण देवी मन्दिर के पास चट्टान के निकट तैरता नज़र आया। यह ख़बर नैनीताल में वर्षा ऋतु के एक तूफ़ान की तरह फैल गई। स्थानीय पहाड़ियों ने राहत महसूस की कि इस बार देवी ने एक निरीह विधवा की ही बलि ली थी। 'दुर्गा की मुक्ति हो गई', उन्होंने कहा और यह भी कहा कि 'अब आशा करनी चाहिए कि देवी की प्यास कुछ समय के लिए बुझ गई है।'

अंग्रेज़ ज़रूर इस बात से नाराज़ हुए। "हमारे पीने के पानी को गन्दा कर दिया। ताल में डूबकर मरने की क्या ज़रूरत थी? क्या वह किसी चट्टान से नहीं कूद सकती थी?" एक गोरे साहब को कहते सुना गया, "या वह सती ही कर लेती।"

देवीदत्त पंत की बहन का विवाह तराई में काशीपुर के एक सम्पन्न उप्रेती परिवार में हुआ था। उन्हें दुर्गा की मृत्यु की सूचना दी गई तो उसका देवर बद्रीदत्त उप्रेती, उसके दिवंगत पति का छोटा भाई अन्तिम संस्कार के लिए नैनीताल पहुँचा। उसी ने प्रेतात्मा की शान्ति के लिए आयोजित पीपल पानी वाले कर्मकांड में हिस्सा लिया।

दुर्गा की अनाथ बेटी तिलोत्तमा का पालन-पोषण उसके मामा देवीदत्त पंत और उनकी नि:संतान पत्नी सरूली ने किया। वह एक ख़ुशमिज़ाज बच्ची थी जो अपने कष्टों को कभी ज़ाहिर नहीं करती थी। उसके तीन बुज़ुर्ग रिश्तेदार उसका लालन-पालन स्नेह से करते थे। तिलोत्तमा की माँ ताल में डूबकर मरी थी, उसने अपने पिता को कभी नहीं देखा था। वकील मामा उसे कहानियाँ पढ़कर सुनाते थे और सरूली मामी अँधेरी रात में लोरियाँ गाकर सुलाती थी। सरूली की माँ उसके लिए मुलायम-मीठे मालपुए बनाती थी। दिन के समय यह बच्ची बड़ा बाज़ार वाले घर के गलियारों में घूमती रहती थी। अपनी माँ के उन चित्रों पर अँगुलियाँ फिराती जिनमें अनकही कहानियाँ थीं। जब ऊँचे पहाड़ों से नीचे उतर रेशम और मूँगा बेचने हूणियाँ आते तब बड़ी माँ सरूली उसके लिए रिबन और रंगीन किनारे वाले मफ़लर ख़रीद देती। दुर्गा के सोने के गहने हँसुली, गुलूबन्द और नथ तिलोत्तमा की शादी के लिए, सरूली की भारी पायजेब के साथ अलग रख दिए गए थे। दुर्गा की अनाथ लड़की अब छह साल की होने जा रही थी और उसके लिए योग्य वर की तलाश शुरू हो गई थी।

परिवार के पुरोहित ने लड़की की जन्मपत्री देखी तो तुड़ी-मुड़ी कुंडली को ध्यान से देखते हुए उन्होंने कहा, "इतने ज़ोरदार ग्रह, पारिवारिक सुख-शान्ति के लिए अच्छा लक्षण नहीं है।" लग्न-विचार कर उन्होंने कहा, "मैं सोचता हूँ इसकी समस्याओं का एकमात्र समाधान अश्वत्थ विवाह ही है ताकि मंगल दोष का निवारण हो सके। इसकी शादी एक जवान केले या पीपल के पेड़ से करनी होगी फिर उसे जड़ से उखाड़कर निर्जीव करना होगा। उसके बाद इसका विवाह किसी भी योग्य ब्राह्मण वर से बेफ़िक्र होकर किया जा सकता है...।"

वकील साहब को ग़ुस्सा आ गया। "हम आधुनिक युग में जी रहे हैं। गोरे लोग रेलगाड़ियाँ बना रहे हैं जो सौ घोड़ों से तेज़ दौड़ती हैं। उन्होंने बिजली की बत्तियों का आविष्कार किया है जो दर्जनों चन्द्रमा की तरह चमकती हैं। समय आ गया है कि हम इस दकियानूसी से निजात पाएँ। मैं देवीदत्त वकील चार वेदों को जानने वाला ब्राह्मण पंडित आपसे यह कह रहा हूँ। मेरी बात याद रखें ज्योतिषी जी, आप अभागे कमज़ोर लोगों को ही मूर्ख बना सकते हैं।"

वे लोग बैठक में बैठे थे जहाँ फ़र्श पर गद्दे के ऊपर लट्ठे की चादर बिछी थी ज्योतिषी एक मसनद पर टिके थे। बात उन्हें अच्छी नहीं लगी पर उन्होंने कुछ कहा नहीं। अभी उन्हें अपनी दक्षिणा वसूल करनी थी। ग्रहदशा बता रही थी कि जन्म-कुंडली का दोष हटाने के लिए कुछ न कुछ उपाय करना होगा लेकिन यदि जजमान उनकी बात ना सुने तो वह भला क्या कर सकते थे?

उन्होंने कुछ विचारते हुए कहा, "एक रास्ता है। आप इसकी शादी को 13 वर्ष के लिए टाल दीजिए। जब तक यह 19 वर्ष की ना हो जाए। तब तक शनि की कुदृष्टि और मंगल दोष की अवधि समाप्त हो चुकी होगी।"

देवीदत्त जी ने उनकी बातें सुनीं पर कहा कुछ नहीं। ज्योतिषी जी को लग गया कि उनकी बातों का असर हो रहा है। उन्होंने कुंडली को फिर से फहराया, उस पर कुमकुम छिड़का और लपेटकर वकील साहब को लौटा दिया। अपनी दक्षिणा लेने के लिए किसी और दिन आना उन्होंने मन ही मन तय किया।

देवीदत्त पंत उन आधुनिक तरीक़ों को मानते थे जो अंग्रेज़ अपने साथ लाए थे। फिर भी भारत के ऊपर असन्तोष के काले बादल मँडरा रहे थे। अंग्रेज़ सारे भारत में टिड्डीदल की तरह फैल गए थे। ईस्ट इंडिया कंपनी बंगाल से बाहर निकल उत्तरी भारत के मैदानी इलाक़ों से होते हुए सिंध और पंजाब तक फैल चुकी थी। टौमी सिपाही, बॉक्स वाले सौदागर, मेम साहब और ईसाई मिशनरी सारे देश में फैल गए। उस देश में, जिसे इन फ़िरंगियों ने मुग़लों से छीन लिया था।

तिलोत्तमा के मृत पिता के छोटे भाई बद्रीदत्त उप्रेती गरम मिज़ाज और बाग़ी तेवरों वाले थे। वह काशीपुर में अपने परिवार और अपनी पत्नी के लम्बे-चौड़े कुटुम्ब दोनों के ही लिए परेशानी का सबब थे। लम्बे क़द के गोरे रंग और लम्बी

नासिका वाले उप्रेती जी की नाक सदा ऊँची रहती थी उनकी शादी मशहूर हर्षदेव जोशी जी की सबसे छोटी लड़की से हुई थी।

हर्षदेव जोशी कुमाऊँ की राजनीति के चाणक्य कहलाते थे। उन्होंने पहले चन्द राजाओं के ख़ात्मे के लिए हमलावर गोरखों की मदद की थी और फिर उन्हें निकालने के लिए अंग्रेज़ विलियम फ्रेज़र को बुलावा दिया था।

बद्रीदत्त उप्रेती अकसर यह कहा करते, ''हर्षदेव जोशी ने भले ही मेरी पत्नी को जन्म दिया, वह देशद्रोही और ख़ुदगर्ज इनसान थे।'' उनके श्रोता जुटते-घटते रहते थे जिनमें होनहार क्रान्तिकारी या सिर्फ़ कुतूहल के मारे होते। ''मैं उन्हें गद्दार समझता हूँ, विभीषण और जयचन्द जैसा।'' उनके यहाँ तक पहुँचते उनकी पत्नी गरिमा की आँखों से आँसू फूट पड़ते और सुनने वालों को यह पता चल जाता कि अब बात किस तरफ़ मुड़ने वाली है।

''हम पहाड़ी स्वामीभक्ति को सबसे बड़ा गुण समझते हैं पर हमें अपनी कौम के प्रति स्वामीभक्त होना चाहिए। मेरा कहना है कि रावण या पृथ्वीराज चौहान का साथ देना बेहतर है बनिस्बत उन विजेताओं के जो हमारी ज़मीनें हथिया लेते हैं और हमारा भविष्य बर्बाद कर देते हैं।'' उनकी आवाज़ नाटकीय ढंग से ऊँची होने लगती।

जब कभी बद्रीदत्त नैनीताल आते तो यही बातें बड़ा बाज़ार वाले घर में भी होतीं। तिलोत्तमा के मामा सरकारी वकील देवीदत्त पंत चुपचाप कमरे से निकल जाते अपने नाखूनों को निहारते। उन्होंने ज़िला जज मिस्टर वाइट डेविस को ऐसा करते देखा था और यह अदा उन्हें भा गई थी। देवीदत्त जी की वकालत बढ़िया चल रही थी और उन्हें कोई कारण नज़र नहीं आ रहा था कि वह इस तरह की ऊल-जुलूल बातों से उसे ख़तरे में डालें। फिरंगी चतुर और साहसी थे। वे संकट के वक़्त शान्त रहते थे और वे शासन करने योग्य थे। फिर वे किसी भी सवर्ण ब्राह्मण से ज़्यादा गोरे थे। देवीदत्त पंत निस्संकोच भाव से गोरों की सराहना करते थे, उन्हें लगता था वे निश्चय ही इस देश के भाग्य विधाता होने के अधिकारी हैं।

किन्तु बद्रीदत्त उप्रेती का ग़ुस्सा और फिरंगी शासकों के प्रति आक्रोश हिन्दुस्तान के मैदानों में जगह-जगह गूँज रहा था। क्रान्ति की अफ़वाहें गरम लू की धूल के साथ फैल रही थीं। लोग फुसफुसा रहे थे कि अवध के नवाब वाज़िद अली शाह ने काली कुमाऊँ के राजा श्रीकालू महरा से मदद माँगी है। ठाकुर माधोसिंह फर्त्याल और ठाकुर ख़ुशहाल सिंह जलाल अंग्रेज़ साहबों के प्रति वफ़ादार बने रहे। आनन्द सिंह फर्त्याल, बिशन सिंह करायत फ़िरंगियों के अन्याय के प्रति दबी ज़ुबान में शिकायत करने लगे थे। तिलोत्तमा के चाचा बद्रीदत्त उप्रेती बेहिचक बाग़ियों के साथ थे।

कुमाऊँ के कमिश्नर हैनरी रामजे सभी पहाड़ियों के लाड़ले थे। लोग उन्हें प्यार से रामजी कहते थे। मेजर रामजे ने कुमाऊँ को अपना दूसरा घर बना लिया था। जब

भी कोई ऐसा आदेश ऊपर से आता जो रामजे की नज़र में पहाड़ियों के लिए नुकसानदेह होता है तो वह हाशिए पर लाल सियाही से यह लिखकर उसे ख़ारिज कर देते, ''इसे कुमाऊँ में लागू नहीं किया जा सकता।''

रामजे ने कुमाऊँ का कार्यभार सिर्फ़ एक साल पहले सँभाला था। वह पहले-पहल एक नौजवान अफ़सर के रूप में 1840 में यहाँ पहुँचे थे और उन्हें सहायक कमिश्नर नियुक्त किया गया था। 1850 में उनका विवाह पूर्ववर्ती कमिश्नर लशिंगटन की बेटी लारा से हुआ था।

वह ग्रीष्म ऋतु का एक तपता दिन था जब रामजे गढ़वाल की ऊँची पहाड़ियों में अपने सहायक कैप्टन मैक्सवैल के साथ दौरा कर रहे थे। उन्होंने दूर खड़े चीड़ के जंगल को देखा और फिर आस-पास की ऊबड़-खाबड़ पथरीली ज़मीन को जहाँ इक्का-दुक्का फूल खिले थे। ''यह जगह कुमाऊँ से कम ख़ूबसूरत है,'' उन्होंने कहा, ''हरियाली कम है और सौन्दर्य भी। कुमाऊँ मेरे अपने स्कॉटलैंड की तरह है।''

इसी वक़्त उन्हें गदर की ख़बर मिली। रामजे और मैक्सवैल हड़बड़ी में अल्मोड़ा होते हुए नैनीताल की तरफ़ लौटे। इससे पहले कि कोई प्रतिक्रिया होती काली कुमाऊँ के राजा श्रीकालू मेहरा को गिरफ़्तार कर लिया गया। उसे एक जेल से दूसरे जेल में एक के बाद एक पचास जेलों में भेज दिया गया। साल भर में उसे तरह-तरह से अपमानित किया गया और मौत का डर दिखाया गया। अन्ततः उसने साथी बाग़ियों के सारे भेद खोल दिए।

अध्याय–2

# सूरज की साँवली संतानें

उधर कानपुर में मराठा पेशवा बाजीराव द्वितीय के गोद लिये पुत्र नाना साहब, जिनको जन्म के समय ढोंडू पंत नाम दिया गया था, यह भनक ले रहे थे कि बग़ावत के लिए ज़मीन तैयार है या नहीं। नाना की इच्छा मराठा महासंघ की पुनर्स्थापना की थी। उनका साथ तात्या टोपे और अमानउल्ला ख़ान दे रहे थे।

ग्रैंड ट्रंक रोड पर सामरिक रूप से एक संवेदनशील स्थल पर कानपुर की छावनी बसी थी। यहाँ की ग़ैर सैनिक यूरोपीय आबादी लगभग एक हज़ार थी। 2 जून, 1857 को शराब के नशे में धुत एक गोरे अंग्रेज़ अफ़सर लेफ़्टिनेंट कॉक्स ने अपने सिपाहियों पर गोली चला दी। लेकिन अगले ही दिन उसे सारे आरोपों से बरी कर दिया गया। 5 जून को नाना साहब ने अपने मित्र मेजर जनरल व्हीलर को एक चिट्ठी लिखकर सावधान रहने की सलाह दी क्योंकि अगली सुबह हमले की आशंका थी। 10 जून तक 15 हज़ार बाग़ी सिपाहियों और हिन्दुस्तानी सिपाहियों ने अंग्रेज़ छावनी को घेर लिया था।

जनरल व्हीलर पहले अफ़गान–अंग्रेज़ युद्ध के पुराने सैनिक थे। वह भारतीय सेना में 1805 में तब भर्ती हुए थे जब उनकी उम्र सिर्फ़ पन्द्रह वर्ष की थी। वह फर्राटे से हिन्दुस्तानी बोलते थे और सिपाहियों में लोकप्रिय थे। उनकी पत्नी फ्रांसिस मातिल्डा एंग्लो इंडियन थीं जिनकी माँ हिन्दुस्तानी थीं। 67 साल की उम्र में अब हिन्दुस्तान ही उनका घर था।

जब गोलाबारी वाला हमला शुरू हुआ तो उनको अचम्भा होना स्वाभाविक था। सिपाहियों की बग़ावत ने व्हीलर और उनके साथी अंग्रेज़ों को पूरी तरह आश्चर्यचकित कर दिया। जब जनरल व्हीलर के लड़के लेफ़्टिनेंट गॉडन व्हीलर का सर बर्बरता से काट डाला गया तो सभी गहरे शोक में डूब गए और व्यक्तिगत विश्वासघात का

गहरा घाव उन्हें सालने लगा। सभी कह रहे थे, 'ये कलुवे कभी हमारे नहीं हो सकते, कभी हमारे नहीं थे।'

23 जून को प्लासी के युद्ध की सौवीं सालगिरह थी जब 1757 में ईस्ट इंडिया कंपनी ने पहले-पहल इस उपमहाद्वीप पर क़ब्ज़ा कर लिया था। 23 जून, 1857 को रोज़ ग्रीनवे और लूसी जेकोबी नाम की दो महिला बन्दियों को बाग़ियों ने यह प्रस्ताव लेकर भेजा कि बन्दी अंग्रेज़ परिवारों को निरापद निकलने दिया जाए। घिरे हुए यूरोपियनों ने राहत की साँस ली परन्तु बाग़ियों में फूट पड़ गई थी और वे समर्पण की शर्तों से मुकर गए। सतीचौरा घाट के क़त्लेआम में तीन सौ औरत-मर्द और बच्चों को बेरहमी से पवित्र गंगा के किनारे मौत के घाट उतार दिया गया। दो सौ भयभीत लोगों को बीबीघर की एक भव्य हवेली में फ़िलहाल भेज दिया गया, जिसकी मालकिन एक मशहूर तवायफ़ थी। फतेहगढ़ से भागे कुछ और शरणार्थी भी वहाँ पहुँच गए।

नाना साहब ने अपनी पुरानी नचनिया व रखैल बेगम हुसैनी ख़ानम को उन शरणार्थी औरतों और बच्चों की देखभाल का काम सौंपा था जो बीबीघर में क़ैद थे। अंग्रेज़ों की जो फ़ौज घेराबन्दी तोड़ने के लिए आगे बढ़ रही थी वह ज़बर्दस्त जुल्म ढाह रही थी। नाना जी के सलाहकार बदला लेने के लिए ग़ुस्से में खौल रहे थे, वे चाहते थे निरीह बंधकों को मार डाला जाए।

यह रस्साकशी चलती रही। कुलीन पेशवा महिलाएँ राजमाता समेत इसके ख़िलाफ़ थीं। मासूम बन्दियों के साथ दया का व्यवहार कर उन्हें इंसाफ़ दिलाने के लिए उन्होंने उपवास रखा। पेशवा के शाही महल के जनाने में खाना बनाना और खाना बन्द हो गया। पर इन औरतों की आवाज़ किसी ने नहीं सुनी। प्रतिशोध ही तय हुआ।

15 जुलाई को बीबीघर की महिलाओं को मार डालने का हुक्म सुना दिया गया। बहुत सारे सिपाही अब भी इसके ख़िलाफ़ थे, औरतों और बच्चों को मारना उनके लिए सैनिक धर्म का अंग नहीं था। सिर्फ़ तवायफ़ हुसैनी ख़ानम अडिग थी। वह उन फिरंगी औरतों से बदला लेना चाहती थी, उन घमंडी मेम साहबों से जिन्होंने उस वक़्त उसकी खिल्ली उड़ाई थी, उसे तरह-तरह से अपमानित किया था जब वह उनके मर्दों का दिल बहलाती थी। उसने अपने प्रेमी सरवर ख़ान को इस बात के लिए उकसाया कि वह बचे-खुचे बन्दियों को मार दे। बूचड़ों की बस्ती से कसाई बुलवाए गए जो गोश्त काटने के गँड़ासे लेकर पहुँच गए, और लगे क़ैदी औरतों और बच्चों की बोटियाँ काटने। लाशों के ढेर लग गए। कुछ ज़िन्दा लोगों ने निर्जीव चीज़ों के नीचे छुप जान बचाई।

अगली सुबह लाशों का मलबा साफ़ करने के लिए मेहतरों को बुलाया गया। पास ही में एक सूखा कुआँ था, 9 फुट चौड़ा 50 फुट गहरा। उसी में ज़िन्दा और मुर्दा अंग्रेज़ों को एक साथ फेंक दिया गया।

इस निर्मम हत्याकांड की ख़बर दूर-दराज़ इंग्लैंड में 'द इलस्ट्रेटड लंदन न्यूज़' में छपी :

> भारत में हमारा घर आग की लपटों से झुलस रहा है, हमने उसका बीमा नहीं कराया है। उस घर को गँवाने का अर्थ है अपनी ताक़त, शोहरत और चरित्र को गँवाना। बड़ी शक्तियों में हमारी गिनती ख़त्म हो जाएगी। हमारी हस्ती सिमटकर उतनी रह जाएगी जितना हमारा आकार यूरोप के नक्शे में है। हमारा गौरवपूर्ण अतीत और वर्तमान महत्त्वाकांक्षाएँ सब ख़त्म हो जाएँगी। इस आग को हर क़ीमत पर बुझाना होगा।

दूसरी तरफ़ 'लेडीज़ न्यूज़ पेपर एंड पिक्टोरियल टाइम्स' था जिसने इस मौक़े पर रहम दिल बने रहने की हिदायत दी :

> हमें इस वक़्त सूरज की इन साँवली संतानों को दंड देने में जल्दबाजी नहीं करनी चाहिए। हम उन पर वही नियम लागू नहीं कर सकते जो हम अपने घर में अपने पर करते हैं। हम ईसाई हैं और वह एक विधर्मी, मूर्तिपूजक राष्ट्र है।
>
> कार्ल्स मार्क्स ने लंदन में बैठकर 'न्यूयॉर्क डेली' में टिप्पणी की : इस बात को भुलाना नहीं चाहिए कि जहाँ अंग्रेज़ों की क्रूरता का बखान शौर्य और ओजस्वी पराक्रम के उदाहरण के रूप में किया जाता है, वहीं बिना भर्त्सना लायक़ आचरण के उन्हीं देसी हिन्दुस्तानियों के बीभत्स आचरण को जानबूझकर बढ़ा-चढ़ाकर पेश किया जाता है।

दिल्ली में आख़िरी मुग़ल बादशाह बहादुरशाह को तख़्तेताऊस पर फिर से बिठा दिया गया था। देशभर से सिपाही उनके समर्थन के लिए आ पहुँचे थे। हालाँकि हिन्दू गुर्जर, रंगण और मुसलमान राजपूत अंग्रेज़ों का साथ दे रहे थे। दिल्ली की घेराबन्दी लम्बे समय से जारी थी। घेरा डाले यूरोपीय फ़ौजें गर्मी, थकान से पस्त होने लगी थीं।

1 जुलाई, 1857 को किसी तरह जान बचाकर भाग निकले लोगों की भीड़ ने पहाड़ों का रुख़ किया। यह भीड़ हर काले चेहरे को डर और शक की निगाह से देखती थी। घबराई मेम साहबों और उनके बच्चों की रखवाली वे सिपाही और अफ़सर कर रहे थे जो ख़ून-ख़राबे से बच निकले थे। धूल और पसीने से सने-डरे-घबराए वे घोड़ों और पालकियों में सवार बरेली से हल्द्वानी और मुरादाबाद से कालाढूँगी पहुँच रहे थे।

बाग़ी नैनीताल से सिर्फ़ 11 मील दूर और पाँच हज़ार फुट नीचे रह गए थे। 6 जुलाई को पहाड़ों का सम्पर्क मैदानों से कट गया। कुमाऊँ कमिश्नर हैनरी रामजे को पहाड़ी लोग रामजी कहते। वह अंग्रेज़ों द्वारा राज किए जाने वाले हिस्से में एक बहादुर सैनिक और कुशल प्रशासक के रूप में मशहूर थे। वह न्यायप्रिय थे और जनहितकारी। उन्होंने उन लोगों का विश्वास और स्नेह जीत लिया था जिन पर वह शासन करते थे। पर यह वक़्त कड़े फ़ैसले लेने का था और यही रामजे का संकल्प भी था।

रामजे का फ़ौलादी मुक्का कैप्टन मैक्सवैल का मार्गदर्शन कर रहा था और वह हल्द्वानी की रक्षा बाग़ियों के हमले से कर सका। तराई के मलेरिया बुख़ार के प्रकोप वाले उमस भरे जंगली इलाक़े में बाग़ी सिपाहियों ने गदर मचा रखा था। वे लूटपाट करते खेतों और गाँवों पर क़ब्ज़ा करने की कोशिश करते, लोग त्राहि-त्राहि करने लगे थे।

नैनीताल का गवर्नमेंट हाउस बुर्जों और गोथिक मेहराबों से सज़ा था। वहीं हैनरी रामजे अपने सहायक कैप्टन मैक्सवैल से मंत्रणा कर रहा था, जिसे उसकी प्रेमिकाएँ मैक्स कहकर पुकारती थीं। मैक्सवैल रंगीन मिज़ाज आदमी था और उसके बारे में मशहूर था कि रामगढ़ के पास की नायिका बिरादरी की एक देसी रखैल भी उसकी चहेती थी। इसे उसने पारम्परिक रूप से तय क़ीमत चुका वधू बना लिया था। इससे उसकी लड़की संतान भी थी। इस सबके बावजूद भूरे लोगों के प्रति हिकारत का भाव ज़रा भी कम नहीं हुआ था।

''हमें सख़्ती से काम लेना होगा,'' रामजे ने कहा, ''जब किसी को सबक़ सिखाना हो तो कोई न कोई उदाहरण पेश करना ही होता है। ज़िन्दगी के स्कूल का यही अनुभव है।'' रामजे ने अपनी बात जारी रखी, ''यह बात एडमंड बर्क ने कही थी, और वह इस मुल्क को बिना कभी यहाँ आए किसी दूसरे इनसान से बेहतर समझता था। शायद यहाँ कभी नहीं आने के कारण ही वह इसे अच्छी तरह समझ पाया।'' वहाँ सिर पर पगड़ी, कमर पर लाल सुनहरा पट्‌टा बाँधे, नंगे बिवाई पड़े पैरों वाला एक खिदमतग़ार बाहर खड़ा था। उसने हाथ में चाँदी की चाय की ट्रे पकड़ रखी थी पर दोनों में से कोई उसकी ओर देख नहीं रहा था।

रामजे अपने विचारों में खोया रहा। फिर उसने आह भरी और बग़ल में बैठे मैक्सवैल की ओर मुड़ा जो गवर्नमेंट हाउस के कमरे की बड़ी सी खिड़की के पास बैठा था। वहाँ से बाहर का बगीचा और देवदार के पेड़ दिखलाई देते थे।

''हमारा आदेश है कि देखते ही मौत की सज़ा दे दी जाए, वध सार्वजनिक होना चाहिए। आनन्द सिंह फर्त्याल और बिशन सिंह करायत को जाना होगा, हमने उन्हें बहुत समय तक बरदाश्त कर लिया है। हमें तीन चाहिए, एक और को पकड़ लाओ।''

कैप्टेन मैक्सवैल ने अपने घने मटन चॉप जैसे गलमुच्छों को खुजलाते हुए बेसब्री से जवाब दिया, ''श्रीकालू मेहरा भी फाँसी पर लटकाने लायक़ कलुवा है।''

रामजे ने कुछ सोचते हुए जवाब दिया, ''यह उसे शहीद बना सकता है। राजा को शतरंज की बिसात पर उसके क़िले में ही बन्दी बना लेना बेहतर है। वह फाँसी से इतना डरता है कि हमें अपने साथियों की साज़िश के बारे में जानकारियाँ देता रहता है।''

मैक्सवैल ने अपनी अँगुलियाँ मेज़ पर ठकठकाते हुए कहा, ''पंडित हर्षदेव जोशी का दामाद अपने को क्रान्तिकारी समझता है। जबकि वह एक आलसी, असन्तुष्ट व्यक्ति है। मैंने सुना है कि उसकी बीवी सुन्दर है।''

रामजे ने कैप्टन मैक्सवैल के कन्धे पकड़ लिये, मैक्सवैल समझ नहीं सका यह काम ग़ुस्से में किया गया था या स्नेह में।

रामजे ने कहा, ''मुझे तुम्हें एक बार फिर बर्क की बातें याद दिलानी पड़ेंगी। उसने यह बात वॉरेन हेस्टिंग्ज के बारे में आज से 70 साल पहले कही थी। पर तुम्हारे लिए आज भी इसे याद रखना ज़रूरी है—ये लाट साहब उद्दंड और लालची सिपाहियों की लालसा स्त्रियों के लिए बढ़ाते हैं। पर हम यहाँ दुस्साहसियों की तरह नहीं आए हैं। उनकी स्त्रियाँ हमारी स्त्रियाँ नहीं हैं।'' रामजे का स्वर तटस्थ था पर मैक्सवैल ने उस पर एक ऐसी धार महसूस की जैसी उसने पहले कभी नहीं सुनी थी।

बैरा दरवाज़े के पास खड़ा देख रहा था और सुन रहा था उसे अंग्रेज़ी नहीं आती थी। पर वह इस बात को महसूस कर रहा था साहब लोग ग़ुस्सा हैं। वह बड़े धैर्य से उनकी बातचीत ख़त्म होने की प्रतीक्षा कर रहा था ताकि वह मेज़ से तश्तरी हटा सके। ग़ुस्सा उसके भी गले में अटका था, निगला नहीं जा रहा था। वह कमरे से बाहर निकला, पीछे मुड़ा और उसने उस बन्द दरवाज़े पर थूक दिया जिसके पीछे बैठे फिरंगी अभी साज़िश रच रहे थे।

फाँसी। तिलोत्तमा ने उसे कभी देखा नहीं। बद्रीदत्त उप्रेती के रिश्तेदारों ने अपने तन और मन को इससे दूर रखने को ही समझदारी मानी। किसी ने उन्हें यह नहीं बताया कि इस काम के लिए बाजपुर से डेनियल मैसी नाम का एक शराबी जल्लाद बुलवाया गया था। मैसी पुश्तैनी जल्लादों का वंशज था। उसे एक बोतल रम पकड़ाकर काम बतला दिया गया। शहीद के परिवार को डरी हुई भीड़ के बारे में कुछ पता नहीं चला और न ही उस अनिश्चित चाल-ढाल के बारे में जिस धज से बद्रीदत्त फाँसी के तख़्ते की ओर चले अपनी लम्बी नाक ऊँची रखी। उन्होंने किसी से कुछ पूछा भी नहीं। बद्रीदत्त उप्रेती ने मरने के पहले भीड़ को कुमाऊँनी में सम्बोधित किया। इस बोली को जल्लाद नहीं समझते थे। ''भाइयो,'' उन्होंने ऐलान किया, ''मैं

अपने देश के लिए मर रहा हूँ, मैं अपनी देश की आज़ादी के लिए मर रहा हूँ।'' फाँसी का फंदा जो चैनमार कहलाता था एक मोटे साँप की तरह मैसी के बालों वाले गोदना गुदे हाथों में इंतज़ार कर रहा था। जल्लाद की अँगूठियों में एक मूँगे की थी ताक़त के लिए और एक चाँदी में मोती की थी मानसिक शान्ति के लिए।

इसके बाद से यह जगह फाँसी का गधेरा कहलाने लगी। शीशम के एक ऊँचे पेड़ की शाखा में पुराने बोट हाउस के क़रीब शिटोह की धार पर मौत की सज़ा दी गई। डरी-सहमी भीड़ ने उस वक़्त कोई नारे नहीं लगाए जब जल्लाद ने फाँसी का फंदा बद्रीदत्त उप्रेती की गर्दन में कसा। यह दृश्य झील के ठहरे हरे पानी में प्रतिबिम्बित हुआ। उसी पानी में जहाँ तिलोत्तमा की माँ डूबी थी। नैना देवी की आँखें एक ऐसी बलि को देख रही थीं जो उन्हें नहीं दी जा रही थी।

जब हैनरी रामजे को फाँसी की सूचना मिली तो उन्होंने दुख से कहा, ''मैंने हमेशा पहाड़ी लोगों को अपना बच्चा माना है।'' उसकी आँखों में आँसू थे, जब फुसफुसाते उसने कैप्टन मैक्सवैल से कहा, ''अपने बच्चों की तरह बर्ताव किया है मैंने उनके साथ।''

मैक्सवैल ने उत्तर दिया, ''अब वह मर गया है और यह हम सबके लिए अच्छा है। अब लाश के साथ क्या किया जाए? उसके समझदार घरवाले उसे ले जाना नहीं चाहते, उन्हें गद्दारों से लगाव नहीं।'' ध्यानमग्न रामजी-रामजे अपने बग़ीचे में खड़े कुहासे से घिरे चिन्तामग्न देवदार के पेड़ों को देख रहा था। उसने देखा कि खिड़कियों पर लगे काँच साफ़ करने की ज़रूरत है। फिर उसने कहा, ''किसी भी क़ीमत पर हम शहीद नहीं पैदा कर सकते। सारी लाशों को अल्मोड़ा जेल भेज दो जहाँ श्रीकालू मेहरा क़ैदी है। उसे इन लोगों की मौत के बारे में सोचने दो और अपनी ज़िन्दगी के बारे में। वहशीपन एक ऐसा खेल है जिसे दोनों टोलियाँ खेल सकती हैं।''

तिलोत्तमा सात साल की बच्ची थी जब उसके पिता के छोटे भाई बद्रीदत्त उप्रेती को तल्लीताल के कामचलाऊ बोट हाउस में लटकाया गया था। उसका परिवार इस बाबत बात नहीं करता था। फुसफुसाते हुए तथ्यों को अस्वीकार करना उन्हें और भी डरावना बना देता था।

अनाथ तिलोत्तमा कभी भी कुछ कर सकने वाले अपने बाँके चाचा को बहुत चाहती थी। उसकी नज़र में बद्रीदत्त बेहद ख़ूबसूरत थे। वह कल्पना करती कि उसके पिता का नाक-नक्श भी वैसा ही रहा होगा। जब भी वह नैनीताल आते वह अपनी प्यारी भतीजी के लिए कभी लड्डू तो कभी गुड़ की डली लाते और उसके गालों पर चिकोटी काटते। वह इस बात से बहुत ख़ुश होती और शुक्रगुज़ार भी कि वह उसकी तरफ़ ध्यान देते हैं। उसके मुँहबोले पिता और अभिभावक देवीदत्त पंत बद्रीदत्त उप्रेती को सख़्त नापसन्द करते थे। जब उसके चाचा ने आना बन्द कर दिया तब उसने अपने डर को ज़ाहिर नहीं किया और अपने को भरोसा दिलाया कि चाचा

ने शायद इसीलिए आना बन्द कर दिया है कि बड़ा बाज़ार के तिमंज़िले मकान में उनका स्वागत नहीं हुआ था।

जब उसके चाचा बद्रीदत्त आख़िरी बार बड़ा बाज़ार वाले मकान में आए तो उन्होंने उसके कान में कहा, "याद रखना यह बात! याद रखना मेरी नन्ही तिल्ली कभी भी डरना मत। वही करना जो तुम करना चाहती हो। वह नहीं जो करना तुम्हें पसन्द है, बल्कि वह जो तुम करना चाहती हो।" उस दिन घर से बाहर निकलते बद्रीदत्त ने जब पलटकर पीछे देखा तो उसमें कुछ उतावली थी। भले ही तिलोत्तमा को उनकी मौत के बारे में कुछ पता नहीं था सारे नैनीताल में इसी की चर्चा थी। एक हफ़्ते तक बड़ा बाज़ार वाले घर की सारी खिड़कियाँ कसकर बन्द कर दी गईं और सरूली ने तिलोत्तमा को घर से बाहर निकल अपने दोस्तों के साथ खेलने से मना कर दिया। वह कहती, "बाहर बीमारी फैली है और मैं नहीं चाहती कि तुम्हें उसकी छूत लग जाए।"

तिलोत्तमा को नई बीमारी लग गई। जब भी तिलोत्तमा उत्तेजित या बेचैन होती तो उसके नथुने फड़कने लगते और उसकी पलकें तेज़ी से झपकतीं। उस विलायती गुड़िया की तरह जिसे किसी ने बुरी तरह ज़ोर से हिला दिया। अजीब बात यह थी कि इससे वह और भी आकर्षक लगने लगी। देवीदत्त और उनकी पत्नी ने इस बदलाव को चिन्ताजनक नहीं समझा।

बाद में जहाँ वह जाती कानाफूसी शुरू हो जाती। इसका चाचा बद्रीदत्त उप्रेती ही वह व्यक्ति था जिसे चैनमार ने फाँसी पर लटकाया था। वह उनकी बातें सुन सकती थी।

तिलोत्तमा ने सरूली से पूछा, "क्या यह सच है?"

"सरासर झूठ!" उसने जवाब दिया। यह देखो यह उसकी लिखी चिट्ठी है, आज रात मैं तुम्हारे चाचा से कहूँगी वह तुम्हें यह पढ़कर सुनाए। पर जब तिलोत्तमा ने चाचा बद्रीदत्त की चिट्ठी पढ़कर सुनाने को कहा तो उन्होंने उसे ऐसे देखा जैसे उन्हें मिर्गी का दौरा पड़ गया हो। वह भागकर सरूली को बुला लाई जिन्होंने बड़ी मुश्किल से अपने पति को शान्त किया। इसके बाद उन्होंने कभी इस चिट्ठी का ज़िक्र नहीं किया।

वह समय शासकों और प्रजा दोनों के लिए ही कठिन था। रामजे सरकारी ख़ज़ाने की तिजोरी अपनी जेब में रखकर घूमते थे। इस मुश्किल वक़्त में भी वह दयालु बने रहने की कोशिश करते। उन्होंने ऐलान किया 'मुझे जल्लाद का काम पसन्द नहीं' पर उनकी कथनी और करनी में फ़र्क़ नज़र आता था। बड़ी मुश्किल से एक अस्थिर शान्ति स्थापित हो सकी थी।

गदर के चार भगोड़े बाग़ी मल्ला बाज़ार के अपने रिश्तेदारों के यहाँ शरण लेने पहुँचे। रामजे के भेदिये को उनका सुराग मिल गया और उन्हें पकड़कर कोसी नदी के किनारे एक चट्टान पर खड़ा कर दिया गया। रामजे ने उन्हें एक-एक कर गोली

मारी। वे तेज़ बहते घुमड़ते पानी में गिरे हालाँकि उनमें से एक तैरकर दूसरे किनारे पर पहुँच सका।

अपनी पिस्तौल अपने सहायक को सौंपते हुए रामजे ने कहा, ''यह मेरी बदनसीबी है कि मुझे यह फ़र्ज़ पूरा करना पड़ रहा है। जिस देश पर राज करना हमारी नियति है उसे राजद्रोह से बचाना ही होगा।''

पहाड़ निरापद थे। बरेली के क़त्लेआम ने यूरोपियों की आबादी को बहुत नुकसान पहुँचाया था। जब फ़साद शुरू हुआ तब ब्रिगेडियर शिवबाल्ड अल्मोड़ा में छुट्टियाँ बिता रहे थे। जब फ़साद भड़के वह बग़ावत का सामना करने तत्काल निकल पड़े। अधिकांश सैनिक और ग़ैर सैनिक अफ़सर मार डाले गए। इनमें जेल सुपरिंटेंडेंट डॉक्टर हैनड्सबरो को मारने के पहले नवाब के दरबार तक घसीटकर ले जाया गया।

सिर्फ़ कमिश्नर और तीन अन्य लोग नैनीताल भागने में कामयाब हुए, जिनका इन फाँसियों के अलावा ज़्यादा विरोध नहीं हुआ था। 1857 की भयानक घटनाओं ने नए-नवेले हिल स्टेशन को छुआ तक नहीं। हालाँकि बाग़ी हिन्दुस्तानी सिपाही नैनीताल की सरहद तक पहुँच गए लेकिन वे झील तक नहीं पहुँच सके और क़स्बे को किसी ख़तरे का सामना नहीं करना पड़ा। तब भी अंग्रेज़ हुक्मरान अपनी मुसीबतों का रोना रोते रहते। उनकी एक बड़ी परेशानी बियर के अकाल को लेकर थी। भला ठंडी बियर के बिना हिल स्टेशन में रहने का तुक ही क्या था? यह बियर नैनीताल से कोई दो सौ फुट नीचे एक लम्बी दाढ़ी वाला जर्मन बियर भट्टी में बनाता था जिसने जोखिम को देखते हुए बियर का उत्पादन बन्द कर दिया था और अपनी पत्नी और बच्चों के साथ उसने भी नैनीताल में पनाह ले ली थी।

नैनीताल में यह अफ़वाह फैली थी कि बियर भट्टी के जर्मन मालिक ने भागने के पहले बियर का एक छोटा भंडार वहाँ छुपा रखा था। एक शाम कुछ प्यासे नैनीताल वासियों ने यह फ़ैसला किया कि वे बियर भट्टी तक जाकर इस अमूल्य पेय को ले आएँगे।

बियर भट्टी हिल स्टेशन से दो मील दूर और दो सौ फुट नीचे थी। बाग़ी सिपाही हल्द्वानी में थे नौ मील और चार हज़ार आठ सौ फुट नीचे। क्लिफ़र्ड मॉरेस बियर भट्टी की राह पर था, यूरोपीय बिरादरी का दिल ख़ुश करने के लिए बियर लाने वाले अभियान में। राह में एक टेढ़ा मोड़ था जो नीचे पानी के स्रोत तक पहुँचने के पहले पड़ता था। यहाँ उसका सामना एक गोरी चमड़ी वाली औरत से हुआ जिसने एक फटी हुई आधी साड़ी पहन रखी थी। उसे देखकर वह चौंक गई और डर से पीछे हट गई। उसकी आँखें नीली थीं और ज़ाहिर था कि वह देसी औरत नहीं है। उसने कहा, ''एक अंग्रेज़ औरत यहाँ?'' उसे जवाब मिला, ''एक अंग्रेज़ औरत जो अपना सब कुछ गँवा चुकी है। मेरे पति कानपुर में मार डाले गए। मेरी तीन संतानें तोता तालाब के

क़ब्रिस्तान में दफ़न है। चौथा परम पिता परमेश्वर के आग़ोश में आराम कर रहा है।''

क्लिफ़र्ड मॉरिस ने अपने बैरे को बुलवाया और इस कमज़ोर लड़की जैसे प्राणी को अपने झंपानी तक ले गया, जहाँ उसे लाज ढकने के लिए अपना जैकेट दिया और एक कंबल उढ़ाया। रिक्शावाहक उसे नैनीताल ले चले। उसके रक्षक ने बियर भट्टी की तरफ़ सुनहरे जर्मन द्रव की तलाश में अपनी यात्रा ज़ारी रखी।

नैनीताल की अंग्रेज़ बिरादरी ने मेरी ज़ेन को सदय संवेदना दर्शाते हुए हमदर्दी के साथ अपनाया। उसने गदर के अत्याचार झेले थे और जीवित बची रही थी। वह एक बड़े संघर्ष का प्रतीक थी। अदम्य जीवट और साहस की छाप उस पर थी। सभी महिलाएँ बारी-बारी उससे भेंट करने उसे सांत्वना देने आईं। हालाँकि आपस में बातें करतीं वह यह कहतीं कि वह कुछ अजीब लगती है। शायद जिन हादसों से वह गुज़री थी उन्होंने उसे मानसिक रूप से विक्षिप्त बना दिया।

''वह वास्तव में कुछ अजीब है, एंग्लो इंडियन भी हो सकती है,'' नैनीताल की एक प्रतिष्ठित महिला ने कहा, ''मगर मैं सोचती हूँ हमें उसके प्रति दयालु होना चाहिए यह देखते हुए कि वह किन परिस्थितियों से गुज़री है।''

भाग दो

# आधुनिक काल

अध्याय–3

# अनुपमा-तिलोत्तमा

देवीदत्त और सरूली ने पारिवारिक ज्योतिषियों की सलाह के अनुसार काम किया। तिलोत्तमा की शादी 19 साल की बड़ी उम्र में उससे कहीं ज़्यादा उम्रदराज नैनचन्द जोशी से कर दी गई जो उसकी कल्पना के पति से कहीं अधिक शर्मीला था। नैनचन्द वर्षों से कुँवारा ही रहा था। उसने अन्ततः शादी का फ़ैसला अपने मित्रों और परिवार वालों के दबाव से नहीं बल्कि अकेलेपन के डर से घबराकर आख़िर कर ही लिया। उसकी कुलगोत्र परम्परा कुछ मामलों में बेदाग़ नहीं थी पर देवीदत्त ने इसे अनदेखा करने का मन बना लिया था।

वर की बरात अल्मोड़ा से बिना किसी तामझाम के पैदल ही नैनीताल पहुँची। देवीदत्त पंत और उनकी पत्नी सरूली ने अपनी गोद ली बेटी के लिए एक भव्य शादी का शानदार बन्दोबस्त किया था। बाज़ार वाली गली रंगीन झंडियों से ढकी थी। बरेली से बुलाए गए शहनाईनवाज़ विदाई संगीत की मातमी धुन से कर रहे थे। खाने के पहाड़ लगे थे। मीठी चाशनी में पगी गोल-मटोल जलेबी जो नैनीताल वासियों का नया शौक़ थी, इन्हें पकाने वाला कारीगर काठगोदाम से बुलाया गया था। तिल्ली ने अपनी माँ दुर्गा का पीले और सिन्दूरी शुभ रंगों वाला रंगवाली पिछौड़ा ओढ़ रखा था। बाक़ी महिलाओं की भी यही पोशाक थी। सोने की बड़े घेरे वाली, उसके चेहरे से दुगुने आकार वाली नथ उसकी नन्ही सी नाक पर लदी थी। वह परेशानी का कोई चिह्न नहीं झलका रही थी न ही आँसू बहा रही थी। बस उसने अपना सर ज़रा सा नीचे झुका रखा था बिलकुल वैसे जैसे सरूली ने उसे सुझाया था।

शादी की पहली रात परिवार की महिलाओं की मित्र मंडली और पड़ोस की स्त्रियाँ नाच और गाने के लिए इकट्ठा हुई थीं। 'रत्याली' की यह परम्परा पहाड़ी औरतों को अपने जोश के प्रदर्शन का अवसर देती थी। इस अवसर पर न तो उन्हें

पति का बिछोह, न ही कमरतोड़ काम का बोझ या प्रसव का कष्ट बाधा पहुँचाता था। वे सब नीचे वाली बैठक में जमा हुई थीं जहाँ से सारे पुरुषों को बाहर निकाल दिया गया। लम्बे मखमली घाघरों को पहन, शादी के श्रृंगार से लैस, बचे-खुचे आभूषणों को पहन वे एक घेरे में बैठ प्रेम, वियोग, लड़ाई-झगड़े और फिर सुलह के गीत गा रही थीं।

तिलोत्तमा की माँ सरूली नाचने के लिए उठ खड़ी हुई। एक खड़ूस बुढ़िया कमरे के बीचोबीच बैठी अपने घुटनों के बीच दबोचे ढोलक पर जोश से अपनी गठियाई अँगुलियों से थाप दे रही थी। वह उन तालों को दोहराती जिनकी याद अब धुँधलाने लगी थी। अखरोट के छिलके की तरह झुर्रियों वाले उसके चेहरे पर एकाग्रचित्त होने का पता चल रहा था।

सरूली ने अपना घूँघट पीछे फेंक दिया अपनी पीठ सीधी की अपनी पतली कमर को तिरछे कोण में ढालकर ठुमके वाला एक नाच शुरू कर दिया।

कमरे में इकट्ठी महिलाओं ने अपना सर हिलाया, जवान लड़कियों ने एक के बाद एक उठकर उसका साथ देना शुरू किया। तब तक, जब तक इन लड़कियों के साथ गठिया वात से पीड़ित झुकी कमर वाली अधेड़ औरतें और बुढ़ियाएँ भी नहीं नाचने लगीं। घर-परिवार या मोहल्ले की शादी की ख़ुशी में शरीक होने का उल्लास संक्रामक था।

देवीदत्त पंत ने एक डांडी किराये पर ली थी जो उनकी भतीजी को शानदार पालकी में बिठा अल्मोड़ा ले जाने वाली थी। उसके पति और बरात के अन्य सदस्य तेज़-तेज़ उसकी डोली के साथ चल रह थे। तिलोत्तमा इसके पहले नैनीताल के बाहर किसी सफ़र पर नहीं निकली थी। वह अपने घूँघट के भीतर से बाहर के नए अजीबोग़रीब दृश्य देख रही थी और अपनी प्यास बुझा रही थी। पहाड़ियाँ और घाटियाँ बादलों और कुहासे में ढकी सड़क के साथ-साथ चल रही थीं। हलका काँपता एक इन्द्रधनुष रंगीन तितली की तरह क्षितिज पर पहुँचकर ग़ायब हो गया।

पालकी कहारों के कन्धों पर झूल रही थी। बैठने के लिए नाव जैसी कुर्सी थी जिसके ऊपर छोटी सी छत थी। तिलोत्तमा को जिन चार वर्दीधारी कहारों ने उठा रखा था उनके अँगरखे लाल थे और कमरबन्द सफ़ेद। वे नंगे पैर थे पर ऐसा नहीं लग रहा था कि उनके अनुभवी पैरों को रास्ते पर बिखरे कंकड़, पत्थर, काँटे परेशान कर रहे हों। साँस फूलने से बचने के लिए बीच-बीच में वे एक ख़ास तरीक़े से आह भरते थे जो इस तेज़ रफ़्तार यात्रा में बड़ा आरामदेह था।

सरूली की कुछ सोने की चूड़ियाँ और उसकी माँ के गहने जो उसका स्त्री धन

थे, सिर्फ़ उसकी सम्पत्ति, कमर पेटी में बँधे थे। उसे ऐसा लग रहा था वह एक रानी है जो किसी महान अभियान पर निकली है पौराणिक कहानियों के उन चरित्रों की तरह जिनके चित्र बड़ा बाज़ार वाले घर की दीवार में उसकी माँ ने रँगे थे।

उनके साथ कुछ डोटियाल कुली भी चल रहे थे और एक मज़बूत काठी वाला भोटिया घोड़ा। दोनों ही उन उपहारों से लदे थे जो घरवालों ने नव विवाहित दम्पती पर न्योछावर किए थे। इनमें थे—दो बड़े-बड़े रंगीन छाते, बड़े-बड़े पीतल के बर्तनों की जोड़ी, दो चाँदी की थालियाँ और वधू के लिए चार जोड़ा नए सिले कपड़े। उसके पति ने लकड़ी का पलंग ले जाने से इनकार कर दिया था क्योंकि उसके अपने घर में काफ़ी फ़र्नीचर था। उसके लिए ऊनी गरम सूट का कपड़ा माल रोड के लंदन स्टोर से ख़रीदा गया था, यह दुकान सिर्फ़ गोरों के लिए चलती थी पर इसका मालिक देवीदत्त का मुवक्किल था और उसने सूट का कपड़ा बड़ा बाज़ार वाले घर में भिजवा दिया था। एक छोटे से चाँदी के बक्से में बड़ी नज़ाकत के साथ 250 रुपए वर नारायण के उपहार के लिए रख दिए गए थे। यह सारा सामान और पोटलियाँ डोटियाल की पीठ और पहाड़ी खच्चर पर लदे थे। यह काफ़िला अल्मोड़े की तरफ़ बढ़ रहा था।

नैनचन्द और उसके साथी घुमावदार रास्ता पार कर चुके थे। तिलोत्तमा ने अपना घूँघट उतार फेंका और इधर-उधर नज़र दौड़ाकर आस-पास का दृश्य मंत्रमुग्ध होकर देखने लगी। ऊपर, बहुत ऊपर, नीले आकाश में एक चील उड़ रही थी।

पहाड़ी कबूतरों का एक जोड़ा उसके आस-पास अपने पंख फड़फड़ा रहा था। तिलोत्तमा अपने को बहुत आज़ाद महसूस कर रही थी। एक गड़रिया अपनी भेड़ों के रेहड़ को हाँकता पालकी के साथ-साथ क़दमताल मिलाकर चल रहा था। बकरियों की गले की घंटियाँ टिनटिना रही थीं। समतल बनी गाड़ी सड़क अब ऊबड़-खाबड़ पैदल पथ की ओर बढ़ रही थी और फिर यह काफ़िला रस्सियों से बने झूलते पुल तक पहुँच गया, जिसका फ़र्श लकड़ियों के तख़्तों और बाँस का बना था, और जो नीचे पानी की तेज़ बहती धारा के ऊपर यात्रियों के आने-जाने से हिलता-डुलता था।

रास्ते में दोपहर का खाना खाने के लिए वे एक डाक बँगले में रुके। दोपहर के खाने में पूरी और आलू के गुटके और कुछ तले व्यंजन थे जिन्हें एक टिफ़िन कैरियर में पैक किया गया था। नव दम्पती, शर्माए से, लम्बे बरामदे के एक कोने में बैठे थे जहाँ खानसामा-चौकीदार ने उनका स्वागत एक मुस्कान और मीठी दूधिया चाय को चीनी मिट्टी के कहीं-कहीं टूटे-चटके प्यालों में ढाल कर किया।

अँधेरा होने लगा था और पुरुषों ने आपस में परामर्श कर यह तय किया कि आगे बढ़ना बुद्धिमानी नहीं। इन जंगलों में भालू और दूसरे जंगली जानवर रहते थे। जिस अंग्रेज़ साहब के लिए डाक बँगला आरक्षित था उन्होंने यह सूचना भेज दी थी कि वह दौरे पर नहीं आ रहे। ख़ानसामा ने रात में रहने के लिए दो कमरे खोल दिए और

डोटियालों तथा कुलियों के रात गुज़ारने के लिए आउट हाउस में बन्दोबस्त कर दिया।

ट्रिगनोमेट्रिकल सर्वे के अफ़सर के रूप में नैनचन्द जोशी पूरे हिमालयी क्षेत्र में ऐसे डाक बँगलों में रहने के अधिकारी थे। रात यहीं बिताने का फ़ैसला उन्होंने किया। नैनचन्द ने तिलोत्तमा को सामने वाले शयनकक्ष में पहुँचाकर हिदायत दी, "दरवाज़ा बन्द रखना। मैं जब वापस लौटूँगा दरवाज़े को तीन बार खटखटाऊँगा। अब तुम मेरी पत्नी हो और तुम्हारी रखवाली मेरी ज़िम्मेदारी है।"

वह एक नीची छत वाला लम्बा कमरा था जिसमें लकड़ी की दो कुर्सियाँ और एक टूटी मेज़ एक कोने में रखी थी। दूसरे कोने में लकड़ी की एक विशालकाय चारपाई थी। एक दरवाज़ा शौचालय और स्नानागार में खुलता था जहाँ एक कमोड और चिलमची थी। लम्बी खिड़की छींट के जर्जर पर्दे से ढकी थी। नई दुल्हन ने पर्दा हटाकर बाहर झाँका। सूरज अस्त हो रहा था और बाहर की बगिया हलकी सुनहरी धूप में नहा रही थी।

तिलोत्तमा ने खिड़की खोली। अपने शादी के भारी घाघरे को ऊपर उठाया और बाहर कूद गई। नम घास पर एक धमक के साथ उतरने के बाद उसने बगिया का मुआयना शुरू किया। बगिया के बीचोबीच एक गोलाकार क्यारी थी जिसमें गुलाब की झाड़ियों में बेशुमार फूल लगे थे—पीले, गुलाबी और सफ़ेद। ढलती धूप में सुर्ख लाल गुलाब लगभग काले नज़र आ रहे थे। उसने पहले एक पूरा खिला गुलाब तोड़ा और फिर बिना अधिक सोचे-विचारे एक छोटे गुलाब की कली तोड़ ली।

तिल्ली को बचपन से ही यह सिखाया गया था कि फूल-पत्तियों को सूर्यास्त के बाद तोड़ना पाप है क्योंकि उस समय वे सो रहे होते हैं। परन्तु तिलोत्तमा को आज कोई अपराधबोध नहीं हुआ। उसने ख़ुद से कहा, 'सूर्यास्त अभी-अभी तो हुआ है और फिर अब मैं शादीशुदा औरत हूँ, मैं जो चाहे कर सकती हूँ।'

उसके बाद उसने गुलाब की झाड़ियों के बग़ल में कुछ सरसराहट की आवाज़ सुनी तो इसी में बुद्धिमत्ता समझी कि वह खिड़की की सिल्ली लाँघ अँधेरे कमरे में वापस लौट जाए। वह लौटी तो दरवाज़े पर एक दस्तक हुई फिर दूसरी और फिर तीसरी दस्तक। ये उसके पति थे, हाथ में एक गैस लाइट और एक छोटी तश्तरी में खाना लिये। उसने गुलाब के फूल बिस्तर पर फेंक दिए और अपना असमंजस छुपाने की कोशिश की।

वह भूखी भी थी और थकी भी। आलू-पूरी ठंडे होने के बावजूद बहुत स्वादिष्ट लग रहे थे। खाने के बाद अपना पिछौड़ा उतारकर व करीने से तह लगा बिस्तर के

पायताने रखकर वह शादी के गहनों से सजी-धजी पति के बग़ल में बैठ गई। पति ने उसका हाथ अपने हाथों में थामकर उसकी भवें सहलाईं और कहा, "चिन्ता मत करो छोटी तिलोत्तमा, मैं जो कुछ भी करूँगा रहमदिली के साथ करूँगा। तुम्हें कष्ट नहीं पहुँचाऊँगा।"

तिलोत्तमा उस रात उस अजनबी कमरे में सो नहीं पाई। सियार की बोली गहरे सन्नाटे को बीच-बीच में तोड़ देती और फिर दूर किसी अन्य जानवर का गुर्राना सुनाई देता। उसकी आँख भोर के पहले ही लग पाई, जब चिड़ियों ने चहचहाना शुरू कर दिया था। उसके पति ने उसे सोने दिया। जब वह जाग गई तब पति ने गुलाब और गुलाब की कली की ओर इशारा किया और पूछा, "ये तुम्हें कहाँ मिले?" तिलोत्तमा चुप रही उसने कोई जवाब नहीं दिया। नैनचन्द ने भी आगे कोई पूछताछ नहीं की।

वे लोग अगले दिन दोपहर तक अल्मोड़ा पहुँच गए। रास्ते में कई जगह कड़ी चढ़ाई पार करनी पड़ी और ऐसी ढलानें भी जो घने जंगलों से गुज़रती थीं।

वह एक गरम दिन था और पालकी ढोने वालों के हाथ पसीने में नहाते जा रहे थे। सुआल नदी पर झूलापुल को पार कर वो अल्मोड़ा की धार की ओर मुड़े।

उसके पति नैनचन्द ने आस-पास के मार्गदर्शक चिह्न उसे बताए दाहिने हाथ को 'ग्रेनाइट हिल' था, अजीबोग़रीब शक्ल वाले पत्थरों का दैत्याकार ढेर, कुछ और आगे कोढ़ीखाने का दरवाज़ा, जिसकी चूना पुती दीवार पर एक विशालकाय गड्ढा था। एक डोटियाल कुली दरवाज़े पर खड़ा था, उसके कन्धे पर एक सफ़ेद पियानो लदा था जिसे सहारा देने के लिए एक रस्सी उसके माथे पर कसी थी।

"देखो बेचारे बोझा ढोने वाले जानवर को," उसके पति ने कहा, "क़ानूनन किसी भी कुली के सर पर पच्चीस सेर से अधिक बोझ नहीं लादा जा सकता। मगर ये लोग दुगनी मज़दूरी का लालच देकर दोगुना बोझ लाद देते हैं। एक न एक दिन हम लोगों का धीरज चुक जाएगा। वैसे ऐसा नहीं कि हमारे अपने लोग इन गोरों से बेहतर या दयालु हैं।"

एक मील बाद वह अल्मोड़ा शहर में दाख़िल हुए। तिलोत्तमा की नई ज़िन्दगी शुरू हो चुकी थी।

नैनचन्द के रिश्तेदार और तिलोत्तमा के कुछ चचरे-मौसेरे भाई बरात का इन्तज़ार उसके घर पर कर रहे थे। गेंदे की फूलों की माला और रंगीन पताकाओं से तून की लकड़ी के भारी दरवाज़े के सामने सजावट की गई थी। तिल्ली को यह बात याद रही कि उसे अपना सर वैसे ही विनम्रता से झुकाकर घर में प्रवेश करना है जैसे उसकी बड़ी माँ सरूली ने सिखाया था। अपने नंगे पैर सिन्दूर की तश्तरी में रखते

हुए उसने पीतल के लोटे का स्पर्श किया जिसमें बिना कुटे धान रखे थे। उसने अपने दाहिने पैर से, जिसके अँगूठे में बिछुवा था, उसे दहलीज़ पर बिखेर दिया। उस समृद्धि के प्रतीक के रूप में जो उसके आगमन के साथ यहाँ पहुँचने वाली थी।

अल्मोड़ा के बारे में सबसे अच्छी बात यह थी कि तिलोत्तमा यहाँ अपनी इच्छानुसार रह सकती थी। नैनीताल में तिलोत्तमा के कुछ दोस्त थे पर यहाँ एक भी नहीं। अकेले पति-पत्नी का इस तरह रहना कुमाऊँ के जटिल संयुक्त परिवारों में अपवाद था। परन्तु नैनचन्द का कोई भाई-बहन या क़रीबी रिश्तेदार नहीं थे और तिलोत्तमा को बड़े संयुक्त परिवार के झंझटों से छुटकारा मिल गया। हालाँकि, उप्रेती परिवार के अल्मोड़ा शाखा के रिश्तेदारों ने बड़े उत्साह से उसे अपना लिया था पर तिलोत्तमा अपने मनमाफ़िक उनसे मिलना-जुलना तय कर सकती थी। तिलोत्तमा का स्वागत उसके नए घर में कुछ दूर के रिश्तेदारों ने किया और उनके चले जाने के बाद वह फिर ख़ुदमुख़्तार हो गई—अपने और अपने पति के लिए ज़िम्मेदार। वे सिर्फ़ दो थे—एक साथ और अकेले।

तिलोत्तमा अपने पति के लिए खाना बनाती और उसके कपड़े भी धोती। वह स्वयं को वयस्क महसूस करने लगी थी। दोनों के बीच असहज-अमुखर स्नेह सम्बन्ध था, और यही उस ज़माने का रिवाज़ था। तिलोत्तमा अपने पति को नाम से नहीं पुकार सकती थी।

वह सिर्फ़ 'अजी सुनो', 'अरे ओ' पहाड़ी में कहकर उन्हें बुलाती थी या 'हाँ हो, जल्दी करो खाना ठंडा हो रहा है' कहती थी। तिलोत्तमा के तर्कप्रिय दिमाग़ को यह बात अटपटी लगती थी कि क्यों वह अपने पति को नैनचन्द कहकर नहीं पुकार सकती थी। पर इस सवाल को उठाने का कोई तुक नहीं था कि क्यों इस दुनिया में मर्दों और औरतों के लिए अलग-अलग नियम थे?

उसके पति उसे तिल्ली कहकर पुकारते थे क्योंकि उनका मानना था, तिलोत्तमा बहुत लम्बा है और तिल्ली तुम्हारे माफ़िक है।

~

शादीशुदा होना एक नई अवस्था थी। तिलोत्तमा की परवरिश प्यार लुटाने वाले माता-पिता के घर में हुई। अपने घर की मालकिन होना रोमांचक तो था ही पर अकेलेपन का एहसास भी करा रहा था। नैनचन्द सवेरे ही किसी रहस्यमय काम-धंधे पर निकल पड़ते और वह घर के ख़ाली कमरों का भरपूर आनन्द उठाती, मज़े लूटती।

दो कमरे ऐसे थे—रसोई और ग़ुसलखाना जिन्हें वह अपना कह सकती थी। रसोई अँधेरी और धुएँ से भरी थी। वहाँ कोई चिमनी नहीं थी। ग़ुसलखाना घर के

बाहर बना था और उसका फ़र्श सीमेंट का बना था। वहाँ से निकलने वाली नाली पिछवाड़े के आँगन में खुलती थी। रसोई के चूल्हे से ग़ुसल तक गरम पानी ले जाने को कोई वैसा लड़का नौकर नहीं था जैसा नैनीताल में सुलभ था।

तिलोत्तमा का नहाने का उत्साह घट गया था और वह कभी एक दिन और कभी दो दिन तो कभी तीन दिन शरीर पर पानी का एक छपाका मारकर ही काम चला लेती थी। बारिश शुरू हो गई थी और आस-पास जब सब कुछ नम हो और जब बाढ़ का संकट आसन्न हो तब बदन को भिगोना उसे बेवकूफ़ी की बात ही लगती थी।

रसोई में काम करने के अनुभव के अभाव से तिलोत्तमा कभी परेशान नहीं होती थी। वह तरह-तरह की सब्ज़ियों को काटकर एकसाथ पतीली में झोंक देती और तब तक आग पर चढ़ा रहने देती जब तक वे गल ना जाएँ। धुआँ उसकी आँखों में लगता था। गीली लकड़ियों को लोहे की फुकनी से फूँक-फूँककर जलाए रखना कष्टसाध्य था।

आटा गूँधना तिलोत्तमा के लिए कोई बड़ी समस्या नहीं थी। वह गीले आटे के साथ खेलती रहती, उसे मनचाही शक्लों में ढालती, मगर एक मौक़ा ऐसा आता जब रोटी को तवे से अँगुलियों से पकड़कर और उठाकर सीधे आग में डालकर हिलाना होता। इसके लिए ज़रूरी कौशल उसके पास नहीं था। कुछ बार अपनी अँगुलियाँ जलाने के बाद आख़िर उसने तय किया कि वह बेडौल रोटियों को तवे पर ही पकने तक पड़ा रहने दे और वहीं से उनकी प्रतीक्षा करती थाली में सरका दे। कभी-कभार उसका निशाना चूक जाता तो रोटियाँ थाली की जगह फ़र्श पर पहुँच जातीं।

ग़नीमत यह थी कि उसके पति आधुनिक तौर-तरीक़े वाले थे और चौकी में कट्टर ब्राह्मण परिवारों के नियम-क़ानून लागू करने का हठ नहीं पालते थे। नैनचन्द को लम्बी कठिन यात्राओं का अनुभव था और वह कच्ची-पक्की रोटी और झुलसकर काली हुई हरी-सब्ज़ी को बिना किसी शिकायत खा लेते थे।

तिलोत्तमा ने ख़ुद को समझाया कि खाना पकाने के पहले रोज़-रोज़ नहाना महज़ अंधविश्वास है और वह रसोई के बाहर वाले कपड़े पहनकर ही चौके पर बैठ जाती थी। बिना उस अनसिले वस्त्र को धारण किए जिसका विधान था। 'बन्दर हर जगह खाते हैं और वे न तो नर्क जाते हैं न वहाँ की आग में जलते हैं। और गोरे साहब जो हम पर राज करते हैं, जिनके सामने ब्राह्मण भी गिड़गिड़ाते हैं वे सर्वशक्तिमान भूरे मुसलमान बावर्चियों के हाथों बने लैंबचॉप और जाने क्या-क्या खाते हैं!'

ऐसे अपने अकाट्य तर्कों से अपने को सन्तुष्ट कर तिलोत्तमा पीतल के भड्डू में दाल को उबलने देती और अपने विचारों को यहाँ-वहाँ, जहाँ दिल चाहे विचरने देती।

जाने कब धीरे-धीरे उनके जीवन में कामदेव का प्रवेश हो गया। जानबूझकर सायास स्पर्श या सोते वक़्त पैरों का उलझना तो हो ही रहा था, शादी के कुछ सप्ताह बाद एक रात तिलोत्तमा ने महसूस किया कि नैनचन्द उसके घाघरे के नाड़े को टटोल रहे हैं। उसे संभोग या मैथुन के बारे में कुछ जानकारी नहीं थी पर उसने कुतूहल और सतर्कता के साथ पति की गतिविधियों का निरीक्षण किया। फिर वह उसके ऊपर आ गया और उसने अपनी जाँघों में नमी महसूस की। पति के शरीर से साबुन, नम ऊन और तंबाकू की गंध आ रही थी। उसके होंठों पर एक बौड़म सा चुंबन चिपकाकर वह सोने लग गया।

'तो यह है शादी का अर्थ,' तिलोत्तमा ने सोचा, 'शायद वक़्त के साथ यह कुछ बेहतर हो जाएगा।' दूसरी सुबह वह कुछ असहज महसूस कर रही थी। चिपचिपा पदार्थ जम गया था और सारे शरीर में खारिश मची थी। कोई दूसरा तरीक़ा नहीं था उसे मजबूरन नहाना पड़ा।

ग़ुसलख़ाना एक अँधेरा नम कमरा था जिसके ऊँचे रोशनदान से थोड़ी सी रोशनी आती थी। जब उसने अपने कपड़े उतारे तो उसने देखा कि उसके सूती पेटीकोट में एक बड़ी सी जूँ रेंग रही थी। एक दूसरी जूँ उसकी बग़ल में बसी थी। उसने बड़े आश्चर्य और डर के साथ अपने टाँगों के बीच बालों में एक तीसरी जूँ देखी जो उसकी नाभि की ओर बढ़ रही थी। बदन में पेट के नीचे लाल-लाल खुजली के निशान थे।

उसकी बड़ी माँ ने उसे चेतावनी दी थी, "हर रोज़ नहाना चाहिए वरना तुम्हारे शरीर में जूँ पड़ जाएगी तुम बन्दर और लंगूर जैसी हो जाओगी जो अपने प्रेमियों के शरीर की जूँ खोजकर निकालते हैं उनके प्रति अपना प्रेम दर्शाने के लिए।"

तिलोत्तमा ग़ुस्से और घिन से भर गई। निश्चय ही यह उसका नहीं उसके पति का दोष था। कल रात जब वह उसके ऊपर लेटे थे तो उन्होंने अपने शरीर की जुएँ उसको स्थानान्तरित कर दी थीं। तिलोत्तमा ने कल्पना की कि उसके बालों, बग़ल में, शरीर के हर हिस्से में जूँएँ फैल रही हैं। उसने रगड़-रगड़ कर अपने शरीर को धोया, बाल्टी का पानी ख़त्म हो गया, सिर्फ़ एक लोटा बचा था जबकि रीठे का झाग उसके शरीर पर फैला था। उसे बहाने लायक़ पानी बचा न था। लाचारी में उसने अपने शरीर को लाल-सफ़ेद गमछे से पोंछा और कपड़े दोबारा पहन लिए। सूती बनियान को वहीं छोड़ दिया जिसमें जूँओं का एक छत्ता पनप रहा था।

जब तिलोत्तमा नहाने के बाद बाहर निकली तो वह घबराई और बेचैन लग रही थी। उसके पति बड़े अच्छे मूड में थे। वह धीरे-धीरे सीटी बजा रहे थे और ख़ुद अपनी बनाई चाय की चुस्कियाँ ले रहे थे। चाय उन्होंने तिलोत्तमा के लिए भी बना रखी थी। "यह सब तुम्हारा दोष है," तिलोत्तमा ने शरम और हिचक के साथ कहा और फिर दोहराया "यह सब तुम्हारा दोष है।" पति ने अचरज से पूछा "मेरा दोष? क्या है

मेरा दोष ?'' ''मेरे सारे शरीर पर जूँ रेंग रही हैं। तुमने मुझे यह सौगात दी है।'' पति ने उसे विस्मय से घूरकर देखा फिर सीटियाँ बजाना जारी रखा। ''मुझे पता है क्या करना है,'' उसने बिना किसी लाग-लपेट के कहा। फिर बोला, ''हालाँकि मुझे यह पता नहीं कि यह बहुमूल्य सौगात देवीजी मैंने आपको दी है।'' उसने रसोई में जाकर एनेमल के एक मग्गे में सरसों का तेल डाला और उसमें कई बूँदें मिट्टी का तेल मिलाने के बाद मुट्ठी भर नमक भी मिलाया।

''चलो मेरे साथ,'' उसने नरमी से कहा और उसे अपने साथ ग़ुसलख़ाने में ले गया। कपड़े उतारने के बाद उसने पत्नी के शरीर पर इस मिश्रण की मालिश की। उसकी दुर्गन्ध तेज़ थी और शरीर पर मानो आग लग गई थी। एक धक्का यह भी था कि वह उसके शरीर के खुलेपन को यहाँ-वहाँ, जहाँ-तहाँ छू रहा था।

कुछ देर बाद उसने ज़रा ज़ोर से कहा, ''कल मैं यह फिर करूँगा, और तुमको अब रोज़ नहाना पड़ेगा चाहे कुछ भी हो जाए।''

दूसरे दिन सवेरे पति ने उसे भूरे काँच की बोतल में सीताफल के बीज का तेल दिया शरीर की जूँओं को मारने के लिए, और उसने बरामदे में दो पत्थरों का चूल्हा बना खौलते पानी में उसके सारे कपड़े डाल दिए। बारिश के मौसम में सूरज ने कई दिन से बादलों से मुँह नहीं निकाला था, और हालाँकि बारिश नहीं हुई थी। लेकिन एक तीखी नम गंध कपड़ों से उठ रही थी।

भीगे कपड़ों, सरसों के तेल और मिट्टी के तेल की दुर्गन्ध पति के शरीर की गंध के साथ तिलोत्तमा के सर में जैसे घुसी जा रही थी। अगले दिन पति ने रात को उसे अपनी तरफ़ खींचा तो उसे मितली आने लगी। बड़ी कोशिश के बाद दाँतों को भींचकर उसने उबकाई रोकी।

शायद उसने यह बात देख ली, शायद महसूस कर ली या समझ ली क्योंकि इसके बाद वह तिलोत्तमा के प्रति असाधारण रूप से कोमल हो गया। वह उसके स्पर्श से बिदकती नहीं थी बल्कि कुछ शिथिल पड़ने लगती थी। मगर जब तक यह चला उसका घर रहने का अवकाश ख़त्म हो गया और उसके देहरादून लौटने का वक़्त आ गया।

नैनचन्द अपनी पत्नी से डरता भी था और उसका आदर भी करता था। तिलोत्तमा जैसे और किसी से उसका परिचय इससे पहले नहीं हुआ था। उसमें आत्मविश्वास की ख़ुद भड़क उठने वाली आग की लपट थी जिसे उसका छोटा सा शरीर और विनयशील मुद्रा छुपा नहीं सकती थी। सर्वेयर जनरल के दफ़्तर में नौकरी ने उसे एक यात्री बना दिया था। नौकरी लगने के बाद के वर्षों में वह हिमालयी रास्तों को नापता-टटोलता और अपने यात्रा वृत्तांत में दर्ज करता सैकड़ों मील चल चुका था। उसे कई मज़बूत

महिलाएँ मिली थीं, कुछ विचित्र भी, पर तिलोत्तमा अनोखी थी। उसकी शक्ति और विचित्रता उसे मंत्रमुग्ध कर देती थी, पर जब वह उससे दूर रहता तो उसे उसके दबंग व्यक्तित्व से छुटकारा पाने और आज़ादी का एहसास होता था।

जब नैनचन्द जवान था उसके वयोवृद्ध मामा ने उसे एक बार बतलाया था कि परिवार द्वारा तय की गई शादियाँ जुए के खेल जैसी होती हैं। सब कुछ सर्वज्ञ साधु शिव के हाथ में है। पार्वती देवी के साथ उनका ब्याह सर्वोतम जोड़ी का निर्माण था।

पहले दो बार मेरे हाथ लगे पासे में दो नज़र आए। जब मेरी पत्नी का देहान्त प्रसव में हो गया तब मैंने सोचा अब कभी शादी नहीं करूँगा पर फिर पासे ने 6 का अंक दिखाया।

''वह स्वस्थ है और अच्छे स्वभाव की भी। वह मुझे स्वर्ग पहुँचाने वाले गद्दे के समान है।'' पोपले मुँह वाले बुढ़ज़ू ने रहस्योद्‌घाटन किया। इस अनुभवी बुज़ुर्ग की सीख से नैनचन्द को लगता था कि पत्नी के रूप में तिलोत्तमा को प्राप्त करना जुए के दाँव में पासा फेंकने के बाद 6 का विजयी अंक प्राप्त करना था।

~

तिलोत्तमा का नया घर कुमाऊँ क्षेत्र में सांस्कृतिक केन्द्र समझा जाता था। इस परिवार को इस बात का गर्व था कि उसने अपनी परम्पराओं को अक्षत रखा है—आधुनिक समझे जाने वाले बेचारे नैनीताल की तरह छोड़ा नहीं है। चन्द राजाओं की प्राचीन राजधानी और फिर अंग्रेज़ों के छावनी वाले क़स्बे ने जो एक पहाड़ी की धार पर घोड़े की नाल के शक्ल में बसा था, गोरखाली सेनाओं को हरा दिया था।

तिलोत्तमा लगातार इन दो क़स्बों की तुलना करती थी। नैनीताल से छुटकारा पाना एक बड़ी राहत थी। पहाड़ों से घिरी हरी झील का पानी हमेशा उसकी आँखों को वहीं भटका ले जाता था जहाँ बोट हाउस के समीप जल्लाद के फंदे ने एक धुँधली आकृति को लटका दिया था। अल्मोड़े में किसी जलाशय का ना होना उसे राहत देता था। हिमालय की चोटियाँ इतनी नज़दीक नज़र आती थीं मानो उन्हें हाथ बढ़ाकर छुआ जा सकता है।

शादी के ठीक बाद पति नैनचन्द ने उससे उसके चाचा बद्रीदत्त उप्रेती के बारे में बात की थी, ''क्या तुम्हें अपने चाचा की याद है, उनमें बहुत दिलेरी थी और पागलपन भी?''

यह विषय बड़े बाज़ार वाले घर में हमेशा चुप्पी से ढका अछूता ही रहता था और तिलोत्तमा को समझ नहीं आया कि वह क्या जवाब दे। उसने कोई आश्चर्य नहीं जतलाया और यह बताने की कोशिश की कि जैसे वास्तव में वह उस घटना की चश्मदीद गवाह रही हो। ''ओह, मैंने उन्हें फाँसी लगाए जाते देखा। मैं घर से दौड़कर

बाहर निकली और उस पेड़ के पास छुप गई जिस पर फाँसी लगाई जानी थी। उन्होंने मुझे देखा और फाँसी गधेरे से पुकारा। जल्लाद ने इसकी अनुमति दे दी। आख़िर यह मेरे चाचा की अन्तिम इच्छा थी। मरने के पहले उन्होंने गले लगाया और कहा हमेशा साहसी बनी रहना।''

ईसा के जन्म के बाद 1870वें वर्ष में दुनिया छोटी होती जा रही थी। भारत को यूरोप के साथ जोड़ने वाले तार की 11 हज़ार किलोमीटर लम्बी लाइन लंदन और भारत के बीच बिछाई जा चुकी थी। स्वेज नहर का उद्‌घाटन एक वर्ष पहले हो चुका था जिसके बाद इंग्लैंड और भारत के बीच का सफ़र 6 महीने से घटकर चार हफ़्ते का रह गया था।

वह वर्ष बदलाव का वर्ष था। कुछ बदलाव क्रान्तिकारी थे जिनके परिणाम दूरगामी थे। दूसरे कुछ बदलाव महसूस भर किए जा सकते थे पर वे अपने भीतर भविष्य के कायाकल्प के बीज छिपाए थे। इसी वर्ष भारत के गवर्नर-जनरल ने एक क़ानून पास कर कन्या भ्रूण हत्या को अपराध करार दिया ताकि कन्या शिशुओं की हत्या रोकी जा सके।

1870 में द ग्रेट ट्रिग्नोमीट्रिकल सर्वे का महत्त्वाकांक्षी अभियान पूरा होने को था। अंग्रेज़ों के लिए यह बेहद ज़रूरी था कि उन्हें भारत के भूगोल और उसकी ज़मीन के बारे में पूरी जानकारी हो ताकि राजस्व की वसूली और प्रशासन का काम अच्छी तरह किया जा सके। विद्वान प्रशासक विलियम लैमटन, जॉर्ज एवरेस्ट, एन्ड्रयू स्कॉट वॉक और कर्नल वॉकर जैसे लोगों ने इस उपमहाद्वीप के नक्शे के ख़ाक़े को भरने में अमूल्य जानकारियाँ जुटाकर योगदान दिया। यह ऐसा भू-भाग था जो संयोगवश युद्ध साज़िश और सुनिश्चित योजना के द्वारा उनके हाथ लगा था।

तिलोत्तमा की ज़िन्दगी भी इस साल बदल गई, भले ही इसका पता उसे नहीं लगा। चैत के महीने के पहले दिन नए संवत्सर में उसके पति को अल्मोड़ा से सर्वे दफ़्तर में अपना काम सँभालने को देहरादून के लिए रवाना होना था। अल्मोड़ा से इस सफ़र में दो दिन लगते थे।

नैनचन्द जोशी उन मशहूर पंडितों के दूर के रिश्तेदार थे जिन्होंने संसार की छत पर बहुरुपिये जासूसों के रूप में ल्हासा की खोज की थी। कई रास्ते तलाशे थे और नक़्शा बनाने में मदद की थी। उसकी माँ के मौसेरे भाई नैन सिंह रावत ने पहाड़ी एटलस की ख़ाली जगह भरने में अंग्रेज़ों की बड़ी मदद की थी। इसी वंशावली की मदद से उसे सर्वे दफ़्तर में नौकरी मिली थी। किसी कुलीन ब्राह्मण के लिए तिब्बती मूल के चमड़े के ऊँचे जूते पहनने वाले किसी इनसान के साथ बिरादरी की बात बड़ी

अजीब थी पर नैनचन्द के एक पथभ्रष्ट मामा ने नैन सिंह की चचेरी बहन को अपनी दूसरी पत्नी बनाया था।

उस वक़्त मौसम बड़ा गड़बड़ चल रहा था जब नैनचन्द को कर्नल वॉकर का फ़रमान मिला कि उसे फ़ौरन मुख्यालय वापस लौटना है। मार्च के महीने में मनमौजी हवाएँ मस्ती से बह रही थीं। लाल बुरांस के फूलों को झकझोरती, हवा में तुर्शी थी। इक्का-दुक्का बादल बीच में धूप में रुकावट डालते फिर और कहीं भटक जाते।

तिलोत्तमा ने अपने पति को इस बात के लिए राज़ी कर लिया था कि वह मोटे गरम ऊनी मोजे पहनें। ये बिलकुल बुरे नहीं दिखते। मोटी सूती धोती जो उनकी पुष्ट मांसपेशी वाले टखनों को ढकती थी, ठंड से रक्षा करने में बिलकुल लाचार थी। घुटने तक पहुँचने वाली तिब्बती मोजों के रंगीन डिज़ाइन धोती की लाचारी को और भी उजागर कर रहे थे। घर छोड़ते वक़्त नैनचन्द को यह लग रहा था कि वह बड़े बौड़म नज़र आ रहे हैं जिसे बेगाना छोड़ दिया गया है।

वह दिन कुमाऊँनी नववर्ष का पहला दिन था। तिथि थी चैत्र नवरात्र विक्रम संवत 1927 इसीलिए उसने बाक़ी कपड़ों के ऊपर धोती पहनी थी। नैनचन्द एक आधुनिक तर्कशील व्यक्ति था जिसे अंधविश्वासों से हिकारत थी। तब भी एक उच्च कुलीन ब्राह्मण होने के नाते कभी-कभार ऐसे अवसर आते थे जब उसके सामने पारम्परिक यंत्रणाओं को अस्वीकार करने का विकल्प नहीं रहता था।

यात्रा की तमाम योजनाएँ वास्तुशास्त्र द्वारा निर्धारित नियमों से गंतव्य के अनुसार बनाई जाती थीं। सप्ताह के दिन निश्चित दिशाओं में यात्रा के लिए शुभ या अशुभ निर्धारित किए गए थे। *'उत्तरेबुद्ध, मंगल भौमेचरवी। शुक्रतु पश्चिमे, पूर्वे शनि, सोम दक्षिणे, बृहस्पति।'* यह दिन शुभ नहीं है—कर्नल वॉकर के ऐसे आदेशों का हिमालय में भटकते हुए नैनचन्द कभी ध्यान नहीं रखता था पर अल्मोड़ा छोड़ते वक़्त अपने पुरखों के रीति-रिवाज़ का पालन महत्त्वपूर्ण बन जाता था। देहरादून अल्मोड़ा से पश्चिम की ओर था सो उसने यह फ़ैसला किया कि वह शनिवार के दिन राह लगेगा ताकि शुक्रवार और रविवार के प्रतिबन्ध आड़े ना आएँ। तथापि उसे पहले अल्मोड़ा से पूर्व की ओर प्रस्थान करना था ताकि वह काठगोदाम की तरफ़ मुड़ सके। इस तरह मंगल के पहले निकलना नहीं हो सकता था। नैनचन्द ने यही तर्कसंगत समझा कि वह उत्तरी ढलान के जंगलों की परिक्रमा करते हुए बाज़ार पार करे और तहसील और लगान दफ़्तर वाली कचहरी की नई इमारत होते हुए दिशाओं को गड्ड-मड्ड कर अपनी मंज़िल की ओर बढ़े।

अल्मोड़ा सभी फ़ैशनेबल शहरों की तरह पूर्वी और पश्चिमी छोर के बीच बसा था। पश्चिमी छोर पर अंग्रेज़ हाकिम और गोरखा बटालियन के अफ़सर रहते थे, नैनचन्द जोशी पश्चिमी छोर से टहलता हुआ तब तक आगे बढ़ा जब तक वह उस दिलकश बाज़ार तक नहीं लौट आया जहाँ काठ की नक़्क़ाशी वाले मकान और बरामदे थे।

फिर उसने ढलान पर उतरना शुरू किया। कोढ़ीखाना पार किया और झूला पुल की ओर बढ़ गया। बुरांस के फूल जंगली पथ पर बिखरे पड़े थे। वह तय की जा रही दूरी को अपने क़दमों से आदतन दिमाग़ में नापता जा रहा था। तभी उसने माथे पर गागर लिये एक महिला को देखा। यह एक शुभ संकेत, अच्छा शगुन माना जाता है और अपने फ़ैसले से सन्तुष्ट नैनचन्द ने अपना सफ़र जारी रखा।

हिमालय में आसमान मन के कई रंग दर्शाता था क्योंकि बादल अपने रंग बदलते रहते थे। कभी ग़ुस्सैल, भूरे-मटमैले फिर क्षणभंगुर तरह-तरह के आकारों को जन्म देते जिनका जो चाहे अर्थ आप अपनी मनोदशा के साथ निकाल सकते थे। तिब्बत के आसमान में इनका स्वरूप फ़र्क़ था। भूटान से आने वाले अजदहे के शक्ल के बादल लद्दाख घाटी के बादलों से टकराते थे।

यहाँ आसमान का रंग फिरोज़ी था। तिलोत्तमा की दबंग मौजूदगी से छुटकारा पाकर यहाँ पहुँचना उसे राहत दे रहा था। वह सर्वेक्षण के अपने तर्कसंगत काम में जुट गया। हाँ, उसने सब कुछ पा लिया था, कामयाबी हासिल कर ली थी पर सरूली ने उसे तिलोत्तमा के साथ शादी करने के लिए मज़बूर कर दिया था। तिलोत्तमा हमेशा उस पर हावी होने की कोशिश करती थी। उसका स्वभाव ही कुछ ऐसा था कि वह लोगों को अपनी इच्छानुसार नचाने की ताक़त बख़ूबी पहचानती थी। वह अपने अल्मोड़ा वाले चचेरे-मौसेरे भाइयों से अपनी मनमानी करवाती और अपने बूढ़े चाचा और चाची को भी दबाकर रखती, जो एक तरह की तानाशाही थी। वह इन्हीं दाँव-पेचों को अपने पति पर भी आज़मा रही थी पर उसका निर्विकार रहना उसे असमंजस में डाल दे रहा था।

नैनचन्द पेशेवर मुसाफ़िर था और अपनी यात्राओं के दौरान उसका साबिक़ा बहुत सारी औरतों से पड़ा था। वह विलासी व्यक्ति नहीं था जो इन्द्रियों के सुख के पीछे भागता पर उसकी शारीरिक ज़रूरतें थीं जिन्हें वह अलग-अलग जगहों पर सन्तुष्ट करता रहा था। संयम और शालीनता के साथ, चुपचाप। उसे काठमांडू के अनेक वेश्यालयों का सुखद अनुभव था और ल्हासा में एक महिला के साथ लम्बे समय तक उसका शारीरिक सम्पर्क रहा था।

उसका नाम लोबसांग रम्पा था। वह लम्बी और रोबीली चाल-ढाल वाली थी। उसके गले में फिरोज़े और अंबर के मोतियों की माला थी। वह अपनी कान की लम्बी बालियों में भी फिरोज़ा पहनती थी। इन बालियों को वह सिर्फ़ उस वक़्त उतार देती जब वह रतिक्रीड़ा करती थी। उसकी अँगुली में भी एक सोने की अँगूठी थी जिसे वह कभी उतारती नहीं थी। यह जीवन भर उसी अँगुली में बनी रही।

नैनचन्द ने वेश्याओं के साथ कामोत्तेजना में संभोग किया था। वह उनके साथ उदारता से पेश आता था पर सतर्क भी बना रहता था क्योंकि वह जासूसों वाला काम कर रहा था और उसे हर वक़्त ख़बरदार रहने की ज़रूरत थी अन्यथा किसी को ये सब क़िस्से सुनाने के लिए वह जीवित नहीं रहता।

पर लोबसांग रम्पा फ़र्क़ थी। उसकी काली अपारदर्शी आँखें बहुत कम झपकती थीं। उन पर भारी पलकों का पर्दा पड़ा रहता था। इनका जादू कुछ ऐसा था कि नैनचन्द ने उनके सामने हथियार डाल दिए और अपनी बड़ी मेहनत से तैयार ज़िरह बख़्तर का एक हिस्सा उतार लिया। वह स्वाभिमानी थी और आत्मनिर्भर। कार्यकुशल थी और बिस्तर पर अपना काम जानने वाली। उसने कभी नैनचन्द के सामने समर्पण नहीं किया। अपना एक अंश बचाकर रखा। उसके और लोबसांग रम्पा के सम्बन्धों में कुछ ऐसा था जिसे वह कभी पीछे छोड़कर नहीं आ सका।

उसे इस समय उसकी याद आसमान का रंग देखकर आ रही थी। गोरी गर्दन पर फिरोज़ी माला जिसे वह सिर्फ़ उसी समय उतारती थी जब वह उसके साथ हमबिस्तर होती निर्वसन। लोहे की अँगीठी छोटे से कमरे को गरम रखने की जद्दोजहद में लगी रहती। बाहर की हवा खिड़कियों की दरारों से सीटी बजाती सी भीतर घुसने की कोशिश करती। उसकी आँखों के सामने वह दृश्य साकार हो गया जब उसने लोबसांग रम्पा से अन्तिम विदा ली थी। वह लम्बी महिला नक़्क़ाशीदार दरवाज़े की दहलीज़ पर खड़ी थी और आज ही के जैसे रंग वाले आसमान में प्रार्थना ध्वज लहरा रहे थे। फिर उसने अपनी पत्नी के बारे में सोचा, उसकी विचित्रता के बारे में, बौड़मपन के बारे में और शालीनता के अभाव के बारे में। तिलोत्तमा किसी दूसरी औरत की तरह नहीं थी। उसके अन्दर बर्बर शक्ति का एक पुंज था जिसके बाहर भोलेपन का एक घेरा था। ऐसा जान पड़ता था कि वह जब अपनी माँ के गर्भ में थी तो उसको बनाने वाले तत्त्व बुरी तरह गड्ड–मड्ड हो गए थे।

पर वह अब उससे दूर अपनी यात्राओं पर था और उसे बड़ा होने का, समझदार बनने का, और दूसरी स्त्रियों की तरह बनने का समय मिल रहा था।

उसकी दाहिनी ओर जो बादल क्षितिज पर झुके थे अचानक पल भर के लिए हटे और उसने हिमालय की बर्फ़ से ढकी चोटियों को चमकते देखा। नंदा देवी के दो शिखर—त्रिशूल और दूनागिरी। इनकी छवि ने उसे ठिठकने को मजबूर किया। ऐसा लगा मानो उसके दिल की धड़कन रुक गई हो। यही तो वह था जिसके पीछे वह भागता रहता था। क्या है इन पर्वतों का रहस्य? अनंत घाटियाँ और पर्वत श्रृंखलाएँ, बादल और धूप–छाँव का खेल! कोई भी स्त्री उसे इस तरह सम्मोहित नहीं कर सकती थी। न ही पैसे का आकर्षण इतना चुम्बकीय हो सकता था। न ही घर–गृहस्थी का मोह।

उसने अपनी रफ़्तार तेज़ कर दी और पथ पर आगे बढ़ चला एक फ़ौजी धुन

को सीटी में बजाता। यह धुन मिश्रण थी एक काल्पनिक ढोल और चपेली नाच के साथ बजाए जाने वाले बीनबाजे की।

भावशून्य तिलोत्तमा ने नैनचन्द को पहाड़ी की ढलान उतरते और घुमावदार सड़क पर आख़िरी मोड़ तक जाते देखा। फिर वह अँधेरी धुएँ भरी रसोई में लौट गई और उसने अपने लिए बनार पत्ते की कड़क चाय बनाई। उसने चूल्हे के ठंडा पड़ते कोयलों को कुरेदा और फुकनी से हवा देने लगी। उसे लगा जैसे उसके फेफड़े फट जाएँगे। लपटें फिर से भड़कने लगीं और उसने पीतल की केतली में दूध और पानी उबालने को चढ़ा दिया। फिर उसने गुड़ का एक टुकड़ा डाला और कुछ देर और खौलने दिया। हालाँकि उसके पति ज़्यादा बोलने वाले व्यक्ति नहीं थे तब भी उसकी ग़ैर मौजूदगी से उत्पन्न चुप्पी मज़ेदार लग रही थी।

'तिलोत्तमा', उसने कुछ सोचते हुए अपने आप से पूछा, 'कैसा नाम है यह? रावण के पुत्र मेघनाथ की पत्नी, वही रावण जिसने सीता का हरण किया था। वह एक अच्छा इनसान था। क्या मेरी शादी उससे नहीं हो सकती थी? या मेरा जन्म एक पुरुष के रूप में होना चाहिए था।' उसने अपनी काल्पनिक मूँछों को मरोड़ते हुए कहा, 'अगर मेरी माँ ने एक पुत्र को जन्म दिया होता तो शायद उसने ख़ुद को डुबाया नहीं होता। अगर मैं लड़की नहीं लड़का होती तो शायद वह आज भी जीवित होती। नैनचन्द जोशी, अगर मैं महज औरत नहीं होती तो मैं तुम्हें दो-तीन सबक़ सिखा देती।' इसके बाद तिलोत्तमा ने ज़ोर से कहा, 'पर लड़की होने में बुराई क्या है? मैं तुम्हें एक नहीं बहुत सारी संतानें दूँगी। सब की सब लड़कियाँ। बच के रहियो, श्रीमान नैनचन्द जोशी।'

वह अपने पति के पढ़ने-लिखने वाले कमरे में गई और उसकी चीज़ों को लापरवाही से उठाने लगी। नैनचन्द क़रीना पसन्द व्यक्ति थे और नियमित रूप से तापमान प्रति घंटा दर्ज किया करते थे। तिलोत्तमा इस काम की सराहना करती थी क्योंकि यह चीज़ों को करने का आलीशान व्यवस्थित तरीक़ा था। विदेश से आए एक मेहमान ने सर्वेक्षण का एक बैरोमीटर उपहार में दिया था जो वायुमंडल के दबाव के साथ-साथ तापमान भी मापता था। चमकदार पीतल का यह यंत्र टेबल की शोभा था। उसके पति ने उसे इसमें हाथ तक लगाने से मना कर रखा था। 'यह एक वैज्ञानिक उपकरण है कोई खिलौना नहीं।' वह यह चेतावनी तब देते जब कभी वह उसके पास पहुँचती। नैनचन्द का रोज़नामचा बैरोमीटर के पास ही रखा था जिसमें बड़े जतन से उन्होंने सवेरे, शाम का दबाव और तापमान दर्ज किया था। तिलोत्तमा ने बड़ी मेहनत से इन अंकों को पढ़ने का प्रयास किया और यह समझने का कि उसके

पति करते क्या थे। फॉरेनहाइट को सूचित करने वाला अंग्रेज़ी वर्ड 'एफ' जिस घुमावदार तरीक़े से लिखा गया था वह उसे बहुत प्रिय था। धीरे-धीरे वह सब गूढ़ाक्षरों को पढ़ना सीखने लगी थी। पर तब तक इनको समझने का दिखावा करना भी कम सन्तोषप्रद नहीं था।

अपने आप से सन्तुष्ट तिलोत्तमा ने चैन से बैठकर बनार की पत्तियों की चाय सुड़कना शुरू किया जिसमें कुछ-कुछ धुएँ का स्वाद आ रहा था। उसे हलका सा नशा महसूस हो रहा था। अब करने को और कुछ था नहीं तो वह अचानक चूल्हे के पास गई। उसने एक जलती लकड़ी को बाहर निकाल फ़र्श पर पटक दिया। फिर उसने अपने पति का दाढ़ी बनाने का आईना निकाला जिसे वह कमरे के कोने में खिड़की की अलगनी पर रखते थे। उसने देखा और सोचा मेरे बाल बहुत घुँघराले हैं, आँखें भूरी और बहुत बड़ी। छोटी सी नाक, जो बीच-बीच में आदतन फड़कती थी कुतूहल और उत्तेजना में, जिसमें उसने सोने की छोटी सी नथनी पहनी थी। चमकते मज़बूत दाँतों की सुन्दर घेराबन्दी करते होंठ भरे और लाल थे।

उसने आत्म-प्रशंसा के भाव से अपने चेहरे के अक्स को निहारा और अब तक फ़र्श पर ठंडी हो चुकी लकड़ी से कोयला तोड़ अपने ऊपरी होंठ के ऊपर एक मूँछों की रेखा बना ली और कान के पास दो गलमुच्छे। फिर उसने ठोड़ी पर घुँघराली दाढ़ी बना ली उत्तेजना से काँपते हाथों से।

उसने खाट के नीचे से टीन का एक ट्रंक खींचकर बाहर निकाला और उसमें सहेजकर रखे कपड़ों को बाहर निकालना शुरू किया। उसने अपना पहाड़ी तरीक़े का घाघरा उतार फेंका और वह पतलून पहन ली जो उसके पति को कर्नल वॉकर ने दी थी। पति की पतलून बहुत लम्बी थी पर उसने बड़े जतन से उसके पाँयचे मोड़ अपने काम लायक़ बना ली। फिर उसने काले धागे से उसे अपनी कमर पर बाँध लिया। उसने कमीज़ पहनने की ज़हमत नहीं की और सीधे ऊनी कोट पहनकर बटन लगा लिये। कमरे में कोई आदमक़द आईना नहीं था तो उसे हाथ वाले आईने से ही काम चलाना पड़ा। उसने अलग-अलग कोनों से दर्पण घुमाकर अपनी सूरत का जायज़ा लिया। उसकी कलाकार वाली आँख को एक चीज़ खटक रही थी। उसने अपनी चोटी को मोड़कर बालों को पंख लगी हैट के नीचे छुपा लिया। यह टोप भी कर्नल वॉकर ने उसके पति को उपहार में दिया था।

उसने ख़ुद से कहा, 'अब देखते जाओ नैनचन्द जोशी, सड़ियल बूढ़े मुर्गे, कि मैं किस तरह के शख़्स से शादी करना चाहती थी।' ऐसा करके उसे दुख के साथ अपने दुस्साहस पर हैरानी भी हुई।

अपने कायाकल्प से तिलोत्तमा को पूरी तसल्ली अभी नहीं हुई थी। उसने लकड़ी का वह बक्स खोज निकाला जिसमें नैनचन्द जोशी अपने काग़ज़-पत्तर रखते थे। उसे पता था कि उसमें काग़ज़ों के नीचे बीड़ियों का एक बंडल या कुछेक चुरुट

छिपे रहते थे। उसके पति मौक़ा पाने पर लुका-छिपा कर अपनी पत्नी की भावनाओं का आदर करते हुए सिर्फ़ बाहर वाली टट्‌टी में ही फूँका लगाते थे। उसके हाथ एक चुरुट लग गया जिसे चूल्हे की आग से सुलगा उसने एक लम्बा कश लिया। पहले उसका दम घुटा पर फिर जल्द ही उसे इसका मज़ा आने लगा। उसने फ़र्श पर इत्मीनान से बैठकर चुरुट का आनन्द लेना शुरू किया।

यह वही दिन था जब तिलोत्तमा की दादी का देहान्त हुआ। अपने बुढ़ापे में बड़ी दादी अर्थात् उसके पिता की माँ काशीपुर से अल्मोड़ा लौट आई थीं। उनके दोनों लड़के असमय ही मर गए थे। तिलोत्तमा के पिता चन्दन दत्त उप्रेती तो दुर्भाग्यवश जवानी में ही मर गए और उनके छोटे भाई बद्रीदत्त उप्रेती को अंग्रेज़ों ने फाँसी की सज़ा दे डाली थी। संयुक्त परिवार की जटिल रिश्तेदारी के बंधनों में जकड़ी यह बूढ़ी उनके साथ ही रही। उसकी मृत्यु की प्रतीक्षा कई वर्ष से की जा रही थी पर जब अन्ततः उसने प्राण त्यागे तब सबको ख़ालीपन ने आशंका से भर दिया।

उनकी भतीजी मनोरमा नैनचन्द जोशी की दूर की रिश्तेदार थी। उसे यह दुखद समाचार देकर तिलोत्तमा के पास भेजा गया ताकि वह उसे अपने साथ पुश्तैनी घर लिवा लाए। जब बाज़ार की घुमावदार गलियों के चक्कर काट मनोरमा वहाँ तक पहुँची तो वह थक गई थी। उसकी साँस फूलने लगी थी। उसे पता था नैनचन्द उसी समय देहरादून के लिए रवाना हुए हैं। वह यह देखकर दंग रह गई कि उसके भाई के घर में एक दाढ़ी वाला अंग्रेज़ पंख लगी हैट पहने चुरुट पी रहा है।

तिलोत्तमा ने मनोरमा को दरवाज़े के पास मँडराते देख लिया। पर उसने अपना आपा खोया नहीं और न ही अपनी पहचान का भेद खोला। उसने समझ में ना आ सकने वाली अनाप-शनाप बड़बड़ाहट शुरू कर दी जिसे मनोरमा ने अंग्रेज़ी समझा। वह चुपचाप असमंजस में कमरे से बाहर निकल गई दबे पाँव। घर लौटकर उसने परिवार की औरतों, जो मातम कर रही थीं, को बतलाया कि तिल्ली का कोई फिरंगी प्रेमी दाढ़ीजार गोरा साहब पंख लगा टोप पहने अंग्रेज़ी में गालियाँ दे रहा है।

मनोरमा के हैरान होकर घर लौटने के बाद कुछ देर तक तिलोत्तमा ने अपना नाटक जारी रखा। उसने अपने साथ धड़ल्ले से मनगढ़ंत अंग्रेज़ी में बातचीत जारी रखी। इन शब्दों का कोई अर्थ नहीं था मगर वह जानती थी कि वह अंग्रेज़ी बोलने की कोशिश कर रही है। शब्दों की धारा में बहते वह कुछ पल के लिए स्त्री नहीं पुरुष बन गई, भूरा नहीं गोरा साहब। यह अनुभव बहुत आह्लाददायक था कि तिलोत्तमा नहीं रहना कुछ और बन जाना।

और फिर जब शाम के साये लम्बे होने लगे तो उसने उठकर अपना मुँह धोया, कपड़े बदलकर अपना ऊनी घाघरा पहन लिया, और अपने लिए जल्दी-जल्दी खाना पकाया। उसे दूसरी ब्राह्मण औरतों की तरह अनसिली चादर लपेट खाना बनाने का

धैर्य नहीं था। वह अपने रहस्य को अपने तहदार घाघरे में छुपाए चूल्हे के पास बैठी ख़ुश होती रही।

इसी कारण तिलोत्तमा को अपनी दादी की मृत्यु की ख़बर अगली दोपहर तक नहीं मिल सकी। मनोरमा हैट पहने एक अंग्रेज़ को देखकर बिना सन्देश दिए ही डरकर उलटे पाँव भाग ली थी। बरेली से दादी के छोटे भाई के पहुँचने के इन्तज़ार में दाह संस्कार को कुछ समय के लिए स्थगित कर दिया गया लेकिन तब तक तिलोत्तमा के घरवाले तमाशे की ख़बर ने दादी की मौत वाले समाचार को फीका कर दिया।

मगर बिल्ली के गले में घंटी कौन बाँधेगा? उसके परिवार वालों को पता था कि तिलोत्तमा से उलझना बेढंगा रहेगा। न तो मनोरमा में इसका साहस था न किसी और में।

पुरुष रिश्तेदारों की छोटी सी टोली जो अर्थी उठाकर श्मशान घाट तक गई थी शोकग्रस्त और परेशान थी। लकड़ियाँ गीली थीं और चिता आग नहीं पकड़ रही थी। पूरी सुबह बूँदाबाँदी होती रही थी और दाह-संस्कार का काम आगे नहीं बढ़ सका था। जिस भाई की प्रतीक्षा इस काम के लिए की जा रही थी, वे लम्बी यात्रा के बाद कड़वाहट के साथ यह शिकायत कर रहे थे कि उनकी बड़ी बहन ज़िन्दगीभर उनके लिए परेशानी का सबब रही थी और मृत्यु के बाद भी उन्होंने पीछा नहीं छोड़ा था।

कुमाऊँ में मौत को जन्म-विवाह या जीवन के ख़ुशी भरे लम्हे के रूप में गम्भीरता से लिया जाता था। पहाड़ियों के लिए देहान्त एक निश्चित अन्तिम पड़ाव था, एक तरह के विषादपूर्ण आनन्द से भरा। यमदूत एक गरिमामय उपस्थिति थे और बिना अंत्येष्टि संस्कार के परलोक गमन नहीं किया जा सकता था। मर्द लोग नंगे पैर वीरान श्मशान घाट की दूरी नाप रहे थे—हौसला बढ़ाने के लिए 'रामनाम सत्य है' का नारा बुलंद करते निर्जीव शरीर को अपने कन्धों पर लादे चढ़ाई चढ़ते, ढलान उतरते। सर मुड़ाना अनिवार्य था और उसके बाद चाहे कैसा भी मौसम हो ठंडे पानी से नहाना। इसके बाद 11 दिन बीतते उपवास में प्रार्थना करते। 12वें दिन परिवार के लिए महाभोज का आयोजन होता। नौकरों और महिलाओं के लिए यह कमरतोड़ मेहनत का दिन रहता। पुरोहितों के लिए भी यह कम जोख़िम भरा नहीं रहता। वे आमतौर पर जन्म और विवाह के कर्मकांड का निर्वाह पसन्द करते। प्रेत संस्कार में उपवास और प्रार्थना का स्वर ही प्रमुख रहता।

तिलोत्तमा ने शोक-संताप का दिखावा तक करने की ज़हमत नहीं उठाई। उसने छेड़खानी वाले अन्दाज़ में सवाल उठाया, "तुममें से किसी ने पक्की तरह जाँच लिया था या नहीं कि दादी अब नहीं रहीं। अन्यथा दादी चिता से लौटकर घर आएँगी और एक बार फिर हमारे सीने पर सवार हो जाएँगी।"

घर के बड़े-बूढ़ों ने और उसके भाई-बहनों ने उसकी तरफ़ अचरज से देखा जैसे उसकी बातों से गहरा सदमा लगा हो। एक छोटी बच्ची के मुँह से बहुत रोकने

पर भी हँसी निकल पड़ी जिसका इनाम उसकी माँ ने उसके गाल पर चाँटा जड़कर दिया। अब वह रोने लगी जिसे इशारा समझ बाक़ी बहुत लोगों ने भी दिवंगत आत्मा के वियोग में ज़ोर-ज़ोर से रोना शुरू कर दिया और उस धर्मात्मा की यादें ताज़ा करने लगे।

जब तिलोत्तमा कमरे से बाहर गई तो उन्होंने फुसफुसाकर कहा वह कितनी बदमिज़ाज है। एक ने कहा, ''वह बिलकुल अपने चाचा पर गई है। बद्रीदत्त उप्रेती पर। जिसे अंग्रेज़ों ने गदर के दिनों में फाँसी पर लटका दिया था। उनका नाम तक लेना बदक़िस्मती को बुलावा देने वाला समझा जाता था।''

मनोरमा ने सोचा नैनचन्द को कौन ख़बर करेगा? वह उसी की रिश्तेदार थी और इसी कारण ऐसा करना अपना कर्तव्य समझती थी। उसे ख़बर देना ज़रूरी समझा गया, हालाँकि वह इसे कैसे ग्रहण करेगा इसके बारे में कुछ कहा नहीं जा सकता था।

श्मशान घाट से लोग लौट आए—थके और भीगे। उन 11 लोगों के बीच सिर्फ़ एक छाता था। बर्फ़ीले पानी से भरी बालटियाँ पीछे आँगन में स्नान कर शुद्ध होने के लिए रखी थीं। पुरोहित ने उन सभी के ऊपर गंगाजल और गोमूत्र को छौड़ा-छिड़का जिसे सब तरह के रोग और प्रदूषण से मुक्त करने के लिए रामबाण समझा जाता था। मृत्यु के बाद परिवार वालों को सूतक लग जाता था जिस कारण मृतक के घर में 11 दिनों तक चूल्हा नहीं जलता था। रिश्तेदार अपना फ़र्ज़ समझकर इस दौरान घर से शुद्ध खाना पकाकर अपने साथ ले आते थे।

शोक-संतप्त यह दल ऊनी कंबल ओढ़ ख़ास बैठक में पालथी मारकर बैठ गया, और पुरोहित ने गरुड़ पुराण का पाठ शुरू कर दिया। वह विस्तार से इस बात का वर्णन करने लगा कि दादी माँ का आगे का सफ़र उनके अर्जित कर्मों के अनुसार अब कैसे तय होगा। उसने यमलोक का वर्णन आरम्भ किया जहाँ सभी प्रेतात्मा पहुँचती थीं—'और फिर गरुड़ ने पूछा जो आत्माएँ यमलोक में रहती हैं उन्हें क्या-क्या यंत्रणाएँ भुगतनी पड़ती हैं।'

गगनचारी श्रवणों और श्रवणियों का ज़िक्र करते नौजवान पुरोहित का चेहरा काला पड़ने लगा था। यमलोक के विभिन्न भोगों का उसने विस्तार से वर्णन किया। धर्मराज मनुष्य जाति के सभी प्राणियों का, उनके गुण-दोषों का, और मन-वाणी और शरीर से किए कर्मों का लेखा-जोखा रखते हैं। कुछ को तलवारों से काटा जाता है कुछ को ज़मीन पर फेंककर कुल्हाड़े से बोटी-बोटी किया जाता है। कुछ लोगों के शरीर ज़मीन के भीतर आधा गाड़ दिए जाते हैं और फिर उनके सर को तीरों से भेदा जाता है। कुछ और को एक शिकंजे में फँसा गन्ने के रस की तरह पेरा जाता है।

पुरोहित का चेहरा लाल पड़ने लगा था और उसे पसीना झलकने लगा था। आगे वह बोला कि उनका शरीर कीड़ों से भरे कुंड में फेंक दिया जाता है जहाँ लम्बी चोंच

वाले कौवे और गिद्ध उनके हाथ-पैर नोच-नोच कर खाने लगते हैं। प्राणियों की 84 लाख योनियाँ होती हैं और नर्क भी इतने ही प्रकार के हैं। हे गरुड़, इनमें भी 21 सबसे ज़्यादा भयानक।

यह कथा सुनते-सुनते तिलोत्तमा का जी ख़राब हो गया। वह और स्त्रियों के साथ रसोई में चली गई, जहाँ कई स्त्रियाँ बैठकर घर के मर्दों का छोड़ा बचा-खुचा भोजन खा रही थीं। "तिलोत्तमा, तुम थकी हुई दिख रही हो।" उसकी एक बड़ी बहन ने फ़िक्रमन्द होकर कहा, "तुम घर क्यों नहीं चली जातीं ? घर जाकर आराम करो।" दरअसल औरतें चाहती थीं कि वह घर लौट जाए और उसके बाद उन्हें उसके बेहूदे आचरण के बारे में गपशप का मौक़ा मिल जाए।

तिलोत्तमा ने रिश्तेदारों की कोई परवाह नहीं की। उसे सवेरे से ही मितली आ रही थी और उसके पैर दर्द कर रहे थे। लम्बी चढ़ाई पार कर घर पहुँचने में उसे और थकाई लगी। उसने तापमान देखने की कोशिश की पर बैरोमीटर पर अक्षर और अंक कीड़े-मकोड़ों जैसे नज़र आते रहे जिन्हें वह समझ नहीं पा रही थी। उसने सोने से पहले संकल्प किया कि एक न एक दिन मैं ज़रूर इनको पढ़ना सीख लूँगी। ठंडे बिस्तर में आख़िरकार नींद आने पर वह नर्क में मांसभक्षी कौवों के सपने देखती रही।

तिलोत्तमा को यह आभास नहीं था कि वह गर्भवती है क्योंकि उसकी परवरिश एक बूढ़े रिश्तेदारों वाले परिवार में हुई थी, जहाँ यौन सम्बन्धों और संतानोत्पत्ति के बारे में जानकारी सुलभ नहीं थी। उसे इस बात से चिन्ता नहीं हुई जब उसका मासिक धर्म रुक गया। लेकिन जैसे-जैसे उसका पेट बढ़ने लगा उसे यह बात स्वीकार करनी पड़ी कि उसके पेट में बच्चा है।

उस वर्ष बारिश का बहुत ज़ोर था, पानी बरसा बेतहाशा, ओले पड़े अंधड़ों के साथ आषाढ़, सावन और मई के महीने में। तिलोत्तमा धुएँ वाली रसोई में सामने देखती रहती सूनी आँखों से लोहे की सिगड़ी में दहकते अंगारों को जिस पर बना चाय की पत्तियाँ एक केतली में खौलती फुफकारती रहती थीं। वह अनगिनत चाय के प्याले बनाती रहती। उसकी शारीरिक दशा ने उसे सुस्त बना दिया था। टीन की छत पर बारिश की बूँदों की आवाज़ इस आलस को और भी बढ़ा देती।

एक शाम जब वह अँधेरे में सीलन भरे कमरों में बन्दी थी उसने यह तय किया कि घर के पीछे वाले पेड़ों के झुरमुट में घूमने निकल जाएगी। चाँद की रोशनी आशंकाओं को जन्म देने लगी। तिलोत्तमा को लगा कि पानी से लदे बादल उसकी ही पीठ पर लदे हैं। देवदार और बांज के पेड़ों के बीच से कुहासे की लहरें इधर-उधर बह रही हैं। बारिश में उग आने वाली लताएँ और

बेलें इधर–उधर अपनी कोंपलें फैला रही हैं। हरी काई पथ पर बिछी थी और उसे फिसलनदार बना रही थी।

अँधेरा हो चुका था, तिलोत्तमा को घर लौटने की राह सूझ नहीं रही थी। तभी उसने एक इन्द्रधनुषी रोशनी देखी जो कोहरे के बीच घूम रही थी। वह सँभलती–ठोकर खाती एक हाथ से अपने फूले पेट को पकड़े उस ओर गई। बीच–बीच में सहारे के लिए वह बूँदा–बाँदी से गीली टहनियों का सहारा लेती। उसके आगे–आगे काले मुँह वाला एक लंगूर चल रहा था। गहराते अँधेरे में वह उसके लिए मानो पथ–प्रदर्शक का काम कर रहा था। उसके चेहरे पर एक कुरूप सी मुस्कान थी जो जल्दी ही अँधेरे में लुप्त हो रही थी।

तिलोत्तमा एक ऐसी जगह पहुँची जहाँ एक बांज के पेड़ और पहाड़ी लता ने क़ुदरती छत्रच्छाया बना रखी थी। उसके नीचे एक छोटी सी पत्थर की शिला थी। यह गंगनाथ बाबा का मन्दिर था जिस पर मिट्टी के दीये की हलकी सी रोशनी पड़ रही थी। बाबा के गले में रुद्राक्ष की माला और कानों में ताँबे की बालियाँ थीं जैसे कनफटे साधू पहनते हैं और काँच, पीतल, और लोहे की बहुत सारी चूड़ियाँ थीं। एक कोने में बालों वाला सूखा नारियल था और वहीं पर ताज़ा कटे एक बकरे का सर भी रखा था।

तिलोत्तमा के पेट में पल रहे बच्चे ने उसी वक़्त एक ज़ोर की लात चलाई जिसने उसे दर्द से दोहरा कर दिया। उसे गंगनाथ बाबा की कथा पता थी। यह कथा सभी पहाड़ी नौजवानों, लड़के–लड़कियों को चेतावनी के रूप में सतर्क करने के लिए सुनाई जाती। गंगनाथ डोटी के राजा वैभवचन्द का लड़का था। वह जोगी बनने के बाद गढ़वाल और कुमाऊँ के जंगलों में भटकता फिरता, ध्यान लगाता और रहस्यमय साधना करता। उसके पिता ने उसकी तलाश में कई गुप्तचर भेजे लेकिन कुछ पता न चल सका। अडोली नाम के गाँव के पास नौजवान जोगी एक जोशी ब्राह्मण की पत्नी के प्रेम में पड़ गया। उसका पति उस समय बहुत दूर अल्मोड़े में था और गंगनाथ के साथ जंगलों में रमण करते यह स्त्री गर्भवती हो गई। जब उसका पति अल्मोड़ा से लौटा और उसे विश्वासघात का पता चला तो उसने गाँव के लोहार झपरूवा को इन दोनों की हत्या करने का काम सौंपा। ब्राह्मण की पत्नी, उसके राजकुमार प्रेमी और गर्भ में पल रहे बच्चे तीनों को टुकड़े–टुकड़े कर दिया पर उनका प्रेम जीवित रहा। अशान्त आत्मा की तरह उस बच्चे की चीख़ झपरूवा लोहार को परेशान करती रही। आख़िर उसे एक कनफटे साधुओं की जमात में भूत भगाने वाले ओझा की शरण लेनी पड़ी। उसकी सलाह पर उसने उन लोगों के आदर में एक मन्दिर बनाया जिनकी हत्या उसने की थी। यह सम्प्रदाय कुमाऊँ भर में बहुत तेज़ी से फैला। जो भी इन मूर्तियों को पूजता वह उनमें अपने भीतर के किसी अपराधबोध या भय का प्रतिबिम्ब देखता।

तिलोत्तमा को अब डर नहीं लग रहा था क्योंकि उसे पता था कि गंगनाथ बाबा का भूत पेट में बच्चों और सुन्दरी स्त्रियों से चिपट जाता था। उसने ज़ोर से कहा, ''महादेव शिव का आशीर्वाद तुम्हें प्राप्त हो और बदशक्ल झपरूवा तू जो चाहे कर तेरे हथियार कुछ नहीं बिगाड़ सकते। मैं और मेरी बेटी मज़े में रहेंगे।''

यह कहने के बाद उसे एक अजीब सी राहत महसूस हुई। आन्तरिक शान्ति और उल्लास का भाव उसके मन में छा गया। तिलोत्तमा के गर्भ में पल रहे शिशु के लिंग का पता कैसे चल सकता था पर उसे अभी से यह आभास हो गया था कि वह पुत्री को जन्म देगी, और कोई विकल्प नहीं था।

आसमान से वर्षा के बादल छँटने लगे और हलकी चाँदनी की रोशनी ने उसे घर का रास्ता दिखाया। वह बिना किसी घबराहट के आत्मविश्वास के साथ फिसलनदार चट्टानों और उलझी झाड़ियों वाले पथ पर क़दम रखती आगे बढ़ती गई। अगले दिन उसने नौकरानी को रात की घटनाओं के बारे में बतलाया। यह ख़बर रोशनी की रफ़्तार से अल्मोड़ा में उसके भाई-बहनों के बीच फैल गई। बेढब बदमिज़ाज तिलोत्तमा जिसने एक गोरे साहब को फँसा लिया था, जो पंख लगा टोप पहनता था अब गंगनाथ के प्रेत से आविष्ट थी। अब सब कुछ साफ़ हो गया था। तिल्ली दी से और उम्मीद भी क्या की जा सकती थी?

मनोरमा नैनचन्द जोशी की दूर की रिश्तेदार ही नहीं थी, उसी ने तिलोत्तमा के वर्जित व्यवहार को देखा था और उसे ही अब गर्भवती तिलोत्तमा की देखरेख के लिए तैनात किया गया। बच्चा जनवाने के लिए एक प्रशिक्षित दाई जी को ख़बर कर दी गई थी कि प्रसव वेदना आरम्भ होते ही वह पहुँच जाए। बारिश के बाद जब पहाड़ों पर ताज़ा पड़ी बर्फ़ अक्टूबर की चटकीली धूप में चमकने लगी, तिलोत्तमा और मनोरमा सामने वाले बग़ीचे में गेंदे के फूलों की सुगन्ध सूँघते बनार चाय के प्याले पीते बैठे रहते। कभी तिलोत्तमा अंग्रेज़ी में ख़ुद अपने से और कभी अपने पेट के बच्चे से बात करती, अनबूझ शब्दों को गुनगुनाती और अपनी साहसिक आज़ादी का एहसास करती।

नैनचन्द जोशी क़रीब 8 महीने से घर से बाहर थे। उन्होंने लद्दाख से लंडौर तक की पैदल यात्रा की थी और फिर कुमाऊँ के रास्ते सिक्किम की। कर्नल वॉकर उनके काम से बहुत ख़ुश थे और उन्हें प्रशिक्षण के लिए 'आल्प' भेजने की बातें कर रहे थे। वे कहते थे, ''पर्वतारोहण तुम्हारे ख़ून में है और सर्वेक्षण तुम्हें और भी कुशल बनाने के लिए प्रोत्साहित करेगा।'' नैनचन्द जब छुट्टियों में पीठ में पिट्ठू लादे घर पहुँचे तो ऐसी आसन्न प्रसवा पत्नी के पास, जो किसी भी वक़्त संतान को जन्म दे सकती थी।

उनके रिश्तेदार यह सोच-सोचकर परेशान हो रहे थे कि कैसे उन्हें यह समाचार दें।

तिलोत्तमा के व्यवहार से मनोरमा सोचती थी कि शायद यह सब उसकी कल्पना

की उपज होगी। हमारी तिल्ली भी इतनी बेवकूफ़ या पागल नहीं हो सकती। नैनचन्द द्वारा उसका हाल पूछने पर मनोरमा ने जवाब दिया था, ''बदक़िस्मती से वह बेवकूफ़ भी है और पागल भी। इसके अलावा वह हर वक़्त ख़ुद से अंग्रेज़ी में बात करती रहती है।''

नैनचन्द के लौटने के बाद भी मनोरमा पति-पत्नी के साथ रहती रही। बच्ची ने पहुँचने में काफ़ी देर लगाई। आख़िर उसका जन्म कोजागरी पूर्णिमा की रात में हुआ जब पूरे चाँद की छाया शिव-पार्वती के प्रिय पहाड़ों के ऊपर पड़ी। तिलोत्तमा बरामदे में घूमती चाँद को निहार रही थी, जब उसे पता चला कि बच्चा जन्म लेने वाला है। उसने चीखकर यह सूचना दी। उसके पति उसका बाजू थाम उसे कमरे में ले गए, तब तक दर्द शुरू हो गया था।

नैनचन्द दाई को ढूँढ़ने निकले पर दाई जी कहीं न मिली। उसने मनोरमा के साथ मिलकर बच्चा पैदा करने का बन्दोबस्त किया। उसने अपने स्विस चाकू को मोमबत्ती की लौ में शुद्ध किया और उसी से नाल काटकर अपनी लड़की को इस संसार में ले आया। बच्ची का रंग बिलकुल सफ़ेद था। वह अलबीनो थी। बाल भी काले नहीं हलके पीले रंग के थे।

नैनचन्द जन्म के क्षण से ही अपनी बच्ची को बेहद प्यार करने लगा। वह घर वालों से कहता, ''मेरी समझ में यह नहीं आता कि इसके बाल क्यों इतने अजीब रंग के हैं।''

अपने प्रेमी के साथ तिलोत्तमा के सम्बन्धों की गाथा संयुक्त परिवार के सदस्यों में जड़ें जमा चुकी थी और लोग कभी-कभार अपने शक-शुबहे मुखर भी करते पर तिलोत्तमा कभी इस तरफ़ ध्यान नहीं देती। किसी का साहस नैनचन्द को उसकी बीवी के बारे में सच बतलाने का नहीं हुआ। लोग कहते, ''क्यों हम उसका दिल तोड़ें शायद बौखलाकर वह अपनी पत्नी और बच्चे को ही मार डाले।''

तिलोत्तमा के चाचा वकील देवीदत्त पंत और उसकी मानी हुई माँ सरूली दोनों बूढ़े होने के कारण थक गए थे और नैनीताल से अल्मोड़ा तक का लम्बा सफ़र पूरा करने में असमर्थ थे। उन्होंने नवजात शिशु के लिए हैदराबाद की टकसाल में ढली हुई सोने की अशर्फ़ी आशीर्वाद स्वरूप भेजी। यह अशर्फ़ी एक कृतज्ञ मुवक्किल ने उन्हें भेंट दी थी। महज़ लड़की को देने के लिए यह उपहार फ़िजूलख़र्ची लग सकता था लेकिन तिलोत्तमा की लड़की ही वह संतान थी जो उनकी वंशवेल आगे बढ़ाने वाली थी।

लड़की का नाम देवकी रखा गया। उसकी जन्मपत्री के अनुसार उसका नाम 'ह' से या 'द' अक्षर से रखा जा सकता था। देवकी, दया, हरिप्रिया, हेमा, दमयन्ती आदि नामों पर विचार किया गया। अन्त में पुकारने में सहज देवकी नाम तय हुआ जो उसकी परदादी का नाम भी था। नैनचन्द को बच्ची से बहुत लगाव था। उसके पैर

बिलकुल उन्हीं के जैसे थे। अँगूठे की बग़ल वाली अँगुली अँगूठे से लम्बी थी। उसे यह बात पता चली कि बच्ची को धूप अच्छी नहीं लगती। सूरज की तेज़ किरणें उसकी हलकी त्वचा को नहीं सोहती थीं। वह भीतर ही रखा जाना पसन्द करती थी। उसके रिश्तेदार उसे अजीब तरह से देखते थे। पर उसे कुछ समझ नहीं आ रहा था। आख़िर जब मनोरमा ने उसे वह क़िस्सा सुनाया जिसकी वह चश्मदीद गवाह थी तो उसे ग़ुस्सा आ गया। उसने कहा, ''तुम लोग कूपमंडूप हो, संकीर्ण सोच वाले। तिल्ली को अंग्रेज़ी नहीं आती और न ही वह किसी अंग्रेज़ को जानती है।'' इसके बाद मनोरमा के लिए या किसी और के लिए कहने को बचता ही क्या था? तब भी उसके रिश्तेदार यही मानते रहे कि मनोरमा ने जो कुछ देखा था वही सच था। बीतते वर्षों के साथ इस क़िस्से में मिर्च-मसाला जोड़ा गया। तिलोत्तमा के मरने तक यह काम जारी रहा। लेकिन उसे इस बात की ख़बर नहीं थी कि उसके घरवालों ने उसके लिए कैसी रंगीन दोहरी ज़िन्दगी ईजाद कर ली थी।

बच्ची के लिए तिलोत्तमा के पास ज़्यादा वक़्त नहीं रहता था। वह उसे सुस्त और उबाऊ लगती थी। उसने ख़ुद बच्ची की देखभाल करना नामंज़ूर कर भगुली नाम की एक विधवा को देवकी की देखभाल के लिए रख लिया। सर्वेक्षण की नैनचन्द की नौकरी आरामदेह थी और वह यह ख़र्च उठा सकते थे। तिलोत्तमा के रिश्तेदार उसकी ग़ैर ज़िम्मेदाराना हरकतों से अवाक् रह गए। विधवा मैली-कुचैली थी, कभी नहाती नहीं थी। उसके शरीर से तंबाकू और मैल की गंध आती। वह बच्ची को रोने-बिलखने से चुप कराने के लिए उसके गुलाबी होंठों पर थोड़ी सी अफ़ीम रखकर चटा देती थी। जैसे-जैसे बच्ची बड़ी हुई उसका स्वभाव शान्त होता गया। कुछ तो उसने अपने पिता से विरासत में पाया और कुछ शायद विधवा के चटाए अफ़ीम का प्रताप था।

इस बीच तिलोत्तमा ने पढ़ाई करने का संकल्प लिया। उसके चाचा देवीदत्त पंत ने उसे देवनागरी का अक्षर ज्ञान करा दिया था और थोड़ा-बहुत अंकगणित का भी। अब उसने एक उदार सोच वाले पंडित को लिखना और पढ़ना सीखने के लिए अध्यापक के रूप में नियुक्त किया। वह 15 रुपया लेते थे और हफ़्ते में दो बार उसे पढ़ाने आते थे। उसने बहुत जल्दी ही हिन्दी और संस्कृत से आगे बढ़ अंग्रेज़ी वर्णमाला का अभ्यास शुरू कर दिया। अल्मोड़ा के उसके भाई-बहनों का शक और भी पुख़्ता हो गया कि यह सब वह अपने अदृश्य अंग्रेज़ प्रेमी की ख़ातिर कर रही है। तारिणी ने कहा ऐसा फ़ितूर कोई फ़िरंगी ही तिल्ली के दिमाग़ में डाल सकता है।

जबकि यह विचार किसी विदेशी ने नहीं बल्कि देवकीनंदन खत्री के बेहद लोकप्रिय धारावाहिक उपन्यास 'चन्द्रकांता संतति' ने उसके दिमाग़ में डाला। तिलोत्तमा ने कहीं से 'पहला बयान' भी हासिल किया था जिसमें एक तिलस्मी रोमांस का बखान था। खत्री ने इस उपन्यास का प्रकाशन स्वयं अपनी प्रेस से बनारस बुक डिपो

के ज़रिए करवाया था। लेखक बर्तानवी पुलिस से बचता, लुकता-छिपता फिर रहा था लेकिन जब मौक़ा मिलता तब एक नया अध्याय लिखकर अपने हिन्दुस्तानी पाठकों तक पहुँचाता। तिल्ली के अध्यापक अपनी शिष्या की पढ़ाई की भूख से बहुत प्रभावित थे। उन्होंने अल्मोड़ा के इंग्लिश और वर्नाकुलर बुकशॉप से एक सेकंड हैंड बयान ख़रीदकर तिलोत्तमा को थमा दिया। पैंफलेटनुमा उपन्यास की इस कड़ी ने उसे एक दूसरी ही दुनिया में पहुँचा दिया।

हर शाम अपनी ज़ोरदार आवाज़ में पूरे हाव-भाव के साथ वह 'चन्द्रकांता संतति' पढ़ती। भावावेश में उसके नथुने फड़फड़ाते, उसकी सुनहरी नथनी मोमबत्ती की झिलमिलाती रोशनी में चमकने लगती। ऐसे में कमरे के एक अँधेरे कोने में उपेक्षित पड़ी देवकी सब कुछ चुपचाप ध्यान लगाकर सुनती।

'और वे दो प्रेमी जो दो शत्रु राज्यों के निवासी थे अपने नसीब के बारे में सोचते'। विजय राज्य की चन्द्रकांता और नौगढ़ के यह प्रेमी युगल थे। उनकी कहानी उसके दिल और दिमाग़ पर छा गई थी। अय्यार और धोखेबाज पात्र, और क़िस्मत के दाँव-पेच के खेल उसे उलझाए रखते। अब उसे उस ज़िन्दगी का स्वाद आने लगा था, जैसे उसे जिया जाना चाहिए।

अध्याय-4

# आई काली पार्वती वाली

ज़रा लौटें सन 1857, विक्रम संवत 1914, वाले वर्ष की ओर। हिन्दुस्तान के मैदानी इलाक़े में आगरे में, संगमरमर के मक़बरे ताजमहल की छाया में, 21 वर्षीय मेरी जेन नैस्टर—जिसे हमने आख़िरी बार हिमालय की तराई में अकेले भटकते देखा था, अभी भी अपनी उन नन्ही बच्चियों का मातम मना रही है जिसे उसने उस समय गँवा दिया जब हिंसक उपद्रव भड़के थे।

तब तक उसने अपने पति को तीन संतानें सौग़ात में दी थीं जिनमें से तीन अब तोता तालाब वाले क़ब्रिस्तान में दफ़न थीं। उनकी याद में उनकी क़ब्रों के ऊपर देवदूत और बहिश्त में रहने वाले नन्हे बच्चे संगमरमर के बने थे। सिर्फ़ छोटा मरियल यूजीन ही बचा रहा था, हिन्दुस्तान के मलेरिया बुख़ार और भट्टी जैसी गरमी से।

मेरी जेन का पति विलियम जेम्स नैस्टर, घुड़सवार सेना में कॉरपोरल था। जिस समय वह और उसके अन्य देशवासी बाग़ियों का दमन करने में व्यस्त थे यूरोपीय समुदाय की महिलाएँ और बच्चे आगरा के सुरक्षित क़िले में पहुँचा दिए गए थे, जहाँ कुछ ही समय पहले मुग़ल बादशाह औरंगज़ेब ने अपने बूढ़े बीमार बाप शाहजहाँ को बन्दी बना रखा था। इस क़िले ने अपने जीवन में सुख से अधिक दुख के दिन देखे थे और जमुना के उस पार मटमैले पानी में झिलमिलाता ताजमहल का पथराया अक्स मेरी जेन के जीवन के दहशत भरे यथार्थ को और भी भुतैला बना रहा था। वह बरामदे में लाल पत्थर के मेहराबों के नीचे बैठी रहती। पंखे नदी के पानी के स्पर्श से ठंडी हवा फैलाते और वह पथराई आँखों से जमुना नदी को निहारती। आख़िरकार जब भोर के पहले वह उनींदी होने लगती तो जो सपने वह देखती वे सब उसकी मरी बच्चियों के बारे में होते। उसके दु:स्वप्नों में प्रकट होते तोता तालाब के क़ब्रिस्तान में तीन नहीं चार क़ब्रों पर खड़े स्मारक पत्थर।

जब श्रीमती नैस्टर को अपने पति की मृत्यु का समाचार मिला तो उन्होंने इसे बड़े साहस से, एक सच्चे सैनिक की पत्नी की दिलेरी से बर्दाश्त किया। विलियम जेम्स नैस्टर कानपुर के निकट मारे गए थे। घोड़े से खींचकर नीचे पटककर टुकड़े-टुकड़े किए जाने के पहले उन्होंने तीन बाग़ियों का सर तलवार से काट डाला था। उसकी विधवा ने यह समाचार कुछ इस अन्दाज़ में सुना जैसे आख़िर होनी को कौन टाल सकता है। मेरी ने अपना हृदय पत्थर का बना लिया था। शोक मनाने का समय ही कहाँ था? उसके होंठ भले ही काँप रहे थे उसकी दृष्टि स्थिर थी। उसने अपनी अन्तिम संतान यूजीन को पकड़ रखा था। यूजीन एक शर्मीला, दब्बू लड़का था जिसे मिर्गी के दौरे पड़ते थे। उसकी माँ ने यह संकल्प कर रखा था कि वह ज़िन्दा रहेगा।

मेरी जेन में वे सब गुण जन्मजात थे जो तमाम संकट को सहन कर ज़िन्दा बचे रहने के लिए ज़रूरी होते हैं। मौत से जुड़े विचारों को दूर कर उसने एक ऐसी देसी महिला से दोस्ती बढ़ाई, जो आगरा के क़िले में फ़िरंगियों की ख़िदमत करती थी। उसने क़िले से बाहर भाग निकलने की साज़िश रचना शुरू कर दिया। उसने इस औरत को घूस देकर सूत की चौड़ी ओढ़नी मँगवाई जिस पर लाल और नीले फूलों की डिज़ाइन काढ़ी गई थी। उसकी सहेली और साज़िश में साझेदार गुलाबो एक व्यावहारिक महिला थी जो इस बात को समझती थी कि शोकग्रस्त मेम साहब के प्रयास उसके लिए फ़ायदेमन्द थे। वे दोनों आपस में टूटी-फूटी हिन्दुस्तानी और इशारों में बात करते थे और मेरी जेन की फ़रमाइश के अनुसार एक स्थानीय तंबाकू विक्रेता से छोटी सी जूट की बोरी भी उसके हाथ लग गई थी।

यूजीन को कसकर अपने बग़ल से चिपका श्रीमती नैस्टर ने जोख़िम उठाकर तंबाकू से अपनी गोरी चमड़ी पर कालिख पोती, और अपने पेटीकोट के ऊपर ओढ़नी को हिन्दुस्तानी औरतों के अन्दाज़ में लपेटा। यूजीन को अफ़ीम की एक ख़ुराक देकर सुला दिया गया ताकि उसके रोने से कहीं भेद न खुल जाए। मेरी जेन के बाल भूरे थे और इनसे उसकी असलियत का पता किसी को नहीं चल सकता था। अपना सर लाज से ज़रा झुकाए, ज़रा सा घूँघट काढ़े वह क़िले से बाहर निकल आई। पहले उसे यह चिन्ता थी कि उसकी चाल हिन्दुस्तानी महिलाओं से फ़र्क़ है और इसीलिए वह एहतियात बरत कर अपनी स्वाभाविक चाल बदलकर धीरे-धीरे चलती रही।

मेरी जेन ने आगरे के क़िले और उस क़ब्रिस्तान को अलविदा कहा जिसने उसके तीन बच्चे ले लिये थे। उन बच्चों के शरीर के हिन्दुस्तानी बाग़ियों द्वारा टुकड़े-टुकड़े किए जाने वाली यादों को उसने अपने दिमाग़ से निकाल दिया था। बस कभी-कभी ऐसा महसूस होता था जैसे उसके सर पर कोई ज़ोर-ज़ोर से ढोल की थाप दे इसका एहसास करा रहा हो। सिर्फ़ शिशु यूजीन उसकी गोद में सोया वर्तमान की याद दिला रहा था।

'मैं अपनी नज़र पहाड़ों की ओर उठाऊँगी, जहाँ से मुझे मदद मिलेगी,' उसने

अपने आप से बुदबुदाते हुए कहा। उसकी आवाज़ फुसफुसाहट से भी कम थी। नंगे पैर चलने की आदत न होने की वजह से आगरा के तपते पत्थर तलवे झुलसा रहे थे।

भले ही मेरी जेन का स्थान गोरे साहबों के सामाजिक पायदान में काफ़ी नीचे था, तब भी उसने किसी हिन्दुस्तानी मूर्तिपूजक के घर के भीतर प्रवेश नहीं किया था। उसे यह देखकर आश्चर्य हुआ कि गुलाबो के जिस घर में उसने शरण ली थी वह बहुत कष्टप्रद नहीं था जैसी उसे आशंका थी। ताड़ के पत्तों के छप्पर से छाया यह घर साफ़ ही नहीं बल्कि सुथरा भी था और भले ही उसका फ़र्श ताज़े गोबर से पाथा गया था धरती की यह गंध बुरी नहीं लग रही थी।

मेरी जेन की टूटी-फूटी फ़िरंगी हिन्दुस्तानी बातूनी गुलाबो की बातचीत से उसका बचाव करने वाला कवच नहीं बन सकी। गुलाबो उसका दिल बहलाने के लिए उसे आगरे के क़िले से भाग निकलने वाले और लोगों के क़िस्से सुनाती रही। सौ साल पहले—गुलाबो की दुनिया में हर चीज़ सौ साल पहले घटी थी—मराठा राजा शिवाजी मिठाइयों की एक टोकरी में छुपकर आगरा के क़िले से भाग निकले थे। हाँ, कुछ घटनाएँ और पहले, हज़ार साल पहले घटी थीं। गुलाबो की बातें जारी रहतीं, ''हज़ारों साल पहले पड़ोस में ही मथुरा के एक क़िले की क़ैद से भगवान कृष्ण भाग निकले थे जहाँ उनके क्रूर मामा कंस उनके वध की तैयारी कर रहे थे।''

मेरी जेन ने सोते हुए यूजीन को और भी कसकर चिपका लिया। वह अभी भी अफ़ीम वाली मिठाई के नशे में था उसके नन्हे हाथ सपना देखते-देखते भिंच और खुल रहे थे। 'कल हम पहाड़ों की तरफ़ कूच करेंगे,' उसने फ़ैसला किया। फ़ैसला करने के साथ ही उसकी भूख लौट गई। उसने घी चुपड़ी मोटी चपातियाँ रस लेकर खाईं।

गुलाबो कालिख भरी रसोई के एक कोने में बैठी लम्बी फुकनी से चूल्हे में हवा फूँक रही थी। उसने सफ़र के लिए चपातियों की एक बड़ी ढेरी तैयार कर दी थी जिनका आटा गाय के दूध में गूँधा गया ताकि वे काफ़ी दिनों तक टिक सकें। उन्हें वह केले के ताज़े कोमल पत्तों में लपेट रही थी। अभागी मेम साहब उसकी अतिथि थीं और अतिथियों का स्वागत देवताओं की तरह किया जाना चाहिए।

अगली सुबह उन्होंने यमुना नदी को हिन्दुस्तानी देसी यात्रियों से लदी एक बड़ी नाव में पार किया। तंबाकू के दाग़ के ऊपर कीचड़ की हलकी परत चढ़ा दी गई थी और मेम साहब उन पक्के रंग वाले यात्रियों से फ़र्क़ नहीं लग रही थीं जिनकी गंध और आवाज़ें नाव में बसी थीं। एक बार शोरगुल बढ़ा और लोगों की बौखलाहट से मेरी जेन को यह बात पता चली कि नाव डूब रही है। बच्चे को सीने से चिपका वह पानी में कूद पड़ी और दूसरे किनारे तक तैरकर पहुँच गई। अपने पीछे वह डूबने वालों की चीख़ें और रोने की आवाज़ें सुन सकती थी पर उसने पलटकर नहीं देखा। पानी में मगरमच्छ थे और उसे हर हाल में यूजीन को बचाना था।

दूसरे किनारे तक पहुँचते-पहुँचते उसकी सारी ताक़त चुक गई। बच्चा

अस्वाभाविक रूप से चुप था। हालाँकि उसे अफ़ीम की ख़ुराक से अंग्रेज़ी में तुतलाने से चुप कराया गया था। मेरी ने पानी की कालिख को देखा, नदी किनारे की ठंडी बयार को महसूस किया और फिर एक सफ़ेद आँखों की चौंधियाने वाली रोशनी को। सफ़ेद दाढ़ी वाला एक बूढ़ा आदमी किसी और नदी के तट पर खड़ा था। इस नदी की लहरों में इन्द्रधनुषों की छटा बिखरी थी। सोते हुए यूजीन को उसकी गोद से बड़ी कोमलता से इस व्यक्ति ने अपने हाथों में लिया। फिर उसने मेरी जेन से कुछ कहा जिसे वह पूरा-पूरा सुन नहीं पाई। उसके कानों में बस आवाज़ गूँज रही थी। फिर अचानक उसका स्वर तेज़ हुआ। "तुम्हारा बेटा अब मेरा हो गया पर तुम्हारा समय अभी पूरा नहीं हुआ। तुम्हें लौटना होगा," उसने मुस्कुराते हुए कहा पर यह मुस्कुराहट आदतन थी इसमें दया नहीं थी।

मेरी जेन ने अपनी आँखें खोलीं और घुमड़ते धुएँ को ऊपर उठते देखा। वह गीली लकड़ियों की गंध सूँघ सकती थी और जब उसने चिता के धुएँ के कारण उठी खाँसी को रोकते व आँखों से बहते पानी को पोंछ नाक की कालिख साफ़ की तो उसे यह बात निश्चित तौर पर पता चल गई कि यूजीन मर गया है। उसके लिए तोता तालाब के क़ब्रिस्तान में स्मारक पत्थर वाली कोई क़ब्र नहीं होगी।

साधुओं का जो झुंड श्मशान भूमि में इकट्ठा हुआ था उसने इस प्रेत जैसी आकृति को चौंककर देखा। औरत की सफ़ेद त्वचा राख से ढकी थी, और उसके लम्बे बाल कमर तक झूल रहे थे। कुछ साधुओं ने कहा, "अरे, यह तो साक्षात् काली है, जो चिता से प्रकट हुई है।" फिर उन्होंने अभिभूत होते हुए जेन से पूछा, "माँ, हम तुम्हारी क्या सेवा कर सकते हैं?"

"मैं पहाड़ों में जाना चाहती हूँ," मेरी जेन ने दृढ़ निश्चय से कहा। उसकी हिन्दुस्तानी गुलाबो की संगत में काफ़ी सुधर गई थी।

उसका दिमाग़ बन चुका था और संकल्प पक्का था। यूजीन मर चुका था। उसकी गुमनाम क़ब्रों में दफ़न बाक़ी संतानें भुला दी गई थीं। उसके पति का सर धड़ से अलग कर वहशियों ने उसके शरीर के टुकड़े-टुकड़े कर दिए थे। अब वही अकेली ज़िन्दा बची थी। निश्चय ही कोई कारण था, उसे किसी दैवी शक्ति ने चुना था। उसके जीवन का कुछ न कुछ ध्येय था। उसका पुनर्जन्म हुआ था मृतकों का सन्देश जीवितों तक पहुँचाने के लिए।

ये साधु कनफटा सम्प्रदाय के थे। अपनी जमात में महिला को साथ लेकर चलने के आदी थे। इन्हें कनफटा नाम इसलिए दिया गया था कि इनके कान दो बार छेदे जाते थे जिनमें वे सोने की बाली पहनते थे। वे सब बाबा गोरखनाथ के अनुयायी थे और अपने अजीबोग़रीब रस्मो-रिवाज़ और तांत्रिक साधना के लिए मशहूर थे। इन मैले-कुचैले औघड़ यात्रियों की तरफ़ किसी का ध्यान नहीं गया। कभी वे बैलगाड़ियों की लीक पर चलते तो कभी रात को कहीं डेरा डाल देते। सिपाहियों की बग़ावत से

जो दहशत फैली थी वह अभी बाक़ी थी और मेरी जेन उत्तेजित आवाज़ों में वे कहानियाँ सुन सकती थीं जिनमें अंग्रेज़ों की हत्या और उनको मारने-काटने का वर्णन होता। तब भी इससे वह विचलित नहीं होती थी। उसे लगता उसने आगरे के क़िले से भाग निकलने में समझदारी की। वह अपने आप से कहती रहती मेरे जीवन का एक मक़सद है, मुझे एक सन्देश पहुँचाना है।

रात को साधु लोग तरह-तरह की विचित्र आवाज़ें निकालते। कभी रोते-कराहते, कभी गुर्राते तो कभी दहाड़ते। कभी दर्द में, कभी मस्ती में या ग़ुस्से में वह समझ नहीं पाती। वे गांजे का दम लगाते और धतूरे की बूटी गटकते। वे उसे परेशान नहीं करते, उसके साथ आदर और शिष्टता से पेश आते। वे उसे खाना देते और कोई सवाल नहीं पूछते। मेरी के मन में भी उनके बारे में कोई कुतूहल नहीं था और एक अजीब सी समझ उनके बीच स्थापित हो गई।

उनको चलते-चलते एक माह बीत गया। मेरी जेन ने बदलते दृश्यों की तरफ़ कोई ध्यान नहीं दिया। वह इतना जानती थी कि वे लोग उत्तर की ओर बढ़ रहे हैं—पहाड़ों की तरफ़, और यही उसके लिए काफ़ी था। वे रात को श्मशानभूमि में सोते थे जो क़स्बों और गाँवों के बाहर होती हैं। वहाँ ये साधु अपने त्रिशूल गाड़ देते और अपनी पवित्र धूनी रमाते। कनफटे साधु उसके लिए ज़रा दूरी पर शरणस्थली बना देते और उसकी चौकसी करते ताकि वह निरापद रहे। अगर कोई जानवर निकट आता तो वे पत्थर फेंककर उसे भगा देते। वह मौत से निकलकर मृत्यु के मुख से प्रकट हुई थी और वे उसके शरीर और आत्मा दोनों का ही आदर करते थे।

अगर रात को वे मनुष्य की खोपड़ी में घी के दीये जलाते और मृत आत्माओं को बुलाते तो वह इससे बेख़बर रहती। वह ठीक से चलती, खाती और गहरी नींद सोती। हालाँकि कभी-कभी नींद में उसे लहराती सफ़ेद दाढ़ी वाला और आदतन खोखली मुस्कान वाला वह बूढ़ा नज़र आ जाता जिसने उससे उसका बेटा छीन लिया था।

जब वे जूड़ी-बुख़ार वाले तराई के जंगलों के दलदली इलाक़े में पहुँचे तो उसके सह यात्रियों ने झाड़ियों से तोड़ी वे पीली बेरियाँ उसे खिलाईं जो इस बुख़ार को दूर रखती थीं। कभी-कभार वहाँ रात को बाघ का गरजना सुनाई देता। मेरी जेन ख़ुद से बोलती रहती ताकि कहीं वह अपनी भाषा न भूल जाए।

वह ज़ोर से कहती, ''आई शैल लिफ़्ट अप माइन आइज़ अन टू दि हिल्स फ्राम वैन्स कमैथ माई हेल्प।'' वह ज़ोर से बोलती और ख़ुद अपनी आवाज़ को कुछ अचरज और तटस्थ कुतूहल से सुनती।

वह 23वीं प्रार्थना का पाठ करती :

> यी, दो आई वॉक, थ्रू दि वैली ऑफ़ दि शैडो ऑफ़ डेथ, आई शैल फ़ियर नो ईविल।
> फ़ॉर दाऊ आर्ट बिसाइड मी।
> दाई रोड एंड दाई स्टाफ़ दे कम्फ़र्ट मी।

दाऊ मेकेस्ट ए टेबल फ़ॉर मी एंड इन दि प्रैजेन्स ऑफ़ माई एनिमीज़,

दाऊ एनोइनटेस्ट माई हेड विद ऑयल।

बहुत कोशिश करने पर भी उसे अन्तिम पंक्ति याद नहीं आती। वह उसकी ज़ुबान पर थी पर वह कह नहीं पा रही थी।

आख़िरकार जब उसने दूर क्षितिज पर पहाड़ के नीले बैगनी धब्बे देखे तो उसकी आँखों से आँसू बह निकले। साधुओं ने उससे थोड़ी दूरी बनाए रखी। वे उसे सांत्वना देकर उसके स्वाभिमान को चोट नहीं पहुँचाना चाहते थे। जब पहली चढ़ाई सामने आई मेरी ने झुककर धरती को छुआ।

हवा बदल गई थी। हवा साफ़ थी, शुद्ध और मंद। मेरी ने एक पहाड़ी धारे पर नहाया और अपनी चिथड़ैल आधी साड़ी को धूप में सुखाया। वह बाहर निकली चट्टान के नीचे बैठ इस चीर को अपने शरीर पर लपेट रही थी कि उसे सोला हैट पहने एक अंग्रेज़ दिखाई दिया जो वर्दी में नहीं मुफ़्ती में था। उसके साथ चलने वाले नौकर मछली मारने की बंसी और काँटे आदि थामे चल रहे थे।

"श्रीमान आपको मेरी मदद करनी चाहिए," मेरी ने कहा, "मैं बहुत परेशान हूँ।" वह ख़ुद अपनी आवाज़ से चकित रह गई और गोरा अजनबी बुरी तरह चौंक पड़ा। उसे यक़ीन ही नहीं हो रहा था कि वह क्या देख रहा है। उसके मुँह से निकला "एक अंग्रेज़ महिला—एक अंग्रेज़ महिला यहाँ पर।"

जिस सुरक्षित और निरापद दुनिया को वह भूल चुकी थी, जिसके अस्तित्व को ही, उसने फिर उसे अपने आग़ोश में ले लिया। उसे तुरत-फुरत झमपानी में बिठाया गया और चार कहार उसे उठाकर पहाड़ चढ़ने लगे। उसकी लाज ढकने के लिए अंग्रेज़ साहब ने एक जैकेट और एक कंबल सुलभ करा दिया। नौकर-चाकर साथ में पूरा ताम-झाम लेकर चले थे जो साहब लोगों के दल-बल के लिए आरामदेह बन्दोबस्त का अंग थे। अँधेरा हो चुका था और झमपानी वाहक ज़ोर से बोलते भारी गले से गाते जानवरों को भगाते चल रहे थे। जानवरों को ही नहीं दुष्ट भूत-प्रेतों को भी। 'आई काली पार्वती वाली' वे बेसुरे तरीक़े से गाकर मार्ग की बाधाओं को, दुष्ट आत्माओं से दूर कर रहे थे।

मेरी जेन के विचार साधु-महात्माओं की तरफ़ नहीं लौटे और न ही यूजीन और अपने पति की तरफ़। उसे बीच-बीच में झपकी आ जाती थी और वह जागने के बाद फिर सो जाती। वह कुछ भी नहीं सोच रही थी। अपने सपनों में वह कोनेमारा पहुँच जाती जहाँ वह अपने दादा-दादी के साथ होती। काई की गंध उसे सांत्वना देती। अगली सुबह वह नैनीताल पहुँचा दी गई।

छोटी सी यूरोपीय बिरादरी ने उसे अपनी शरण में ले लिया। मेरी जेन ने मिसेज़ विक्टोरिया ग्रांट के साथ रहना शुरू कर दिया जो तल्लीताल में प्रिमरोज़ लॉज नाम का बोर्डिंग हाउस चलाती थी। यह सेंट फ्रांसिस चर्च के ठीक ऊपर बना था। वह

अभी भी जवान थी और उसके चेहरे पर बच्चों जैसी मासूम ख़ूबसूरती थी जो उसे पुरुषों के लिए काफ़ी आकर्षक बनाती थी। पर ज़िन्दगी के अनुभवों ने अपने निशान उस पर छोड़े थे। एक असाधारण और नाटकीय तरीक़े से नैनीताल पहुँचने के बाद उसने अपने को पूरी तरह परम पिता परमेश्वर के काम के लिए समर्पित कर दिया था। उसे यदि मौत के पंजे से छुड़ाया गया था तो किसी ख़ास काम के लिए। परम पिता परमेश्वर ने उसे दूसरा जीवन इसीलिए दिया था। यही उसकी ज़िन्दगी का मक़सद और कर्तव्य था।

अकेले बिताए आठ बरसों के बाद बारिश के एक तूफ़ानी दिन एक लम्बे अमेरिकी सज्जन ने उसे अपना छाता दिया। बुरी तरह भीगने के बावजूद और काँपते हुए मेरी ने ज़िद की कि वह भी बारिश से बचने के लिए उसी छाते के नीचे आ जाए। रेवरैंड हेनरी बोडेन के साथ हुई यह अकस्मात् मुलाक़ात धीरे-धीरे भरोसेमन्द दोस्ती में बदल गई। कुछ ऐसे जैसे मन की तह के नीचे दबी कोई निर्जीव चीज़ फिर से पल्लवित होने लगी हो। वे दोनों प्रेम में थे और यह प्रेम ज़िन्दगी भर बना रहा। बोडेन एक अमेरिकी मिशनरी था जिसकी उम्र मेरी से छह वर्ष कम थी। उसके माता-पिता उसके जन्म के पहले ही भारत आ गए थे। वह कोहिमा से अल्मोड़ा आया था। अल्मोड़ा में नवस्थापित कोढ़ीखाने का कार्यभार उसे सौंपा गया था। वह भारत के पूर्वोत्तरी इलाक़े में नागा और ख़ासी जनजातियों के बीच बड़ा हुआ था और मेरी जेन की ही तरह उसे भी इस बात का पक्का विश्वास था कि उसके जीवन का लक्ष्य ईसाई धर्म का प्रचार है। इन दोनों समान 'धर्मात्माओं' ने सेंट जॉन इन दि विल्डरनेस के गिरजाघर में शादी कर ली और यह शपथ ली कि वे अपना जीवन परम पिता की कीर्ति उनके उपदेश आदि के प्रचार और ग़रीबों, पंगुओं और कोढ़ियों की सेवा में बिताएँगे।

मेरी जेन अल्मोड़ा चली आई जहाँ मिशन ने कोढ़ीखाना स्थापित किया था। उसने हेनरी बोडेन की दो लड़कियों रोज़मेरी और ग्लोरिया को जन्म दिया। उसने अपने पति को अपने पुराने जीवन के बारे में कभी नहीं बताया और न ही उन चार संतानों के बारे में जिनका पिता उनका पहला पति था। कभी-कभी उसे नन्हे यूजीन की याद आ जाती और दिल में मरोड़-सी उठती। पर उसके इर्द-गिर्द इतना सारा काम था और इतना दुख-संताप कि वह उन पुरानी बातों को ख़ारिज कर हाथ के काम में जुट जाती। रही बात कनफटे साधुओं की, जो उसके साथ यमुना के तट से इन पहाड़ियों की तलहटी तक सहयात्री रहे थे, उनकी याद उसे कभी नहीं आई। वे उन प्रेतात्माओं की तरह थे जिन्होंने उसका साथ अर्द्ध मृतकों के संसार से नई ज़िन्दगी की दुनिया तक निभाया था।

हेनरी बोडेन और उसकी पत्नी मेरी जेन ने अपना जीवन पूरी तरह समर्पित कर दिया—घायलों, मरणासन्न, दुखियारों की सेवा और परमेश्वर के वचन सभी त्रस्त मनुष्यों तक राहत के लिए पहुँचाने में, चाहे वे हिन्दू हों, मुसलमान या ईसाई। बोडेन का एक गोरखा सहायक शेरसिंह फुल्लारा था जो अंग्रेज़ी के साथ-साथ स्थानीय बोली भी बोल सकता था। यहाँ मिस्टर विलियम आओ भी थे जो बोडेन के भाई के मित्र थे और उसके साथ-साथ कोहिमा से कुमाऊँ आए थे। आओ घर-गृहस्थी की व्यवस्था की अपलक निगरानी करते थे क्योंकि वह स्थानीय लोगों पर रत्तीभर भरोसा नहीं करते थे। ख़ासकर कुलीन ब्राह्मणों और राजपूतों पर। वह अकसर बिना किसी को सम्बोधित किए कहते रहते, "इनके दिल छल-कपट से भरे रहते हैं और इनके ईश्वर ख़ुद झूठ बोलने में नहीं शरमाते।"

बोडेन कोहिमा से प्यार करता था। भले ही वहाँ की जनजातियों के जंगली रस्मो-रिवाज़ उसे खिन्न करते थे पर वह इन उदात्त जंगलियों का, उनकी शक्ति का आदर करता था। उसका छोटा भाई दो कबीलों के बीच एक मुठभेड़ में ही मारा गया था, जिसके लिए वह ख़ुद को ज़िम्मेदार समझता था। उसे लगता था कि वही इन लोगों को शान्ति और प्रेम का सन्देश देने में नाकामयाब रहा है। कुमाऊँ में ब्राह्मणों की जात-पात वाली पितृसत्तात्मक व्यवस्था उसे खूँख़ार नागाओं की कबाइली परम्पराओं से ज़्यादा उत्पीड़क लगती थी। इसके बावजूद वह कुलीन जातियों के आत्मविश्वास, बौद्धिक अहंकार, पक्की धार्मिक निष्ठा और दर्जनों देवी-देवताओं, प्रेतों, पिशाचों की उपासना पर चकित होने के साथ-साथ उनका आदर भी करता था। वह इस बात की कोशिश करता रहता कि जो कुछ भी वह देखता उसमें अपने परम पिता परमेश्वर के दर्शन कर सकता। यह काम आसान नहीं था और हिमालय की सुरम्य भूमि में यह संघर्ष निरन्तर जारी रहता था।

अध्याय–5

# आकाश फट पड़ा

16 सितम्बर, 1880, बुधवार के दिन नैनीताल पर आकाश फट पड़ा। लगातार चार दिन चार रात बारिश होती रही। आकाश में इतना अँधेरा था मानो रात हो। लगातार बादल गरज रहे थे और बिजली चमक रही थी। इस कदर कि नैनीताल वासियों को इनकी आदत सी पड़ गई और इसी कारण जब धरती और आकाश ज़रा शान्त हुए तो उन्हें इनकी कमी खटकने लगी।

तल्लीताल के बड़ा बाज़ार वाले मकान में सरकारी वकील देवीदत्त पंत बिस्तर पर बीमार पड़े थे। खिड़की के लकड़ी के कपाट बारिश को बाहर रखने के लिए लगभग हफ़्ते भर से बन्द कर दिए गए थे। कुछ वैसे ही जब बद्रीदत्त उप्रेती को फाँसी पर लटकाए जाने के बाद उन्हें हफ्ताभर बन्द रखा गया था। उनका शरीर बुख़ार से तप रहा था, और उनका दिमाग़ इधर–उधर भटक रहा था। वह वर्तमान–अतीत और कभी–कभी भविष्य को भी गड्ड–मड्ड करते हुए अस्फुट बड़बड़ा रहे थे। वह अपनी बहन दुर्गा देवी को सपनों में देख रहे थे जो ताल में डूब गई थी और उसकी लड़की तिलोत्तमा और उस बच्ची देवकी को जिसे उन्होंने कभी अपनी गोद में नहीं उठाया था। उनके होशोहवास धीरे–धीरे थके शरीर से बिछुड़ रहे थे। तिल्ली के बारे में कुछ अजीब सा दिख रहा था। वह एक हरी झील के किनारे एक मर्दाना कोट पहने बैठी थी।

उसके पुरोहित ने तूफ़ान का सामना करते हुए बड़ा बाज़ार वाले घर तक आने का साहस दिखलाया जहाँ उसने कई शुभ कार्यों में पूजा–पाठ सम्पन्न कराया था। उसने पंचांग टटोले, और तिथियों का विस्तार से अध्ययन करने के बाद नक्षत्रों की ग्रहदशा बैठाई। महीना भाद्रपद का था और विक्रम संवत 1936। ''ग्रहदशा तो यही बतला रही है कि इनकी आयु पूरी हो चुकी है, इनका समय आ गया है, बड़े दुख के साथ उसने घोषणा की,'' और यह भी कहा, ''हरि इच्छा बलवान।''

बाहर तूफ़ान के थपेड़े जारी थे। 19 सितम्बर, शनिवार के दिन, पहला भूस्खलन हुआ। तब तक 33 इंच वर्षा दर्ज हो चुकी थी। चीना पहाड़ी के सामने वाले हिस्से से पुराने देवदार के पेड़ और एक मकान की आकार की चट्टानें खिसककर झील की तरफ़ लुढ़ककर आने लगीं। ऐसे ही किसी आपदा का सामना करने के लिए कमिश्नर हेनरी रामजे ने उन घरों को ख़ाली करवा लिया था जो इस दिशा में थे।

विक्टोरिया होटल का मलबा अपने साथ बहाकर ले गया और असेम्बली हॉल के सामने वाले इलाक़े में 151 लोगों ने अपनी जान गँवाई। इसके बाद फिर एक बार बादल कड़के और बिजली लगातार चमकती रही। लोगों ने अपनी याददाश्त में बिजली का ऐसा कड़कना और चमकना नहीं देखा था। झील पहाड़ों को बुला रही थी, इस बार बैल्स डिपार्टमेंटल स्टोर पत्थरों और चट्टानों की तबाह करने वाली ताक़तों का शिकार बना। जो लोग राहत कार्य में लगे थे वे ख़ुद फँस गए। मकानों का मलबा, कपड़े के थान, उनके फलों के बोल, टाइयाँ, रेशमी गावतकिए सब इनके साथ-साथ ताल की तलहट पर पहुँच गए मानो अगली ज़िन्दगी को आरामदेह बनाने के लिए।

मल्लीताल में झील के किनारे घोड़ों के अस्तबल के पास झुर्रीदार चेहरे वाली एक बूढ़ी पत्थरों की छोटी सी कुटिया में अकेले रहती थी। वह घोड़ों की रखवाली करने वाले सईसों को चाय और समोसे बेचकर गुज़र-बसर करती थी। किसी को यह पता नहीं था कि वह हिन्दू है या मुसलमान। कुछ लोगों को उसके जीता-जागता इनसान होने में भी शक था। वह अपने नाती के साथ वहाँ रहती थी जिससे उसे बड़ी उम्मीदें थीं। बारिश जाने कब से हो रही थी पर उसने छोटी सी एक पेटी में कोयले दहका रखे थे, ज़रूरत पड़ने पर कुछ भी ढूँढ़ने को। वह लपटों को भड़काने के लिए फुकनी से हवा कर रही थी—बीच में रुककर अपना सर ज़रा मोड़कर कुछ सुनने की कोशिश करती।

उसके नाती ने पूछा, "दादी, पहाड़ क्या कह रहे हैं?" उसका मानना था कि उसकी दादी सब कुछ जानती है। दादी ने देर तक उसे बहुत प्यार से और कोमलता से देखा। फिर बोली, "मेरे बेटा, वे यह कह रहे हैं कि अब तुम्हें मुझे छोड़कर भागते हुए तल्लीताल जाना चाहिए जहाँ तुम्हारे चाचा रहते हैं। बारिश की परवाह करने की ज़रूरत नहीं और न ही कीचड़ की, न अँधेरे से डरने की। चमकती बिजली तुम्हें रास्ता दिखलाएगी और बादलों की गड़गड़ाहट तुम्हें ख़तरों से आगाह करेगी।"

बिना कुछ सवाल पूछे वह चल पड़ा। तभी ज़मीन काँपी जैसे वह ख़ुशी में झूल रही हो। पुराने पेड़, मकानों से बड़ी चट्टानें लुढ़कती हुई आने लगीं। वे पेड़ जिन्हें अत्रि, पुलश और पुलस्त्य ऋषियों ने हज़ार साल पहले लगाया था। जब मानसरोवर झील का जल वे अपने तपोबल से गंधमादन पर्वत से यहाँ ले आए थे। चट्टानें शोर के साथ झील की तरफ़ गरम कीचड़ और मिट्टी को लेकर बढ़ रही थीं अपने मार्ग

में आने वाली हर चीज़ के साथ। बुढ़िया की लकड़ी वाली झोंपड़ी में आग बुझा दी गई। अँधेरे में वह घोड़ों का भयभीत होकर हिनहनाना और पैर पटकना सुन रही थी। नैनीताल का भूगोल रातोंरात बदल गया। नैना देवी का मन्दिर, जहाँ सती की आँखें तब गिरी थीं जब विष्णु ने शिव के कन्धे पर लदे उसके शव को अपने चक्र से काटा था, ताल में डूब गया, पत्थरों-चट्टानों, मलबे, पेड़ों और मानव शरीर के लोथड़ों के साथ। 17 घोड़े मलबे में फँसे थे और जिस बूढ़ी औरत ने पहाड़ों को बोलते सुना था वह हमेशा के लिए चुप हो गई थी।

देवीदत्त पंत ने भी अपनी आख़िरी साँस ले ली। पुरोहित ने उनकी पलकें बन्द की और उन पर गंगा जल छिड़का। वह पवित्र तुलसी के पत्तों का एक गुच्छा सदा अपने साथ पगड़ी के फाँटे में रखते थे। सरूली ने सोने का एक छोटा टुकड़ा अपनी साड़ी के एक पल्लू में बाँध रखा था। ऐसे दुर्दिन के लिए तैयार होना ही अकलमंदी था।

बाहर हवा चिंघाड़ रही थी और बारिश की बौछार खिड़की के कपाट पर सर पटक रही थी। 'हरि इच्छा बलवान' पुरोहित ने दोहराया—कुछ पूर्ण विराम लगाने वाले और कुछ सांत्वना देने वाले अन्दाज़ में। सरूली को आगे का अपना जीवन अकेले ही बिताना था। अगले जीवन में अब फिर मुलाक़ात होगी उसकी पत्नी के रूप में या फिर माँ और बेटी के रूप में। उसके पति ने कभी उससे सख़्ती से बात नहीं की थी और न ही कभी बाँझ होने के कारण उसे दोष दिया था। वह एक अच्छा इनसान था।

देवीदत्त को काठ की ऊँची पलंग से उतारकर ज़मीन पर एक दरी पर रख दिया गया। उसका सर दक्षिण की ओर था जो यम की दिशा है। पुरोहित ने तुलसी का गुच्छा उसके मुँह में रखा और सोने की वह कतरन भी जिसे सरूली ने तैयार रखा था ताकि परलोक का रास्ता सुगम हो जाए। जैसे ही देवीदत्त की मृत्यु हुई नैना देवी का मन्दिर झील के हरे पानी की गहराई में समा गया। पहाड़ गुर्राते और बुदबुदाते रहे, उनके चेहरे के भाव बदलते रहे। पुरोहित ने महामृत्युंजय मंत्र का जाप जारी रखा—वह मंत्र जो मृत्यु और परिवर्तन के साथ-साथ और बहुत कुछ शाश्वत सत्य बयान करता है।

नैनचन्द जोशी ने नैनीताल का सफ़र तय किया देवीदत्त पंत के पीपल पानी और अन्य अंत्येष्टि संस्कारों के लिए। फिर वह देहरादून लौट गए सर्वेक्षण और मानचित्र लेखन के लिए ज़रूरी भौगोलिक जानकारी जुटाने वाले अभियानों की योजना बनाने के लिए। नैनीताल में उन्होंने अपना अधिकांश समय बादल फटने और भूस्खलन के नुकसान के लेखे-जोखे के अध्ययन में लगाया। देहरादून में उन्होंने भूस्खलन विषयक आँकड़ों का अध्ययन बड़े मनोयोग से किया था। वह अंग्रेज़ों की प्रशंसा इसलिए करते थे कि वे चीज़ों को दर्ज नियमित ढंग से और बड़े महीन तरीक़े से पर्यवेक्षण के बाद करते थे इसीलिए वे परिस्थितियों के शिकार नहीं वरन् स्वामी नज़र आते थे।

17–18 सितम्बर को तूफ़ान और बारिश ने सिर्फ़ नैनीताल को ही नुकसान नहीं पहुँचाया था। सब जगह मौसम बदल रहा था। पड़ोसी मैदानी इलाक़े में बिजनौर ज़िले के नगीना में दो दिन में 74 इंच बारिश हुई थी। चार साल पहले ही 1976 में चेरापूँजी को भारत का सबसे अधिक बारिश वाला स्थान घोषित किया गया था, जहाँ एक दिन में 41 इंच पानी पड़ता था। वर्षा के देवताओं का अध्ययन विज्ञान और आँकड़ों के ज़रिए करना बेहद ज़रूरी था ताकि नैनीताल जैसी आपदा को रोका-थामा जा सके। नैनीताल से लौटने के बाद नैनचन्द को कर्नल वॉकर की चिट्ठी मिली जिसमें यह सूचना थी कि भारत के महान सर्वेक्षण विभाग ने यह फ़ैसला किया है कि उसे प्राचीन तीर्थयात्रा पथ से लद्दाख भेजा जाए ताकि उस क्षेत्र की पैमाइश हो सके जिसका सर्वेक्षण अब तक नहीं हो सका था। नैन सिंह रावत जैसे प्रसिद्ध पुरखों के पदचिह्नों का अनुसरण करते एक बौद्ध भिक्षु के वेश में माला के मनकों से मील गिनते वह मीलों चलता रहा। माला में 108 दाने थे और एक चक्कर की गिनती 100 फुट नापती थी। रात को वह ख़ुफ़िया तरीक़े से रास्ते के ब्योरे और उन दूरियों को जो उसने तय की थीं दर्ज करता था। ब्रिटिश हुक्मरान जिन जानकारियों को सामरिक महत्त्व की समझते थे उनका भंडार इस सर्वेक्षण से बढ़ता जा रहा था।

लौटने के बाद भी नैनचन्द का अधिकांश समय देहरादून और मसूरी में ही बीतता था। सच तो यह था कि तिलोत्तमा से दूर रहने से उसे कुछ राहत ही महसूस होती थी, हालाँकि छोटी बच्ची देवकी की याद उसे आती रहती थी।

तिलोत्तमा भी अपने पति से दूर ख़ुश थी। वह दूसरी संतान नहीं चाहती थी। उसका जीवन एक आरामदेह ढर्रे पर चल रहा था। दिन की शुरुआत वह सवेरे की प्रार्थना से करती जिनमें सरसरी तौर पर कुछ मंत्रों का उच्चारण होता और घर के इष्ट देवताओं को नहलाने के लिए उन पर गंगाजल का छिड़काव होता। फिर वह पहाड़ी के ऊपर चढ़ हिमालय की चोटियों को निहारती। अगर दिन साफ़ हो तो वह नंदा देवी, पंचाचूली, चौखंबा और बाक़ी ऊँचे-ऊँचे पहाड़ों को देख सकती थी। लौटकर वह तापमान नापती और उसे रोज़नामचे में दर्ज करती। घर की आया भगुली के अलावा एक दूर की रिश्तेदार बूढ़ी महिला भी उसके साथ रहती थी। किसी को इस बूढ़ी महिला का नाम याद नहीं था या शायद वह ख़ुद भी अपना नाम भूल चुकी थी। सभी उसे बोज्यू (भाभी) नाम से पुकारते थे। उसने घर-गृहस्थी की सारी ज़िम्मेदारियाँ सँभाल ली थीं और वही यह सुनिश्चित करती थी कि देवकी को पौष्टिक खाना नियमित रूप से मिलता रहेगा।

शाम को तिलोत्तमा बोज्यू के साथ बरामदे में बैठकर पढ़ती थी। बोज्यू कट्टर परम्परा प्रेमी थी। वह रसोई की चौखट पर सफ़ेद कपड़े में लिपटी चूल्हे की आग को जलाए रखने के लिए चूल्हे को फूँकती-हाँफती रहती थी। खाना बनाना जटिल काम था क्योंकि जाति के अनुसार शुद्ध-अशुद्ध का विचार ज़रूरी था। उसे तिल्ली

त्याग चुकी थी पर उसे उसको बोज्यू के लिए उनके आग्रह पर निभाना पड़ता था। चूल्हे वाले इलाक़े को एक छोटी सी ईंटों की दीवार अलग करती थी। कुलीन ब्राह्मण ही उसके भीतर प्रवेश कर सकते थे। रजस्वला महिलाएँ प्रदूषित समझी जाती थीं पर बूढ़े रिश्तेदार मासिक धर्म की समाप्ति के बाद निरापद थे। खाना पकाने से कहीं कष्टप्रद वे प्रतिबन्ध थे जिनका पालन बोज्यू के राज में तिलोत्तमा को करना पड़ता था और जिनकी अनदेखी करना असम्भव था। ब्राह्मण व्यवस्था यह थी कि चाहे गर्मी हो या जाड़ा खाना पकाने वाली महिला सिर्फ़ एक अनसिला वस्त्र ही धारण कर सकती थी। हड्डियाँ जमा देने वाली ठंड में इससे होने वाली असुविधा के अलावा तिलोत्तमा को इस बात से भी शर्म आती थी कि इस वेश में उसकी सुडौल बड़ी-बड़ी छाती सभी को नज़र आने लगती थी। उसने अपनी मौसेरी बहन तारिणी से कहा मुझे घिन आती है इस सबसे। अपने स्तनों की नुमाइश करते मुझे लगता है मैं गाय बन गई हूँ।

तिलोत्तमा को यह बात रास आती थी कि खाने का झंझट बूढ़ी मौसी ने पाल रखा है और वह अपना समय दिमाग़ी कसरत में लगा सकती है। जब बोज्यू चूल्हे की आग से जूझ रही होती, परिवार के लिए दाल-चावल और हरी सब्ज़ियाँ पका रही होती, तब वह बरामदे में शान से बैठकर अपनी हिन्दी पुस्तकों के, अपने सीमित भंडार की किताबों को फिर से पढ़ रही होती। वह अपने बालों में गहरी मीठी ख़ुशबू वाला, लम्बे केशों को बढ़ाने की गारंटी देने वाला जवा-कुसुम तेल लगाती जो कलकत्ता से अभी हाल में आया था। उसकी मांसलता जो अब तक कभी पूरी तरह जागृत नहीं हुई थी अब हर दिशा से आक्रमण कर रही थी। वह कवि की कल्पनाशीलता से अपने शरीर की भूख मिटाती, अपने विचारों को इधर-उधर भटकाती और अपने को एक आधुनिक महिला के रूप में देखती। अपने पति की तरह उसे इस बात से बड़ा सन्तोष होता था जब वह दिन भर के तापमान के उतार-चढ़ाव को नियमित रूप से दर्ज कर लेती थी। उसके लिए यह एक जुनून बन गया था। वह लगातार भीतर और बाहर का तापमान नापती रहती। दोपहर में वह फ़िरंगियों की भाषा सीखने की जद्दोजेहद में लगी रहती। कैंटोनमेंट प्रेस से छपने वाले अंग्रेज़ी साप्ताहिक अख़बार 'अल्मोड़ा एनल्स' का वह नियमित पारायण करती थी। उसने लम्बे समय तक अपने पति से यह विनती की थी कि वह इसका चन्दा भर दे। उसे अंग्रेज़ी अक्षर ज्ञान हो चुका था और वह अख़बार को सीधा पकड़ उसे बाँचने का प्रयास कर सकती थी। भले ही उसकी समझ में कुछ भी नहीं आता था तब भी वह अपने चचेरे-मौसेरे भाई-बहनों के सामने यही दिखावा करती कि वह सब कुछ समझ रही है। वह कहती, "अरे यह तो मैंने अल्मोड़ा एनल्स में पढ़ा।" जिसके बाद बहस समाप्त हो जाती और उसके भाई-बहन आँखों ही आँखों में एक-दूसरे से सहमत हो उसकी सराहना करते।

नैनचन्द का घर आना कम होता जा रहा था। उसकी जगह कमरे के कोने में एक

सँकरे पलंग तक सीमित हो गई थी। उसे इसमें ज़रा भी आपत्ति नहीं थी क्योंकि वह कुछ दिन से देहरादून में एक अधेड़ महिला से शारीरिक सुख प्राप्त करने लगा था।

तारिणी एक बड़े संयुक्त परिवार में रहती थी। इस परिवार की वंशावली में महिला दबंग थी और उसने सिर्फ़ लड़के ही पैदा किए थे। देवकी जब छह वर्ष की थी तारिणी ने उसे अपना लिया था। यह एक तरह से अनौपचारिक गोद लिया जाना था। आज़ाद तबीयत की देवकी की माता ने इसका विरोध नहीं किया। नैनचन्द कभी-कभार ही अल्मोड़ा आता और ऐसे मौक़ों पर देवकी अपने माता-पिता के घर मिलने आ जाती और पिता के लौटने पर ही अपनी मौसी के यहाँ लौटती। देवकी का रंग दूधिया सफ़ेद था बालों समेत और लोग उसे कुतूहल से देखते। देवकी अपने को ख़ास समझती थी, दूसरों से ज़्यादा।

देवकी के लिए यह कभी स्पष्ट नहीं हो सका कि उसकी असली माँ कौन है। वह दोनों को ही ईजा कहकर पुकारती थी। तारिणी 'ठुल ईजा' थी यानी बड़ी माँ और तिलोत्तमा 'नान ईजा' यानी छोटी माँ। वह दोनों को ही बराबर प्यार करती थी और तिलोत्तमा की अजीबोग़रीब हरकतों से सहमती-डरती नहीं थी।

तिलोत्तमा की विचित्रता हर वर्ष बढ़ती ही जा रही थी। तिल्ली पर अंकुश लगाने वाली कोई बाहरी रोक नहीं थी। उसका पति क्रमशः उससे दूर अलग-थलग रहने लगा था। जब वह घर आता भी तो दबा-सहमा ही रहता। हर बात पर रज़ामन्द। वे आपस में बात करते मौसम और वर्षाचक्र के बारे में, बैरोमीटर और देवकी के बारे में। तिलोत्तमा जब नैनचन्द को उन उपन्यासों के बारे में बताने की कोशिश करती जिन्हें वह पढ़ रही थी तो वह विनम्रता से सर हिला देता। वह ख़ुद लम्बे सफ़र पर निकल जाता, कभी बाज़ार तो कभी अल्मोड़ा क़स्बे की माल रोड पर। दूसरी दिशा थी हवलबाग वाली। सर्वे के लिए काम करते हुए उसे घूमने की आदत पड़ गई थी और नियमित रफ़्तार से लगातार गतिशील रहना उसके दिमाग़ को शान्त रखता था।

जैसे-जैसे नैनचन्द का अपनी पत्नी के पास अल्मोड़ा आना कम हो रहा था वैसे-वैसे उसके मन में अपनी देहरादून वाली बीवी के बारे में दहशत बढ़ गई थी। यह नेपाली महिला जो एक राना परिवार की चाकरी कर चुकी थी उसे आराम और सुरक्षा पहुँचाती थी। नियमित खान-पान और संभोग के बारे में उत्साही थी। सर्वेक्षण के काम ने उसे ख़ुफ़िया तरीक़े से रहन-सहन का आदी बना दिया था और इसीलिए अपनी दूसरी गुप्त शादी और दूसरी ज़िन्दगी का रहस्य वह छुपाए रख सका।

तिलोत्तमा दूसरे कामों में व्यस्त थी। उसका मन सबसे ज़्यादा करता था बाज़ार जाने का। वह इस बात से बहुत खीजती थी कि उच्च कुलीन ब्राह्मण महिलाओं का बाज़ार जाना वर्जित था। "क्या मेरे जाने से वह स्थान प्रदूषित हो जाएगा?" वह अपने पति से पूछती या कहती, "वह स्थान मुझे प्रदूषित कर देगा? ये नियम-क़ानून बिलकुल बेतुके हैं!"

पति का उत्तर उसके पत्नी के सवालों की प्रतिध्वनि ही होता, "इन नियमों का कोई तुक नहीं।" तब भी तिल्ली यह साहस नहीं जुटा पाती कि घर से बाहर निकल बाज़ार में घूमने चली जाए। ऐसा करना कहीं न कहीं व्यवस्था को तोड़ना होता जिसे सोचा भी नहीं जा सकता था। भीतर-ही-भीतर वह ज़रा दब्बू थी, भले ही परम्परा को न मानती हो।

ऐसा नहीं कि उसने इस बारे में सोचा नहीं। वह मन ही मन सोचती कि वह माल रोड पर घूम रही है, नंगे पैर नहीं बल्कि विलायती क्लिनसोल वाले जूते पहनकर बिना घूँघट ओढ़े या पल्लू के बोझ से दबी माथा ऊँचा उठाए। बस जो थोड़ी सी हिचक थी वह थी दहलीज़ को पार करने के लिए पहला क़दम उठाने की, जो उसे रोक रही थी।

अल्मोड़ा अब तक सांस्कृतिक गतिविधियों का केन्द्र बन चुका था। चन्द राजाओं की यह प्राचीन राजधानी जो बरसों से गोरखाली दमन का शिकार रही थी अंग्रेज़ों के आगमन से उन अत्याचारियों से बचा ली गई थी। अंग्रेज़ प्रशासकों, यूरोपीय कलाकारों, रूसी अन्वेषकों और पढ़े-लिखे हिन्दुस्तानियों की नई जमात के आगमन के साथ उदार राष्ट्रवादी भारत के नवजागरण की हलचल वाला सोच यहाँ पहुँच रही थी। हिन्दी में छपने वाला 'अल्मोड़ा अख़बार' अंग्रेज़ी अख़बार 'अल्मोड़ा एनल्स' का प्रतिस्पर्धी था। इसकी शुरुआत 1971 में डिबेटिंग क्लब के सदस्यों ने की थी। विचारों का आदान-प्रदान और बहसों की सरगर्मियाँ भले ही गुलज़ार थीं, महिलाओं की समानान्तर ज़िन्दगियाँ चुप्पी और चारदीवारी से घिरी रहीं। तिलोत्तमा अपनी आज़ादी के बारे में सोचती मगर जितनी बार वह बाज़ार के आम रास्तों पर दोपहर की धूप में घूमने की सोचती उसका मन भयभीत होने लगता। ऐसे कुछ नियम थे जिन्हें तोड़ा नहीं जा सकता था।

सब जगह दुनिया बदल रही थी—हर तरह से। 1887 मलिका विक्टोरिया की जयंती का वर्ष था। इसी साल अवध के आख़िरी बादशाह सुल्ताने आलम मुहम्मद वाजिद अली शाह बहादुर की मृत्यु मटिया बुर्ज में हुगली के तट पर देश निकाले के दौरान हुई। अवध का वर्णन किया जाता था भारत के अनाज भंडार, सबसे सुन्दर उपवन और सारे सूबों की पटरानी के रूप में। अंग्रेज़ों ने शुरू से ही यह तय कर लिया था कि वे अवध पर अपना क़ब्ज़ा कर लेंगे और मौक़ा मिलते ही निर्ममता से इस पर अपना नियंत्रण करने के लिए उन्होंने कोई कसर नहीं छोड़ी। नवाब के हरम की महिलाएँ और नौकर-चाकर उत्तर भारत में बेचैनी से इधर-उधर ख़ानाबदोश से भटकते थे। अवध की जगमगाती सांस्कृतिक विरासत जगह-जगह

बिखर गई। कानपुर से कलकत्ता तक, रामपुर और गया तथा काठमांडू तक।

वाजिद अली शाह की विरासत से बेदख़ल एक बेगम भटकते हुए अपने लाव-लश्कर के साथ अल्मोड़ा पहुँची, जहाँ बीमार पड़ने पर उसका इलाज मशहूर वैद्य जीवन चन्द्र पंत ने किया जिन्हें इस काम के लिए तलब किया गया था। उन्होंने बेगम के रोग का निदान राज यक्ष्मा के रूप में किया जिसे राज परिवार वालों की शाही बीमारी कहा जाता था। उनका रंग पीला पड़ गया था, शरीर सूखकर काँटा रह गया था और खाँसी के बाद थूकने में ख़ून निकलता था। मशवरे के लिए एक अंग्रेज़ सिविल सर्जन को भी बुलाया गया। उसका मानना था कि हिन्दुस्तानियों की पान के पत्ते चबाने की आदत और सार्वजनिक स्थानों पर बेहिचक थूकने की गन्दी आदत ने ही इस ख़तरनाक बीमारी को फैलाया है। अब अफ़सोस यह है कि बेगम ज़्यादा दिन ज़िन्दा नहीं रहेंगी।

निर्वासित राजकुमारी कुछ ही दिन बाद मर गईं और कोढ़ीखाने के पास वाले मुसलमानों के क़ब्रिस्तान में उनका एक ख़ूबसूरत मक़बरा, प्याज़ की शक्ल के गुम्बद वाला, संगमरमर पर नक़्क़ाशी वाली मेहराबों के साथ बना दिया गया। विक्टोरिया के युग में अस्ताचलगामी मध्ययुगीन भारतीय तहज़ीब के प्रतीक के रूप में।

पास के एक हिल स्टेशन शिमला में गेएटी थिएटर सबसे पहले लोगों के सामने आया। इसकी कल्पना लेडी डफरिन ने की थी जो बड़े लाट की मेम साहब थी। इसका निर्माण नई गोथिक शैली में किया गया था। एक गिरजाघर की शक्ल में, जहाँ धार्मिक प्रवचन नहीं मनोरंजन के कार्यक्रमों का आयोजन किया जाना था। बंबई में इसी तरह, इसी शैली में विक्टोरिया टर्मिनस स्टेशन का निर्माण किया गया था जहाँ आम जनता आ-जा सकती थी। पेरिस में आइफिल टावर का निर्माण शुरू हो चुका था और अमेरिका में कोकाकोला नाम के पेय का पेटेंट हासिल कर लिया गया था।

पुराने साम्राज्यों की सीमाएँ सिकुड़ रही थीं और नए साम्राज्य फैल रहे थे। इनके साथ-साथ मानसिक जगत के क्षितिज भी विस्तृत हो रहे थे। इलाहाबाद विश्वविद्यालय की स्थापना हो चुकी थी, और बंबई में कोरनेलिया सोराब जी पहली भारतीय महिला ग्रेजुएट बन गई थीं। इसके ठीक एक साल पहले आनंदीबाई जोशी पेनसिलवानिया के महिला मेडिकल कॉलेज से डॉक्टरी की परीक्षा पास कर पहली भारतीय महिला चिकित्सक बन गई थीं। उनकी चचेरी बहन पंडिता रमाबाई ने ग्रेजुएट बनने की तैयारी शुरू कर दी थी और विदेश में अपनी पढ़ाई का ख़र्च उठाने के लिए उच्च कुलीन हिन्दू महिलाओं पर एक पुस्तक का प्रकाशन करवाया था।

अल्मोड़ा में अपने घर में देवकी धूप, हवा और बारिश से अपने को बचाकर रखती थी। वह एक ख़ुशमिज़ाज और तर्कसंगत किशोरी थी जिसे खाना पकाने और

घर–गृहस्थी के काम में दिलचस्पी थी। वह अपने दो परिवारों में आसानी से आती–जाती थी। अपनी माँ के घर में वह नौकरानी भगुली की मदद करती, गोबर के गोलाकार उपले थापती और उन्हें सुखाने के लिए मकान की टीन की छत पर फैला देती। जाड़ों में आगे खाने के लिए भुट्टे, टमाटर और कद्दू इतनी मात्रा में सुखाने के लिए रख देती कि वे गर्मियों तक चलते। बुज़ुर्ग रिश्तेदार, बोज्यू उसे आधी–अधूरी हिदायतें देते जिन्हें वह ख़ुद संशोधित कर लेती। तिलोत्तमा की टोका–टोकी के बावजूद वह लिखना–पढ़ना सीखने में नानुच करती रही। उसने अपनी मौसी तारिणी से कहा, "पढ़ाई का काम बड़ा उलझन वाला है। उससे कहीं बेहतर है अपना कर्तव्य समझना, काम–काज का कौशल हासिल करना।"

पर तिलोत्तमा लगी रही कि इसे वह माँ का कर्तव्य के रूप में अपना कर्तव्य समझती थी। पहले आधे मन से और फिर धीरे–धीरे मनोयोग से देवकी की पढ़ाई शुरू हुई।

वह देहरादून में रहने वाले अपने पिता नैनचन्द जोशी को नहीं के बराबर जानती थी। पिछले कुछ सालों से अपनी तुनकमिज़ाज दबंग पत्नी के असर से वह धीरे–धीरे अपने को दूर रखने लगे थे। उनकी छोटी पत्नी स्वामीभक्त थी और उसका व्यवहार अप्रत्याशित नहीं होता था। लद्दाख–लाहौर स्फीति की यात्राओं ने उन्हें थका दिया था और अब तरोताज़ा होने के लिए आराम की ज़रूरत थी। हालाँकि वह अपनी छोटी नाज़ुक बेटी को बहुत प्यार करते थे, लेकिन दूरदराज अल्मोड़ा में रहने वाली उसकी बेढब पत्नी एक दुःस्वप्न बनी रही।

इस प्रकार मौसम बदलते रहे, देवकी पल्लवित होने लगी। उसके वक्षस्थल का उभार यह संकेत दे रहा था कि उसकी उम्र शादी के लायक़ हो चुकी है। जब वह बाहर धूप में निकलती थी तो अपने सर को साड़ी के लम्बे पल्लू से ढक लेती थी। उसके इस काम की प्रशंसा पूरा अल्मोड़ा करता था। बूढ़ी औरतें कहतीं, "आहा, देखो कितनी विनयशील लड़की है। अपना सर पल्लू से ढक लेती है ताकि उसका चेहरा कोई नहीं देख सके।"

संयुक्त परिवार की लम्बी–चौड़ी रिश्तेदारी में वह सुरक्षित थी। उसके दर्जनों चचेरे–मौसेरे, ममेरे–फुफेरे भाई–बहन थे। सभी अपना समय एकसाथ बिताते। ताश या लूडो खेलते या पच्चीसी के खेल में कौड़ियाँ फेंकते। बुज़ुर्गों से डाँट खाते रहते, ऊँची आवाज़ में बोलने या ठहाके लगाकर हँसने के कारण। पर यह डाँट–फटकार गम्भीर नहीं होती थी। सभी को पता था कि जैसे ही ज़िम्मेदारी का बोझ इन पर पड़ेगा ये सब शरारतें छूट जाएँगी।

उसकी मौसियाँ और भाई–बहन उसके जन्म से जुड़े क़िस्से–कहानियों को गढ़ने में लगे रहते थे। 'सोचो तो सही, यह आधी अंग्रेज़ है, लगभग फ़िरंगी, ऐसी बातें अकसर होती थीं।' और 'क्या सच हमेशा आश्चर्यजनक नहीं होता' आदि।

एक बार देवकी ने उन्हें फुसफुसाते हुए सुन लिया। उन्होंने लगभग अपराधबोध

से नज़रें चुराते हुए कहा, "हम तुम्हारे बारे में बातें नहीं कर रहे थे।" देवकी की जिरह जारी रही, "तब तुम किसके बारे में बातें कर रहे थे?" वह आमतौर पर ज़्यादा कुतूहल नहीं दर्शाती थी, उसका सवाल ऊब घटाने और आलस मिटाने के लिए ही पूछा गया था।

"वास्तव में हर कोई जानता है कि तुम्हारा पिता कोई गोरा अंग्रेज़ है," मनोरमा की लड़की के मुँह से निकल पड़ा। देवकी ने उसे हैरत से देखा और कहा, "क्या बकवास है!" और इसके बाद वह इस विषय की ओर कभी नहीं लौटी। उसके रिश्तेदार इस बारे में बातें करते रहे पर उसने ख़ुद यह ज़रूरत महसूस नहीं की कि इसके बारे में सोचे—इस पर यक़ीन करना तो बहुत दूर की बात थी।

तिलोत्तमा अकेली रह रही थी और उस पर अंकुश लगाने वाला या टोकने वाला कोई नहीं था। इसी कारण तिलोत्तमा दिनोदिन सनकी होती जा रही थी। ज़ोर-ज़ोर से अपने आप से बात करने की उसकी आदत और भी बिगड़ चुकी थी। वह अंग्रेज़ी में पीतल की केतली से बात करती और ख़ुद अपने आप से भी।

पंडिता रमाबाई की किताब 'उच्च-कुलीन हिन्दू महिला' की कई हज़ार प्रतियाँ अल्मोड़ा में बिक चुकी थीं और उनकी शोहरत दूरदराज अल्मोड़ा में कुलीन परिवारों के प्रतिबन्धों को तोड़ने के कारण फैल चुकी थी। शिक्षा के द्वारा सशक्तीकरण के बावजूद मेधावी के साथ अन्तर्जातीय विवाह और अध्यापिका के रूप में इंग्लैंड में ही रहने का उनका निर्णय तिलोत्तमा को भाव-विभोर कर देता।

'मर्द औरतों को ग़ुलामों की तरह देखते हैं और हम हर सम्भव कोशिश करते हैं ख़ुद को इन हालातों से छुटकारा दिलाने के लिए,' समाज सुधारक रमाबाई ने लिखा था, 'पर कुछ लोग कहेंगे कि मर्दों के विरुद्ध विद्रोह एक पाप है पर मर्दों का अन्याय और उसका प्रतिरोध न करना इससे बड़ा पाप है।'

रमाबाई के क्रान्तिकारी विचार संक्रामक थे। तिलोत्तमा ज़ोरदार आवाज़ में यह ऐलान करती, 'मैं मलमूत्र की गन्दगी का भार अपने सर पर ढोना पसन्द करूँगी बनिस्बत मुर्दा दकियानूसी रूढ़ि वाले रस्मो-रिवाज़ और आदत के।' मगर तब भी वह अल्मोड़ा क़स्बे की मुख्य सड़कों पर या बाज़ार में घूमने का साहस नहीं जुटा पाती थी। उसकी शख़्सियत का अन्तर्विरोध उसकी विख्यात सनक से कम कुतूहल वाले नहीं थे। वह स्वयं उनके बारे में ज़्यादा सोच-विचार नहीं करती थी।

देवकी रजस्वला होने को थी और इस सब विचित्रता से अब तक बचाकर रखी गई थी।

पर जब उसकी मौसियों और मामियों ने उसके लिए सुयोग्य वर की तलाश आरम्भ की तो तिल्ली ने बौखलाकर अपनी प्रतिक्रिया व्यक्त की, "मैं अपनी लड़की को पढ़ाना चाहती हूँ। उसकी उम्र अभी शादी के लिए बहुत कम है।" अपने तर्क के पक्ष में वह पंडिता रमाबाई के उद्धरण पेश करती थी।

एक बार जब उसके पति कुछ ही दिन के प्रवास के लिए अल्मोड़ा आए उन्हें इस बात की जानकारी दी गई कि तिल्ली कैसे देवकी की शादी के बारे में टाल-मटोल कर रही है और अपनी आपत्ति दर्ज कराती रही है। अपने जीवन में पहली बार नैनचन्द जोशी ने एकतरफ़ा फ़ैसला सुना दिया। सीधे तन के खड़े होते हुए उन्होंने लगभग चिल्लाकर कहा, ''बेवकूफ़ औरत मैंने बहुत लम्बे समय से तुम्हारी मूर्खता बर्दाश्त की है।'' बरामदे की रेलिंग पर मुट्ठी पटकते हुए उन्होंने दोहराया, ''बहुत लम्बे समय से मैं यह सब बर्दाश्त करता रहा हूँ। तुम्हारी बहन तारिणी देवकी का भला चाहती है। मेरी लड़की पढ़ाई-लिखाई में अपना समय बर्बाद नहीं करेगी। समय आ चुका है कि उसकी शादी कर दी जाए और यह मामला यहीं ख़त्म हो।''

अपने पति के व्यक्तित्व में अचानक आए इस बदलाव ने तिलोत्तमा को बुरी तरह हिलाकर रख दिया। उसकी धौंस-धमकी की कलई खुल गई और इसके बाद कुछ समय के लिए रमाबाई पृष्ठभूमि में चली गई। अन्ततः वह एक साधारण औरत थी और धर्म-जाति, रस्मो-रिवाज़ और परम्परा को चुनौती देने लायक़ ताक़त उसमें नहीं थी। ऐसे सशक्त विरोध के बाद उसने शिकायत करना बन्द कर दिया और देवकी की शादी का प्रतिरोध समाप्त हो गया।

अध्याय–6

# अपनी डगर पर : लीक से हटकर

जयेश चन्द्र पंत का जन्म मशहूर अध्यापकों और वैद्यों के एक परिवार में हुआ था। उसके पिता देवगढ़ के राजकुमार के अभिभावक अध्यापक थे और उसके चाचा जीवन चन्द्र पंत एक प्रसिद्ध वैद्य थे जो कभी काठमांडू में शाही दरबार से जुड़े रहे थे। गोरखाली राज के अत्याचार के कारण नेपाली कुमाऊँनियों के प्यारे नहीं थे। पर जीवन चन्द्र पंत को शाही फ़रमान के द्वारा तलब किया गया तो उन्होंने ख़ुद को राजदरबार में पेश किया। झगड़ालू महाराज राजेन्द्र ख़ुद अपनी पटरानी लक्ष्मी देवी और अपने प्रधानमंत्री राणा के हाथों में कठपुतली थे। दरबार की साज़िशों के प्रति उदासीन रहते शाही वैद्य ने अपने लिए काठमांडू में एक बड़ा मकान ख़रीद लिया और पोखरा में एक दूसरा छोटा मकान उस जवान निवाड़ी औरत के लिए ख़रीदा जिसके प्रेम में वह पड़ गए थे। वह अकसर पोखरा जाते ताल के किनारे जड़ी–बूटियाँ इकट्ठा करने के बहाने पर इसका असली कारण था वह शक जो उन्हें रह–रहकर डराता था कि उनकी अनुपस्थिति में उनकी प्रेयसी बेवफ़ाई कर दूसरों के साथ रंगरलियाँ मनाती है। ईर्ष्या के कारण वह उसके साथ रहने पर भी संभोग का सुख उठाने में असमर्थ होते जा रहे थे। शाही वैद्य ख़ुद अपना मानसिक सन्तुलन खोकर बौराने लगे थे।

जीवन चन्द्र के महाराज राजेन्द्र शक्की मरीज़ थे। उनका पेट हमेशा ख़राब रहता था, अपान वायु का प्रकोप परेशान करता था और चिकित्सक की अनुपस्थिति में उन्हें बेतहाशा ग़ुस्से के दौरे पड़ते थे, जिस कारण पेट का दर्द और अपच और भी क्लेशदायक बन जाता था। एक बार जब वैद्य को पोखरा में अभिसार छोड़कर लौटना पड़ा तो उन्होंने पाया कि महाराज अपान वायु की वजह से लगभग बेहोश पड़े हैं और उनके सामने अधखाए मांसाहार व्यंजनों की कई तश्तरियाँ पड़ी हैं।

वैद्य को बहुत ग़ुस्सा आ गया। ‘हे भोजन भट्ट, मैं तुम्हारा इलाज इस बार हमेशा

के लिए कर देता हूँ' उन्होंने अपने आप से कहा और महल के अहाते में बने अपने औषधालय में पहुँचे।

वहाँ उन्होंने अपने कपड़े उतार डाले और बदन में लगे मैल को छुड़ाना शुरू किया। वैद्य जी भी नहाने को सेहत के लिए नुकसानदेह समझते थे इसलिए उनके बदन में मैल बहुत था। इस मैल को रगड़कर उन्होंने छोटी-छोटी गोलियाँ बना डालीं, और उनके ऊपर चाँदी का वर्क चढ़ाया। अहतियातन थोड़ा सा जीरा और हींग भी मिला दी। जब वह यह सब कर रहे थे तो उन्होंने सूखे अनारदाने का चूर्ण भी इस मिश्रण में मिला लिया। इस दवा की चार ख़ुराक उन्होंने राजमहल लौटने के बाद महाराज की ज़ुबान पर रख दी। ऐसा करते वक़्त वह दबी ज़ुबान में बुदबुदाते हुए श्राप भी देते जा रहे थे और मंत्रोच्चारण भी कर रहे थे। श्राप उन भूत-प्रेतों के लिए थे जिन्होंने महाराज की सेहत ख़राब की थी।

तीसरी ख़ुराक पेट में जाते ही महाराज को तबीयत ठीक लगने लगी। उसने अपने प्रिय चिकित्सक को कृतज्ञता से देखा और सोने की मोहरों की एक थैली भेंट की। ख़ज़ाने से इन्हें लाने वाले दरबारियों ने बीच में ही पाँच मोहरों की चुंगी मार ली पर तब भी थैली में बहुत सारी अशर्फ़ियाँ बची रहीं। वैद्य का ग़ुस्सा काफ़ूर हो गया और वह सोचने लगे कि सोने की हँसुली उनकी प्रेयसी की मांसल गर्दन में कैसे लगेगी। बाद में उन्होंने इस बात पर विचार किया कि ग्रहदशा मनुष्य के भाग्य को कैसे प्रभावित करती है। किस अच्छे योग में उन्होंने इस रामबाण औषधि का निर्माण किया था। महाराज की पाचन-शक्ति निरन्तर सुधरती गई। प्रधानमंत्री, रानियों और अन्य दरबारियों को उनके ख़राब पेट के कारण पैदा होने वाले क्रोधी अत्याचारों से मुक्ति मिली। अपनी अनौपचारिक औषधि की अप्रत्याशित असफलता ने जीवन चन्द्र को और शोध करने के लिए प्रेरित किया। वह सपने देखने लगे एक अद्वितीय बाजीकरण भस्म का। पोखरा में तिब्बती वनस्पतिशास्त्री ने उन्हें बकरी के सींग के आकार वाली उस झाड़ी के बारे में बताया था जिसकी जानकारी उन्हें चीन में मिली थी। यह जड़ी पोखरा के आस-पास उगती थी और शाही वैद्य ने इसका शोध कर जटामासी की छोटी घंटी के आकार के गुलाबी फूलों के साथ मिला एक नया रसायन तैयार किया। इसका प्रयोग फिर से महाराज पर किया गया और एक बार फिर चमत्कार हुआ। राजमहल की एक महिला, जिसका पति समलैंगिक होने के कारण उसे सन्तुष्ट करने में असमर्थ था, अचानक महाराज की नज़रों में चढ़ गई। उसे लगातार तीन रात राजमहल से बुलावा आया और महाराज ने पाया उसका ओज और वीर्य किसी भी नौजवान से कम नहीं था। इस महिला की बाईं जाँघ के ऊपरी भाग में एक तिल था जो महाराज के आकर्षण का बिन्दु बन गया। किसी पागलपन के दौरे में उन्होंने सोचा कि यह तिल ही उनके सौभाग्य की कुंजी है।

पर ऐसा आनन्द हमेशा नहीं बना रह सकता। एक दिन देर से भारी भोजन के

बाद फिर से महाराज का पेट ख़राब हो गया तो जीवन चन्द्र को पोखरा से बुलावा भेजा गया जहाँ वह महाराज की और अपनी ज़रूरत के लिए बकरे के सींग वाली जड़ी ढूँढ़ने गए थे। दरअसल वैद्यराज चाहते थे कि दोनों का पौरुष अक्षुण्ण रहे पर इधर महारानी के जासूसों ने उन्हें ख़बर दे दी थी कि वैद्य बार-बार चुम्बक की तरह पोखरा क्यों खिंचे चले जाते हैं। वैद्यराज की रखैल प्रेयसी इन दिनों ख़ुश रहती थी क्योंकि वैद्यराज का शक कम होने लगा था। ऐसा इसलिए हुआ था क्योंकि उनकी कामभोग शक्ति लौटने लगी थी और उनकी प्रेयसी शारीरिक संसर्ग में सानन्द भाग लेती थी।

महाराज के जासूस भी अपना काम कर रहे थे। उन्हें निवाड़ी की रखैल के बारे में पता था और यह बात उन्हें नागवार गुज़री थी कि उसके कारण वह दरबार में अनुपस्थित रहे। प्रधानमंत्री ने अपनी पसन्द के और भरोसे वाले एक दूसरे चिकित्सक का इन्तज़ाम कर लिया था। यह बूढ़ा चीनी तिब्बती पद्धति से इलाज करता था। फिर जैसे ही वैद्य पोखरा से लौटे उनसे यह फ़रमाइश की गई कि फ़ौरन चमत्कारी दवा की ख़ुराक दें। वैद्य जी ने औषधालय में लौटकर जीरे-अनारदाने और हींग की छोटी-छोटी गोलियाँ बनाईं और उन्हें चाँदी के वर्क में लपेटकर पेश किया। महाराज ने चारों गोलियाँ खा लीं पर कुछ भी आराम नहीं मिला बल्कि पेट का दर्द और भी तेज़ हो गया। महाराज के ग़ुस्से के विस्फोट की आशंका से वह औषधालय लौटे और उन्होंने वहाँ फिर अपनी जाँघ और बग़ल से मैल की परत को निकाल गोलियों के मिश्रण में मिलाया।

एक बार फिर इन्होंने अपना असर दिखलाया। पेट का दर्द घट गया, बादल छँट गए। पर इसके पहले कि जीवन चन्द्र राहत की साँस लेते और यह सोचते कि वह फिर से महाराज के स्नेहभाजन बन गए हैं, प्रधानमंत्री के जासूसों ने यह जानकारी पहुँचा दी कि रामबाण औषधि का रहस्य क्या था।

महारानी के जासूसों ने फ़ौरन वैद्य को यह सूचना पहुँचाई कि क्या ग़ज़ब हो गया है। ऐसे में अपनी पत्नी और रखैल दोनों को छोड़ राजवैद्य अपने भरोसेमन्द घोड़े पर जीन कसवा कर थुलमा बिछा रातोरात सरपट घोड़ा दौड़ाते कुमाऊँ की सरहद काली नदी तक आ पहुँचे। ऐसे गाढ़े वक़्त के लिए उन्होंने तीन सौ सिक्के ऊनी थुलमों में सिलवा रखे थे। एक बार गोरे साहबों के क़ानून के राज वाले इलाक़े में पहुँचकर उन्होंने सौगंध खाई अब मैं किसी राजा की नौकरी नहीं करूँगा और न किसी रानी की। सिर्फ़ आम आदमियों की सेवा करूँगा।

राजाओं का चाल-चलन बड़ा विचित्र होता है। शुरू में ग़ुस्सा भड़कने के बाद महाराज राजेन्द्र ने वैद्यराज को मृत्युदंड और अंगभंग करने की धमकियाँ दी, लेकिन पेट का दर्द घटने पर उनको माफ़ कर दिया, और उन पदार्थों को भुला दिया जो उस औषधि में पड़ते थे। ''वह एक ब्राह्मण है,'' महाराज ने प्रधानमंत्री से कहा, ''इस

जाति के लोगों में रहस्यमय शक्तियाँ होती हैं। उनके रक्त में भी उस पवित्र मंत्रोच्चारण के कारण, जिसे वे निरन्तर करते हैं।''

चीनी दवाइयों से उनकी बीमारी और बढ़ जाती और बूढ़े चिकित्सक की आँखों में ऐसा कुछ था जिससे भरोसा टूटता था। महाराज का इस बात का बहुत डर कि उन्हें ज़हर दिया जा सकता है। उन्हें पुराने चिकित्सक जीवन चन्द्र पंत की बहुत याद आती थी। बहुत सारे दूत स्वर्ण मुद्राओं के साथ भेजे गए पर सभी ख़ाली हाथ लौट आए। पोखरा वाली रखैल को भी कुछ पता नहीं था। हाँ, उनकी पत्नी अपने देवर के सम्पर्क में थी जिसे यह जिम्मा सौंपा गया था कि वह उसे अल्मोड़ा वापस ले आए लेकिन राजा के जासूसों ने (जो शायद महारानी और प्रधानमंत्री के लिए भी जासूसी करते थे) अपने काम में, अपनी चौकसी में चूक की और जीवन चन्द्र की पत्नी कौमुदी को कुमाऊँ भागकर लौटने का मौक़ा मिल गया।

जाँघ में तिल वाली स्त्री की मृत्यु रहस्यमय स्थिति में हो गई और महाराज का पेट दर्द लौट आया। वह अपनी प्रेयसी और कुमाऊँनी चिकित्सक दोनों को ही दुख के साथ याद करते रहे।

जब कौमुदी काली नदी के पार अपने घर (देश) पहुँची तब चैत का महीना था। आलू बुखारे और अनार के पेड़ फूल रहे थे। दरबार के षड्यंत्रों से दूर रहकर भी वह उनके ख़तरों को जानती थी। नेपाल प्रवास के दौरान उसे हमेशा घर की याद आती रहती थी। उसे पोखरा में रहने वाली अपने पति की रखैल के बारे में पता था पर उसे इस बात से कुछ दुख नहीं होता था। वह जानती थी कि सावधान रहना ही बेहतर है। उसकी कोई संतान नहीं थी, वह बाँझ थी। और निःसंतान स्त्री को खोखले वृक्ष का तना और बिना लंगर का जहाज़ समझा जाता है। उसने इस बात को बिना परेशानी के स्वीकार कर लिया था और पोखरा वाली स्त्री के प्रति अपने पति के आकर्षण को सहज भाव से ग्रहण किया था। जीवन उसके साथ रहा था और उसने संतान की इच्छा से दूसरी शादी नहीं की थी। इस दया के लिए वह उसकी आभारी थी।

जैसे-जैसे बोली बदलने लगी, स्वर और व्यंजन कोमल होने लगे, नेपाल दरबार की यादें धुँधलाने लगीं। बहुत दिनों के बाद कौमुदी को ख़ुशी का एहसास हुआ। वह अल्मोड़ा लौट रही थी जहाँ वह बड़ी हुई थी। जहाँ जीवन चन्द्र पंत के साथ उसकी शादी हुई थी जो कुमाऊँ के सबसे प्रसिद्ध वैद्य के बेटे थे। उसे वह दिन अच्छी तरह याद था जब उसकी सास ने नए परिवार में उसका स्वागत किया था और उसे भारी बांज की लकड़ी की देहली पार करा पत्थरों से पटे आँगन में ले गई। इस घर का नामकरण कई पीढ़ी पहले एक पुरखे के नाम पर हुआ था। जाखन देवी का मन्दिर

पार करने के बाद जीवनपुर मुहल्ले के लिए ऊँची सीढ़ियाँ उतरती थीं, जहाँ से बर्फ़ से ढकी हिमालय की बहुत सारी चोटियाँ दिखलाई पड़ती थीं। वहाँ उसकी पहली रात एक गुफा जैसी अँधेरी कोठरी में बीती थी जहाँ उसकी जवानी का स्वाद उसके पति ने हिचकते हुए लिया था। वह दिमाग़ को चकराने वाला एक मधुर अनुभव था जिसकी याद आज भी उसके चेहरे पर मुस्कान ले आती थी। कुछ ही दिन बाद उन्होंने नेपाल के लिए प्रस्थान कर लिया था और वह बड़े धीरज से चुपचाप उस दिन की प्रतीक्षा कर रही थी जब वह घर लौटे।

जीवनपुर के घर का आँगन बिलकुल वैसा ही था जैसा उसे याद था। वहाँ अचारों के बड़े-बड़े भूरे मर्तबान रखे थे और जलाने वाली लकड़ियों के ढेर लगे थे। गोबर के कंडे बोरों में भरे थे। जाड़ा अब ख़त्म हो चुका था और महिलाओं ने घर के कपड़े सूखने को बिस्तरों के साथ बाहर रख दिए थे। पहली मंज़िल की खिड़कियों से और उन गलियारों से जो आँगन में खुलते थे दिखने वाला यह दृश्य संयुक्त परिवार में उसका स्वागत कर रहा था। अब इस घर में विधवाओं का एक समूह रहता था और कुछ निर्धन भतीजे, जो उपराडा के मूल गाँव से अपना भविष्य सुधारने यहाँ आए थे। उसके नेपाल में बिताए बरसों की यादें दूर होती जा रही थीं। यहाँ चीज़ें फ़र्क़ थीं। कौमुदी का पति उसके लौट आने से बड़ा ख़ुश था। वह अपनी डेस्क पर बैठकर, जो कमरे में पीछे की ओर रखी थी और जहाँ से बाहर का दृश्य नहीं दिखता था, जड़ी-बूटियों का एक विश्वकोष संकलित करने में लगा था। कुमाऊँ का प्राकृतिक दृश्य नेपाल जैसा ही था। वहीं पेड़-पौधे और झाड़ियाँ, बर्फ़ से ढकी पहाड़ियाँ बदलते मौसम के साथ खिलते और साफ़ होते बादल। अब दोनों यहाँ अपने को आज़ाद महसूस करते थे बच्चों की तरह। उसने रात को फिर कौमुदी के पास जाना शुरू कर दिया था। उसके भारी मखमली पेटीकोट को ऊपर उठाकर उसके शरीर को टटोलने के लिए।

कौमुदी को जल्दी ही पता चला कि वह गर्भवती थी। उसे लगता था कि उसकी उम्र अब बच्चे पैदा करने की नहीं रह गई। पर यह देर से मिली ईश्वरीय अनुकंपा थी जिसने सारे पुराने तानों और घावों की पीड़ा हर दी। नि:संतान होने के कारण उसे बरसों न जाने कितनी कड़वी-कसैली बातें सुननी पड़ी थीं। उसने अपने दाहिने हाथ की बीच की अँगुली में पहनी चाँदी की अँगूठी निकाली जिसमें मूँगा जड़ा था। उसे अपने आँखों के पास ले गई। उसने अपने आप से एक वादा किया मैं एक पुत्र को जन्म दूँगी और वह एक महान और मशहूर चिकित्सक बनेगा अपने पिता की तरह। फिर उसने अँगूठी को चूमकर बाएँ हाथ की बीच की अँगुली में पहन लिया। यह वहीं रही उसके मरने तक।

वैद्य जी ने जितने बरस नेपाल में बिताए थे उतने में अल्मोड़ा एक छोटे, शान्त हिल स्टेशन से चहल-पहल भरे छावनी वाले क़स्बे में बदल गया था। उनके अपने हालात भी बहुत बदल गए थे। वह राजवैद्य से वैद्य बन गए थे। उन्होंने तय किया

कि वह अपनी रणनीति बदल देंगे। उनकी रुचि आम आदमियों का इलाज करने में नहीं थी। उनका मानना था, ग़रीब आदमी अपने कर्मों के कारण ही दुख भोगने को मजबूर है। मैं अब गोरे साहबों को अपना मरीज़ बनाऊँगा।

वैद्यराज का भाई मध्य भारत के देवगढ़ नाम की रियासत में महाराज के भतीजे का अभिभावक अध्यापक था जो उनका उत्तराधिकारी था। उसके ज़रिये देवगढ़ के पॉलिटिकल अफ़सर मिस्टर राइटर्स से उन्होंने अल्मोड़ा के डिप्टी कमिश्नर जे. टायलर के नाम एक सिफ़ारिशी ख़त हासिल किया। फिर उन्होंने टायलर साहब के यहाँ लाल और सुनहरे कपड़े से ढके स्थानीय फलों की एक टोकरी के साथ हाज़िरी लगाई, जिसे भोटिया कुली कन्धे पर लादकर ले गया। निश्चय ही वह एक शुभ दिन था। मिस्टर टायलर को उदरशूल का दौरा पड़ा था और स्थानीय सिविल सर्जन अपनी बेटी से भेंट करने डलहौजी गया था। जीवन ने उन्हें जीरे और रामदाने वाली अपनी रामबाण औषधि दी। उसने अपना काम कर दिखाया और डिप्टी कमिश्नर साहब को तत्काल राहत मिली। नेपाल नरेश के साथ अपने अनुभव का लाभ उठाते हुए जीवन ने यह फ़ैसला किया कि साहब की सद्‌भावना का फ़ायदा वह संयम के साथ उठाएगा।

कौमुदी ने एक लड़के को जन्म दिया जो अपने साथ अपने परिवार के लिए असाधारण सौभाग्य लाया। उसका नाम मुक्तेश रखा गया। उसके पिता विश्वकोष का काम पूरा करने के बाद जीरा, अनारदाना, हींग के मिश्रण को और भी प्रभावशाली बनाने के काम में जुट गए थे। यही वह औषधि थी जिसने पहले नेपाल नरेश और फिर टायलर साहब का कष्ट निवारण किया था। हाँ, उन्होंने उस रहस्यमय पदार्थ को इस सूची से हटा दिया था जो उनके सम्मान और तिरस्कार का कारण बना था। उसकी जगह उन्होंने थोड़ी सी चीनी और खट्टे-कड़वे का फल का इस्तेमाल शुरू किया। वे सारी चीज़ें जो उनके निघंटु में महत्त्वपूर्ण थीं बड़े जतन से पहले भूनी और फिर पीसी जाती थीं। उन्हें मर्तबानों में बन्द कर गौशाले में एक हफ़्ते तक रखा जाता था। उसके बाद इस सुगन्धित चिपचिपी सामग्री को हाथ से छोटी-छोटी गोलियों के रूप में बाँटा जाता था। यह काम उन निर्धन विधवाओं को सौंपा जाता जो इस घर में रहती थीं। मटर के दाने बराबर ये गोलियाँ चाँदी के वर्क से मढ़ी जाती थीं।

कौमुदी ने इनके लिए नाम चुना 'आनन्द आएगो' अर्थात् 'मज़ा आ गया'। यानी क्या स्वाद है। "आनन्द अनारदाना! हम इसे यही नाम देंगे," जीवन ने अपनी पत्नी को सराहते हुए कहा घर लौटने के बाद उसकी शख़्सियत बिलकुल बदल गई थी।

आनन्द अनारदाना पाचक चूर्ण की गोलियों का निर्माण जीवन के भतीजे जयेश की सतर्क निगरानी में होता था, जो उनके उस भाई का इकलौता लड़का था जो देवगढ़ के राजकुमार का अध्यापक था। जयेश के चाचा की टायलर साहब से तारीफ़ सुन देवगढ़ के पॉलिटिकल साहब ने उसका दाख़िला बंबई यूनिवर्सिटी के बी.एस-सी. कोर्स में करवाने में मदद की थी। वहाँ जयेश कुछ ऐसे नौजवानों की

संगत में पड़ गया जो तंबाकू पीते, मटन पैटी खाते थे और क्रान्ति की बातें करते थे। भले ही ये सब अफ़वाहें थीं पर उसके चिन्तित पिता ने उसे पढ़ाई छुड़ा अल्मोड़ा में परिवार के सुरक्षित माहौल में पहुँचा दिया था।

जयेश ने बड़े उत्साह के साथ आनन्द अनारदाना उद्यम सँभाला। पाचक गोलियों को हरे काँच की शीशियों में पैक कर कॉर्क का ढक्कन लगाया जाता था। इन सब चीज़ों को बरेली की इंग्लिश फार्मेसी से काफ़ी मोल-तोल के बाद तय कर लाया जाता था। बरेली वाली फ़ार्मेसी का मैनेजर पेट दर्द का मरीज़ था और उसके अनेक दूसरे मर्ज़ थे जिनका नाम यहाँ नहीं लिया जा सकता। जयेश ने वादा किया कि वह उसे आजीवन पाचक गोलियों की सप्लाई बनाए रखेगा। बशर्ते हरे काँच की शीशियाँ उसे तय किए हुए सस्ते दाम पर देता रहे। इन शीशियों पर एक विक्टोरियन महिला का चित्र बना था जिसने एक नाजुक छतरी तिरछी पकड़ी थी। उसकी शरारती मुस्कान पाचक गोलियों के असर का इश्तहार कर रही थी। इन लेबलों को काठगोदाम में हाली में स्थापित सर्विस प्रेस में छपाया जाता था। यह लेबल बॉबे पलट जयेश का सुझाव था जो अपने चाचा के साथ आयुर्वेद का अध्ययन कर रहा था। कम से कम वह ऐसा कहता था। उसकी झुकी नज़रें पलकों के भीतर उन सपनों को महफूज़ रखती थीं जिन्हें वह देखता था।

ये गोलियाँ माल रोड के सिर्फ़ दो दवाख़ानों में सुलभ थीं और कई बड़ी किराना दुकानों में जो बड़ा बाज़ार में थीं। जयेश ने प्रचार के लिए तीन फेरी वाले नियुक्त किए थे जो घर-घर जाकर पीतल की घंटी बजाते चूरन के गुण गाते थे। उसने बिक्री बढ़ाने के लिए एक छन्द भी रचा जिसके शब्द सुरीली धुन में आकर्षक लगते थे।

> खाते हैं अंग्रेज़ भी पेट में होता है जब दर्द भी, जलन या उदरशूल हो या फिर अपच की मरोड़ है रामबाण यही सब दुख-दर्द का तोड़।

आगे भी कुछ पंक्तियाँ थीं। जब तक दवाइयों का तीसरा बैच तैयार हुआ राजवैद्य जीवन चन्द्र पंत और उनके भतीजे ने इतना पैसा कमा लिया कि वे मल्ली ताल बाज़ार में एक छोटी सी दुकान ख़रीद लें। उन्होंने ऐसा ही किया। इस दुकान में पहली मंज़िल पर रिहायशी जगह भी थी और जयेश के चाचा ने उसे वहाँ कारोबार सँभालने को भेज दिया।

एक दिन ताल के किनारे टहलते जयेश ने देखा कि वहाँ लोअर मॉल रोड, जो हिन्दुस्तानियों, कुत्तों और दूसरे देसी लोगों के लिए आरक्षित थी एक रंगीन इश्तहार से सजी थी। एक बोट पर लिखा था बड़े-बड़े अक्षरों में :

*असाधारण सूचना।*
*प्रसिद्ध हवाबाज पर्सीवल स्पैन्सर स्क्वायर*
*और बाबू रामचन्द्र चटर्जी*

*गर्म हवा वाले अपने बैलून एमप्रैस ऑफ़ इंडिया में*
*शरदोत्सव में आसमान पर चढ़ेंगे प्लैट्स के मैदान से।*
*अपनी सीटें आरक्षित करवाएँ*
*तीन रुपया प्रति सीट*
*जनाना सीट दो रुपया।*

जयेश उत्साह से भर गया। हर किसी को पता था कि कलाबाज और हवाबाज रामचन्द्र ने कैसे यह प्रमाणित करने की चुनौती स्वीकार की थी कि भारतीय दब्बू या कमज़ोर नहीं होते। जोख़िम उठाने का साहस रखते हैं। उसने टिकट ख़रीदा और प्लैट्स में जाकर अपना स्थान ग्रहण किया। शोरगुल मचाती भीड़ जुड़ चुकी थी। स्पैन्सर और उसके बंगाली सहयोगी बैलून का ताम-झाम जुटा रहे थे। दोनों ने दर्शकों का अभिवादन किया। आज यह उड़ान रस्सियों से बँधी थी क्योंकि हवाओं का बहाव अनिश्चित था।

स्पैन्सर ने बैलून की सवारी करने वालों की प्रार्थना पढ़ी, उसने समझाया कि ऊपर चढ़ने से पहले हम ईश्वर से आशीर्वाद की प्रार्थना करते हैं। रामचन्द्र ने भी अपने हाथ जोड़ दिए।

*हवाओं ने हमें आशीर्वाद दिया है मंद-मंद चलकर,*
*सूर्य ने हमें आशीर्वाद दिया है गर्माहट पहुँचाकर।*
*हम उड़ेंगे ऊँचे बहुत ऊँचे बड़े कौशल से,*
*और ईश्वर साथ देगा हमारी हँसी में।*
*फिर वह हमें धीरे-धीरे उतार देगा,*
*सौंप देगा धरती माँ के स्नेह भरे हाथों में।*

जयेश बहुत उत्साह से भर गया और गुब्बारे की उड़ान देखता रहा। पहले स्नोव्यू और फिर चाइनापीक के ऊपर वह आसमान में टँगा था क्षितिज की ओर जाता ये नीचे खड़ी भीड़ तालियाँ बजा रही थी और सीटियाँ। जयेश ने सोचा और अंग्रेज़ कमाल के लोग होते हैं और यह रामचन्द्र भी कोई कम नहीं। हम हिन्दुस्तानी भी सब कुछ कर सकते हैं यदि ठान लें।

नैनीताल के ज़िला कमिश्नर और अंग्रेज़ी जनता को वह तुकबन्दी ज़रा भी रास नहीं आ रही थी जो आनन्द अनारदाना चूर्ण के विज्ञापन में छपी थी। शहर की तीन संभ्रांत महिलाओं, जिनमें आयरलैंड की श्रीमती कैंडल, जर्मन मदाम सैक्ले और श्रीमती हैरेस थीं, ने सैक्ले में एक बैठक की। उन्होंने यह फ़ैसला किया कि इस मामले को गम्भीरता से लिया जाना चाहिए और पुरुषों को कोई ना कोई क़दम उठाना चाहिए। यह हरकत वाहियात है, बेहूदा भी और अशोभनीय जिसे बर्दाश्त नहीं किया जा

सकता। श्रीमती हैरेस ने अपने झगड़ालू अन्दाज़ में फुसफुसाते हुए कहा, ''एक अंग्रेज़ महिला का चित्र और वह भी घटिया हिन्दुस्तानी दवाई की शीशी पर जिस पर न जाने कितने भूरे गन्दे हाथ लगते हैं। और ऊपर से वह अभद्र गाना बिक्री बढ़ाने के लिए हमारी निजी बीमारियों का मखौल उड़ाता हुआ।''

जिस पहाड़ी गाने का ज़िक्र किया जा रहा था वह पहाड़ी बोली में सुहाना लगता था और अंग्रेज़ी अनुवाद में वह बुरी तरह बदल जाता था। पर गोरे भद्र लोग जितना भी समझ पाए वही उनकी नाराज़गी का सबब बन गया।

जीवन चन्द्र पंत शाही वैद्य रह चुके थे और शासकों के ग़ुस्से को ठंडा करना जानते थे। उन्होंने ब्राह्मण सुलभ चतुराई के साथ संकट का समाधान ढूँढ़ निकाला। उन्होंने आलंकारिक हिन्दी में एक माफ़ीनामा लिखा जिसे ख़ूबसूरत लिपि में अच्छे काग़ज़ में छपवाया। फिर उसकी अनेक प्रतिलिपियों को मानवीय डिस्ट्रिक्ट कमिश्नर महोदय और सम्मानित महिलाओं के बीच वितरित किया गया। पत्र के साथ अंग्रेज़ी में लिखा एक छोटा नोट भी था : सब्जेक्ट रिगरैटफुल एक्सप्लेनेशन ऑफ़ मिसअंडरस्टैंडिंग रिगार्डिंग मॉटिव्स रिलेटिंग टू हर्बल क्योर्स। पत्र को पढ़ने-समझने और उसका मोटामोटी अनुवाद करने में मुन्सिफ़ को दो दिन लग गए। महिलाओं के पास ऐसा कोई सरकारी साधन नहीं था, उन्होंने अपने रसोइयों को अनुवाद का काम सौंपा मगर वह बेचारे लिख-पढ़ नहीं सकते थे। आख़िरकार उस डाकिए को तलब किया गया जो ख़त लिख-पढ़ सकता था। चिट्ठी जब बाँची गई तो मेमें अपनी हँसी रोक नहीं पा रही थीं। वैद्य ने बड़े विस्तार से और बड़े आडंबरपूर्ण तरीक़े से माफ़ी माँगने का दिखावा किया था जहाँ बार-बार यह बात दोहराई गई थी कि भगवानों जैसी बर्तानवी नस्ल के प्रति उसके हृदय में कितने आदर का भाव था।

यह बात चाय के प्याले में तूफ़ान की तरह आई-गई हो गई। जीवन चन्द्र जी को इस बात का अफ़सोस था कि उनके ख़ैरख़्वाह टायलर साहब का तबादला हो गया था जो इस समय मददगार हो सकते थे। आनन्द अनारदाने की शीशियों के लेबल पर अब भी देवी जैसी अंग्रेज़ महिला का चित्र चिपका रहता था और स्थानीय लोग वायु विकार से छुटकारा पाने के लिए इन्हें बड़ी मात्रा में ख़रीदते थे।

जब इस व्यापार का उत्तराधिकारी मुक्तेश अल्मोड़ा के घर के आँगन में उन्मुक्त हो खेल रहा होता तब उसके पिता और चचेरे भाई पैसा कमाने और सम्पत्ति जुटाने में व्यस्त रहते। जयेश के दिमाग़ में कारोबार बढ़ाने का एक नया तरीक़ा आया। उसने यह खोज की थी कि चूरन में कितनी चमत्कारी शक्तियाँ थीं। उसने इनका वर्णन करते हुए एक सचित्र पुस्तिका के प्रकाशन की योजना बनाई। वह अपनी अंग्रेज़ी सुधारने के प्रयत्न के साथ-साथ हिन्दुस्तानी शब्दों से भी बने इस इश्तहार को आकर्षक समझता था। अनारदाना हर मर्ज का एक इलाज़। जिसे काम लाएँ अंग्रेज़ी मेमें। जो इसे समझतीं बेहतर सात समुन्दर पार से आई दवाइयों से। इसके साथ एक

चित्र था दर्द में करवटें बदलती एक महिला का। पन्ना पलटते ही वह फिर नज़र आती लेकिन इस बार मुस्कुराती दर्द से छुटकारा पाने के बाद। इनमें से कुछ चित्र उस शैली में बने थे जो गंगा दशहरा के पर्व पर या हरेले के अवसर पर दरवाज़ों की सजावट के लिए काम लाए जाते थे। देवी-देवताओं के चित्र बनाने वाले कलाकारों के लिए विलायती मेमों के शरीर के उभार, कसाव और कटाव का चित्रण कठिन था। उन्हें इन प्राणियों को पास से देखने का मौक़ा कभी मिलता ही नहीं था। नतीजा यह होता कि इन चित्रों में मेमों के स्तन हिमालय की तिकोनी चोटियों जैसे दिखलाई देते।

अगले एक चित्र में एक विद्वान पंडित अपनी ब्राह्मण तोंद पर मुट्ठी कसे चित्रित थे। उनके चेहरे पर वेदना साफ़ झलक रही थी। चोटी खुली थी और बाल पीठ पर बिखरे। अगले चित्र में चोटी फिर से बँधी थी ऊपर को उठी। हाथ नमस्कार में जुड़े थे। नीचे लिखा था, 'मैं आपका आभारी हूँ इस चमत्कारी औषधि के लिए।' इतना ही नहीं था, एक लम्बी फ़ेहरिस्त थी उन लोगों की जिन्होंने यह प्रमाणित किया था कि यह औषधि कितनी लाभदायक है। जिन लोगों के नाम छपे थे उनमें से अनेक जयेश की मित्र मंडली के नामों पर आधारित थे।

अल्मोड़ा में एक बदलाव आ रहा था जिसे सिर्फ़ महसूस किया जा सकता था। वैसे लोग, चीज़ें, इमारतें और पोशाकें सब कुछ वैसा ही पहले जैसा दिखलाई दे रहा था पर कुछ तो बदल रहा था। कोई यह नहीं देख पा रहा था क्योंकि लोगों ने देखने की आदत छोड़ दी थी और बदलाव की गति इतनी धीमी थी कि वह लगभग अदृश्य था। पर कौमुदी, जो अल्मोड़ा से काफ़ी समय बाहर रही थी और स्वभाव से ही मूक दर्शक थी आने वाले बदलाव की पदचाप सुन सकती थी। वह उन चीज़ों को देख सकती थी जो औरों की आँखों से ओझल थीं।

सबसे पहले तो वे किताबें थीं जो लोग पढ़ रहे थे। चार्ल्स डार्विन की 'ऑन दि ऑरिजन ऑफ़ स्पेसीज़' वैद्य जी के घर में गरमागरम बहस को जन्म दे रही थी। जयेश मन लगाकर इस पुस्तक को पढ़ा करता था, और नैनीताल से लौटने के बाद वह अपने चाचा से इस विषय पर देर तक बातें करता रहता। उसकी आँखें उत्तेजना से ऐसे चमकतीं जैसे कोई रहस्य उसने छुपा रखा हो। पर कौमुदी के पति जो प्रतिष्ठित आयुर्वेदिक वैद्य थे, डार्विन के विचारों से कैसे सहमत हो सकते थे? वह कहते थे कि "तुम बताते हो कि हम ब्राह्मण बन्दरों की संतान हैं जबकि हम न जाने कितने युग पहले सप्तर्षियों से अवतरित हुए हैं। वही हमारे पुरखे हैं और तुम मानते हो कि हमारे दादा-परदादा बन्दर थे।"

वैद्य जी ने खिड़की से बाहर देखा। उनका लड़का मुक्तेश बाहर खेल रहा था। वह सेब के पेड़ की डाल पकड़कर झूल रहा था, आगे वह बोले, "और तुम यह कहना चाहते हो कि मेरा लड़का वानर जाति का है, हनुमान और सुग्रीव का वंशज।"

कौमुदी को अपने भतीजे की बातें दिलचस्प भी लग रही थीं और आकर्षक भी।

वह उसके बचाव के लिए आगे आई। उसने ज़रा हिचकिचाते हुए कहा, ''हनुमान बानर ही नहीं थे एक देवता भी थे। हनुमान का वंशज होने में क्या बुराई है?'' उसके पति अपनी पत्नी के इस स्वर को सुनने के आदी नहीं थे। उन्होंने कहा कुछ नहीं, बस ज़रा सख़्त निगाह से उसकी तरफ़ देखा।

ऐसा नहीं था कि सिर्फ़ पुरुष ही अजीब किताबें पढ़ रहे थे और विचित्र आचरण कर रहे थे। तिलोत्तमा भी आश्चर्य और आनन्द से भरी एक नई दुनिया से परिचित हो रही थी। वह नई सदी की दहलीज़ तक पहुँच चुकी थी, और वह अख़बारों में समाचार और विचार पढ़ती थी। स्थानीय समाचार-पत्र 'अल्मोड़ा अख़बार' का नियमित पारायण करती थी। स्थानीय पुस्तकालय से और अंग्रेज़ी किताबों की दुकान से लाई किताबों ने उसे उस बदलाव से रूबरू कर दिया था जो देश और दुनिया में हो रहा था। उसने बड़ी हसरत से सोचा, 'कितना कुछ है दुनिया में खोजने के लिए, देखने-सुनने और अनुभव करने के लिए पर यह सब मेरे लिए नहीं!'

धर्म भी बदल रहा था। एक लम्बे-तगड़े अंग्रेज़ी बोलने वाले और सिगार पीने वाले गेरुआ लबादा और पगड़ी पहने बंगाली साधु स्वामी विवेकानंद का अल्मोड़ा में आगमन हुआ। वह स्वामी रामकृष्ण के शिष्य थे और 'ओकले हाउस' के मालिक लाल हरी शाह के यहाँ पधारकर उन्होंने उसे कृतार्थ किया था। स्वामी जी के प्रवचन सुनने की इजाज़त महिलाओं को भी थी।

तिलोत्तमा ने फ़ैसला किया कि वह ख़ुद जाकर स्वामी जी के बारे में पता लगाएगी। वह शिष्य मंडली की जमात की आख़िरी पंक्ति में चुपके से बैठ गई। स्वामी जी का व्यक्तित्व चुम्बकीय था, और उनके कमरे में घुसते ही एक हलकी सुगंध वातावरण में फैल गई। उनका प्रभामंडल सारे कमरे में फैल गया। उनकी आँखों ने सीधे उसकी आँखों में देखा। अपने शंकालु स्वभाव के बावजूद तिलोत्तमा को लगा कि उसके मन में भक्तिभाव पैदा हो रहा है। ''हर आत्मा परमात्मा का अंश है,'' स्वामी जी ने प्रवचन आरम्भ किया, ''आप अपने देवत्व को प्रकट कर सकते हैं कर्म से, भक्ति से, मानसिक अनुशासन या दर्शन से और मुक्त हो सकते हैं।''

*जाओ वहाँ कोई पथ नहीं जहाँ*
*निर्भय निश्चिन्त बढ़े चलो अकेले*
*शक्तिशाली गैंडे या सिंह सरीखे*
*डरो नहीं किसी शोर झंझावात या किसी जाल से*
*कमल का पत्ता तैरता रहता है कैसे जल के ऊपर*
*बिना छुए उसे चलते रहो निर्भय अकेले*

तिलोत्तमा बड़े ध्यान से सुन रही थी।

''स्वतंत्रता का अर्थ क्या है?'' तिलोत्तमा ने स्वामी जी से पूछा, ''अगर मैं आपकी शिष्या बन जाऊँ तब क्या मैं भी तंबाकू खा सकती हूँ या सिगार पी सकती

हूँ?'' भक्त मंडली उसके प्रश्नों से चौंक सी गई पर स्वामी जी ने इसे सहज भाव से लिया।

''तंबाकू एक बुरी चीज़ है,'' उन्होंने ध्यान से उसे देखते हुए उत्तर दिया, ''मैं भी तुम्हारी तरह एक मनुष्य हूँ और मुझे भी अपनी कमज़ोरियों से जूझना पड़ता है। मैं भी अपने कर्म फल के कारण दर्द और दमा का शिकार हूँ। क्या तुम अपने बच्चे को लड़के या लड़की को तंबाकू खाने के लिए प्रोत्साहित करोगी? अपने आप से यह सवाल पूछो।''

'शुक्र है कि तुम ईश्वर नहीं हो!' तिलोत्तमा ने अपने मन में कहा। उसके कुतूहल का समाधान ईमानदारी से किया गया था। उसे इस प्रश्नोत्तर का अनोखापन तभी महसूस हुआ जब बाक़ी लोगों ने इसके बाद सामूहिक रूप से राहत की साँस ली।

''उठो, जागो और शक्तिशाली बनो तुम सब लोग, जो महान हो। परिश्रम से डिगो नहीं संघर्षरत बनो।'' स्वामी विवेकानंद की आँखें एक बार फिर उसकी आँखों से मिलीं और तिलोत्तमा देख सकती थी कि उनमें हँसी छलक रही थी।

तिलोत्तमा इन शब्दों पर विचार करती रही और इनसे प्रभावित हुई। फिर वह अपने व्यक्तिगत संघर्ष में जुट गई। अपने को याद दिलाती रही, 'अकेले बढ़े चलो गैंडे की तरह!' जो बूढ़ी रसोईघर में उसकी मदद करती थी अपने गाँव लौट गई। तिलोत्तमा ख़ुद चालीस की होने को थी। एकान्त का भोग-विलास उसे सुलभ नहीं था। उसने खाना पकाना बन्द कर दिया। यथासम्भव वह कंदमूल फल और दूध पर ही निर्भर रहती थी। अपना सारा समय वह हिन्दी और अंग्रेज़ी पुस्तकें पढ़ने में बिताती थी। उसकी नज़र कमज़ोर होने लगी थी और उसने अपने सम्पर्कों का लाभ उठाते हुए एक पुराना चश्मा जुटा लिया था। चश्मा पहनने के बाद उसकी शख़्सियत और भी रुआबदार हो गई जिससे उसके रिश्तेदार आतंकित रहते। वह उसकी तुनकमिज़ाजी का सम्मान करते थे और मन ही मन सराहना भी। 'हमारी तिल्ली ऐसी ही है,' वे एक-दूसरे से कहते।

अध्याय-7

# दुनिया जहान को रोशन करने वाला नूर

शुरू में जयेश को नैनीताल में नए कारोबार की चुनौतियों से जूझने और मेम साहबों के साथ नोक-झोंक करने में काफ़ी मज़ा आया था। पर उसके पिता और चाचा उसे ज़रूरत से ज़्यादा आज़ादी देने के मामले में ख़बरदार रहते थे। 'आनन्द अनारदाना डिपो' का प्रबन्ध किसी और को सौंप दिया गया जो अपनी ज़िम्मेदारी ईमानदारी और मेहनत से निभाता था। बंबई में अपनी आज़ाद ख़ुशगवार ज़िन्दगी को बेफ़िक्री से बिताने वाले जयेश को अब नैनीताल वाली अपनी स्वाधीनता भी गँवानी पड़ी। उसके मन में गहरी निराशा का भाव घिरने लगा। उसे लगता कि उसे चीज़ों के केन्द्र से हटाया जा रहा है।

आधुनिक बंबई और बेफ़िक्र नैनीताल से प्राचीन अल्मोड़ा लौटने के बाद जयेश ने तेज़ी से बदलती दुनिया के साथ अपना नाता बनाए रखने के लिए नवीनतम पुस्तकों, पत्रिकाओं को ज़रिया बनाया। 'अल्मोड़ा एनल्स' और 'द इंग्लिश वर्नाकुलर बुक शॉप' बाहर की दुनिया में झाँकने का झरोखा बन गए। उसने डार्विन की 'ऑन दि ऑरिज़न ऑफ़ स्पेसीज़' और 'दि डिसेंट ऑफ़ मैन, एंड सेलेक्शन इन रिलेशन टु सेक्स' पहले पन्ने से आख़िरी पन्ने तक पढ़ डाली थी। पूरे महीनेभर तक उसने डार्विन को लेकर अपने चाचा से बहस की थी। फिर जिस दिन वह द इंग्लिश वर्नाकुलर बुक शॉप से 'द वॉयेज ऑफ़ दि बीगल' की प्रति लेकर निकला सारे रास्ते वह डार्विन की समुद्री यात्राओं के बारे में सोचता रहा। कैसे उन्होंने दक्षिणी अमेरिका, प्रशान्त सागर के द्वीपों और ऑस्ट्रेलिया की परिक्रमा की थी, यह सब उसकी दमित यायावरी को फिर से उकसाता। वह सोचता, 'हम पहाड़ी भी कितने घर घुसवे होते हैं। हम ब्राह्मणों का नज़रिया कुएँ के मेढक जैसा होता है।'

उसी क्षण उसका साक्षात्कार संसार की सबसे असाधारण महिला से हुआ। उसकी आँखें नीली थीं, अक्टूबर के आसमान जैसी नीली और बाल सुनहरे थे,

उसकी चाची कौमुदी के गले में पहनी सोने की हँसुली जैसे। उसका नाम रोज़मेरी बोडेन था और वह कुष्ठाश्रम चलाने वाले अमेरिकी मिशनरी की बेटी थी।

जयेश ने जब पहली बार रोज़मेरी बोडेन को देखा तो वह कैनन हिल पहाड़ी के ढलान पर एक बेंच पर बैठी रो रही थी। उसका सर तिनकों से बने एक हैट से ढका था जिसका बोनेट एक कपड़े के फूल से सज़ा था जिसका रंग धुँधला गया था। उस फूल को पहचानना कठिन था। जयेश ने रुककर उसे देखा पर उसका साहस उसकी बग़ल की बेंच में बैठने का नहीं हुआ। यह असम्भव था। उसने अपना रूमाल पेश किया, उसे उसकी लाल आँखों के सामने एक छोटे से झंडे की तरह हिलाते हुए। यह रूमाल उसके पारसी दोस्त सोली दिनशौ ने बंबई में दिया था। रोज़मेरी ने बहुत जल्दी उसे स्वीकार कर लिया। अपने सर को हिलाया आँसुओं को झटककर दूर भगाने के लिए और फिर अपना मुँह सफ़ेद सूती कपड़े में छिपा लिया। अब एक चिन्ताग्रस्त मुस्कान उसके चेहरे पर थी। उसने धीरे से कहा, ''निश्चय ही अब ज़रा बेहतर लगा रह है।''

ये शब्द और वह मुस्कान उसे वर्षों तक यंत्रणा देते रहे। तब तक सिनेमाई छवि का आविष्कार नहीं हुआ था मगर यह दृश्य उसके मानसपटल पर बार-बार दोहराया जाता रहा। वह पूछना चाहता था, 'क्या बेहतर महसूस हो रहा है?' पर दोनों अलग-अलग नस्ल के थे। उसकी त्वचा का रंग भूरा था।

उसने किसी तरह अंग्रेज़ी शब्द गढ़े लेकिन उसके अनकहे शब्द उसकी आँखें कह गईं जैसे कोई बेजुबान पिल्ला सवाल पूछ रहा हो।

''बेहतर लगता है हर समय संसार के दुखों का बोझा ढोने से या सारा समय उसकी पीड़ा का अनुभव करने से।'' मानो उसने उसके अस्फुट प्रश्न का जवाब दिया। ''कौन है वह?'' जयेश ने हकलाते हुए पूछा। इस आशंका के साथ जैसे कोई प्रतिद्वंद्वी हो उसका। शायद इसकी मँगनी हो गई है या उसी के साथ उसका विवाह तय हो गया है। या शायद यह शादीशुदा है। उसे मेमों और उनकी दुनिया के बारे में ज़्यादा पता नहीं था अन्यथा वह उसके हाथ की अँगुलियों में अँगूठी तलाश करता।

रोज़मेरी ने साफ़ जवाब दिया, ''वे हैं हमारे प्रभु ईसा मसीह। उन्होंने हमारे लिए अपने प्राण न्योछावर कर दिए। हमें उनके लिए अपना जीवन व्यतीत करना चाहिए। मगर ऐसा करना काफ़ी थका देता है।''

जैसे बिजली कौंधती है जयेश को यह पता चल गया कि उसका प्रतिद्वंद्वी कितना अजेय है। वह एक हिन्दू ब्राह्मण था और वह थी शासक वंश की गोरी मेम साहब। तब भी वह म्लेच्छ और अशुद्ध थी। उनके ईश्वर फ़र्क़ थे और दोनों कभी मिल नहीं सकते थे। भाव-विह्वल होकर उसने अपनी नज़र आकाश की ओर उठाई मानो वह कामना कर रहा हो कि उसका रंग कुछ और नीला होता। बिलकुल उसकी आँखों की तरह।

उसने अपने चाचा को इस मुलाक़ात के बारे में नहीं बताया। उसे इस बारे में ज़रा भी शक नहीं था कि वैद्य जी तत्काल इसकी सूचना उसके पिता को दे देंगे जो अल्मोड़ा में उसकी ज़िन्दगी में हस्तक्षेप करने को आ धमके हैं। अगली बार वह रोज़मेरी से मिशन के कुष्ठाश्रम में मिला। जयेश उस वक़्त आनन्द अनारदाना गोलियों की 18 शीशियों से लैस था और उसने इस मौक़े के अनुरूप कपड़े पहन रखे थे। जयेश औसत क़द का दुबला-पतला व्यक्ति था लेकिन लम्बा नज़र आता था। बंबई में बिताए कुछ महीनों ने उसे अच्छे कपड़े पहनने का शौक़ीन बना दिया था। उसने सर्ज की पतलून और एक चुस्त जैकेट पहन रखी थी जिसे मल्ला बाज़ार में रामलाल एंड सन्स ने उसके लिए सिला था। कोट की ऊपरी पॉकेट पर घड़ी की सोने की चेन लटक रही थी और माल रोड नैनीताल में लंदन स्टोर से ख़रीदे उसके बूट किसी अंग्रेज़ के जूतों से कम नहीं थे।

जैसे-जैसे वह चढ़ाई काटता पहाड़ी पर चढ़ रहा था चीड़ की सुगंध वाली बयार उसके बालों से खेलती उन्हें सहला रही थी।

जयेश ने पाया कि वह सीटी बजा रहा है, कुछ ज़्यादा ही ख़ुश महसूस कर रहा है पर जैसे ही वह मिशन के अहाते में दाख़िल हुआ उसका मन बुझ सा गया। देवदार के ऊँचे पेड़ों के झुरमुट में आसमान नज़र नहीं आता था। पत्थर की ऊँची दीवारें चारों ओर प्राचीर की तरह खड़ी थीं। पहाड़ों में ऐसी घेराबन्दी आम नहीं थी। उसे इस बात से अचरज हुआ कि दीवारों पर घास या फूल नहीं उग रहे थे, बस काई की एक पतली परत थी। कुष्ठाश्रम के मुख्य द्वार तक एक गुंबद वाला गलियारा जाता था जहाँ एक विशाल घंटा टँगा था जिस पर लगी बँधी रस्सी को खींचने पर अचानक चौंकाने वाला शोर पैदा होता था। ऐसा लगता था कि घंटा ग़ुस्साया है और कुछ आरोप लगा रहा है। चिकने गालों वाले एक नेपाली गोरखा ने उसके लिए द्वार खोला।

''मैं मेम साहब से बात करना चाहता हूँ,'' जयेश ने कहा। उसमें मेरी का नाम ज़ोर से लेने का साहस नहीं था। उसका दिल ज़ोर-ज़ोर से धड़क रहा था और उसे लगा कि वह फट जाएगा।

''रुको,'' नेपाली ने भौंकने वाले, कुछ डराने वाले अन्दाज़ में कहा, यह जतलाते कि वह मेम साहब के इन्तज़ार में बैठ सकता है।

जयेश एक चौकोर कमरे में था जिसका ठंडा फ़र्श सीमेंट का बना था और दीवारों पर सिलाप के निशान थे। छत के पास एक रोशनदान था जिसमें मकड़ियों के जाले लगे थे। बीच की दीवार पर ईसा मसीह की एक लकड़ी की मूर्ति थी जिसके चारों ओर सागौन का चमकीला फ्रेम था। ईसा मसीह के हाथ और पैर बनाते वक़्त समानुपात का ध्यान नहीं रखा गया था। आँखों में पीड़ा थी और शिकायत का भाव। वह कमरे के हर कोने को प्रभावित कर रही थी।

चीड़ की नीची बेंच पर बैठा प्रायश्चित्त की मुद्रा में जयेश लड़की के आने का

इन्तज़ार करता रहा। उसे उसका नाम पता था, और वह यह भी जानता था कि वह अल्मोड़ा में कुष्ठाश्रम की स्थापना करने वाली अमेरिकी ईसाई मिशनरी की दो बेटियों में एक थी। बोडेन कोहिमा में दस साल बिताने के बाद कुमाऊँ की पहाड़ियों में आए थे। कोहिमा में उनके भाई की ज़हरीले भालों से भेदकर हत्या कर दी गई थी क्योंकि वह नागा क़बीले के पुरखों की आत्माओं को विघ्न डालकर बेचैन कर रहा था।

अल्मोड़ा में हालात इतने जोख़िम भरे नहीं थे। हालाँकि ब्राह्मण और अन्य उच्च कुलीन लोग इस बात से परेशान थे कि बोडेन कोढ़ीखाने में आस-पड़ोस और दूर-दराज इलाक़े के लोगों का इलाज कर रहे थे। वे कहते, ''यह अमेरिकन पादरी हमारे क़स्बे को कलुषित और प्रदूषित कर देगा। वह नहीं जानता की कोढ़ी अपने पुराने कर्मों का फल भोग रहे हैं।''

काफ़ी सोच-विचार के बाद डिप्टी कमिश्नर टायलर ने अल्मोड़ा की सरहद पर मुसलमानों के क़ब्रिस्तान के पास उन्हें कुछ और ज़मीन दे दी थी। यहाँ बोडेन और उनकी लड़कियाँ कोढ़ियों की देखभाल करते थे। वे उन्हें नहलाते और उनके घावों को साफ़ कर भक्तिभाव से उन पर पट्टियाँ बाँधते। इस विचित्र गतिविधि को अल्मोड़ा के नागरिक अचरज और हिकारत की नज़रों से देखते थे। उनके लिए बोडेन एक अच्छे स्वभाव का विनयशील आदमी था जिसने बहुत आसानी से ख़ुद को हिन्दी और पहाड़ी सिखा ली थी। अल्मोड़ा के समाज का एक अभिन्न अंग उन सबका मज़ाक़ उड़ाता था जिससे वे डरते नहीं थे। इसीलिए बोडेन के पहाड़ी उपचारों का मखौल उड़ाना उसे स्वीकार करने का एक तरीक़ा था।

जब रोज़मेरी को उसके पिता के नेपाली सहायक शेर सिंह फुलारा ने यह बताया कि कोई जवान आदमी उससे मिलने आया है तो वह समझ नहीं पाई कि यह कौन हो सकता है। फिर उसने ध्यानमग्न जयेश को सलीब को एकटक निहारते देखा। यह वही हिन्दुस्तानी नौजवान था जिसने असहनीय दुख की बेला में अपना रूमाल उसे दिया था। धूल-गर्द भरे रोशनदान से आ रही सूरज की रोशनी उसके चेहरे को चमका रही थी। रोज़मेरी ने मन-ही-मन सोचा जैसे आकाश से गुज़रता कोई देवदूत अपना आशीर्वाद उसे दे रहा हो। वह ख़ुद किसी देवदूत जैसा ही तो दिखता है।

रोज़मेरी की सुबह कोढ़ियों की देखभाल में बीतती थी। भीतर देहात से आए जौनसार भाबर से पहुँचे नए रोगी का चेहरा भयावह रूप से क्षत-विक्षत था। जब उसने उसके घाव से बहता पीप रुई के फाहे से साफ़ कर उसकी अँगुलियों की ठूँठ पर पट्टी बाँधी तो कोढ़ी ने चेहरा ऊपर उठा सीधे उसकी आँख में थूक दिया। वह चौंकी नहीं और न ही नाराज़ हुई। मानो वह इसी की आशा कर रही थी। यही उसके श्रम का मुआवज़ा था।

उसने अपने आप से कहा, 'दीन-हीन ही इस धरती के वारिस होंगे।' उसने

अपने चेहरे को पहले रुई से फिर कीटनाशक औषधि से साफ़ किया। रोगी घृणा उसके लिए चुनौती थी और सांत्वना भी। उसे अभी एक लम्बा रास्ता तय करना था। उसने एक पल के लिए यह भी सोचा कि उसकी बहन ग्लोरिया की प्रतिक्रिया क्या होगी। उसके माता-पिता की इच्छा थी कि प्रभु की महिमा का प्रसार उसके नाम से होगा। पर आत्ममुग्ध ग्लोरिया का स्वभाव अहंकारी था। वह रोज़मेरी की नज़र में सांसारिकता की ओर झुकने लगी थी। वह एंटीसेप्टिक दवा गंध सूँघती ग्लोरिया के आत्ममुग्ध होने के बारे में सोच रही थी लेकिन जब उसने जयेश को देखा तो वह उसके प्रेम में पड़ गई।

जयेश पहले ही उसके प्रेम में पड़ चुका था। उसने कहा, ''यह मैं आपके लिए लाया हूँ, उस काम की सराहना में जो आप और आपका परिवार यहाँ कर रहा है।'' उसने गत्ते का वह डब्बा आगे बढ़ाया जिसमें आनन्द अनारदाना चूरन की शीशियाँ रखी थीं और बोला, ''इसमें अनेक औषधिगुण हैं और कई रोगों का इलाज़ इनसे हो सकता है।''

''एक हिन्दुस्तानी होते हुए भी आप बहुत अच्छी अंग्रेज़ी बोलते हैं, ये कहते हुए रोज़मेरी की आँखों से प्रेम का उद्वेग छलक रहा था, और सौगात स्वीकार करते वक़्त उसकी अँगुलियाँ काँप रही थीं। उसका हृदय उसके सीने से बाहर निकल आया था और अँधेरे कमरे में चक्कर काट रहा था। उसने उसे वापस बुलाने की कोई कोशिश नहीं की।

वे दोनों एक-दूसरे को लम्बे समय तक घूरते रहे या कम से कम ऐसा लगा कि बहुत समय बीत गया है। आख़िर लड़की ने पूछा, ''क्या आप चाय पीना पसन्द करेंगे, हमारे पास बेरीनाग के चाय बागान से चाय आई है?''

''मैं कुछ भी ले लूँगा,'' जयेश ने बौखलाहट से कहा। वह जोड़ना चाहता था, 'ज़हर भी' पर परिस्थितियाँ इसके अनुकूल नहीं थीं। कुष्ठाश्रम में यह संवाद अशिष्ट लग सकता था। अपने शब्दों की गम्भीरता का एहसास उसे अचानक हुआ। फिर लगा, चाचा क्या कहेंगे? चाय जिसे शायद कोढ़ियों ने बनाया हो और वह भी एक अंग्रेज़ औरत के साथ।

वह उसे एंटीसेप्टिक की गंध के कुहासे में छोड़ अन्दर गई और बहुत जल्दी एक ट्रे में चाय के दो मग और घर के बने बिस्कुट और एक लाल चमकदार सेब लेकर लौटी। उसने वह ट्रे उस नीचे बेंच पर रख दी जहाँ जयेश बैठा था, और वह ख़ुद उसकी बग़ल में बैठ गई। उसकी लम्बी कुशल अँगुलियाँ सेब छीलने लगीं। जयेश के मन में दहशत घर करने लगी। उसे कोढ़ की छूत लग सकती थी। उसने कभी सेब नहीं खाया था। गोरे लोग इस नए फल को अभी हाल में अपने साथ पहाड़ों में लाए थे। तब भी वह सेब खाने से इनकार कैसे कर सकता था। धर्मसंकट उसने मन ही मन में सोचा और यह भी कि मैं अपने धर्म की रक्षा कैसे करूँ और अपने जीवन की? सेब के लाल छिलके का चक्राकार वृत्त बन रहा था।

रोज़मेरी ने उसके चेहरे पर झलकता संशय का भाव पढ़ लिया। इससे उसे शारीरिक पीड़ा होने लगी। उसका हाथ फिसला और चाकू ने छोटा घाव कर दिया। निकलने वाले ख़ून ने लकड़ी की बेंच और जयेश की कमीज़ पर दाग़ लगा दिया। जयेश ने उसकी कलाई पकड़ ली और उसके घायल अँगूठे को ख़ून का बहना रोकने के लिए चूसना शुरू कर दिया। रोज़मेरी के चेहरे से रंग उतर गया था। उसका हृदय उसके सीने वाले पिंजरे में लौट आया था। एक अजीब भाव उसके शरीर में फैल रहा था। बेहोश होती उसकी नीली आँखें अपलक जयेश की भूरी आँख की पुतलियों से जुड़ सी गई थीं। उसने मन–ही–मन में हताशा के साथ सोचा, 'जो होना था सो हो गया। मेरा हृदय अब ईसा मसीह का या मेरा नहीं रहा। इस अजनबी का हो गया है।'

ठीक इसी समय ग्लोरिया ने आगंतुक कक्ष में प्रवेश किया और आगंतुक की ओर सवालिया निगाह से देखा। उसने 'हैलो' कहा। रोज़मेरी ने अपना अँगूठा मुँह से बाहर निकाला और टीन का मग जयेश की तरफ़ बढ़ाया। जयेश ने दालचीनी की स्वाद वाली मीठी गुनगुनी चाय पी। विदा लेते हुए उसने चूरन की बोतलों वाले डब्बे की ओर इशारा करते हुए कहा, ''मुझे अब जाना चाहिए, यह आपके लिए है मतलब आपके मरीज़ों के लिए।''

''अरे पल भर रुकिए! मेरे पास भी आपको देने के लिए कुछ है,'' रोज़मेरी ने हाँफते हुए कहा और वह हड़बड़ी में अपनी ऊनी स्कर्ट को ज़रा ऊपर उठाकर कमरे से निकल गई। ग्लोरिया जो इन दोनों को दरवाज़े के पास से देख रही थी अब सामने आई और जयेश के सामने अपना एक हाथ कूल्हे पर टिकाकर खड़ी हो गई।

''जरा खड़े होना, मुझे अच्छी तरह देखने दो तुम कैसे लगते हो?'' उसने मुस्कुराकर कहा। जयेश खड़ा हो गया, ग्लोरिया जारी रही, ''अपने दाँत दिखाना मुझे,'' उसने अपनी अँगुलियाँ जयेश के होंठों पर फिराईं। इससे पहले कि वह कुछ समझ पाता उसके होंठ उसके होंठों को चाट रहे थे और उसकी जीभ उसके भींचे दाँतों को खोलने की कोशिश कर रही थी। जयेश पीछे हटा और ग्लोरिया भी। ''तुम्हारा स्वाद अच्छा है,'' ग्लोरिया ने कहा, ''हमें यह दोबारा आज़माना चाहिए।'' तभी हाँफती हुई रोज़मेरी लौटी। उसने एक छोटा सा लाल पैकेट आगे बढ़ाते हुए कहा, ''यह प्रभु का सन्देश है, इसे अपने परिवार को पढ़कर सुनाइए और इस प्रकाश का साझा उनके साथ कीजिए।''

जयेश का चेहरा शर्म, भय और हर्ष से लाल हो रहा था। वह दोनों लड़कियों के सामने अचानक वैसे झुका जैसा उसने सिपाहियों और अंग्रेज़ों को करते देखा था। फिर फ़िरंगियों की लहज़े की नक़ल करते उसने कहा, ''अब मुझे आपसे विदा लेनी चाहिए।'' बाइबिल को हाथ में लेकर वह कमरे से निकल गया। ग्लोरिया ने उसको आँख मारी अपनी शरारतभरी चमकीली निगाहों से। पर रोज़मेरी की आँखों में आँसू

भर आए थे। प्रभु यीशु दीवार के ऊपर सलीब में टँगे शिकायत भरे अन्दाज़ में यह सब देख रहे थे।

जब कोई नौजवान प्रेम में पड़ता है, कोई उसे चूम लेता है और जब ये दोनों ही घटनाएँ पहली बार हो रही हों और इनका सम्बन्ध अलग-अलग महिलाओं से हो, तब उसकी ज़िन्दगी में उथल-पुथल मचना स्वाभाविक है। दूसरी तरफ़ कारोबार में भी परेशानियाँ पेश आने लगी थीं। चाचा जी में एक समझ में न आने वाला बदलाव आ रहा था। वैसे भी बहुत सक्रिय ना रहने वाले चाचा अपना ज़्यादातर समय लकड़ी की छत वाली शहतीर को देखते बिताने लगे थे। वह अन्यमनस्क से तभी उठ बैठते जब उनका शानदार हुक्का गुड़गुड़ी, उनके एकान्त का साथी सामने आता। वह पहले से कहीं ज़्यादा मिठाइयाँ खाने लगे थे। खोये की बर्फी, बाल मिठाई और तिल जड़े अनरसे। वह बड़ा बाज़ार की मिठाई की दुकान से उन्हें मँगवाते और उन्हें इस तरह नियमानुसार खाते जैसा किसी दैवी शक्ति ने उन्हें ऐसा करने का आदेश दिया हो। कभी वह अपनी कलाइयों से धूल मलते या पेट के पास से मैल की परत निकाल उसका परीक्षण करते। यह काम अब जयेश पर छोड़ दिया गया था कि आनन्द अनारदाना चूरन के उत्पादन, पैकिंग और वितरण का काम वह ख़ुद देखे। वसूली के काम में पहले से ही देर होती रही थी, और अब ऐसा लगने लगा कि वह अकेले यह सब नहीं कर सकता। वह गोदाम वाली छोटी कोठरी में बैठा हिसाब लगाता, जोड़ता फिर जोड़ता और इस बात से आज परेशान हो रहा था कि जोड़ मिल नहीं रहा। उसने अपनी थकी आँखों को रगड़ा और यह फ़ैसला किया कि कुछ देर के लिए आराम करे। रोज़मेरी की दी बाइबिल उसके सामने नीले मेज़पोश पर रखी थी। अँधेरे कमरे में अकेले बैठे उसने कोई एक पन्ना खोल पढ़ना शुरू किया। वह साँग ऑफ़ सोलोमन था।

*उसकी गर्दन हाथी दाँत की मीनार है*
*और आँखें मछलियों से भरे जलकुंड।*
*नाक लेबनान की मीनार है*
*जहाँ से दिखता है दमिश्क।*

उसकी थकी आँखें छोटे छापे में इधर-उधर फिरती रहीं। वह शब्दों के अर्थ ढूँढ़ने की कोशिश कर रहा था। 'सर्वोत्तम मदिरा की तरह मेरे प्रिय के लिए जो सोते होंठों को भी वाणी देती है।'

'अपने हृदय में मुद्रा की तरह रख लो छुपाकर। प्रेम मृत्यु की तरह शक्तिशाली है और ईर्ष्या किसी क़ब्र से भी अधिक क्रूर। अनेक स्रोतों का जल भी प्यार की प्यास नहीं बुझा सकता और न ही कोई बाढ़ इसे डुबा सकती है।'

'यदि कोई व्यक्ति अपना सर्वस्व भी प्यार पर न्योछावर कर दे तभी वह थम सकता है।' जयेश इस सबका कुछ अर्थ नहीं बूझ पाया पर उसका चेहरा शर्म से लाल

होने लगा। पुस्तक के पहले पन्ने पर एक चित्र था ईसा मसीह का जिसका शीर्षक था—'ध्यान दो मैं वह हूँ जो मैं हूँ' ईसा की आँखों में एक मन्द कुतूहल था। जयेश ने सोचा वह उससे पूछ रही है, 'वह क्या बात है जो तुम्हें परेशान कर रही है?'

जब वह घर लौटा तो आसमान में एक गुलाबी और बैगनी धुंध साँझ को घेरने लगी थी। वह सोचने लगा, घर पर रात के खाने में क्या पका होगा? घर की महिलाएँ घर-गृहस्थी के काम-काज का बँटवारा आपस में कर लेती थीं। एक लचीले ढंग से खाना पकाने की ज़िम्मेदारी की अदला-बदली होती रहती थी। अँधेरे और धुआँ भरी रोशनी वाली रसोई में वह बता सकता था कि उसकी किस चाची या बुआ ने आज खाना बनाया है। बड़ी बुआ जो कुछ भी बनातीं उसमें मिठास होती। गेठी-गड़ेरी, डुबके गहत की दाल। जब उसकी चाची खाना बनातीं तब हर चीज़ में कड़वाहट का पुट महसूस होता, जैसे कोई झगड़ा कर शिकायत कर रहा हो।

जीवनपुर वाले घर की ऊँची सीढ़ियाँ उतर जब वह दहलीज़ तक पहुँचा तो उसका मन विषाद से भर आता। रोज़मेरी की नीली आँखें सपनों की तरह ओझल हो चुकी थीं और उसकी बहन की शैतानी भरी मुस्कान दुष्टात्मा सरीखी लग रही थी। बादलों की चादर क्षितिज पर उठ-गिर रही थी धुँधलाते बर्फ़ से ढके पहाड़ों को क्षण भर के लिए झलकाती। ऊपर शुक्र तारा चमक रहा था जो शारीरिक प्रेम का प्रतीक था। शंख का लम्बा विलाप यह सूचित कर रहा था कि संध्या-पूजा की वेला आ चुकी है। उसके चाचा अपनी पूजा की कोठरी में बैठे गायत्री मंत्र का उच्चारण कर रहे थे, छोटी सी चाँदी की घंटी को सावधानी से और नियमित तरीक़े से बजाते। गायत्री मंत्र का उच्चारण होता था जो प्रात:काल और संध्या वेला में किया जाता था।

*ओ३म् भूर्भुव: स्व: तत्सवितुर्वरेण्यम्*
*भर्गो देवस्य धीमहि धियो यो न: प्रचोदयात्।*

जयेश ने उस ईसाई प्रार्थना को याद किया जो उसने इस बाइबिल में पढ़ी थी जिसे रोज़मेरी ने उसे दिया था। उसके दिमाग़ ने उन्हीं शब्दों को याद करने की कोशिश की थी—'बहुत स्रोतों का जल प्रेम की प्यास बुझा नहीं सकता और न ही कोई बाढ़ उसे डुबा सकती है।'

जीवनपुर वाले घर में प्रवेश करने के पहले वह झिझका। पवित्र गंगाजल का एक चमकीला कनस्तर दरवाज़े पर रखा रहता था ताकि घर के अन्दर दाख़िल होने वाला अपने को शुद्ध कर सके। गंगाजल का यह पात्र उसके परिवार की आध्यात्मिक और भौतिक बुलंदी का प्रमाण था। इसे गंगा नदी के ऊपरी धारा के उस निर्मल जल से भरा गया था जिसे उसके चाचा अपने साथ तब लाते थे जब वह जड़ी-बूटियों की खोज में निकलते या हरिद्वार की अपनी वार्षिक तीर्थयात्रा को सम्पन्न करते।

इस गंगाजल में पास के पनुवानौले के धारे का पानी मिलाकर इसकी मात्रा बढ़ाई जाती। स्थानीय जल ही गंगाजल के ऊपर डाला जाता। इसके विपरीत नहीं

किया जा सकता था। इसके बग़ल में ही एक छोटा सा कनस्तर रखा रहता जिसमें तीखी गंध वाला गोमूत्र भरा रहता। जिसे प्रतिदिन गोशाला से इकट्ठा किया जाता। गोमाता हमें पंचामित्र देती है, दूध, दही, घी, गोमूत्र और गोबर सभी पवित्र समझे जाते हैं और बाहरी संसार के प्रदूषण से मुक्त कर हमें शुद्ध बनाते हैं।

पहाड़ के उच्च कुलीन ब्राह्मणों में शुद्धि और प्रदूषण की अवधारणा पागलपन की सीमा तक पहुँच चुकी थी। तरह-तरह के जातिगत निषेधों के उल्लंघन के लिए शुद्धि के अलग-अलग विधान थे। जो उच्च कुलीन ठुलधोती ब्राह्मण थे यदि संयोगवश किसी गोरे या फ़िरंगी के सम्पर्क में या निचली जात वाले के सम्पर्क में आ जाते तो उन्हें अपने शरीर पर गोमूत्र और गंगाजल के छौड़े से घर में प्रवेश के पहले अपने शरीर को प्रदूषण मुक्त करना पड़ता था।

गोमूत्र की खट्टी तेज़ गंध से जयेश को मितली आने लगती थी। पर वह उसे बर्दाश्त करने को बाध्य था। उसने झिझककर सोचा कि क्या वह अपने और ईश्वर से झूठ बोलकर घर में घुस जाए? आख़िर किसी ने उसे कैननहिल की पहाड़ी पर कुष्ठाश्रम की ओर चढ़ते हुए तो नहीं देखा था। फिर उसे ग्लोरिया की चिढ़ाती मुस्कान याद आई और कैसे यह भी याद आया कि उसने रोज़मेरी के अँगूठे से बहते ख़ून को रोकने के लिए उसे चूसा था। उसने रोज़मेरी का ख़ून चख लिया था। उसने ख़ासकर तुलसी की पत्तियों और दूब के घास के तिनकों को उठाया और पानी मिलने से हलकी पर तेज़ गंध वाली गोमूत्र का छौड़ा अपने ऊपर डाला। फिर वह दिनभर की घटनाओं के बारे में सोचता और कुछ देर दरवाज़े पर खड़ा रहा।

'कई स्त्रोतों का जल भी, प्रेम की प्यास बुझा नहीं सकता और न ही कोई बाढ़ उसे डुबा सकती है।'

अपनी पश्चिमी पोशाक उतारकर उसने नई धुली धोती पहन ली और एक सफ़ेद सूती चादर को कन्धे पर डाल लिया। उसका जनेऊ छाती पर नज़र आ रहा था। वह सीढ़ियाँ उतर खाने के लिए पहुँचा। रसोईघर अँधेरे और धुएँ से भरा था। संध्या का समय काफ़ी पहले बीत चुका था। लग रहा था चाचा ने पहले ही खा लिया था। उसकी चाची उसके लिए रुकी थीं। असाधारण धीरज वाली मुस्कान उनके चेहरे पर थी। कौमुदी अपने पति के भतीजे को बहुत चाहती थी और उसके स्वभाव को जानते हुए उसकी शुभचिन्तक थी। उसका अपना लड़का मुक्तेश एक सौम्य युवक था जो जीवनपुर के कुनबे में अदृश्य ही रहता था। जयेश अपने लिए जीता था और अपने ऊपर परिवार की अपेक्षाओं को हावी नहीं होने देता था। इसी कारण उसके पति वैद्य कभी-कभी उससे नाख़ुश रहते थे पर वह दृढ़ इच्छाशक्ति वाले इस नौजवान से सहानुभूति रखती थी। गहत की दाल काफ़ी गाढ़ी पकाई गई थी जिसमें जीरे और घी का तड़का दिया गया था। अजवाइन में छौंके पहाड़ी पिंडालू थे ताकि उनकी तासीर गरम हो जाए। वैद्यराज इस उपाय के बिना उन्हें नहीं

पचा पाते थे। यह दोषों को सन्तुलित करने वाली बूटी थी। और फिर हरी सब्ज़ी का साग था जिसे घर के आस-पास वाले खेतों से इकट्ठा किया गया था। कौमुदी ने बिच्छू बूटी की मुलायम कोंपलों को मेथी और पालक की पत्तियों के साथ मिलाया था। उसे मेथी की कड़वाहट अच्छी लगती थी। कभी-कभी वह अपने भतीजे से कहती, "सच्चाई भी कड़वी होती है। मेथी के पत्तों की तरह तुम्हारे लिए लाभदायक भी।"

जयेश चुपचाप खाता रहा और वह उसे देखती रही बिना किसी टीका-टिप्पणी के। वह चूल्हे पर झुकी थी और आँचल के नीचे से उसकी छाती नज़र आ रही थी। चूल्हे के पास कोई सिला वस्त्र नहीं पहना जा सकता था। लोहे की फुकनी धौंकने से उसका चेहरा लाल हो रहा था। उसकी हिलती छातियाँ बता रही थीं कि उसे ख़ासी मशक्कत करनी पड़ रही थी। वह इस दृश्य से ज़रा भी परेशान नहीं होता था क्योंकि वह अपनी चाची की चपटी छातियों को देखने का आदी था, उसी तरह जैसे कोई गाय के थनों को निर्विकार देखता है।

"मैंने आज एक सेब खाया," उसने कहा। चाची की आँखों में कुतूहल की चमक आई। "कहाँ?" उसने पूछा। सेब अभी हाल में पहाड़ों में पहुँचे थे और हिन्दुस्तानी लोगों में बहुत कम को इन्हें चखने का सौभाग्य मिला था। उसे पता था कि ज़रूरत से ज़्यादा कुतूहल दिखाने पर उसका भतीजा उस पर भरोसा नहीं करेगा। "चूरन गोदाम में मेरा एक दोस्त मेरे लिए एक दाना लाया था," जयेश ने झूठ बोला और झूठ के और बड़े जाल में फँसने के पहले वह जल्दी से निकल गया। कौमुदी बैठी-बैठी बुझती आग को देखती रही। अपने भतीजे के लिए उसने मड़ुवे की जो दूसरी रोटी पकाई थी वह ठंडी होने लगी थी। उसने उसकी थाली की बची हुई दाल ले ली और उसमें रोटी डुबाकर खाने लगी। यह एक औरत का कर्तव्य था कि वह कुछ भी बर्बाद नहीं होने दे।

जयेश अपने छोटे कोने वाले कमरे के बिस्तर पर लेटा, अन्धकार में ध्यानमग्न था। वह सोच रहा था काश, वह नैनीताल में होता! उसने यह तय किया कि जितनी जल्दी हो सके वह आनन्द अनारदाना गोदाम की निगरानी के लिए नैनीताल लौट जाएगा। जीवनपुर वाला मकान नीरस और दमघोंटू था और उसके चाचा एक क्रूर-निष्ठुर तानाशाह। मगर वह नैनीताल लौट गया तो वह रोज़मेरी से कैसे मिलेगा?

रोज़मेरी छत को ताकती नींद बुलाने के लिए छत की शहतीरों को गिन रही थी। वह एक रंगीन कपड़ों के चिथड़ों से बनी उस रजाई के नीचे चुपचाप लेटी थी जिसे लगभग एक चौथाई सदी पहले उसकी दादी ने बनाया था। इसमें नागा और असमिया कपड़ों के अंश थे। नीले, चटक लाल जिन पर भालों, बल्लमों, मुर्गों और गैंडों के चित्र बने थे। यह काफ़ी बड़ी रजाई थी। इस मौसम के लिए काफ़ी भारी जिसे उसकी बहन ग्लोरिया बिस्तर के अपने हिस्से से उतार फेंकती थी। चाँदनी की रोशनी

ग्लोरिया के नंगे पैरों पर वहाँ पड़ रही थी, जहाँ से उसकी सोने की पोशाक ऊपर उठ गई थी।

रोज़मेरी बहुत कोशिश कर रही थी कि वह जयेश के बारे में न सोचे पर हर बार वह चेहरा उसके सामने साकार हो जाता। उसका उसके अँगूठे का ख़ून चूसना... फिर वह अपनी विचारों की धारा दूसरी दिशा में मोड़ने की कोशिश करती। वह अपने पिता के बारे में सोचती पर अचानक रुककर वह अपनी माँ के बारे में सोचने लगती।

जब रोज़मेरी की माँ मेरी ज़ेन बोडेन मर रही थी वह इसी बिस्तर पर इसी रजाई के नीचे लेटी थी। उनके दुबले चेहरे पर अस्वाभाविक शान्ति का भाव था। उनकी दोनों बेटियाँ उनके सिरहाने खड़ी थीं। उनके पति सारा कामकाज छोड़कर उनकी तीमारदारी में लगे थे। वह संयत, सुस्थिर नज़र आ रही थीं और देखने वाले को धोखा हो सकता था कि वह बिलकुल ठीक-ठाक हैं। सिर्फ़ उनकी आँखों के चारों ओर काले घेरे उनकी नज़र को पैना बना रहे थे।

उन्होंने रोज़मेरी से कहा, ''मेरी बच्ची, ज़रा मेरा हाथ थामो।'' और फिर ग्लोरिया से कहा, ''तुम कमरे से जा सकती हो।''

ग्लोरिया मुँह बनाती कमरे से बाहर फुदकती हुई निकल गई। रोज़मेरी की माँ ने अपनी जलती आँखों को रोज़मेरी की तरफ़ फेरा और उनकी अँगुलियाँ अपनी बेटी की तरफ़ बढ़ीं। उन्होंने रोज़मेरी के हाथों को पकड़ा और बुख़ार से तपती बरौनियों को सहलाया। फिर वह बोलीं, ''तुम मेरी सभी संतानों में मुझे सबसे प्रिय रही हो। मैंने तुम्हें ग्लोरिया से ही नहीं यूजीन, जेन, विलियम और जॉन से भी ज़्यादा प्यार किया है।''

रोज़मेरी गदर के दिनों में आगरा से भागकर पहाड़ों तक पहुँचने के वाक़िये से बेख़बर थी। वह सिर्फ़ इतना जानती थी कि उसके नौजवान पिता कोहिमा से अल्मोड़ा कुष्ठाश्रम का कार्यभार सँभालने पहुँचे थे और उनकी मुलाक़ात उसकी माँ से नैनीताल में हुई थी। उसे इतना भर बताया गया कि ईश्वर के काम को आगे बढ़ाने के लिए उन दोनों को एक संयोग ने मिलाया था। परिवार के क़िस्सों में यह जानकारी थी कि उसके पिता तब नैनीताल में प्रिमरोज़ लॉज में रह रहे थे जहाँ हिन्दुस्तानी नौकरों के बच्चों के प्रति मेरी ज़ेन की सहृदयता ने उन्हें प्रभावित किया था। यही सहृदय-संवेदना रोज़मेरी को उत्तराधिकार में प्राप्त हुई थी।

मेरी ज़ेन बोडेन ने अपने पति को दो संतानें दी थीं और कुष्ठाश्रम का सारा काम नि:स्वार्थ भाव से किया था। उसने अपने अतीत के बारे में कभी बात नहीं की। उसके परिवार को यह पता नहीं था कि किन हालात में वह गदर की विभीषिका से बचकर भागी थी और न ही उन्हें उन तीन छोटी क़ब्रों के बारे में पता था जो तोता तालाब के क़ब्रिस्तान में भूली-बिसरी थी। उन्हें इस बात की जानकारी भी नहीं थी कि कैसे मेरी ज़ेन ने यूजीन को यमुना नदी में डुबाया था। उन्हें कभी यह नहीं बताया गया कि

कभी वह एक सिपाही की पत्नी थी और कैसे कैप्टन विलियम जेम्स नैस्टर को कानपुर में बाग़ियों ने उनकी घोड़े की जीन से घसीटकर ज़मीन पर फेंक टुकड़े-टुकड़े कर सड़ने के लिए छोड़ दिया था। उस रात उसने अपनी लड़की को इन सब बातों के बारे में बताया और उन भाई-बहनों के बारे में जिन्हें उसने कभी देखा तक नहीं। उसने उसे मौत के जबड़ों से छूटकर अपने पुनर्जन्म की कहानी सुनाई और यह बताया कि कैसे ईश्वर ने उसे अपनी सेवा का मार्ग दिखाया और कैसे उसकी रक्षा के लिए हिन्दुस्तानी फ़क़ीरों की एक जमात उसे पहाड़ों तक पहुँचाने के लिए भेजी थी।

रोज़मेरी अपनी माँ के बुख़ार से तपते हाथों का स्पर्श और दूर कहीं खोई उसकी आँखों को कभी भूल नहीं सकी। वह जाड़े की एक काली रात थी जब मेरी ज़ेन का देहान्त हुआ। ''ईश्वर ने मुझे वापस बुला लिया और फिर मुझे संसार में लौटा दिया ताकि मैं तुम्हें जन्म दे सकूँ। तुम उसके सन्देश का प्रचार करोगी रोज़मेरी, तुम उसके दिखाए पथ का अनुसरण करोगी और दूसरों को रोशनी दिखाओगी।''

उसकी गर्दन ढीली पड़ गई पर अँगुलिया रोज़मेरी के हाथ को पहले से भी अधिक शक्ति से जकड़े रहीं। जब हेनरी बोडेन कमरे में लौटे तो उनकी पत्नी निष्प्राण हो चुकी थी।

रोज़मेरी ने अपनी माँ की खुली आँखें बन्द कीं फिर लकड़ी के फ़र्श पर घुटनों के बल बैठ गई। उसके हाथ जकड़े थे पर चेहरा शान्त और चमकदार था। तभी ग्लोरिया ने नाटकीय अन्दाज़ में प्रवेश किया ख़ुद को बिस्तर पर फेंक दिया और दहाड़ मारकर रोने लगी जैसे उसके शरीर में किसी दूसरी आत्मा ने प्रवेश कर लिया हो। वह कराह रही थी, ''माँ, मैं तुम्हें प्यार करती थी, संत और पापी तुम्हें बराबर प्यार करते थे। हम दोनों, पर तुम इसे कभी समझ नहीं सकीं।''

बोडेन ने उसके आँसू पोंछते हुए कहा, ''बहुत देर हो चुकी है अब। हमेशा की तरह बहुत देर।''

अभी भी नागा रजाई के नीचे लेटी छत की शहतीरों को ताकती रोज़मेरी अपनी माँ को याद कर रही थी, यह सोचती कि काश, वह अभी भी जीवित होती! वह अपने हृदय की असमंजस का साझा उससे करना चाहती थी। वेदना और आशा का एक ज़बर्दस्त द्वंद्व उसके अन्दर चल रहा था जो उसके लिए पीड़ादायक था।

अध्याय-8

# शादियाँ और बिदाइयाँ

जीवनपुर वाले घर में कौमुदी के दिमाग़ में ख़तरे की घंटियाँ टनटना रही थीं। वह यह महसूस कर रही थी कि उसका भतीजा एक ऐसी दिशा में खिंचा चला जा रहा है जिसे वह बूझ नहीं पा रही। उसी की तरह वह भी अपने से जूझता रहता लेकिन बाहर वालों को यह दिखाता कि वह कितना शान्त और स्थिर है। कौमुदी चाहती थी कि जयेश ख़ुद अपने को बचा ले। वह मातृहीन बच्चा था और वही उसकी ठुल ईजा थी यानी बड़ी माँ थी।

धुआँ भरे रसोईघर में वह एक सफ़ेद सूती साड़ी में लिपटी अकेली बैठी यह रणनीति बना रही थी कि वह अपने राह भटके भतीजे से कैसे निपटे। चूल्हे में जलती लकड़ियाँ बुझने के पहले फुफकार रही थीं। टेढ़े पैर वाला लड़का, जो नौकर था, उन काँसे की थालियों को हटाने के लिए पैर घसीटता कमरा पार कर रहा था, जिन्हें घर वालों को खिलाने के बाद कौमुदी ने बाहर वाले उस हिस्से में रख दिया था, जो दूषित समझा जाता था।

"घनुवा! जा जयेश को बुला ला। बुला लाएगा ना?" उसने रोज़मर्रा से अधिक मधुरता से कहा।

कौमुदी एक सीधी-सच्ची स्त्री थी वह स्त्रियोचित जोड़-तोड़ नहीं करती थी। वह कोई भी क़दम उठाने के पहले सोचती थी। आख़िरकार जब उसका भतीजा उसके पास आ पहुँचा और उसने उसे बैठने को कहा तब उसने चुपचाप उसकी तरफ़ सतर्कता से देखा।

"तुम मेरे लिए मेरे अपने लड़के मुक्तेश से कहीं अधिक अपने हो। इस बात का भरोसा रखो कि मैं जो कुछ कहूँगी वह तुम्हारे भले के लिए ही है," यह कहते हुए कौमुदी का चेहरा निर्विकार था। उसकी आँखें मन का कोई भी भेद नहीं दे रही

थीं। जयेश यह अटकल लगा रहा था कि वह बातों को कहाँ ले जा रही है।

''हमने तुम्हारे लिए एक लड़की ढूँढ़ ली है। मैंने उसे देख लिया है और तुम्हारे चाचा ने भी अपनी सहमति दे दी है। शादी की तिथि अगले महीने तय कर दी है। अब मुझे बताओ कि तुम इस फ़ैसले से ख़ुश हो? हम लोग अपना वचन दे चुके हैं।''

''आप लोगों ने अपना वचन दे दिया है,'' जयेश ने हताश होकर फुसफुसाते हुए कहा, ''मैं क्या कह सकता हूँ?'' उसने यह नहीं पूछा कि लड़की कौन है या वह कैसी दिखती है।

कौमुदी ने बात जारी रखी, ''तूने यह नहीं पूछा वह कौन है?'' जयेश को देखते वह उसकी हताशा को भाँप गई थी, उसकी आँखों की उदासी देख उसका दिल दुख रहा था। उसके बैठने की मुद्रा हार स्वीकार करने वाली थी।

''क्या फ़र्क़ पड़ता है?'' जयेश ने कहा और वह जल्दी से रसोई छोड़ अपने कमरे की तरफ़ निकल गया। पर वह इस समय घर के भीतर नहीं बैठा रह सकता था। उसके लिए बाहर निकलना ज़रूरी था। वह अमावस की अँधेरी रात थी और आसमान में तारों की भीड़ लगी थी। झाड़ियों में जुगनू इधर-उधर घूम रहे थे और जो लकड़ी के दरवाज़े के साथ लगे थे उस पर उनकी उड़ान से रोशनी की डिज़ाइन बन रही थी। आसमान में टूटते तारे के अंगारे कौंध कर बुझ गए।

'मेरा दिल टूट गया है,' जयेश ने मन-ही-मन अपने आप से कहा और फिर इन्हीं शब्दों का उच्चारण ज़ोर से किया, ''मेरा दिल टूट गया है।'' उसने उन विकल्पों पर विचार किया जो उसे सुलभ थे। वह भाग सकता था, संसार को त्यागकर संन्यासी बन सकता था और किसी आश्रम में जाकर रह सकता था। वह आत्महत्या भी कर सकता था। वह बंबई भी लौट सकता था। पर ऐसा करना अपने परिवार के साथ विश्वासघात करना होता। वह 'ना' कर सकता था पर यह असम्भव था। उसने एक बार भी उस लड़की के बारे में नहीं सोचा जिससे वह शादी करने जा रहा था। वह जानता था कि वह जीवनभर सिर्फ़ एक ही स्त्री को प्यार करता रहेगा। पर उसकी आँखें नीली थीं और वह उस दुनिया की वासी थी जो उसकी अपनी नहीं थी।

जब कौमुदी अपने कमरे में पहुँची तो उसने देखा कि उसके पति सो रहे हैं। उसने कुछ देर पति के पैर दबाए, ज़रा कुछ ज़्यादा ही ज़ोर से, यह सोचकर कि शायद वह उठ जाएँगे। जब इसका कोई असर नहीं हुआ तो उसने उनके हाथों को इस अन्दाज़ में सहलाना शुरू किया जैसे कोई ज़रूरी काम हो। ऐसा उसने तब तक किया जब तक उन्होंने अपनी आँखें नहीं खोल दीं।

''क्या बात है?'' पति ने पूछा, ''तुम अब तक सोई क्यों नहीं?''

''मैंने जयेश की शादी तिलोत्तमा की लड़की देवकी से तय कर दी है,'' उसने कहा। मैंने अपना वचन दे दिया है।

वैद्यराज ने बुदबुदाते हुए कहा, ''मुझे इसके बारे में कल सवेरे बताना।'' वह

करवट बदलकर फिर से सोने चले गए। दूसरी सुबह कौमुदी और दिनों की अपेक्षा पहले उठ गई। घनुवा अपने काम में जुट गया था लेकिन उसने उसे कुल पुरोहित दिगम्बर जू के पास एक अत्यन्त आवश्यक सन्देश लेकर भेज दिया ताकि वह तत्काल उससे मिलने आ जाएँ।

पुरोहित जी कुछ देर बाद लम्बा रास्ता तय करने के श्रम के कारण हाँफते हुए पहुँचे। वहाँ से वह कौमुदी के सुचिन्तित सन्देश को लेकर तिलोत्तमा के पति नैनचन्द जोशी के पास पहुँचे, जो उन दिनों अपनी निरन्तर कम हो रही घर वापसी वाले दौरों में अल्मोड़ा में ही थे। अगली दोपहर तक सब जगह ख़बर फैल चुकी थी। जन्मपत्रियाँ मिला ली गई थीं और किसी अनिष्ट या आपदा की आशंका नहीं थी। सिर्फ़ तारीख़ तय करना बचा था।

कौमुदी को कहीं न कहीं कुछ चिन्ता का भास हो रहा था। उसने ज़िद की, "शादी इसी पखवाड़े में हो जानी चाहिए। उसके बाद कोई शुभ मुहूर्त वाली तिथि नहीं है। वैद्य जी की तबीयत भी तेज़ी से बिगड़ रही है। मैं चाहती हूँ कि मैं अपने भतीजे की शादी अपनी आँखों के सामने करा दूँ और अपना कर्तव्य पूरा करूँ।"

जयेश के पिता को परिवार द्वारा लिये गए फ़ैसले की सूचना दे दी गई। वह देवगढ़ की रियासत से अल्मोड़ा लौट आए और कम-से-कम थोड़े समय के लिए राजकुमार को संस्कृत और गणित की सख़्त पढ़ाई से छुटकारा मिला। देवगढ़ की राजमाता ने, जो युवराज की माँ थीं, उन्हें अपनी होने वाली बहू के लिए 12 सोने की चूड़ियाँ दीं। दुनियादार ससुर ने इनमें से 6 चूड़ियाँ निकालकर अलग रख लीं। उनका कहना था, "क्या पता मेरा लड़का जैसी उसकी चाल-ढाल है बुढ़ापे में मेरा आदर न करे।" उन्होंने अपने आप से कहा, 'भविष्य के लिए बन्दोबस्त करना ही समझदारी है।'

शाही अध्यापक अल्मोड़ा की कठिन यात्रा पर सोने की 6 भारी चूड़ियाँ और कुंदन का हार और चाँदी के बड़े से पानदान को लेकर निकल पड़े। रोल्स रॉयस की शक्ल का यह पानदान उनके भाई जीवन के लिए था। यह उपहार भी उस राज परिवार वालों ने ही दिया था जिनकी वह चाकरी करते थे। वैद्य जी को पान की लत थी और वह यह हठ पाले रहते कि आयुर्वेद के अनुसार शरीर को स्वस्थ और निरोग रखने के लिए पान लाभदायक है।

जयेश को यह सूचना दे दी गई थी कि उसकी शादी एक पखवाड़े के भीतर होने वाली है। उसने इस समाचार को निर्विकार भाव से ग्रहण किया। वह थोड़ा ख़ुश तब हुआ जब उसे पता चला कि उसकी होने वाली पत्नी वही देवकी है, सहमी-सी लड़की जिसे वह बचपन से जानता था।

कोढ़ीखाने में रोज़मेरी और ग्लोरिया कपड़ों के बारे में बातें कर रही थीं। दिन बहुत गरम था और मई के महीने के शुरू में ही बहुत तपिश थी। दोनों बहनें लाज

ढकने वाले कपड़ों के बोझ से परेशान थीं। उनका मन कर रहा था कि ख़ारिश बढ़ाने वाले फलालेन के सलूकों और भीतर के वस्त्रों को उतार फेंकें।

रोज़मेरी ने गम्भीरता से कहा, ''हमें किफ़ायत का हर सम्भव प्रयत्न करना चाहिए।'' उसके कोमल भरे होंठ दृढ़ संकल्प से कसे थे, ''सुन्दर आरामदेह पोशाक जैसी विलासिता महत्त्वपूर्ण नहीं। मैं रोज़ाना पहने जाने वाली पोशाक और काली बॉनेट टोपी में कई बरस गुज़ार सकती हूँ।'' इसमें कोई बुराई नहीं कि लोग हमें बुढ़ाती कुमारियाँ समझें, अगर हम पैसा बचाकर उस काम में ख़र्च करते हैं जिससे दूसरों का भला हो सकता है।''

ग्लोरिया ने अपनी बहन को ज़रा मज़े से देखते हुए कहा, ''मेरी प्यारी बहन, क्या तुम वास्तव में ऐसा सोचती हो? मैं तो एक अमीर आदमी से शादी कर आराम की ज़िन्दगी बिताने के लिए कुछ भी कर सकती हूँ।'' वह बोलती रही, ''काश! हम किसी तरह अमेरिका लौट सकते!'' उसकी आवाज़ में गम्भीरता व कशिश आ गई, जैसे वह किसी ज़रूरी काम की बात कर रही हो।

रोज़मेरी ने उसे डाँटा, ''तुम अपनी बात करो ग्लोरिया। मेरा घर यहीं इन्हीं पहाड़ों में है अब और हमेशा रहेगा। जब हमारे पिता बोस्टन से जहाज़ पर चढ़े थे भारत के तट पर पहुँचने के लिए तो उन्होंने पाँच महीने का समुद्री सफ़र किया था। वह तब इस बात को जानते थे कि उनकी नियुक्ति जीवनपर्यंत यहीं काम करने के लिए है। वह घर फिर कभी नहीं लौटेंगे।''

उसकी बात अनसुनी कर ग्लोरिया बोलती रही, ''कभी मैं सोचती हूँ क्या माँ की कोई रिश्तेदार इंग्लैंड में ज़िन्दा है? हालाँकि, अमेरिका ज़्यादा मज़ेदार होगा।''

रोज़मेरी ने जवाब दिया, ''माँ का परिवार आयरलैंड में कोनेमारा में रहता था पर वह अपने अतीत के बारे में हमसे कभी कोई बात नहीं करती थीं। वह अपने को हिन्दुस्तानी समझती थीं—एक पहाड़ी। माँ वास्तव में इन पहाड़ों से बहुत प्यार करती थीं।''

ग्लोरिया ने बाद में सोचा कि उसकी देखभाल करने वाले देवदूत ने यह बातचीत शायद सुन ली थी। उसी दोपहर एक अप्रत्याशित मेहमान मिशन में आ पहुँचा। उसका नाम फिलैंडर फिप्स था और वह एक अधेड़ लखपति अमेरिकी था। उसने विश्व कोष बेचकर अपार धनराशि कमाई थी। वह भारत का दौरा इसलिए कर रहा था कि वह उन संगठनों को देख-परख सके जो परोपकार का काम कर रहे हैं और जिन्हें मदद के लिए वह धर्मार्थ दान दे सके। लंदन मिशन द्वारा चलाए जा रहे अल्मोड़ा के कोढ़ीखाने की सिफ़ारिश बहुत सारे लोगों ने उससे की थी। सभी की राय थी कि यीशु मसीह का नाम और सन्देश फैलाने का नि:स्वार्थ काम ये मिशनरी कर रहे थे।

ग्लोरिया ने इस लम्बे, सजे-धजे इनसान को काफ़ी दिलचस्पी से ग़ौर से देखा। फिप्स ने दिन के समय पहना जाने वाला डबल ब्रेस्टेड सूट पहना था और रेशमी टोप लकड़ी की बेंच पर बग़ल में रखा था। उसकी मुस्कान सहज और स्वाभाविक थी

और उसका अन्दाज़ कुछ ऐसा था जो मिशन के परिवेश में खटक नहीं रहा था। इस मेहमान की अगवानी के लिए रोज़मेरी इधर-उधर भाग-दौड़कर तैयारी कर रही थी। उसके सामने सबसे पहले कुल जमा उन 11 बच्चों को इकट्ठा कर पेश किया गया जो कुष्ठ रोगियों की संतान थे। इनमें से चार का बपतिस्मा हो चुका था और 7 धर्म परिवर्तन का प्रतिरोध करते अपने देशी रस्मो-रिवाज़ से ही चिपके हुए थे।

हिन्दू बच्चों में सबसे छोटा हरीराम अन्धा था, पर वह जिस तरह से बेहिचक चलता था उससे इस बात का अन्दाज़ा नहीं हो सकता था। कोरस उसी ने शुरू किया फिर छह लड़के—पीटर विलियम, ऑस्कर, जॉज़फ, दया, हरीराम और मोहन सुर में सुर मिलाकर वे प्रार्थनाएँ गाने लगे जो उन्हें सिखाई गई थीं। उन्होंने शुरू किया 'दि लॉर्ड इज़ क्लोज़ टू दि ब्रॉकन हार्टेड' से उनकी आवाज़ तेज़ और ख़ुशी से भरी थी। सम्माननीय अतिथि ने उनका गायन सुना और सराहा।

इसके बाद उन्होंने कोशिश की दूसरी प्रार्थना गाने की—'दि लॉर्ड इज़ माई लाइट एंड सालवेशन हूम शैल आई फियर' बच्चों को यह सिखाना एक महत्त्वाकांक्षी अभियान था लेकिन वे शब्दों का उच्चारण तोड़-मरोड़कर कर रहे थे। फिर 'वैन दि विकेड कैम अपॉन मी टू ईट अप माई फ़्लैश' गाते हुए उन्होंने दिलेरी से कोशिश ज़ारी रखी पर कुछ समय बाद बीच में ही गाना छूट गया।

फिप्स ने हलके से कहा, "निश्चय ही ये कोई पहाड़ी गाना अच्छी तरह जानते हैं।"

उसके ऐसा कहने पर चार छोटी लड़कियाँ, जिनमें तीन बहनें और गीता नाम की प्यारी सी मुस्कान बिखेरती एक शरारती अनाथ लड़की थी, इस काम के लिए बुलाई थी।

बच्चे ज़ोर लगाकर गाते सुरीली धुन में गाना सुनाने लगे :

*बेडू पाको बारामासा, ओ नरायण काफल पाको चैता मेरी छैला।*

फिप्स ने पूछा, "इस गाने का अर्थ क्या है?" उसके चमकीले चमड़े के बूट गाने की धुन के साथ ताल दे रहे थे। हेनरी बोडेन ने बतलाया, "अरे यह एक सुहाना पहाड़ी गाना है जो बदलती ऋतुओं का ज़िक्र करता है। एक ऐसा लोकगीत जिसे सभी पहाड़ी अपना जनगीत मानते हैं।"

इस बीच उनकी बेटी ग्लोरिया का नाटकीय कायाकल्प हो चुका था। उसने अपने बालों को फुला लिया था और अपने होंठों को ज़ोर से काटकर और भी लाल कर दिया था। उसने अचानक ऐलान किया, "मैं भी गाना चाहती हूँ, मिस्टर फिप्स के लिए जिन्हें यह गाना इतना पसन्द आया है।" उसकी आँखें उत्तेजना से झिलमिला रही थीं और उसकी बेडौल पोशाक के नीचे उसके शरीर की मांसलता और आत्मविश्वास प्रकट हो रहे थे। उसके पिता और उसकी बहन ने अचरज से उसे देखा जबकि फिप्स ने उसी शिष्टाचार वाली दिलचस्पी से जिससे वह बच्चों का गाना सुन रहा था।

ग्लोरिया ने एक मीठी दिलकश आवाज़ में गाना शुरू किया :

*मुझे बताओ क्यों चमकते तारे आसमान में?*
*मुझे बताओ क्यों आलिंगन में गुँथती हैं लताएँ?*
*मुझे बताओ क्यों रंग नीला है आसमान का?*
*तब मैं बतलाऊँगी तुमको—*
*मुझको है तुमसे इतना प्यार क्यों।*

गाने की साफ़गोई और भाव-विह्वल प्रेम का इज़हार जारी रहा :

क्योंकि ईश्वर ने बनाया तारों को वे चमकते हैं।
ईश्वर ने बनाया लताओं को इसलिए वे आलिंगन में गुँथती हैं।
ईश्वर ने बनाया आकाश को तब ही है उसका रंग नीला।
ईश्वर ने बनाया तुमको।
इसीलिए मुझे है तुमसे प्यार इतना।

उसके पिता ने स्थिति सँभालने की कोशिश की। उन्होंने हलके से कहा, ''अरे ग्लोरिया, यह गाना इस मौक़े पर सुनाने लायक़ नहीं। चलिए मिस्टर फिप्स, मैं आपको औषधालय और मरीज़ों के रिहाइशी कमरे दिखलाता हूँ।''

परोपकारी फिप्स की सर की टोपी से चकित बच्चों का झुंड उनके पीछे चलने लगा। ''अमेरिकनों का सर बहुत लम्बा होता है,'' पीटर ने कहा, ''शायद इसीलिए कि उनके दिमाग़ को ज़्यादा जगह चाहिए।''

बोडेन अपने मेहमान को उन बैरकों में ले गया जहाँ क़रीब चालीस मरीज़ एक साथ रह सकते थे। इनमें से 28 खाटें उन रोगियों से भरी हुई थीं जो तिब्बत से आने वाले भोटिया कुली थे। फिप्स को यह देखकर सन्तोष हुआ कि पट्टियाँ साफ़ थीं और उन पर ख़ूब सारा कीटनाशक फ़ौजी अन्दाज़ में इफ़रात से छिड़का गया था।

सपरिवार रहने वाले रोगियों के रहने की जगह तंग मगर आरामदेह थी। इसके सामने क़रीने से लगाई गई फूलों की क्यारियाँ थीं। अचानक बोडेन को किसी ज़रूरी काम के लिए तलब किया गया। उनका पड़ोसी अवकाश प्राप्त पोस्ट मास्टर, जिसका मकान क़रीब आधा मील दूर पहाड़ के मोड़ पर था, अचानक बीमार पड़ गया था और चिकित्सक के रूप में बोडेन के कौशल की ज़रूरत वहाँ पड़ गई थी। रोज़मेरी हड़बड़ी में अपने पिता के पीछे-पीछे उनका प्राथमिक चिकित्सा का बक्सा पैक करने के लिए निकल गई।

''मिस्टर फिप्स, मैं आपके साथ कुछ बात अकेले करना चाहती हूँ,'' इस सब के बीच ग्लोरिया ने यह बात कुछ ऐसे दबाव से कही कि फिप्स आश्चर्यचकित हो गया। ''आपको मेरी बात सुननी ही होगी, इसके बाद उसने कहा और वह फिप्स को अपने साथ बग़ीचे के उस कोने में ले गई जहाँ एक अखरोट का पेड़ उनको एकान्त का कवच प्रदान कर रहा था।

''मिस्टर फिप्स, मैं आपकी परोपकारी गतिविधियों की सराहना करती हूँ पर

आपको यह बताना ज़रूरी है कि आपका यह काम ठीक जगह पर नहीं हो रहा है।'' ग्लोरिया ने विनती करने वाले अन्दाज़ में उसके हाथ पकड़ते हुए कहा, ''इन अभागों की मदद आप जरूर करें, अगर आपकी ऐसी इच्छा है पर एक नज़र उस पर भी डालें जो इन सबसे अधिक अभागी है।''

फिप्स ग्लोरिया के चेहरे के सुर्ख लाल रंग को देखता रहा और उसकी भावावेश भरी आवाज़ को सुनता रहा।

''मुझे अपने साथ ले चलिए,'' ग्लोरिया ने कहा, ''मुझे बचा लीजिए। मेरी जगह यहाँ नहीं है। आपके सामने एक ऐसी स्त्री खड़ी है जो आपकी ख़ुशी के लिए जो आप चाहें वह कर सकती है। चाहे मुझे अपनी रखैल बना लें चाहे अपना सचिव, या अपनी वेश्या या पैर रखने की तिपाई या फिर संरक्षिका देवदूत।''

फिप्स उसे अचम्भे से देखता रहा। हालाँकि वह स्वभाव और आदतों से एक पारम्परिक व्यक्ति था। उसकी मुलाक़ात अपने जीवन में बहुत सारी महिलाओं के साथ हुई थी। मगर उनमें से कोई भी ऐसी नहीं थी जो दयनीय भोलेपन और आत्मविश्वास से भरे सौन्दर्य का ऐसा संगम हो। वह चुप रहा मगर ग्लोरिया की बातें उसके मन को छू गई थीं।

रोज़मेरी अपने पिता को बाहर तक पहुँचाकर वापस लौटी। वह देख सकती थी कि उसकी बहन कुछ दूर खड़ी है। फिप्स ने उसका हाथ पकड़ रखा था और उसे अपने होंठ तक ले जा चुका था। ''मैं तुम्हें अपनी पत्नी बनाऊँगा,'' उसने कहा, ''और मैं पूरी कोशिश करूँगा कि तुम्हें बहुत ख़ुश रख सकूँ।''

कुमारी देवकी जोशी का विवाह श्री जयेश चन्द्र पंत के साथ और मिस ग्लोरिया बोडेन की शादी मिस्टर फिलैंडर फिप्स के साथ एक ही दिन हुई।

वर्षा ऋतु आरम्भ होने के पहले आख़िरी शुभ मुहूर्त था और कौमुदी अपने भतीजे का घर बसाने वाले अपने फ़ैसले पर अडिग थी। फिप्स को क्राउन ऑफ़ इंडिया नाम के जहाज़ में सितम्बर के महीने में माल्टा और पोर्ट सईद में रुकते बरास्ता प्लिमथ, अमेरिका लौटना था। इसके पहले नवविवाहित दम्पती को हिमालय के भीतरी हिस्से में यात्राएँ करनी थीं। पिथौरागढ़ तक जाना था और फिर अल्मोड़ा लौटकर दिल्ली। दिल्ली में फिप्स को बड़े लाट से मिलना था और भारतीय डाक सेवा के कुछ बड़े हाकिमों से। उसने अपनी पत्नी को साथ ले जाने के लिए जहाज़ में एक और सीट की व्यवस्था कर ली थी।

देवकी के चचेरे-मौसेरे भाई पत्थरों से पटे आँगन में मकान के सामने इकट्ठा हुए थे। वे बतिया रहे थे और महिलाएँ अपने रंगीन पिछौड़ों को ओढ़े उसकी शादी के लिए आँगन को सज़ा रही थीं। उनकी ओढ़नियाँ चटक पीले रंग में रँगी टीन की एक चादर पर सूखने को फैलाई गई थीं। उनकी अँगुलियाँ रूमाल में बँधी दोअन्नी से गोल बूटे छापने में व्यस्त थीं।

देवकी की मौसियाँ मनोरमा और तारिणी और उसकी माँ तुलसी के तिनकों को

कपड़े से ढक पिछौड़े के बीचोबीच पारम्परिक डिज़ाइनिंग उकेर रही थीं। बीचोबीच दाहिनी दिशा को मुड़ा स्वस्तिक कर्मयोग का प्रतीक, सांसारिक सफलता का वाहक था जिसकी चारों भुजाएँ चारों दिशाओं में प्रगति पथ पर निरन्तर अग्रसर होने की प्रेरणा देती थीं। स्वस्तिक के चारों ओर सूर्य, शंख और घंट की आकृतियाँ थीं और इनको घेर रखा था फूल-पत्तियों की आपस में जुड़ी आकृतियों ने। कुछ बूढ़ी महिलाएँ पिछौड़े के किनारे सुनहरे गोटे की झालर सिल रही थीं।

कन्या कुमारियों से लेकर दादी-परदादियों तक कुमाऊँनी औरतें हर शुभ अवसर पर रंगवाला पिछौड़ा ओढ़ती हैं। अपनी शादी के अवसर पर तिलोत्तमा ने अपनी माँ का पिछौड़ा ओढ़ा था। पर इस घड़ी तिलोत्तमा ने ख़ुद से वादा किया था कि अपनी लड़की की शादी के लिए वह एक नया पिछौड़ा रँगवाएगी। पिछौड़े पर शंख और घंट की आकृतियाँ रँगते वक़्त वह आधे मन से ही इर्द-गिर्द की आवाज़ें सुन रही थी। इन औरतों के पास बतियाते रहने को हमेशा बहुत कुछ होता था। व्यंजन पकाने की विधियाँ, गहने, पारिवारिक गपशप, क़िस्से—किसने क्या कहा, पतियों और देवरों के बारे में चुटकुले, भाभियों-ननदों के बारे में चुटकुले। कितनी भरी-पूरी और उपयोगी ज़िन्दगियाँ यह लोग बिता रहे थे। क्यों उसकी अपनी ज़िन्दगी इनकी जैसी नहीं हो सकती थी ? पर उसे पता था कि वह पैदाइश से ही उनसे फ़र्क़ थी। कुतूहल से भरी सीखने-समझने की जिज्ञासा से भरपूर वह दूसरों की तरह आरामतलब ज़िन्दगी नहीं चाहती थी। वह हमेशा जैसी थी वैसी ही रहना चाहती थी।

तिलोत्तमा ने अचानक देखा कि उसने अन्यमनस्कता के कारण सूर्य के बग़ल में एक चन्द्रमा की आकृति बना दी थी। उसे इस बात में बड़ा मज़ा आया कि उसने पारम्परिक लीक से हटकर कुछ कर डाला है। फिर उसने सूर्य के दूसरी तरफ़ एक घटती कला वाला चन्द्रमा बना डाला। घंटी के लिए जो जगह आरक्षित थी वह एक खुली किताब ने घेर ली। वह शरारत से मुस्कुराती यह समझने की कोशिश करने लगी कि वह पिछौड़ों के प्रतीकों में और क्या-क्या नई अनोखी आकृतियाँ बना सकती थी। तभी उसकी कलाकारी का निरीक्षण करने तारिणी पास खड़ी हो गई।

''देवी सरस्वती ज्ञान की देवी हैं, उनके आदर में मैंने यह किताब बनाई है,'' उसने कहा लेकिन अपनी बहन के चेहरे के भाव देख उसने फ़ैसला किया कि अपनी कलाकारी में वह और नए प्रयोग नहीं करेगी।

जब तिलोत्तमा और नैनचन्द जोशी अपनी इकलौती बेटी का कन्यादान कर रहे थे उस वक़्त उनके हृदय ख़ुशी और दुख से बराबर भरे थे। ज़र्द चेहरे वाली उनकी लड़की देवकी उनके दांपत्य जीवन को एक सूत्र में बाँधने वाली अकेली बंधन थी। अब वह एक स्त्री के रूप में अपनी नियति के अनुसार पति के घर जा रही थी।

अपनी बेटी के विवाह के अवसर पर तिलोत्तमा ने अपनी माँ दुर्गा देवी की नथ पहन रखी थी। सोने की भारी नथ ने उसके पूरे चेहरे को घेर लिया था और उसकी

छोटी सी नाक उसके भार से फड़क रही थी। उसके मखमली घाघरे के भारी-भरकम घेरे उसके कमर के मोटापे को बख़ूबी छुपा रहे थे। समय बीतने के साथ वह थोड़ी मोटी हो गई थी। आज वह नववधू की तरह उत्तेजित थी। और जहाँ तक वधू का प्रश्न है देवकी सोच रही थी कि उसके पति वास्तव में बहुत ख़ूबसूरत हैं और वह अपने पीले पिछौड़े के घूँघट से झाँककर बीच-बीच में कनखियों से उन्हें देख रही थी।

जयेश ने अपनी पत्नी की तरफ़ देखने की ज़हमत नहीं उठाई। वह गहरे पश्चात्ताप और भारी हानि के अवसाद से घिरा था। वह सिर्फ़ रोज़मेरी के बारे में सोच सकता था, हालाँकि उसके चेहरे के नाक-नक्श उसके स्मृति पटल पर धुँधले पड़ गए थे।

नैनचन्द जोशी जी ने अपनी इकलौती संतान का कन्यादान शंखों के विलाप और पुरोहितों के मंत्रोच्चार के साथ किया। वह इस बारे में अब निश्चिन्त नहीं थे कि जो ऊट-पटाँग, भारी-भरकम औरत इस वक़्त उनके बग़ल में खड़ी थी, उसके साथ भविष्य में उनके कैसे सम्बन्ध होंगे? अचानक उनके मन में उसके प्रति कोमल भाव प्रकट होने लगे, भले ही उसका ठंडापन उम्र ढलने के साथ कम नहीं हुआ था। अपने स्वभाव और चरित्र के प्रतिकूल नैनचन्द ने अपनी पत्नी का हाथ पकड़ लिया और उसे हलके से स्नेह के साथ दबाया। तिलोत्तमा ने उनकी तरफ़ मुड़कर देखा ज़रा अचरज से और फिर उसका ध्यान लौट गया बिदाई समारोह के इन्तज़ाम में और अपनी बिटिया को उसके नए घर में भेजने के काम में।

पन्द्रह दिन बाद रोज़मेरी की मुलाक़ात फिर से जयेश से हुई उसी बेंच के पास जहाँ वे पहली बार एक-दूसरे के आमने-सामने हुए थे। उस दिन तेज़ हवा चल रही थी और उसका कंटोप हवा के झोंकों के सामने हार मान चुका था। नतीजतन उसका मुँह बेतरतीब ग़ुस्सैल बालों से घिर गया था। वह बालों को चपटा कर व्यवस्थित करने की कोशिश कर रही थी मगर हवा पर उसका वश नहीं चल रहा था। रोज़मेरी ने ख़ुशी से भरकर जयेश को पुकारा और उसकी आँखें प्यार से चमकने लगीं।

जयेश के दिल ने एक पल के लिए धड़कना बन्द कर दिया। फिर वह इतनी तेज़ी से धड़कने लगा कि उसे लगा कि दिल का दौरा पड़ जाएगा। उसने उसके चेहरे की तरफ़ बहुत ग़ौर से देखा कुछ ऐसे जैसे वह उसे पहली बार और आख़िरी बार देख रहा हो। उसकी त्वचा पीली सी थी और उसमें छोटे-छोटे तिल थे। उसकी आँखें जाड़े के आकाश के रंग की थीं या भूटान के उन नीले फूलों के रंग की जिनका उपयोग उसके चाचा अपनी दवाइयों में करते थे। उसके गुलाबी होंठों पर कई बार हँसने से बारीक रेखाएँ पड़ गई थीं जो दाहिनी ओर ज़रा असन्तुलित थीं। इन सब चीज़ों को उसने अच्छी तरह अपनी याददाश्त में दर्ज़ कर लिया। इसके बाद उसने एक लम्बी साँस ली और अपनी आँखों को उसकी आँखों से मिलाया। फिर कहा, ''मैं अब शादीशुदा हूँ।'' उसके भीतर इतने भाव घुमड़ रहे थे कि वह उदासीन या मसखरेपन की बात करता लग रहा था।

"शादीशुदा" उसने दोहराया। इस बार ज़रा फ़र्क़ ढंग से। उसके शब्दों में एक ज़रूरी विनती थी।

"शादीशुदा?" उसने उसके साथ-साथ दोहराया। उसकी आवाज़ से कुछ नहीं पता चल रहा था कि उसे क्या महसूस हो रहा है। "शादी! यह वास्तव में अद्भुत समाचार है, बधाई! मैं आशा करता हूँ मुझे शीघ्र ही तुम्हारी पत्नी से मिलने का सौभाग्य प्राप्त होगा।"

"और उसका नाम क्या है?" रोज़मेरी ने कुछ बदहवासी से अपने को सामान्य बनाए रखने की कोशिश के साथ कहा। उसके चारों ओर अँधेरा छा गया था और उसे लग रहा था कि चमगादड़ उसके ऊपर झपट रहे हैं और दोपहर के आसमान से फूलों वाला शैतान उतरकर उसका पीछा कर रहा है। बादल सूरज के साथ आँख-मिचौली खेल रहे थे और वर्षा जल के गड्ढों में उसका सुनहरा प्रतिबिम्ब चमक रहा था। पर उसके मन में अँधेरा छा रहा था। दुष्ट जन्तुओं की पंख फड़फड़ाने की आवाज़ ख़ौफ़नाक थी।

वह कहना चाहती थी, 'मैं तुम्हें चाहती हूँ, मैं तुम्हारे भूरे हाथों को अपने हाथों में थामना चाहती हूँ। मैं उस वक़्त तुम्हारी काली आँखों में झाँकना चाहती हूँ जब तुम मुझे चूम रहे हो।' मगर उसने सिर्फ़ अपने प्रश्न को मशीनी तरीक़े से दोहराया, "उसका नाम क्या है?"

"देवकी," जयेश ने उत्तर दिया। अपनी उस बेडौल पत्नी के बारे में सोचते हुए जो भारी-भरकम कपड़ों में छिपी थी, जबकि उसके सामने वाला चेहरा उजला, सजग और चतुर था। उसे चुनौती दे रहा था।

वे दोनों एक-दूसरे से अलग होते पीछे हटे। उनकी चाहत बोझ बन रही थी, छलक पड़ रही थी। जयेश ने कभी ऐसा अनुभव नहीं किया था। उसकी साँस रुक-रुककर बड़े श्रम से आ-जा रही थी। उसकी आँखें जल रही थीं। उसे बहुत बाद में यह बात पता चली कि वह रो रहा था। उसके गरम आँसू उसकी आँखों से बाहर आने के लिए मचल रहे थे।

रोज़मेरी धीरे-धीरे कैनन हिल की पहाड़ी के ऊपर चढ़ने लगी। कोढ़ीखाने का दरवाज़ा उसे कभी भी इतना उत्पीड़क नहीं लगा था। फुलारा ने उसके लिए फाटक खोला तो उसके ज़र्द पड़े चेहरे को ज़रा चिन्ता से देखा। वह उस बाहरी बैठक में पहुँची जहाँ जयेश उससे मिलने आया था और जहाँ अनगढ़ सलीब से उसका वास्ता पड़ा था। प्रभु की आँखों में सदाशयी चिन्ता थी पर निषेध नहीं। अपनी इच्छा के विरुद्ध वह प्रभु को घूरती रही।

वह कमरे से जल्दी बाहर निकल गई। कुछ छुपकर, जैसे कोई उसका पीछा कर रहा हो। बाहर एक छोटी सी गुफा थी जहाँ किसी मेहमान कलाकार ने कुँआरी मेरी की मूर्ति गढ़ी थी। वह वास्तुकार ब्राजील से आया था जिसने यह उपहार कुष्ठाश्रम

को दिया था। इस समय रोज़मेरी वहाँ खड़ी थी और उसने रोना शुरू कर दिया था। उसकी सिसकियाँ क्रमश: बढ़ती गईं और बेलगाम होने लगीं, बड़ी मुश्किल से उसने अपने पर काबू पाया। आँसू की आख़िरी बूँद को उसने दबाकर बाहर निकाला और अपनी चोट को भीतर ही दफ़न करने का फ़ैसला किया। तब उसने देखा कि उसकी हथेलियों पर ख़ून निकल आया था। वह धीरे-धीरे बह रहा था जैसे किसी स्मृति का घाव रिसता है।

यह वही दिन था जब ग्लोरिया और फिलैंडर फिप्स पिथौरागढ़ से अपना हनीमून मनाकर लौटे। वर्षा ऋतु अपनी पूरी मौज में थी और नवदम्पती तूफ़ानी, बारिश के अन्धड़ में घर पहुँचे। ग्लोरिया के चेहरे पर विजय और ख़ुशी का भाव था। वह अपनी नई शख़्सियत और हाव-भाव का अभ्यास कर रही थी। फिप्स हमेशा की तरह संयत और आकर्षक था पर उसके कपड़े उस दिन की तुलना में कुछ मुड़े-तुड़े और अस्त-व्यस्त थे जब उसने पहले-पहल अपना हिमालयी अभियान आरम्भ किया था।

रोज़मेरी ने ख़ुद को अपने कमरे में बन्द कर लिया था। टीन की छत पर बारिश की लयबद्ध पहचानी एकरस आवाज़ उसे सांत्वना दे रही थी। उसकी हथेलियों से अब भी ख़ून बह रहा था पर उसने घाव पर पट्टियाँ बाँधने की ज़हमत नहीं उठाई थी। रात के खाने के लिए उसे बुलाने के लिए नेपाली नौकर फुलारा ने जब दरवाज़े पर दस्तक दी तब भी उसने कोई जवाब नहीं दिया। उसके पिता ने जब यह महसूस किया कि कुछ गड़बड़ है तो उन्होंने दरवाज़े पर आकर यह अनुरोध किया कि वह उसे खोल दे। पर रोज़मेरी चुप रही। पिता की आवाज़ में चिन्ता और उसके प्रति दबी सी सहानुभूति उसे बुरी लग रही थी और उसने अपना दिल कड़ा कर लिया कि वह उन्हें नहीं सुनेगी। फिर उसकी बहन ग्लोरिया आ पहुँची जो कभी इस शयनकक्ष में उसके साथ रहती थी। उसने ज़रा ऊबी आवाज़ में कहा कि आख़िर क्यों वह इतना बवाला मचा रही है, आख़िर क्यों नहीं दरवाज़ा खोल देती ?

पर इस पर उसे ज़रा शर्म आई जब उसके बहनोई ने आकर पूछा, "सब कुछ ठीक-ठाक तो है ?" अब उसके सामने कोई चारा नहीं बचा। उसने अपने बालों को ठीक किया और दरवाज़ा खोल दिया। शिष्टाचार के तकाज़े में दुख के लिए कोई स्थान नहीं है।

सबसे पहले नेपाली नौकर ने उसके माथे पर जमी ख़ून की धारा को देखा जहाँ उसने बाल चपटे कर चिपकाए थे। वह सीधा औषधालय गया और वहाँ से पट्टियाँ और एंटीसेप्टिक लोशन ले आया। जब फुलारा ने इस ख़ून का स्रोत तलाशने की

कोशिश की तो उसके पिता का ध्यान उसकी हथेलियों तक गया। उसकी कलाइयाँ पकड़ उन्होंने व्यग्रता से पूछा, ''यह कैसे हुआ?''

भावशून्य रोज़मेरी ने जवाब दिया, ''मुझे नहीं पता। क्या हम लोगों को खाने के लिए नहीं बैठ जाना चाहिए? क्या आप प्रार्थना नहीं करेंगे?''

ग्लोरिया ने अपनी बहन के माथे से ख़ून कोमलता से पोंछा। लाल चक्राकार वृत्त अब जमने लगा था।

रोज़मेरी खाने को राज़ी नहीं थी। वह एक निवाला भी नहीं निगल सकती थी। और इस वज़ह से बाक़ी लोगों की भूख भी मर गई थी सिवाय ग्लोरिया के जो अपने स्वाभाविक अन्दाज़ में खा रही थी।

खाने के बाद हेनरी बोडेन अपने परिवार को चैपल में ले गए जिसका बाहरी कमरा स्वागत कक्ष था। फुलारा उस चमकदार लैम्प को ले आया जिसकी मिट्टी के तेल की गंध मानसून के उन फूलों की गंध से जूझ रही थी जिनसे पूजा की वेदी को सजाया गया था। बोडेन ने काँच की अलमारियों से शमादान निकाले और उनको बारी-बारी एक कतार में ईसा मसीह की मूर्ति के सामने जला दिया। रोज़मेरी घुटनों के बल मूर्ति के सामने बैठ गई और फिर से झटकों के साथ सुबकने लगी। बोडेन ने अपनी ज़ोरदार आवाज़ में बोलना शुरू किया—''प्रभु हमें पता है तुम हमारे साथ हो। अपने दुखों और अपनी पीड़ा को फिर से अनुभव कर रहे हो।'' रोज़मेरी के हाथ प्रार्थना में जुड़े थे और वह रोती जा रही थी। उसकी हथेलियों से ख़ून बहकर मुड़ी आस्तीनों की तरफ़ जा रहा था।

उसके पिता बुदबुदाए, ''यह एक चमत्कार है! प्रभु ने कृपा कर अपने घाव उस पर अंकित कर दिए हैं। निश्चय ही उन्होंने उसे अपनी शरण में ले लिया है।''

ग्लोरिया ने भौंहें चढ़ाकर उनकी तरफ़ देखा आश्चर्य से ज़्यादा सवालिया अन्दाज़ में। फिप्स गम्भीर भाव से देखते रहे।

''घाव अपने आप अचानक अकारण प्रकट नहीं होते,'' उसने कहा, ''हमें किसी डॉक्टर की सलाह लेनी चाहिए। इस वेदना का कोई कारण होना चाहिए, हर चीज़ का कोई कारण होता है।''

हेनरी बोडेन ने दोहराया, ''हम चमत्कार देख रहे हैं। रोज़मेरी का ख़ून प्रभु के लिए बह रहा है। वैसे ही जैसे संत फ्रांसिस असीसी का बहा था, पैत्रे लीनिया के पादरी पिओ का बहा था।''

फिप्स ने कहा, ''मस्तिष्क का प्रभाव शरीर पर पड़ता है।'' फिर बुदबुदाते हुए उसने अपने आप से कहा, ''जिस वेदना के बारे में हम सोचते हैं वह शरीर में प्रकट हो जाती है।''

ख़ून का बहना तीन दिन तक रुका नहीं। न तो घाव भरा न ख़ून के थक्के जमे। उसके बाद रोज़मेरी की हथेलियाँ फिर से चिकनी हो गईं, उसकी रहस्यमय बीमारी

का कोई निशान बाक़ी नहीं रहा। न ही स्मृति या प्रमाण सिवाय एक ख़ून के धब्बे वाले रूमाल के।

हमेशा की तरह यह ख़बर जंगल की आग की तरह सारे शहर में फैल गई, बाज़ारों में और गलियों में। इस चमत्कार की चर्चा सारे अल्मोड़ा में होने लगी। जब जयेश ने इसके बारे में सुना वह डर से पीला पड़ गया। वह उसके हाथों को पहचानता था। उसने उसके अँगूठे से ख़ून चूसा था। उसने अपने को उन बही खातों से जबरन अलग किया जिनके जमा ख़र्च का हिसाब कभी मिलता ही नहीं था, और सीधा कैनन हिल वाले कुष्ठाश्रम की तरफ़ चल पड़ा। हमेशा की तरह फाटक बन्द था और उसके लगातार घंटी बजाने पर भी किसी ने जवाब नहीं दिया। जयेश ने यह तय कर लिया था कि वह रोज़मेरी से मिले बिना लौटेगा नहीं। वह एक बड़ी चट्टान के नीचे बैठकर कुछ घटने की प्रतीक्षा करने लगा।

मिशन के अहाते के भीतर फिप्स एक पारिवारिक बैठक को सम्बोधित कर रहे थे, "मैं कुछ समय से सोच रहा हूँ कि मैं अपने नए रिश्तेदारों की उस कृपा का क्या प्रतिदान करूँ जो उन्होंने मुझ पर की है।"

बोडेन ने धीरे से कहा, "स्नेह का प्रतिदान सिर्फ़ स्नेह हो सकता है।"

फिप्स ने अपना सर अधैर्य से हिलाया और अपनी बात ज़ारी रखी, "मैंने फ़ैसला किया है कि उस धनराशि के अलावा जो मैं इस चिकित्सालय के रख-रखाव के लिए सुलभ करूँगा, मैं और मेरी पत्नी अपनी साध्वी बहन के लिए एक अलग मिशन की व्यवस्था करेंगे जहाँ वह अपनी आस्था के अनुसार जीवन-यापन कर सके। ये काग़ज़ात हैं उस पचास एकड़ जमीन के जहाँ पहाड़ी पर घने वृक्ष हैं और एक बेहद सुन्दर झील है। सात ताल का यह इलाक़ा नैनीताल के नज़दीक है और यह ज़मीन मैं अपनी प्यारी बहन रोज़मेरी को उपहार में दे रहा हूँ ताकि वह अपनी इच्छानुसार इसे प्रभु की सेवा में काम ला सके।"

बाहर जयेश धुंध में घिरे पहाड़ों में सूर्यास्त को देख रहा था। दरवाज़े में बदहवास दस्तक देने के बाद और लगातार घंटा बजाने के बाद भी किसी ने उसके लिए दरवाज़ा नहीं खोला। गहरी आह भर वह अपने जीवनपुर वाले मकान की तरफ़ चल पड़ा। जब वह ऊँची पत्थर की सीढ़ियाँ उतर रहा था, वह शंखों का रोना सुन सकता था और चाँदी की उस घंटी की टिनटिनाहट भी जिसके साथ वह अपनी संध्या-पूजा-पाठ करता था। दरवाज़े पर पहुँचकर वह ज़रा ठिठका क्योंकि उसे गोमूत्र और गंगाजल से अपने को पवित्र करने की ज़रूरत नहीं थी। उसने ऐसा कुछ नहीं किया था जिसने उसे प्रदूषित किया हो। रसोई में उसकी पत्नी उसकी प्रतीक्षा कर रही थी। उसका सफ़ेद शरीर एक झीने सफ़ेद कपड़े की चादर से ढका था। और उसके स्तनों के उभार ने कुछ समय के लिए उसका ध्यान आकर्षित किया पर फिर उसका दिमाग़ दूसरी चीज़ों की तरफ़ चला गया। उसने अनमने भाव से खाना खाया, बिना पसन्द-नापसन्द का इज़हार किए।

पहाड़ में डाक सेवाएँ हरकारों पर निर्भर थीं जो एक गाँव से दूसरे गाँव तक बाँस के एक लम्बे डंडे पर पीतल की घंटियाँ लटकाकर रास्ता नापते थे। वे चिट्ठी रसैन का काम भी करते थे और पत्र लेखक का भी। अकसर वे बुरी ख़बरों के वाहक होते थे। बीमारी और मौत जैसी।

कभी-कभार ही वे ख़ुशख़बरी लाते विवाह की या संतान के जन्म की। जब जयेश शुरू-शुरू में अल्मोड़ा आया था तो बंबई से उसकी मित्रमंडली की चिट्ठियाँ उसे मिलती रहती थीं। ख़त लिखने वाले थे सोली दिनशौ और कभी-कभार रामचन्द्र देसाई। वैद्यराज ने यह देख लिया था कि उनका संवेदनशील भतीजा कितना तुनकमिज़ाज हो जाता है जब डाकिया बंबई की चिट्ठियाँ पहुँचाता है। उन्हें यह डर था कि जिस बुरी संगत के कारण उनके भाई ने उसे शहर से वापस बुला लिया था, कहीं उसी की काली छाया आज भी उस पर न मँडरा रही हो। इसलिए उन्होंने कौमुदी को यह हिदायत दी थी कि भविष्य में सभी ऐसी चिट्ठियों पर सख़्त निगरानी रखी जाए।

"उसके पढ़ने के पहले मेरे लिए उन चिट्ठियों का पढ़ना बहुत ज़रूरी है," उन्होंने ऐलान किया। उनके आदेशानुसार तमाम चिट्ठियों के लिफ़ाफ़े पीतल के भड्डू की भाप निकालकर रोज़ाना खोले और सेंसर किए जाने लगे। वैद्य जी ख़ुफ़िया तरीक़े से उनका परीक्षण करते पर उनकी समझ में ज़्यादा नहीं आता। उनका अंग्रेज़ी का ज्ञान बहुत सीमित था और उनके भतीजे के बंबई वाले दोस्तों का सुलेख उनके पल्ले नहीं पड़ता।

उन्होंने अपनी पत्नी को हिदायत दी, "जाओ यह चिट्ठियाँ जयेश को दे आओ। इस बात का ध्यान रहे कि लिफ़ाफ़ों के दोबारा चिपकाते वक़्त बहुत ज़्यादा गोंद न लग जाए।"

कौमुदी ने वैसा ही किया जैसा उसे बतलाया गया था। पर चावल की लेई से घर पर बना गोंद लिफ़ाफ़े के पीछे बहकर फैल गया। सो उसने लिफ़ाफ़े को कुछ मिनट के लिए बाहर बारिश में छोड़ दिया और इसका दोष डाकिए के सर मढ़ दिया।

कुछ दिन बाद चिट्ठियों का एक और पुलिंदा आ पहुँचा। इनमें से एक के ऊपर लिखा था—आवश्यक, अत्यन्त आवश्यक। कौमुदी ने उन्हें रसोई की अलमारी में एक कोने में रख दिया यह सोचकर कि वह उन्हें अपने पति को सौंप देगी। फिर वह उनको भूल गई।

जब जयेश की नववधू जीवनपुर वाले घर में पहुँची तो उसे इस परिवार के काम करने के जटिल तौर-तरीक़ों में दीक्षित किया गया। "तुम्हें शुरू में खाना पकाने की कोई ज़रूरत नहीं। इस काम के लिए हम बहुत सारे लोग हैं। मगर तुम घर की साफ़-सफ़ाई का काम शुरू कर सकती हो। यह निकम्मा घनुवा बहुत आलसी हो गया है। उसे चुस्त बनाने की ज़रूरत है। मैं आशा करती हूँ कि कल तक रसोई बिलकुल साफ़ हो जाएगी।"

देवकी ने पूरी कर्तव्यनिष्ठा से वैसा ही किया जैसा उसे बताया गया था। रसोई

की अलमारी में उसने एक पीतल के बड़े से लोटे के नीचे चिट्ठियों का पुलिंदा देखा। उसकी माँ ने उसे हिन्दी और अंग्रेज़ी पढ़ना सिखा दिया था और उसने नज़र डालते ही लिफ़ाफ़े पर लिखा पढ़ लिया—श्रीमान जयेश चन्द्र पंत। वह चिट्ठियों को उठाकर अपने शयनकक्ष में ले गई और उसे पति के सिरहाने तकिए के नीचे रख दिया। फिर वह परिवार की रसोई को साफ़ और पूर्णतया शुद्ध बनाने के अभियान में जुट गई।

देवकी अपने पति जयेश से आतंकित थी। वह जो कुछ भी करती उसे ख़ुश करने के लिए काफ़ी न था। तब भी वह दूरी बनाने के अलावा उसके प्रति निर्मम नहीं था। वह उसे कभी डाँटता-फटकारता नहीं था और न ही उसकी किसी हरकत से नाराज़ होता था। वे दोनों तुन की खाट के अपने-अपने अलग कोनों में सोते जिस पर चित्र-विचित्र शंखों और सीपों की नक़्क़ाशी थी। एक बार उसने उसकी बरौनियों पर हाथ फेरा था और उसकी कलाई पकड़ी थी। इससे ज़्यादा कुछ नहीं। उसकी गोरी चमड़ी और पीले बाल उसे रोज़मेरी की याद दिलाते थे। काश...कड़वाहट से भरकर सोचता।

सुबह वह जल्दी अपने कोने से उठकर दबे पाँव बाहर निकल जाती ताकि उसे विघ्न न पड़े। रसोई में वह कटी लकड़ियों का ढेर बनाती और कोयले रख चूल्हा सुलगाती। फुकनी से उन्हें तब तक धौंकती जब तक नमी सूख न जाती और आग न जल पड़ती। फिर वह चमकती हुई पीतल की केतली चूल्हे पर रखती, उसे कनस्तर के पानी से भरती। पानी को उबलने में घंटों लग जाते और इस बात का ध्यान रखना ज़रूरी था, जैसा कि उसकी मौसेरी सास कौमुदी ने उसे सतर्क किया था, सवेरे के बहुमूल्य समय को बर्बाद नहीं किया जा सकता।

बाहर से शान्त और सहमी दिखने वाली देवकी ने अपनी सोचने-समझने की क्षमता विकसित कर ली थी। वह यह फ़ैसला कर चुकी थी कि दिन में खुली आँखों से सपने देखना समय बर्बाद करना नहीं होता। भोर का यह समय उसके लिए बहुमूल्य था जिसका वह भरपूर आनन्द लेती थी। नम लकड़ी के धुएँ की गंध, केतली में खौलते पानी की दोस्ताना आवाज़, पहाड़ी चिड़ियाओं का गाना, मोनाल की पुकार देवकी के दिमाग़ में जुड़ी थी खुलेपन और आनन्द से। वह जानती थी कि कुछ ही देर में शान्ति भंग हो जाएगी। पूजा के कमरे से आने वाली वैद्य जी की घंटी और गायत्री मंत्र के उच्चारण से। यही वह संकेत होता था—केतली में चाय की पत्तियाँ डालने के लिए और उसमें दूसरा उबाल लाने के लिए।

कुमाऊँ की पहाड़ियों में अंग्रेज़ी चाय की पत्तियों के आयात ने एक नई लत डाल दी थी। तुलसी की पत्तियों और जड़ी-बूटियों से बनाए जाने वाला स्थानीय पेय का चलन कम हो रहा था। कलकत्ता से चीन तक पहुँचाने वाला समुद्री मार्ग अफ़ीम के व्यापार और समुद्री डाकुओं के कारण ख़तरनाक बन गया था। इसीलिए कुछ उद्यमी

अंग्रेजियों ने कुमाऊँ की पहाड़ियों में चीन से लाए पौधों की मदद से चाय बागान लगा दिए थे। जीवन चन्द्र को भी यह बुरी आदत पड़ गई थी। उनकी सुबह अब झागदार दूधिया चाय के बड़े से गिलास के बिना शुरू ही नहीं होती थी। सवेरे के काम का एक हिस्सा देवकी के लिए यह भी था।

उन्होंने उसकी तरफ़ ग़ौर और कुतूहल से देखा। उसकी त्वचा का रंग चिन्ताजनक रूप से पीला था पर उसका चलना, उठना, बैठना चुस्त और आत्मविश्वास से भरा था हालाँकि उसका सर विनयशील मुद्रा में घूँघट से ढका था।

जीवन चन्द्र ने पूछा, ''मेरी बच्ची तुम ख़ुश तो हो?'' वह ख़ुश दिख रही थी व्यस्त भी जब उसने उनके पढ़ने वाले कमरे की टाँच-पाँच की थी।

''जी हाँ,'' उसने आज्ञाकारी भाव से जवाब दिया और फिर जल्दी से रसोई की तरफ़ लौट गई। उसने केतली में अपने पति के लिए बनाई जाने वाली ख़ास चाय के लिए लौंग और इलायची डाली। जब पहली बार उसने ऐसा किया था तब पहली बार उसके पति ने मुस्कुराकर सराहने वाले अन्दाज़ में सर हिलाया था। इस प्रतिक्रिया ने उसे आश्वस्त किया था और उसने इस याद को सँजोकर रखा था। इस घड़ी उसने इलायची को आशाभरी मुस्कान के साथ ज़रा ज़ोर से पीसा और सिर हिलाया।

जब वह चाय लेकर कमरे में पहुँची तब जयेश चिट्ठियाँ पढ़ रहा था। वह सदमे में नज़र आ रहा था और उसका चेहरा ग़ुस्से या चोट से काला पड़ गया था।

''ये चिट्ठियाँ एक साल पुरानी हैं,'' उसने आरोप लगाने वाले अन्दाज़ में कहा, ''अब तक कहाँ थीं?''

उनकी शादी को अभी एक ही महीना हुआ था। ''मुझे ये कल मिलीं,'' उसने जवाब देने का साहस दिखाया, ''पीटर के बर्तनों के साथ।''

वह चुप रहा मगर उसकी आँखें झुलस रही थीं। देवकी ने झिझकते हुए पूछा, ''क्या कोई बुरी ख़बर है?'' पर उसके पति ने यह नहीं दर्शाया कि उसने कुछ सुना है। देवकी ने चाय खिड़की की सिल पर रख दी और उसे पीतल की कटोरी से ढक दिया ताकि वह गर्म रहे। फिर वह बिना कोई आवाज़ किए रसोई को लौट गई।

पहला पत्र रामचन्द्र देसाई का था। उसने जयेश को यह सूचना दी थी कि उन दोनों का दोस्त हनी फणनवीस एक कपड़ा मिल में काम सीखने के लिए मैनचेस्टर के लिए रवाना हो गया है। ख़ुद देसाई बड़ौदा के लिए रवाना होने वाला था जहाँ एक भवन निर्माण कंपनी में एक ओवरसियर की जगह ख़ाली थी।

दूसरी चिट्ठी उसके पारसी दोस्त सोली दिनशौ की थी—

> मेरे जिगरी दोस्त केमछो? बंबई तुम्हारी ज़िन्दादिली, खुलेपन और साफ़गोई को बहुत याद करता है। आख़िर बर्फ़ से ढके पहाड़ों में क्या है जो अरब सागर के पास

नहीं ? मुझे बताया गया है कि पहाड़ी औरतें बहुत सुन्दर होती हैं। क्या यही चीज़ है जो तुम्हें हमसे दूर रख रही है ?

अब जब प्लेग का ख़तरा टल गया है और बंबई की ज़िन्दगी फिर से पहले की तरह ख़ुशगवार हो रही है, तुम्हें यहाँ लौट नहीं आना चाहिए ताकि हम सब लोग एक साथ बैठकर खा-बतिया सकें पुराने दिनों की यादें ताज़ा करते हुए ? मेरी अरज़ है कि तुम अपने दोस्तों को इस तरह बेगाना न छोड़ो।

जयेश ने एक हताश आह भरी। शुरू का उसका ग़ुस्सा अब आत्मदया में बदल रहा था। उसके सारे मित्र और परिचित अपनी इच्छानुसार ज़िन्दगियाँ जीने को आज़ाद थे, वही अभिशप्त था इस अँधेरे ठंडे घर में रहने के लिए, उस स्त्री से दूर जिसे वह प्यार करता था।

तीसरी चिट्ठी को तो वह भूल ही गया था जिसके लिफ़ाफ़े पर लिखा था—आवश्यक अति आवश्यक। ज़रा थकावट के साथ उसने नज़र डाली, किसने इसे लिखा होगा।

यह चिट्ठी एक तुकबन्दी से शुरू हुई थी—समय है वह आग जो हमें सिखाती है सबक। समय है वह आग जो हमें जलाकर करती है ख़ाक। पहेली बुझाने वाले सन्देश के बाद एक लम्बा आदेश था :

नारियल बड़े महान यात्री होते हैं। यही हाल शुभकामनाओं का है और दैवी आशीर्वादों का। बदक़िस्मती यह है कि अभिशाप और बुरी नज़र उन लोगों का पीछा करते हैं जो अपने सौभाग्य को पहचान नहीं सकते और समय रहते उनका लाभ नहीं उठा पाते।

अगर तुम इस चिट्ठी को एक हफ़्ते के भीतर अपने सबसे अच्छे पाँच दोस्तों को भेज दोगे तो तुमको सौभाग्य प्राप्त होगा। अगर यदि तुमने ऐसा नहीं किया तो दुर्भाग्य और हताशा भी पिंड नहीं छोड़ेंगे। उन लोगों का साथ छूट जाएगा जिन्हें तुम प्यार करते हो, जिनका आदर करते हो, और ख़ुशियाँ सिर्फ़ यादें रह जाएँगी जो भुतैली छाया की तरह जीवन भर तुम्हारा पीछा करेंगी।

इसके बाद बहुत सारे ऐसे उदाहरण थे। कैसे 'क' नाम के व्यक्ति ने जो ख़ुद को तार्किक समझता था इस चिट्ठी को फाड़कर फेंक दिया। एक हफ़्ते बाद 'ख' ने आलस की वजह से यह काम नहीं किया तो उसकी पदोन्नति रद्द कर दी गई और पन्द्रह दिन बाद ही उसे नौकरी से निकाल दिया गया। और भी बहुत सारे उदाहरण थे। लिफ़ाफ़े पर बंबई के किसी डाकखाने की मुहर लगी थी और दस्तख़त की जगह था गुमनाम। तारीख़ एक साल पहले की थी।

जयेश की निराशा, आलस और हताशा कोई उद्गार या निकास तलाश रहे थे। जयेश ने लाचार ग़ुस्से में चीत्कार किया। उसका चिल्लाना देवकी ने सुन लिया और वह कमरे में दौड़ी चली आई।

''यह चिट्ठी मेरे सिरहाने किसने रखी?''

''मैंने रखी,'' देवकी ने जवाब दिया।

''और यह चिट्ठी तुम्हें कहाँ मिली?'' जयेश ने पूछा।

''उस अलमारी में जहाँ पीतल के बर्तन रखे रहते हैं,'' देवकी ने जवाब दिया बिना इस बात की लेशमात्र झलक दिए कि उसने कोई ग़लती की है। वह एक सनकी माँ के साथ रही थी और उसकी पल-पल बदलती मनोदशा से वह परिचित थी। वह जानती थी कि ऐसे मौक़ों पर तर्कसंगत शान्ति ही सबसे बड़ा कवच होती है।

जयेश ने ख़ुद को और भी लाचार और शिकंजे में जकड़ा हुआ महसूस किया। उसके सारे दोस्त अपनी इच्छानुसार ज़िन्दगी बिता रहे थे। वही एक अकेला था जो अपने पिता और चाचा के हाथों में कठपुतली था। इसमें देवकी की कोई ग़लती नहीं थी। उसने बहुत कोशिश से अपने को सँभाला और चेहरे पर एक फीकी सी मुस्कान लाने में कामयाब हुआ। ''कोई फ़र्क़ नहीं पड़ता,'' उसने कहा, ''वाक़ई कोई फ़र्क़ नहीं पड़ता।''

मगर फ़र्क़ पड़ता था। वरदान और शाप वाली चिट्ठी बंबई में बिताए दिनों की यादें, रोज़मेरी से मिलने की इच्छा सबका संगम उसे पीड़ित-उद्वेलित करने लगा। ज़िन्दगी में इंसाफ़ नहीं था वह विषाद भरी थी। भविष्य में कुछ भी ऐसा नहीं था जिससे सुख-सन्तोष की आशा की जा सके। सिवाय इसके कि बदहज़मी से परेशान लोगों को ज़्यादा से ज़्यादा मात्रा में आनन्द अनारदाना गोलियाँ बेची जा सकें। ज़िन्दगी में इसके अलावा और कुछ नहीं रखा था।

इस बीच निगरानी के अभाव में नैनीताल का कारोबार घाटा खाने लगा था इसलिए यह तय किया गया कि जयेश और देवकी को वापस नैनीताल बड़े बाज़ार वाले घर में भेज दिया जाए। जयेश को यह सुनकर ख़ुशी और अवसाद एक साथ हुए। उसके मन के किसी कोने में रोज़मेरी से मिलने की आशा बची थी और अल्मोड़ा से बाहर जाना उससे बिछुड़ना था। देवकी उत्साहित थी। उसने नैनीताल कभी देखा नहीं था सिर्फ़ सुना भर था कि वह अल्मोड़ा से कहीं अधिक चहल-पहल वाला फ़ैशनेबल क़स्बा है। वहाँ वह अपने ख़ूबसूरत पति के साथ अकेली रह सकती थी और अपनी इच्छानुसार अपनी घर-गृहस्थी चला सकती थी।

जयेश ने शाप और वरदान वाली चिट्ठी को बार-बार पढ़ा :

*तुम उन लोगों से बिछड़ोगे जिन्हें तुम प्यार करते हो या जिनका आदर-सम्मान करते हो। ख़ुशियों की सिर्फ़ यादें शेष रहेंगी और उनकी भुतैली छाया जीवन भर तुम्हारा पीछा करेंगी।*

'क्या बहुत देर हो चुकी है अगर मैं सालभर बाद चिट्ठियों की इस कड़ी को जारी रखने की कोशिश करूँ? क्या मेरे नसीब में दुख ही लिखा है?' मगर वह एक

तर्कसंगत मनुष्य था। ऐसे अन्धविश्वासों में समय बर्बाद नहीं कर सकता था। उसकी कोई आस्था अपने पुरखों के कर्मकांड और ऊट-पटाँग रीति-रिवाज़ में नहीं थी जिनके अनुसार उनके पिता और चाचा अपनी ज़िन्दगियाँ बिताते थे।

उच्च-कुलीन कुमाऊँनी ब्राह्मण कट्टरपंथी में आकंठ डूबे रहते थे। उनका जीवन शुद्धि और प्रदूषण की कसौटियों, शुभ और अशुभ के विचार वाले धार्मिक प्रतिबन्धों के चक्र में चलता था। इस चिट्ठी का इस सबसे कुछ लेना-देना नहीं पर उसने जयेश के मन में बग़ावत का भाव जगा दिया। वह उनके नियमों को तोड़ने के लिए व्याकुल हो गया।

उसने चिट्ठी को फाड़कर टुकड़े-टुकड़े कर दिए और मन में कुछ ठान लिया। वह बंबई लौटेगा और देखेगा वह क्या कुछ छोड़ आया था। जयेश अपने चाचा से बात करने गया जो उस समय तश्तरी के दूध में जलेबी को भिगोकर खा रहे थे। वैद्य जी के हाथ चिपचिपे थे और उनके होंठों पर दूध का झाग था। "मैंने बंबई लौटने का फ़ैसला कर लिया है," जयेश ने उनसे कहा, "हिन्दुस्तान में बहुत कुछ हो रहा है। मैं यहाँ अल्मोड़े में बैठा-बैठा इस सबसे बेख़बर नहीं रह सकता कि दुनिया-जहान में क्या हो रहा है। मैं वहाँ रहकर आनन्द अनारदाने के लिए दुकान ढूँढूँगा और विक्रेता भी। मैं यह भी पता करूँगा कि वहाँ से कौन सा सामान हम यहाँ पहाड़ों में ला सकते हैं। वहाँ मेरे एक दोस्त की बीड़ी की फ़ैक्टरी है। उसमें एक बढ़िया क़िस्म के तंबाकू के पत्ते से चुरुट बनते हैं।"

उसके चाचा जीवन काका का मुँह अचम्भे से खुला रह गया। उन्होंने किताबों की ढेरी के पीछे छुपाकर रखी तश्तरी से एक और जलेबी निकालकर मुँह में डाल दी।

"मैं अगले हफ़्ते निकल पड़ूँगा देवकी के साथ नैनीताल। जब मैं लौटूँगा तो मेरा विचार इस यात्रा में पिताजी के पास देवगढ़ जाने का भी है।"

फिर उसने अपनी चाची कौमुदी को और अन्त में देवकी को अपने फ़ैसले के बारे में बताया ताकि बहस या आलोचना की कोई गुंजाइश ही न रहे।

वैद्य जी ने अपनी पत्नी से कहा, "जब मैं जवान था, तक़रीबन जयेश की उम्र का ही, मैं अपने पिता के सामने हाज़िर होता था, तो मैं डर से काँपता रहता था। मेरे मुँह से बोल ही नहीं फूटते थे। यदि मेरे पिता मुझसे कुछ सवाल पूछते तो मैं बुरी तरह डरा हुआ सिर्फ़ उनकी तरफ़ देखता रहता कुछ जवाब ही नहीं देता। मुझे ऐसा लगता, मैं किसी शेर के सामने खड़ा हूँ। ज़रा देखो यह जयेश मुझसे कैसे बात कर रहा है।"

"आजकल के बच्चों से बात न करना ही बेहतर है। वे अपने बुज़ुर्गों का आदर करना जानते ही नहीं। फिर जब किसी बच्चे की पढ़ाई अंग्रेज़ी स्कूल में हो जाए तब तो वह और भी बदतमीज़ बन जाता है। फिर अगर उसने कोई इम्तिहान पास कर लिया हो या वह लखनऊ या बंबई जैसे किसी बड़े शहर में रह लिया हो तब उसका दिमाग़ और भी चढ़ जाता है। वह अपने से बड़ा किसी को नहीं समझता। यह सब

समय का दोष है। घोर कलयुग आ गया है।''

''शिव-शिव। नारायण-नारायण,'' कौमुदी ने अपने पति को सांत्वना देते हुए कहा, ''अगर हम ही अपने बच्चों को रोकेंगे-टोकेंगे नहीं, डाँटेंगे नहीं तो कौन उन्हें सही राह दिखाएगा? वे बेमतलब भटकते रहेंगे।'' उसने हाथ बढ़ाकर वैद्य जी का हाथ थाम लिया। ऐसा उसने पहले कभी नहीं किया था। वह बोलती रही, ''चलो जयेश ने जो भी किया, हमारा मुक्तेश तो बाग़ी नहीं बना। वह तो पैदा हुए बछड़े जैसा है। सब भगवान की कृपा है, शिव-शिव!''

उस रात जयेश पत्थर की सीढ़ियों पर बैठा अनगिनत झिलमिलाते तारों से भरे आकाश को ताकता रहा—चमकदार शुक्र तारा और लाल आग सरीखा मंगल। दूर बर्फ़ीली पहाड़ी की धुँधली सी छाया एक पर्दे का आभास दे रही थी जैसे मनुष्य के मंसूबों पर हँस रही हो। तभी उसने एक लम्बी चीख़ सुनी किसी चिड़िया की या जानवर की और फिर वातावरण निस्तब्ध हो गया। यह आवाज़ काँपते पत्तों के बीच चुप्पी में भी गूँजती महसूस हो रही थी। बाँज और देवदारों की पत्तियाँ हिल रही थीं, 'चुर-चुर-चुर' की ध्वनि रोंगटे खड़े करने वाली थी।

क्या यह कोई चुड़ैल थी? चुड़ैलों के पैर पीछे की तरफ़ मुड़े होते हैं और ये मनुष्यों को सर्वनाश की ओर ले जाने के लिए उनका ख़ून सुखाने में माहिर समझी जाती हैं ताकि उनके सपने नष्ट हो जाएँ। वह भागकर भीतर पूजा वाले कमरे में चला गया और उसने वे सारी प्रार्थनाएँ और मंत्र दोहरा दिए जो उसे याद थे ताकि उसका डर और असमंजस दूर हो सके।

देवकी ने भी उस चिड़िया की आवाज़ सुनी थी और उसका ख़ून भी डर से जम गया था। फिर उसने साहस जुटा अपने को सुस्थिर किया, सोने वाले कमरे की खिड़की खोली और बाहर नज़र आ रहे बाल्टी भर तारों को आसमान में टिमटिमाते देखा। कोई उल्लू एक बार बोला, फिर उसने उसी डरावनी आवाज़ को बाँज और देवदार के पेड़ों को चीरकर आते सुना, 'चुर-चुर-चुर'।

देवकी ने ठंडी हवा की गहरी साँस ली और खिड़की के बाहर थूक दिया। तारों पर और धरती पर। फिर वह बुदबुदाई, 'जो अनिष्ट करना हो कर लो। मैं तुमसे डरती नहीं और न कभी डरूँगी।' उसने सोचा, काश! वह इन शब्दों को ज़ोर से कह सकती।

अध्याय–9

# गेट वे ऑफ़ इंडिया

जयेश अपने चहेते शहर बंबई जाने के लिए बरेली वाली रेलगाड़ी में बैठा था। उसके साथ एक सूटकेस में विलायती मिज़ाज की कुछ मुड़ी–तुड़ी पोशाकें थीं जो बंबई के गरम मौसम के माफ़िक़ थीं। इसके अलावा उसके पास नोटों और रेज़गारी में तीन सौ रुपए की रक़म थी। हाँ, उसके हाथ में एक माणिक की अँगूठी भी थी जिसे बेचकर वह अपनी और लम्बी यात्रा का बन्दोबस्त कर सकता था।

रोहिलखंड कुमाऊँ रेलवे लाइन 1884 में बिछाई गई थी। शेरशाह सूरी ने ग्रैंड ट्रंक रोड का निर्माण किया था और अंग्रेज़ अपने साथ लाए थे सटपट दौड़ने वाला लोहे का घोड़ा यानी भाप का इंजन। इसने उपमहाद्वीप के आकार को घटाकर मूल का 20 वाँ हिस्सा बना दिया था। जयेश अपनी लम्बी रेलयात्रा के बारे में सोच रहा था बड़ी उमंग के साथ। उसने फ़िज़ूलख़र्ची करते हुए काठगोदाम स्टेशन पर पैसे की परवाह न करते हुए फ़र्स्ट क्लास का टिकट ख़रीदा था। लेकिन रेल के डब्बे में सामान पहुँचाने वाले कुली ने ज़रा आशंका के साथ उसका यह काम किया था। कुछ ही देर बाद एक घमंडी लगने वाले गोरे साहब डब्बे में दाख़िल हो गए। उन्होंने ज़रा अचरज से एक भौंह उठाई जब उन्होंने जयेश को वहाँ बैठा देखा, पर कहा कुछ नहीं। सौभाग्यवश जयेश ध्यानमग्न था और वह अपने दुर्भाग्य के बारे में विचारता अंग्रेज़ साहब के आने या उनके चेहरे पर से ज़ाहिर होने वाली नापसन्दगी को महसूस नहीं कर सका था।

भाप के इंजन ने छुक–छुक कर किसी जीवित प्राणी की तरह फुफकारना शुरू कर दिया। बीच–बीच में वह किसी स्टेशन पर रुकता और एक झोंके के साथ नई आवाज़ें रेल के डब्बे में घुस आतीं और कुछ देर के लिए गूँजतीं।

नौजवानों में स्वाभाविक अपने में ही मगन रहने वाले अन्दाज़ में जयेश अपने

आस-पास के माहौल से बेख़बर सीधे सामने ऐसे घूरता रहा जैसे वह पत्थर की मूरत हो। एक और अंग्रेज़ डब्बे में दाख़िल हुआ। वह विशालकाय चपटी नाक और मुरझाए मुख वाला था। ''बहुत मज़े में घूर सकते हो तुम है न?'' उसने दिल्लगी वाले अन्दाज़ में ख़ुद को जयेश की घूरती आँखों के दायरे से बाहर रखते हुए पूछा। फिर बोला, ''पहले तो इस डब्बे में हिन्दुस्तानी और ऊपर से घूरने में माहिर, अब इसके साथ क्या सलूक किया जाए?''

जयेश को यह बात चुभ गई। उसने फ़ौरन जवाब दिया ज़रा कड़वाहट से भरा। ''हिन्दुस्तानी भी इनसान ही होते हैं। भले ही आप जैसे ऊँची नस्ल के साहब लोगों को शायद यह देखने का मौक़ा न मिला हो, मैंने अपना टिकट ख़रीदा है जिसके पैसे मैंने दिए हैं, वैसे ही जैसे मैं आशा करता हूँ आपने किया होगा। मैं बंबई के सफ़र में हूँ। अगर आपको मेरी सोहबत से आपत्ति है तो मैं बड़ी ख़ुशी से अगले स्टेशन से दूसरे दर्जे के डब्बे में चला जाऊँगा।'' इतना कहकर उसने सख़्त आलोचना भरी निगाह से गोरे की तरफ़ देखा जिसने उसे ठहाका लगाकर अचरज में डाल दिया।

गोरे ने कहा, ''मैं दाद देता हूँ तुम्हारे हौसले को। यों मुझे बोलने वाले लोग पसन्द नहीं। मैं एडिनबरा में आँखों का डॉक्टर हूँ और तुम्हारी आँखों को देखकर मैं यह कह सकता हूँ कि तुम एक सराहनीय नौजवान हो, जो शायद इस वक़्त प्यार के बंधन में जकड़ा है। वह भी किसी ग़लत स्त्री के प्यार में। मुझे यह न बताना कि मैं ग़लत कह रहा हूँ क्योंकि इससे यही बात साबित होगी कि मैं ग़लत नहीं।

जयेश किंकर्तव्यविमूढ़ हो गया, चकरा गया। इससे पहले कभी किसी ने उससे इस तरह बात नहीं की थी और यह सच था कि आँख का डॉक्टर सोलह आना सही था। वह प्रेम में था, वह भी ग़लत स्त्री के संग। ''मैं तुम्हें कुछ और बताना चाहता हूँ,'' गोरे आदमी का बोलना जारी रहा, ''और इस बात को तुम लम्बे समय तक याद रखोगे जबकि तुम इस बात को भूल चुके होगे कि तुम मुझसे कब और कहाँ मिले थे। ध्यान से सुनो, बात सौ टके की है। जो बात तुम्हें याद रखनी चाहिए वह यह है कि घूरना आँखों के लिए बुरा है। तुम एकटक देखते हो तो आँखों पर ज़ोर पड़ता है। तुम्हें लगातार पलक झपकानी चाहिए। जानबूझकर पलक झपकाना आँखों के लिए अच्छा होता है, घूरना नुकसानदेह।''

जयेश ने बहुत कोशिश कर उन गरम आँसुओं को रोकने की कोशिश की जो उसकी आँखों में छलक आए थे। अहंकार का जो कवच उसकी रक्षा कर रहा था वह ग़ायब हो गया था। वह थका, अकेला और हताश महसूस कर रहा था। उसने विनम्रता से कहा, ''आपकी सलाह के लिए बहुत-बहुत शुक्रिया। अगर आप चाहते हैं तो मैं अगले स्टेशन में दूसरे दर्जे के डब्बे में चला जाऊँगा।'' आँख के डॉक्टर ने जवाब दिया, ''पीछे मत हटो! वहीं बैठे रहो। पर मेरी सलाह याद रखना, पलक झपकाना आँखों के लिए अच्छा है और घूरना नुकसानदेह।''

जब काठगोदाम से आने वाली छोटी लाइन की पटरी बरेली की सरहद में भोजीपुरा जंक्शन में पहुँची तब जयेश बड़ी लाइन पर चलने वाली रेलगाड़ी में बैठकर दिल्ली पहुँच गया। वहाँ से उसने अपनी यात्रा के अगले मुक़ाम का टिकट ख़रीदा। इस बार उसने एहतियात बरती और ड्योढ़े दर्जे का टिकट ख़रीदा। अंग्रेज़ चीज़ों को गड़बड़ाने में माहिर थे और उन्होंने पुराने दूसरे दर्जे को नाम बदलकर ड्योढ़ा दर्जा बना दिया था। चौथा दर्जा एक सीढ़ी चढ़कर तीसरा बन गया था और तीसरा दर्जा दूसरा।

उसने अपने को सांत्वना दी कि इन फ़िरंगियों से उलझने का कोई फ़ायदा नहीं। बेहतरी इसी में है कि मैं उसी दर्जे में सफ़र करूँ जिसकी मेरी औक़ात है।

जयेश को आने वाली फ्रंटियर मेल के लिए घंटों इन्तज़ार करना पड़ा। वेटिंग रूम की अलमारी में लगी किताबों ने उसका ध्यान खींचा। उस पर लिखी इबारत यह बतला रही थी कि उसे ए. एच. व्हीलर एंड कंपनी रेलवे बुक्स स्टोर ने रखा था जिसकी स्थापना एमिल मूरो नामक एक फ्रांसीसी ने की थी। कंपनी का मुख्यालय इलाहाबाद में था और वह भारतीय रेल का निशान लगा किताबें छापती थी। जयेश ने रडियार्ड किपलिंग की 'प्लेन टेल्स फ्रॉम दि हिल्स' उठाई। उसने इससे पहले इस लेखक का नाम पहले कभी नहीं सुना था। पर इस घड़ी जब वह पहाड़ छोड़ रहा था पुस्तक का शीर्षक उसे बहुत मौज़ूँ लग रहा था।

जयेश ने बंबई तक की कठिन यात्रा बिना किसी दुर्घटना के पूरी की। नवनिर्मित विक्टोरिया टर्मिनस की इमारत बहुत भव्य थी। उसकी सजावट गुंबदों-बुर्जों और गोथिक मेहराबों से की गई थी। उसका आकार बोरीबन्दर वाले पुराने रेलवे स्टेशन से बहुत बड़ा था। उसने वह स्टेशन देखा था। नए स्टेशन के आकार और उसकी शानो-शौकत ने उसे बहुत प्रभावित किया। उसे बतलाया गया था कि इसे सेंट पांक्रास के स्टेशन की नक़ल पर बनवाया गया है। जयेश ने अपने चारों तरफ़ की भीड़-भाड़ पर ग़ौर करते हुए सोचा, तो ऐसा है लंदन।

लाल कमीज़ पहने कुली अपने सरों पर ट्रंक, सूटकेस, बिस्तरबन्द सँभाले हाथों में टिफ़िन कैरियर थामे बौखलाए जानवरों की तरह इधर-उधर भाग-दौड़ कर रहे थे। आने-जाने वाले यात्रियों की भीड़ में रास्ता बनाते वे झगड़ रहे थे और गालियाँ दे रहे थे। तभी जयेश को रोज़मेरी जैसी एक औरत दिखाई दी जिसकी आँखें नीली थीं और बाल घुँघराले। वह अपने कुली को भूल गया और एकटक उस स्त्री को घूरने लगा। फिर उसने अपने आप से कहा, मुझे पलक झपकानी चाहिए। इससे पहले कि वह और कुछ समझ-बूझ पाता वह स्त्री अदृश्य हो गई, और उसका सामान लादे हुए कुली भी। आख़िरकार भीड़ में धक्के-मुक्के के बाद रास्ता बनाते उसने अपना सामान खोज निकाला। कुली ने नाराज़गी के साथ उससे दुगना भाड़ा माँगा क्योंकि उसकी वजह से काफ़ी देर हो चुकी थी। चार आना काफ़ी बड़ी रक़म थी पर जयेश ने बहस नहीं की और कुली को मुँहमाँगे पैसे दे दिए। यह शहर अब उसे अपरिचित

लग रहा था। पहाड़ में गुज़ारे बरसों ने उसे एक बार फिर यहाँ अजनबी बना दिया था। तेल चुपड़े बालों वाला एक चुस्त सा आदमी उसकी बग़ल में आ खड़ा हुआ और यह ज़िद करने लगा कि वह उसे बंबई में सबसे सस्ते और साफ़-सुथरे गेस्ट हाउस में कमरा दिला देगा।

उस आदमी ने समझाया, ''बहुत पुरानी बात नहीं जब मैं भी इस शहर में एक अजनबी की तरह आया था। आज मैं सोचता हूँ कि यह मेरा धर्म है और कर्तव्य कि मैं उन सभी लोगों को जो यहाँ नए-नए पहुँचते हैं, राह दिखाऊँ। यह काम मैं परोपकार के लिए करता हूँ, पुण्य कमाने के लिए।'' जयेश गेस्ट हाउस के दलाल के साथ चल पड़ा। रास्ते में धोती और सफ़ेद पगड़ी पहने नंगे पैर चलने वालों का हुजूम था तो सड़क पर चलने वाले वाहनों में बैलगाड़ियाँ, साइकिलें, विक्टोरिया बग्घियाँ और झाड़ू बुहारने वाली गाड़ियाँ थीं। गेस्ट हाउस बिलकुल वैसा नहीं था जैसा वह अपने लिए चुनता। वह अपोलो बन्दर के पास एक पीछे वाली गली में था जहाँ फुटपाथ पर सब्ज़ी मंडी का नज़ारा दिखलाई देता था, और वहाँ से गेस्ट हाउस का नज़ारा दिखलाई देता था। गेस्ट हाउस का मालिक दियू से यहाँ पहुँचा फलों का एक व्यापारी था। कमरे साफ़ थे और सादे पर वहाँ सूखी मछली और उमस की एक ऐसी गंध रची-बसी थी जो जयेश के दिमाग़ में बंबई के साथ जुड़ी थी। कमरे का भाड़ा एक रुपया प्रतिदिन था और एक वक़्त के खाने के चार आने इसके अतिरिक्त लगते थे। इसे सस्ता क़तई नहीं कहा जा सकता था।

जयेश बहुत थका था, उसका मन बहस करने का नहीं था और न ही वह कोई दूसरी जगह तलाश करना चाहता था। वह अपना सामान ख़ुद उठाकर ले आया हालाँकि दलाल ने उसका बिस्तरबन्द ऊपर लाने की पेशकश की थी। ऊनी कंबल इस जगह अटपटा लग रहा था और आनन्द अनारदाने की शीशियाँ टीन के ट्रंक में खड़बड़ा रही थीं। उसने सोचा एक बार वह सुस्थिर हो जाए फिर कारोबार के बारे में सोचेगा।

शाम ढल चुकी थी। थकान से भरा वह लेट गया और बिना खाए ही उसे नींद आ गई। सपनों में बंबई की गलियों की आवाज़ों का शोर-शराबा डरावना बन गया। रात में उसे पता ही नहीं चला कि कब उसकी नींद एक असमंजस से भरा सपना देखते खुल गई। उसने पाया कि एक स्त्री उसे खींचकर ख़ुद से चिपका रही है। बड़े से खुले दरवाज़े से बाहर नज़र आ रहे ऊपर आसमान में चाँद चमक रहा था और बालकनी से पिछवाड़े की गली नीचे नज़र आती थी। चाँदनी की छाया में उसने उस स्त्री का चेहरा देखा। वह स्त्री नहीं थी बल्कि एक लड़की थी, वेश्या जैसी दिखने वाली नौकरानी लड़की जिसके चेहरे पर डर और कामना एक साथ झलक रहे थे।

लड़की ने कहा, ''मैंने सोचा तुम्हें भूख लगी होगी। क्या मैं तुम्हारे लिए खाना ले आऊँ?'' जयेश को बड़े संकोच के साथ इस बात का एहसास हुआ कि उसकी

टाँगों के बीच उसका पौरुष जाग चुका था। जयेश अब तक अक्षत कुमार था। उसने किसी स्त्री के साथ संभोग नहीं किया था। बिस्तर के अपने कोने में दुबकी देवकी ऐसा करना चाहती थी और इसी कारण सोच-सोचकर दुखी रहती थी। पर वह उससे दूर रहा। उसने अपने प्यार को अप्राप्य रोज़मेरी के लिए बचाकर रखा था।

जयेश ने कहा, "मुझे भूख नहीं लगी है पर तुम कौन हो?"

"मैं मेरी हूँ," उसने कहा।

उसके शरीर से मछली की तरी और पिसी मिर्ची की गंध आ रही थी परन्तु वह अंग्रेज़ी बोल रही थी। उसने एक सूती फ्रॉक पहन रखी थी जो उसके टखनों तक आ रही थी। कमरे की छाया में चाँदनी जयेश के कानों में फुसफुसाकर मेरी के लिए कामना जगा रही थी। पहल मेरी ने की। मेरी के मुख ने उसके मुख को तलाश कर लिया। उसके बाल उसकी नाक को गुदगुदाने लगे। बालों से नारियल के तेल की गंध आ रही थी। उसकी जीभ जयेश की जीभ को छेड़ने लगी और उसके हाथ नीचे की तरफ़ सरकने लगे। उसने अपनी पोशाक के बटन खोल दिए और जयेश के चेहरे को अपने स्तनों से दबा दिया। उसके कुचाग्र बटन की तरह सख़्त थे। जयेश के शरीर में झटके पड़ने लगे जैसे आग लग गई हो। मेरी दिनभर रसोई में काम करती रही थी और उसके हाथों में उस पिसी मिर्ची के अवशेष थे जो उसने मछली की तरी के लिए पीसी थी। चरमोत्कर्ष के क्षण जयेश के शिश्न में आग-सी लग गई। उसने मन में सोचा—आह! यह अनुभव कितना दर्दनाक है कितना अद्‌भुत भी!

मेरी जैसे अचानक प्रकट हुई थी वैसे ही अचानक ओझल भी हो गई। चाँदनी भी उस खिड़की से हटकर अँधेरे शहर में किसी दूसरी खिड़की को आग़ोश में लेने चली गई। गली का शोर भी थम गया। रेलगाड़ी के सफ़र के झटकों ने उसके शरीर को छोड़ा नहीं था और अपनी हिचकोलें भरी नींद में वह मेरी के स्तनों के सपने देखता रहा। अचानक वह एक झटके के साथ और एक डर के साथ उठा उसने अपने आपको बताया कि शायद वह एक डायन थी, जो भूतों और पिशाचों की दुनिया से आई थी। पर वह जानता था कि वास्तव में यह मामला बहुत गम्भीर है। जयेश की छाती में अभी भी पवित्र यज्ञोपवीत लटका था और सिर पर शिखासूत्र जिसे उसने फिर से बाँध लिया। उसने दोनों हाथों से अपने कान पकड़ प्रायश्चित्त करने वाली मुद्रा में तौबा कर ली। उसने अपने आप से कहा, 'उसका नाम मेरी है, वह एक ईसाई है। मैंने एक गोमांस भक्षी म्लेच्छ के साथ सहवास किया है। उसे चूमकर मैंने भी गोमांस खा लिया है। अब सब कुछ ख़त्म हो गया है, अब पीछे लौटना नामुमकिन है।'

अब तक जयेश ने कभी ख़ुद को एक ब्राह्मण के रूप में नहीं पहचाना था। उसकी जात (भली या बुरी) कुत्ते की दुम की तरह उसके साथ चिपकी थी। आज उसने उच्च कुलीन जन्म के साथ जुड़े सारे निषेध तोड़ ख़ुद को प्रदूषित कर लिया था। उसे इस बात का एहसास हो रहा था कि ये सारे बंधन कितने कमज़ोर थे। उसकी

पुरानी ज़िन्दगी हमेशा के लिए समाप्त हो चुकी थी। अब पीछे जाना नामुमकिन था। उसने अपने मित्रों को अपने आने की कोई सूचना नहीं दी थी। यह सोचकर कि वह उन्हें आश्चर्यचकित कर देगा। अब वह अपनी खाट पर लेटा-लेटा गेस्ट हाउस में अपराधबोध में डूबा जा रहा था। उसका बदन हलका महसूस कर रहा था और वह ख़ुशी महसूस कर रहा था। पर उसका मन प्रदूषित था। उसने थकान भरे मन से सोचा कि वह रात एक दुःस्वप्न थी, थकावट से उत्पन्न दुःस्वप्न। मगर तभी सवेरे की सफ़ाई करने मेरी उसके कमरे में घुस आई। उसने वही पोशाक पहन रखी थी या शायद वैसी ही दूसरी। उसे उसने एक कोमल मुस्कान से यह संकेत दिया कि वह साज़िश में उसका साझेदार रहा है। जयेश का चेहरा शर्म से लाल हो गया और उसने नज़रें दूसरी तरफ़ फेर लीं पर उसके बदन में फिर से आग लग गई।

उसने सोचा अगली बार मैं उसे चूमूँगा नहीं और यह भी तो सम्भव हो कि वह शाकाहारी हो। मैं पहले भी उसके मुख को चूमना नहीं चाहता था लेकिन मुझसे ग़लती हुई तो भगवान को इनसान की भूल को माफ़ भी करना चाहिए। मनुष्य ऐसी ग़लतियाँ कलयुग में कर ही देते हैं। हमारे पुराणों में इस बात का उल्लेख है कि कैसे अगस्त्य ऋषि ने वातापी नाम के राक्षस का भक्षण किया था बिना शुद्ध और प्रदूषित भोजन में फ़र्क़ किए। और क्या भूख से व्याकुल मुनि विश्वामित्र ने चांडाल से चुराए एक कुत्ते को नहीं खा लिया था। सब कुछ माफ़ किया जा सकता है।

पर वह जानता था कि उसे माफ़ नहीं किया जाएगा। कलकत्ता के उच्च कुलीन टैगोर वंश को भी सिर्फ़ इस कारण जात बाहर कर दिया गया था क्योंकि उनके किसी पुरखे ने अमीर पीर अली ख़ान के उकसाने से गोमांस सूँघ लिया था। ब्राह्मणों की जीवन पद्धति बड़ी कट्टर थी और किसी भूल-चूक की माफ़ी की गुंजाइश नहीं थी।

दोपहर में जयेश ने जबरन अपने को कमरे से बाहर निकाला और शहर की गलियों में निरुद्देश्य भटकने लगा। भीड़ के साथ डोलता कभी इधर कभी उधर। ऐसा करते-करते उसने ख़ुद को चौपाटी के निकट एसप्लेनेड पर खड़ा पाया। डोंगियाँ और पाल वाली नावें वहाँ बँधी थीं। बयार में समुद्री जहाज़ और मछलियों की गंध थी। समुद्र की सतह से घोड़े के बदन की गंध का भभका उठ रहा था। बग्घियों और सफ़ाई गाड़ियों की भीड़ गली में लगी थी जो सुन्दरी मेमों और साहब लोगों को इधर-उधर ले जा रही थीं। एक यूरोपीय बैंड ख़ुशगवार धुनें बजा रहा था। घुँघराले बालों वाले सुन्दर बच्चे अपने पैरों से ताल दे रहे थे।

जयेश के दिल में एक काँटा सा चुभ गया। उसने आह भरी 'तो लोग ख़ुश भी हो सकते हैं।' वही निर्वासित था एकाकी जीवन के लिए जिसमें ख़ुशियों की कोई सम्भावना न थी। उस चिट्ठी के शब्द उसके कान में गूँजने लगे। जैसे उसे चिढ़ा रहे हों। तुम उन लोगों के साथ से बिछुड़ जाओगे जिन्हें तुम प्यार करते हो या जिनका आदर करते हो। ख़ुशियों की सिर्फ़ यादें बची रहेंगी जो भुतैली छाया की तरह तुम्हारा

पीछा करेंगी। वह रोज़मेरी के बारे में सोच भी नहीं सकता था क्योंकि उसने जानवरों जैसी हवस में उसके साथ विश्वासघात किया था। वह अब प्रदूषित था और यह प्रदूषण रोज़मेरी की प्रवित्र स्मृति को भी प्रदूषित कर रहा था। उस रात की छवियाँ फिर से उभरने लगीं चाहत भरी और उसने ख़ुद को देखा कि कैसे वह उत्तेजित हुआ था और अब इसी कारण शर्मिंदा और उदास।

उसने बहुत देर से कुछ खाया नहीं था। उसने एक फेरी वाले से कुछ मूँगफलियाँ ख़रीदीं पर उसके हाथ इतने अधिक काँप रहे थे कि वह उन्हें छील नहीं पा रहा था। जयेश ने अपने मन में सोचा, 'काश, मैं एक अंग्रेज़ होता तो मैं ऐसी ही किसी घोड़ागाड़ी में रोज़मेरी के साथ सवारी कर रहा होता। हम लोग वॉटसन होटल में जाते और वहाँ सूप और डबलरोटी खाते।' वह ज़ोर से हँसा ज़रा कर्कश तरीक़े से बिना किसी ख़ुशी के। ऐसे कि पास खड़े लोग उसकी ओर देखने लगे। 'मगर सच्चाई यह है, मैं एक मेरी नाम की नौकरानी के साथ हमबिस्तर हो चुका हूँ। मैंने अपनी जात के साथ धोखा किया है अब कोई उपाय नहीं।'

उसे अल्मोड़ा की याद आई जहाँ जीवनपुर वाले मकान में घर के बाहर टीन के कनस्तर में गोमूत्र भरा रहता था ताकि परिवार के जो सदस्य बाहर ईसाइयों, मुसलमानों, म्लेच्छों और दूसरी जात वालों के सम्पर्क में आए हों वे अपने को इसके छिड़काव से शुद्ध कर लें। घर बहुत दूर था और कुछ भी उसे एक गोमांस खाने वाली के साथ सोने के पाप से मुक्त नहीं कर सकता था। जो शायद शूद्र भी थी। अब अगर वह ख़ुद को गोमूत्र में एक महीना डुबाकर भी रख ले तब भी वह शुद्ध नहीं हो सकता था।

बैंड स्टैंड पर बजाया जा रहा संगीत अचानक उदास हो गया था और जयेश ने ख़ुद को पलक झपकाकर आँसुओं को रोकते पाया। वह सुबकने लगा, "रोज़मेरी, मेरी रोज़मेरी, मैं तुम्हारे लायक़ नहीं रहा। मैंने तुम्हें धोखा दिया है।" उसे एक बार भी देवकी का ख़याल नहीं आया। उसको यह भी याद नहीं रहा कि उसकी एक पत्नी है। फिर वह लौट आया उसी दुनिया में जो उसके इर्द-गिर्द थी—फेरीवालों की, भिखारियों की और सुखी परिवारों की। वह फिर उसी मानवीय भीड़ का हिस्सा बन गया जो ज्वार की तरह चढ़ रही थी। उसका इरादा गेस्ट हाउस लौटने का था पर उसे न तो उस गली का नाम याद था और न उस इबारत का जहाँ वह गेस्ट हाउस था जो उसकी शर्म का कारण बना था। वह असहाय गोल-गोल घूमता रहा, दुकानों, दरवाज़ों और पेड़ों को ताकता रहा ताकि उसे कुछ सुराग़ मिल सके। उसे लगा कि उसे वह आदमी दिखा जो उसे रेलवे स्टेशन पर मिला था। पर जब वह उसके पास पहुँचा तो उसने उसे बेरुख़ी से झिड़क दिया। फिर उसने मेरी को देखा जो लाल पेटीकोट और नीला तंग ब्लाउज पहने दरवाज़े पर खड़ी थी। उसने एक नीला शॉल भी ओढ़ रखा था जिसे एक न्यारी अदा के साथ कन्धे पर लटकाया गया था। उसके

बाल दो चोटी में रिबन से बँधे थे जिन्हें वह शरारत से घुमा रही थी। वह नंगे पैर थी और उसकी चाल में एक किशोरी की चपलता थी। मेरी को देखकर उसे बड़ी राहत मिली। उसे ऐसा लगा कि वह घर लौट आया है।

उस रात वह फिर उसके कमरे में आई। वह उसके लिए रुका हुआ था और जब उसकी गर्म साँस उसने महसूस की तो उसे लगा वह स्वर्ग पहुँच गया है। असीम सुख की लहरें उसके शरीर को झकझोरने लगीं। उसने चादर को कसकर पकड़ लिया और मेरी को शारीरिक भूख मिटाने दी। जब सब कुछ हो जाने के बाद मेरी ने उसे अपने से छुड़ाते हुए चूमा तो उसने महसूस किया कि इस बार मिर्चियों की जलन नहीं हो रही है।

जयेश ने वह ट्रंक नहीं खोला जिसमें आनन्द अनारदाने की वह शीशियाँ थीं। उसने अपने किसी मित्र या परिचित से भी सम्पर्क नहीं किया। वह मेरी का ही पीछा करता रहा और उसे रिझाने में इस क़दर व्यस्त हुआ कि उसे ख़ुद अचरज होने लगा। तुम बहुत सुन्दर हो, वह उससे कहता जब वह रात को उसके कमरे में घुस आती। जबकि वह जानता था कि वह सुन्दर नहीं है। पर जब अँधेरे में उसके कुशल हाथ उसके शरीर को छूते तो उसके चेहरे पर एक ऐसी चमक आ जाती जो सुन्दरता के बहुत क़रीब थी।

जयेश के दिन बिस्तर में ही बीतते थे, बीती रात के सुख को याद करते और कविताएँ लिखते। ये कविताएँ उच्च विचारों से ओत-प्रोत थीं। आत्मा के परमात्मा के निकट पहुँचने के प्रयास से प्रेरित। उसकी प्रेरणा मेरी थी, भले ही दिन की रोशनी में उसे वह बेशरम और भदेस लगती थी। मगर फिर भी कविता लिखते वक़्त उसे शारीरिक सुख का गहरा एहसास हुआ जिसे वह उसके साथ प्राप्त करता था। जयेश की परवरिश एक ऐसे ब्राह्मण परिवार में हुई थी जहाँ हस्तमैथुन को पाप समझा जाता था। स्वप्नदोष यानी नाइटफॉल के बारे में यह धारणा थी कि उससे इनसान अन्धा और पागल हो सकता है और मर भी सकता है क्योंकि एक पुरुष के वीर्य में उसके शुक्राणुओं में उसकी प्राण शक्ति का सत्त्व होता है। उसके चाचा उसे बार-बार ज़ोर देकर यह समझाते—"यह बात नौजवानों के लिए ख़ासतौर से समझने की है (इस तरह वह अपनी नेपाली रखैल के साथ अपने अनुभव को हाशिए पर पहुँचा देते)। तब रोते हुए मेरे पास न आना जब बहुत देर हो जाए। तब तक तुम्हारा वीर्य रीढ़ की हड्डी के रास्ते तुम्हारे दिमाग़ तक चढ़ गया होगा और उसने तुम्हें बेकार कर दिया होगा।"

गेस्ट हाउस रहस्यमय तरीक़े से अकसर ख़ाली रहता था हालाँकि मेरी और गेस्ट हाउस के चेचक के दाग़ वाले मालिक ने उसे भरोसा दिलाया था कि सभी कमरे भरे हुए हैं। कभी-कभी उसे कुछ आवाज़ें सुनाई देती थीं एक ऐसी भाषा में जो उसे समझ नहीं आती थी। कभी दिन में और कभी रात में बिस्तर के चरमराने की आवाज़ें भी आती थीं।

एक रात उसकी नींद टूट गई, एक ऐसी आवाज़ से जैसे कोई दाँतों से कुछ कुतर रहा हो। उसने पर्दा खींचा तो देखा कि एक बड़ा सा चूहा बालकनी में भाग रहा था उसके जूते को घसीटता हुआ। यह शहर एक अजीब और खूँख़ार जंगल था।

~

अल्मोड़ा में वैद्य जी जयेश के कुशल समाचार की प्रतीक्षा कर रहे थे। उनके राह भटके भतीजे ने यह वचन दिया था कि वह बंबई पहुँचते ही तार भेजेगा और घर वालों को अपना अता-पता देगा। पर ऐसा कुछ भी नहीं हुआ था। देवकी भी अपने पति को याद करती थी। वह खाट के उसी सँकरे कोने में सोती थी जहाँ उसकी जगह तय थी। पर वह जयेश की ग़ैर मौजूदगी महसूस करती थी। सुबह अब उसे ख़ाली-ख़ाली लगती थी क्योंकि वह जयेश की पसन्द की इलायची वाली चाय नहीं बनाती थी और न ही उसकी सराहना में उसे सर हिलाते देख सकती थी।

नवदम्पती ग्लोरिया और फिलैंडर फिप्स अमेरिका के लिए जहाज़ पर चढ़ने के पहले भारत दर्शन पर निकल पड़े थे। शादी के बाद ग्लोरिया हर दिन और भी सुन्दर लगने लगी थी। उसका शरीर थोड़ा भर गया था, और उसके होंठों का बाँकपन भी बदल गया था। हालाँकि रोज़मेरी के लिए यह कहना कठिन था कि यह भले के लिए हुआ था या बुरे के लिए।

कुष्ठाश्रम में रोज़मेरी तैयारियाँ कर रही थी सात ताल वाली जाग़ीर में जाने के लिए। उसने उन बहुत सारी चीज़ों की सूची बना ली थी जिनकी ज़रूरत पड़ सकती थी। भले ही यह सूची कई पन्नों की थी, उसकी अपनी ज़रूरतें बहुत कम थीं।

उसने अपने पिता के पुस्तकालय से सात ताल ले जाने के लिए कुछ किताबें चुनीं इनमें रेवरैंड मैथ्यू टॉमसन एडम का हिन्दी व्याकरण और श्रेष्ठ हिन्दी शब्दकोश थे। उसने कुमाऊँनी, गढ़वाली और नेपाली में बैप्टिस्ट मिशन सोसाइटी द्वारा सेरमपुर के डेनिश प्रेस से प्रकाशित बाइबिल भी साथ रख ली। जिनका प्रकाशन डॉक्टर केवी ने करवाया था।

रोज़मेरी ने इस बीच स्थानीय भाषा का अपना ज्ञान बढ़ाने का संकल्प लिया ताकि वह कुछ प्रार्थनाओं का कुमाऊँनी शब्दों और धुनों में अनुवाद कर सके। उसने इस काम में फुलारा से मदद माँगी पर उसकी कुमाऊँनी शब्द सम्पदा सीमित थी और वह बीच-बीच में नेपाली शब्द इस्तेमाल करता था। उसका सुर-ताल का ज्ञान भी न के बराबर था। वह स्थानीय गाने की धुन बेसुरी ही गुनगुनाता। इससे थोड़ी देर तो मनोरंजन हो सकता था पर इससे कोई प्रेरणा नहीं प्राप्त कर सकता था। कई कमरों वाला एक आरामदेह बँगला फिप्स के आदेशानुसार उसके लिए बनवाया गया था जहाँ से ताल नज़र आता था। इसे धरती से थोड़ा ऊपर उठाकर बनाया गया था ताकि

नमी से बचाव हो सके। रोज़मेरी ने कहा, 'यह संसार का सबसे सुन्दर स्थान है' पर फिर उसे अपने अकेलेपन का एहसास हुआ। यहाँ उसे अकेले ही रहना था। ईसा मसीह के प्रेम में मग्न, अपने पिता से दूर और ग्लोरिया तो जा चुकी थी।

उसने सोचा, "मैं यहाँ कैसे रहूँगी सिर्फ़ अपने साथ अपनी पूरी ज़िन्दगी ? शायद ग्लोरिया की सांसारिकता ही सही फ़ैसला था।" उसने अपनी बहन और बहनोई के बारे में सोचा। फिलैंडर ग्लोरिया को गर्व और सन्तोष से निहारता था। दोनों एक-दूसरे को सारा समय कभी ख़बरदारी से तो कभी बेख़बर कोमलता से छूते थे। ज़ाहिर था दोनों एक-दूसरे से प्रेम करते थे, "क्या मैं कभी जान सकूँगी कि प्यार क्या होता है ?" रोज़मेरी ने सोचा। उसे जयेश का ख़याल आया कि कैसे उसने उसका अँगूठा पकड़ अपने मुँह में डाल लिया था, चूस-चूसकर ख़ून बहना बन्द करने के लिए। यह याद एक काला धब्बा बन उसके चारों ओर छा गई एक ऐसे अँधेरे के रूप में जिससे छुटकारा पाना ज़रूरी था। रोज़मेरी ने अपने आप से ज़रा ज़ोर से पूछा, "प्रेम क्या होता है ?" फिर उसने आसमान की तरफ़ देखा कि शायद वहाँ से कोई संकेत मिल जाए। वह निराश नहीं हुई। सलीब के आकार का एक बादल पहाड़ों के ऊपर से मानो उसकी निगरानी करता हुआ गुज़र रहा था। रोज़मेरी ने बिशप हैबर की प्रिय प्रार्थना की पंक्तियाँ गुनगुनाना शुरू कर दिया। *पवित्र-पवित्र, पवित्रतम हमारा प्रातः संगीत तुम्हें समर्पित। पिता-पुत्र और पवित्र आत्मा की भाग्यशाली त्रिमूर्ति।* उसकी आवाज़ ऊँची उठती गई और वह एक बार फिर सुखी और सन्तुष्ट हो गई। अपने काम में मग्न, एक नए दिन के काम-काज को सँभालेंगे।

नेपाली नौकर फुलारा को उसके पिता ने रोज़मेरी के साथ भेज दिया था। वह अपनी आदतों का मारा था और उसकी ज़िन्दगी कुष्ठाश्रम में बोडेन साहब के घर की घड़ी की सुइयों से बँधी चलती थी। जब से वह सात ताल पहुँचा रोज़मेरी का अधिकतर समय आहें भरते और अपने हाथों को निहारते बीतता था। मेहनती नेपाली को व्यस्त रखने के लिए काम बहुत कम था। वहाँ समय का कोई बंधन नहीं था।

फुलारा ज़िद कर अल्मोड़ा कुष्ठाश्रम लौट गया जहाँ उसके स्वामी की दिनचर्या तय थी। बोडेन ने इस अवसर का लाभ उठाकर अपने सहायक विलियम आओ को सात ताल आश्रम भेज दिया। यह लम्बा, दुबला नागा चील जैसे चेहरे वाला व्यक्ति बोडेन परिवार के लिए पूरी तरह समर्पित था और उसने यह ठान लिया कि वह रोज़मेरी की रक्षा किसी भी तरह की शारीरिक या मानसिक हानि से करेगा। विलियम आओ जानता था कि शैतान किस तरह का काम करता है। अपनी जवानी में वह सर काटने वाला वीर था और उसके लाए सर-मुंड उस बरगद की टहनियों में लटके हुए थे जो उसके गाँव के बाहर खड़ा था।

फुलारा की तरह विलियम आओ को भी यह बात पता चल गई कि सात ताल आश्रम में करने को ज़्यादा कुछ नहीं था। स्कूल के कमरों का नक़्शा बन रहा था।

रोज़मेरी अपना अधिकांश समय बरामदे में बैठे-बैठे अंग्रेज़ी-हिन्दी और कुमाऊँनी की खिचड़ी में कुछ गुनगुनाते हुए बिताती थी। बाहर की देखरेख करने वाला कुन्दन बग़ीचे में ग्लेडियोलाई या पालक की क्यारियों और फरास बीन की उन बेलों की देखरेख करता जिन्हें उसने रसोईघर के पीछे लगाया था। बाक़ी समय वह ताल के किनारे बंसी थामे बैठा रहता कि शायद कोई मछली चारे के लालच में काँटे में फँस जाए। नागा आओ ने अपना समय एक गोपनीय अभियान में लगाना आरम्भ किया जिससे वह रोज़मेरी को चकित करना चाहता था। छोटी सी झील के किनारे एक गुफा थी, एक क़ुदरती मंच की तरह जहाँ पहाड़ों से टकराकर आवाज़ गूँजती थी। आओ ने इस जगह को साफ़ कर कुछ और जगह निकाली जहाँ उसने बाँस और लकड़ी से बना एक बड़ा सा सफ़ेद सलीब खड़ा कर दिया। इस पृष्ठभूमि के सामने उसने एक पत्थर की चट्टान पर पंखों की आकार वाले पिता, पुत्र और पवित्रात्मा को खड़ा कर दिया। वह कल्पना कर सकता था कि रोज़मेरी अपने बाल बिखराए दोपहर की बयार में अपनी अँगुलियों को आकाश की ओर इंगित करते हुए खड़ी है।

विलियम आओ के पास कहानियों का एक ख़ज़ाना था। वह कई भाषाएँ जानता था और अपनी कबाइली ज़ुबान चौंगली के अलावा थोड़ी-बहुत अंगामी, असमिया, नागामीज़, नेपाली और कुमाऊँनी के अलावा अच्छे-ख़ासे उच्चारण में अंग्रेज़ी बोल सकता था। उसकी कहानियाँ इन सभी स्रोतों से कुछ न कुछ जुटाती थीं। बाइबिल का उसके ऊपर ख़ासा प्रभाव था और वही उसके विश्वास और आस्था का केन्द्र थी।

एक दिन जब वह इस मन्दिरनुमा गुफा के पास बैठा था उसने आसमान में एक अद्‌भुत दोहरा इन्द्रधनुष देखा। उसे बचपन से यह आगाह किया गया था कि इन्द्रधनुष के छोर पर दुष्ट आत्माएँ रहती हैं। वह जानता था और उसे इस बात का यक़ीन था कि जो भी वहाँ पहुँचने की कोशिश करेगा, निश्चित रूप से मौत को गले लगाएगा। फिर भी वह उसी ओर खिंचता चला गया जहाँ शहतूत के पेड़ों का झुरमुट था और जहाँ से इन्द्रधनुष अगली और अगली पहाड़ी की ओर झुक रहा था। वहाँ पहुँचने पर उसने देखा कि वहाँ मेढक के आकार का एक बहुत बड़ा पत्थर है और पास ही में साँप के आकार का एक पत्थर, मेढक और साँप दोनों ही एक साथ धूप सेंक रहे थे। उसने उन्हें सपने दिखने वाले पत्थरों के रूप में पहचान लिया जो रात की कहानियाँ अपने भीतर सँजोए रखते हैं। वह उनके बग़ल में लेट गया और इन्द्रधनुष को देखता रहा जो आसमान में फैल रहा था। जब तक सपनों को खा जाने वाला अँधेरा धरती पर नहीं उतर आया वह इन्द्रधनुष को देखता रहा फिर गहरी नींद में सो गया। उसे कुछ भी याद नहीं था कि उसने क्या सपने देखे। बस उसे इतना याद था कि उसे मेढक और नागिन के साथ ये दो पत्थर उठाकर ले जाने थे और इन्हें उसी मन्दिर की वेदी में त्रिमूर्ति के साथ प्रतिस्थापित करना था।

उसने अपने इरादे के बारे में घर पर किसी को कुछ नहीं बताया। हर रोज़ दोपहर को वह शहतूत के पेड़ों की तरफ़ एक योद्धा की छिपने वाली चाल के साथ घूमने निकल जाता। अमानवीय परिश्रम से उसने उन भीमकाय पत्थरों को ज़मीन से बाहर निकाला और धीरे-धीरे हर रोज़ उन्हें ताल की तरफ़ खींचकर लाने लगा। फिर एक दिन अचानक पत्थर ढलान पर ख़ुद लुढ़कने लगे जैसे वे नए स्थान पर ख़ुद पहुँचना चाहते हों। पंखे की आकृति वाली मूर्ति पानी के पास प्राणप्रतिष्ठा की प्रतीक्षा कर रही थी पर विलियम आओ टाल-मटोल करता बहाने बना रहा था। आख़िरकार सपना देखने वाले पत्थर अपने स्थान पर पहुँच गए। मेढक न तो ताल की ओर देख रहा था न तट की ओर, उसकी पथराई आँखें सीधे ऊपर की ओर शहतूत के झुरमुट की ओर लगी थीं। और साँप चुपचाप प्रतीक्षा कर रहा था अपनी शक्ति का एहसास कराती अपनी दोहरी ज़ुबान निकालकर किसी को डंक मार देने की उसे चिर निद्रा में सुला देने की। रेवरैंड बोडेन को अल्मोड़ा से सात ताल ईडन आश्रम तक का सफ़र तय करने में कई हफ़्ते लग गए जहाँ उन्हें मूर्तियों की प्राणप्रतिष्ठा करनी थी। उन्होंने पत्थरों पर पवित्र जल छिड़का और यीशु के प्रतीकात्मक शरीर को आसमान की ओर उठाया श्रद्धा से—यह एक गोलाकार छेद वाली बड़ी सी चपाती थी।

और सपना देखते पत्थर। वे तट पर वैसे बैठे थे जैसे वे हमेशा से यहीं हैं और हमेशा यहीं रहने वाले हैं। रोज़मेरी विलियम आओ के इस अभियान से बहुत प्रसन्न हुई। झील के हरे पानी में सफ़ेद सलीब का प्रतिबिम्ब और पत्थर की बनी त्रिमूर्ति दोनों झिलमिला रहे थे। हलकी लहरों का स्पर्श उन्हें और भी प्रभावशाली बना रहा था। विलियम आओ की ही तरह मेरी को भी एक अद्‌भुत दिव्य दर्शन हुआ। उसे लगा कि यह व्यक्ति हमारे प्रभु का गुणगान कर रहा है, यहीं खड़ा, और उसे लगा यह व्यक्ति जयेश है। लेकिन उसने एक झटके के साथ इस विचार को अपने मन से निकाल दिया। पर उसने यह नहीं सोचा जैसा वह पहले कभी सोच सकती थी कि यह विचार दुष्ट शैतान ने उसके दिमाग़ में डाला है।

~

उधर बंबई में जयेश के लिए शहरी ज़िन्दगी का आकर्षण समाप्त हो चुका था। उसे रोज़मेरी के इलहाम की कोई ख़बर न थी। वह धूलभरी गलियों में भटकता 'नवरोज़ इरानियन बार एंड कैफ़े' को ढूँढ़ रहा था जहाँ उसने मेरी को खाने के लिए ले जाने का वादा किया था। मेरी का चेहरा उत्तेजना से सुर्ख़ हो रहा था और वह रिबन से बँधी अपनी चुटियाओं को नख़रैल अन्दाज़ में बिखरा रही थी। चलते वक़्त वह अपने कूल्हों को मटकाती ऐसे चलती जिससे जयेश में एक दबी कामोत्तेजना जागृत होती।

उसका पतन पूरा हो चुका था और वह एक ग़ुलाम की तरह मेरी के पीछे-पीछे चल रहा था। उसकी अँगुलियाँ जेब में रेज़गारी को खनखना रही थीं। उसके पास की रक़म ख़तम होने को थी क्योंकि अब तक मेरी उसका एक बड़ा हिस्सा उधार ले चुकी थी। उसकी माँ अस्पताल में बीमार थी और उसके इलाज के लिए पैसों की ज़रूरत थी। जैसे ही वे कैफ़े में पहुँचे मेरी की छातियाँ अचानक उसके हाथ से छू गईं। कामोत्तेजना का ज्वार जयेश में इतनी तेज़ी से उफना कि वह गिरते-गिरते बचा। उसने बड़ी मुश्किल से अपने को सँभाला। उसने तय किया कि यह नौकरानी तो बिलकुल नहीं लगती। यह तो काफ़ी ख़ूबसूरत है। मेरी की चाल-ढाल पिछले एक महीने में, जब से वह उसके साथ घूमने लगा था उसे जानने लगा था, काफ़ी बदल चुकी थी। वे दोनों कैफ़े में आने वाले किसी अन्य ग्राहक की तरह बड़े आत्मविश्वास के साथ दाख़िल हुए। उन दोनों ने अपने लिए खिड़की के पास वाली मेज़ चुनी जिस पर एक छींट का पर्दा लगा था जिस कारण बाहर का दृश्य दिखाई नहीं देता था। मेरी ने अपने लिए एक चिकन बिरयानी और मटन पैटीज़ का ऑर्डर दिया, और जब खाना आया तो उसने जयेश से कहा, ''तुम भी लो ना।'' लेकिन जब उसके चेहरे पर असमंजस और परेशानी के भाव दिखे तो वह नौकरानी वाली हिन्दुस्तानी में लौट आई। तरस खाने वाले अन्दाज़ में उसने कहा, ''वेजिटेरियन माँगता क्या?''

सभी कुमाऊँनी ब्राह्मण शाकाहारी नहीं थे। कश्मीरी ब्राह्मणों की तरह जोशी और पांडेय परिवारों में मांसाहार पर कोई प्रतिबन्ध नहीं था। सिर्फ़ गोमांस का निषेध था। द्विज जाति में सिर्फ़ पंत ही ऐसे थे जो कट्टर शाकाहारी थे और इसी कारण ब्राह्मण बिरादरी में सर्वश्रेष्ठ समझे जाते थे।

''नहीं,'' जयेश ने दृढ़ता से कहा और अपने दाँत मटन पैटी पर गड़ा दिए। मगर उसकी परेशानी इतनी ज़्यादा थी कि वह राख के अलावा कोई और स्वाद नहीं चख सकता था। फिर उसका मूड बदल गया। उसने अपने आप से कहा, ''चलो आख़िरकार यह भी तय हो ही गया। सम्भवत: इस पैटी में मटन नहीं गोमांस है, और मैं एक काफ़िर बन गया हूँ, ब्रह्म राक्षस, धर्म संकट से ग्रस्त नहीं बल्कि धर्म भ्रष्ट।''

तभी उसके सामने एक चौड़ा-चकला अचम्भे और सद्‌भावना से भरा जाना-पहचाना चेहरा प्रकट हो गया। वह साक्षात् सोली दिनशौ था। 'हे भगवान, हमारा पहाड़ी दीकरा बंबई शहर में क्या कर रहा है, पहाड़ी सुन्दरियों से इतनी दूर', फिर उसने मेरी की तरफ़ नापसन्दगी ज़ाहिर करने वाली नज़र डाली।

जयेश का चेहरा लाज से लाल हो रहा था। पर सोली का बोलना जारी रहा। ''नाशुक्रगुज़ार इनसान तुम्हारी याददाश्त इतनी कमज़ोर हो गई मेरे दोस्त कि तुम बंबई में हो और मेरे पास नहीं आए। यह तो महज़ संयोग है कि शहर के सैकड़ों चायखानों में से एक ऐसे में मैं घुसा जिसमें तुम बैठे थे। मैं इसरार करता हूँ कि

तुम इसी वक़्त मेरे साथ घर चलो। मुझे विश्वास है कि ये मैडम कुछ लम्हों के लिए तुम्हें माफ़ कर सकती हैं।''

जयेश को वह चिट्ठी फिर से याद आई जो उसे अल्मोड़ा में मिली थी—'तुम उन लोगों का साथ खो दोगे जिन्हें तुम प्यार करते हो या जिनका आदर करते हो।' पारसी लोग भारत के सबसे सम्पन्न और सबसे तरक़्क़ीपसन्द लोग थे। सोली नौजवानों के उस प्रगतिशील आधुनिक मंडल सदस्य था जिनसे जयेश का परिचय बंबई के विल्सन कॉलेज में पढ़ते समय हुआ। वह इस मंडली की परिधि पर रहता था पर सोली ने हमेशा उसके साथ सहानुभूति और स्नेह से बरताव किया।

उसे विल्सन कॉलेज के वे दिन याद आने लगे। विल्सन कॉलेज के बरामदे चौड़े और आरामदेह थे और वहाँ से पहली मंज़िल की छत पर मँगलौर की लाल खपरैलें देखी जा सकती थीं। आँगन में एक फव्वारा था जिसे संगमरमर से बनी एक जलपरी की मूर्ति और उछलती मछलियों की आकृतियों से सजाया गया। ताड़ के पेड़ों से परे चौपाटी और अरब सागर थे, पाल वाली नावें और सपने देखते बादल। कॉलेज का मोटो था *फिडेस, स्पेस, कैरिटास*—श्रद्धा, आशा और प्रेम। उसने इस विडंबना पर कड़वाहट भरी मुस्कान बिखेरी। वह कोई दूसरा जयेश था किसी दूसरी बंबई का।

उसको उसकी नींद से जगाया सोली ने जिसने इस बीच बिल मँगवाकर उसका भुगतान कर दिया था। उसने बाजू पकड़कर ज़बर्दस्ती जयेश को उठाया और अपने साथ गली की तरफ़ ले चला। जयेश ने पलटकर माफ़ी माँगने वाले अन्दाज़ में मेरी की तरफ़ देखा पर वह मेरी से आँख नहीं मिला सका।

सोली ने डाँटने वाले अन्दाज़ में कहा, ''तुम्हारी सहेली के लिए एक बड़ा गन्दा शब्द है अंग्रेज़ी में। आख़िर तुम इसके चंगुल में फँसे कैसे?''

वह उत्तर के लिए रुका नहीं और भीड़-भड़क्का वाले रास्तों, गलियों की भूल-भुलैया से घुमाता उसे एक अंग्रेज़ी तरीक़े के बड़े से मकान तक ले आया जिसके अहाते में छायादार पेड़ थे, और लम्बा बरामदा नक़्क़ाशीदार लकड़ी और पीतल से सज़ा था। कलफ़ लगी वर्दी पहने, सर पर पगड़ी बाँधे नौकर-चाकर नंगे पैर तितलियों के झुंड की तरह घूम रहे थे। सोली ने पानी का एक गिलास जयेश को दिया और दूसरा अपने लिए लिया फिर उसने कुछ खीजकर हाथ हिलाकर वेटर को अपने पास बुलाया। ''यहाँ हो क्या रहा है?'' उसने पूछा।

ट्रे चाँदी की थी और गिलास भी। दोनों पर जूझते हुए हाथियों की नक़्क़ाशी थी। लेकिन चाँदी के बर्तनों को वर्दीधारी नौकर अजनबियों के सामने पेश नहीं करते थे। जयेश काफ़ी प्रभावित हुआ। जीवनपुर वाले घर में भी चाँदी का काफ़ी सामान था पर या तो वह पूजा के कमरे में या तालाबन्द अलमारी में। वैद्य जी के कर्मकांड के वक़्त ही वह इस्तेमाल होता था।

मेरी से अलग होने के बाद जयेश को मुक्ति का एहसास हो रहा था। वह अभी हाल के अतीत और बहुत पहले अल्मोड़ा के अपने जीवन से बेज़ार था। कहने को बचा ही क्या था? सोली अपने प्रश्न के उत्तर की प्रतीक्षा किए बिना ग़ायब हो गया जहाँ जयेश को एक बड़े ठंडे शयनकक्ष में ले जाया गया और बरामदे में एक बड़े नीम के पेड़ की छाया थी। शयनकक्ष में उस अँगीठी के ऊपर, जिसे कोई सनकी पारसी ही अपने घर में बनवा सकता था क्योंकि उसकी कोई ज़रूरत बंबई के मौसम में कभी नहीं पड़ सकती थी, एक सख़्त मिज़ाज पारसी का चित्र टँगा था जिसकी टाँगें सींकिया और आँखें सुलगती हुई थीं। *बॉम्बे इम्पीरियल हैबर डैशरी एंड जनरल गुड्स स्टोर* का छपा हुआ कैलेंडर था, जो दीवार पर टिका था और हवा में फड़फड़ा रहा था। थका-माँदा जयेश दरवाज़ा बन्द कर बिस्तर पर पसर गया यह तय कर कि शाम को वह गेस्ट हाउस में जाकर अनारदाना चूरन की शीशियाँ ले आएगा। सोली उसे इनकी बिक्री के बारे में सलाह दे सकता था।

दूर-दराज़ पहाड़ों में मौसम बदल रहा था, बसंत आ रहा था। खुबानी के वे पेड़, क्योंकि जिन्हें हाल ही में एक बागबानी कमिश्नर ने कुमाऊँ में आयात किया था, फूल रहे थे। बुरांश और कृष्णकली के पेड़ लाल बाग़ी फूलों से महक रहे थे। शामें ऐसी थीं जिनमें खुनकी रहती थी। कभी-कभार ठंडी भी हो जाती थीं। देवकी अकेली गोधूलि बेला में अपने ग़ैरहाज़िर पति को चाहत के साथ याद करती थी। कहाँ है वह? जब से वह गया था, न कोई चिट्ठी-पत्री, न कोई ख़बर।

जयेश भी इस वक़्त अपनी पत्नी देवकी के बारे में सोच रहा था और उसके भक्तिभाव के बारे में। उसने देवकी की उपेक्षा की थी। उसे पत्नी और एक स्त्री के अधिकार से वंचित रखा था। उसने तय किया अब वह एक नई ज़िन्दगी की शुरुआत करेगा और इस सबकी भरपाई कर देगा। बाहर सड़क पर पत्ते सरसरा रहे थे और बग्घियाँ खींचने वाले घोड़ों की आवाज़ सुनाई दे रही थी। कभी-कभार किसी समुद्री पक्षी की पुकार भी उसके उलझे विचारों की पृष्ठभूमि में शामिल हो जाती। रोज़मेरी बहुत दूर चली गई थी। लेकिन यादों की दुनिया में एक ऐसी छाया थी जो दूरी के बावजूद बहुत स्पष्ट थी। नौकरानी मेरी वाला प्रसंग शर्म से भरा था। कैसे कोई उच्च कुलीन कुमाऊँनी ब्राह्मण इतना नीचे गिर सकता है! गेस्ट हाउस की रातों की याद कर उसे कँपकँपी छूट गई। वह कितनी वहशियाना हरकत थी पर उस हवस ने उसके शरीर पर कोई दाग़ नहीं छोड़ा।

सोली दिनशौ दरवाज़े पर ज़ोर से दस्तक दे रहा था। वह कमरे में एक शानदार सूट पहने दाख़िल हुआ। उसके सर पर एक काला फेटा लपेटा हुआ था। "चलो मेरे

साथ मेरे दोस्त, तुम्हें आराम हराम है,'' उसने मज़ाक में कहा, ''हमें डिनर के लिए जाना है।'' फिर से बंबई की भीड़भाड़ वाली गैस की रोशनी से जगमगाती दुनिया, और उनमें फिरती आकृतियाँ। सोली ने पास से गुज़रती एक विक्टोरिया को रोका और दोनों उस पर सवार हुए, और घोड़ों की घंटियों की आवाज़ सुनते आरामदेह रफ़्तार से आगे चल पड़े। जयेश सोचने लगा हम जा कहाँ रहे हैं?

माउंट प्लेजेंट रोड का वह बँगला बहुत ख़ूबसूरत था। स्वागत कक्ष संगमरमर की मूर्तियों से भरा था, छत पर झाड़-फानूस लटके थे और वहाँ अजनबियों का एक हुजूम था जिनमें से किसी को भी जयेश नहीं पहचान पा रहा था।

वहाँ महिलाएँ मौजूद नहीं थीं हालाँकि तमाम बातें उन्हीं के बारे में हो रही थीं। मिस लिली लैंडोर जो हाल ही में बंबई पहुँची थीं और वॉटसन होटल में पियानो बजाती थी इन सभी के दिलों पर राज करती नज़र आ रही थी। वॉटसन होटल में सिर्फ़ अंग्रेज़ प्रवेश कर सकते थे और वहाँ की वेटर्स भी यूरोपियन ही थी। मिस लिली दुर्लभ होने के कारण ही इन सभी नौजवानों की प्रेयसी बन चुकी थी।

जयेश ने क्लैरेट का एक गिलास ख़ाली किया और फिर दूसरा। उसका सर थोड़ा-थोड़ा चकराने लगा था और कमरे में हो रही बातचीत का आभास उसे भँवरों की गुनगुनाहट की तरह हो रहा था। उसे बस इतना याद था कि उसे हाथ पकड़कर खाने की मेज़ तक ले जाया गया जहाँ उसने और वाइन पी और फिर उसे याद आया अपना गिरना। उसने दोनों हाथों से सफ़ेद मेज़पोश कसकर पकड़ रखा था। फिर पानी और सूप झरने की तरह ऊबड़-खाबड़ टूटे काँच के टुकड़ों पर गिरने लगे। हँसी के फव्वारे उसका हौसला बढ़ा रहे थे।

दूसरी सुबह वह नीम की पेड़ की आह सुनकर उठा। वह महीन सूत की चादर के नीचे नंगा सोया था। उसका गला सूख रहा था और सर में दर्द था। उसे कोई कपड़ा नज़र नहीं आ रहा था। उसे कुछ-कुछ याद आ रहा था कि तौलिया पकड़ाकर कोई उसे गाड़ी तक ले गया था। चाँदनी रात में चमकता समुद्र और वीरान गलियों में मज़ाक़ उड़ाती घोड़ों की टाप।

तभी दो नौकर एक साथ पहुँचे। एक के हाथ में चाय की ट्रे थी और दूसरे के पास ताज़ा धुले कपड़ों का जोड़ा। जयेश ने अपने को तिरस्कार के लिए तैयार किया। पर उन्होंने कुछ नहीं कहा, उनके चेहरे निर्विकार थे। सूती सूट सफ़ेद था ढीला और लम्बाई में थोड़ा छोटा। अंडरवियर थोड़ा तंग था और आरामदेह नहीं था। फिर भी उसने कपड़े पहने क्योंकि घर जाने का वक़्त आ गया था। उससे पहले उसे गेस्ट हाउस से अपना सामान लेना था। जयेश बंबई की गलियों में एक बार फिर गेस्ट हाउस को ढूँढ़ता घंटों भटकता रहा। मेरी ने दरवाज़ा खोला और उसका चेहरा एक ग़ुस्साए जानवर की मुद्रा में था। ''लौट आए,'' उसने बुदबुदाते हुए कहा। वह लाचार की तरह उसके पीछे-पीछे कमरे में घुसा। मेरी ने उस पर हमला कर दिया।

उसके कपड़े, उसकी पतलून झपटकर उतार दी और तंग अंडरवियर भी। जयेश उसके लिए तैयार था। वे दोनों एक-दूसरे को सहलाते और उलझते कुश्ती लड़ने वाले अन्दाज़ में उलझते रहे। मेरी की आँखें सूनी पर सतर्क थीं। जयेश ने अन्दर की जेब से रेशम के बटुवे में रखी माणिक की अँगूठी मेरी को दी। "यह तुम्हारे लिए है," उसने कहा।

मेरी ने कहा, "क्योंकि उसकी क़ीमत माणिक-जवाहरातों से ज़्यादा है?"

"क्या कहा?" जयेश ने पूछा। वह सोच रहा था कि चूरन की बोतलों का क्या करे? क्या उन्हें फेंक दे?

मेरी ने कहा, "पादरी ने मुझे बतलाया था। उसने कहा था, मुझे सच्चरित्र रहना चाहिए तब मेरा मोल मोती-माणिक से अधिक होगा।"

जयेश ने जल्दी-जल्दी कपड़े पहने और हिसाब लगाने लगा कि उसे कमरे का कुल कितना भाड़ा चुकाना है।

"मगर मुझे भी पैसे चाहिए," मेरी ने कहा, "क्योंकि तुम कुँवारे थे।"

माणिक की अँगूठी को देख सहलाते हुए उसने एक मधुर मुस्कान के साथ कहा, "मुझे पैसे इसलिए चाहिए क्योंकि कुँवारे को ख़ुश करने के लिए पैसे ज़्यादा लगते हैं।" जयेश ने कमरे का भाड़ा दिया। मेरी को अलग से पन्द्रह रुपए। रेशमी बटुए से कुछ रक़म ग़ायब थी पर यह वक़्त बहस करने का नहीं था।

मेरी अचानक ख़ुश हो गई। उसने कहा, "मैं तुम्हारे लिए कुली बुला लाती हूँ।" उसी क्षण रसोई से अपने हाथ मलता एक जवान लड़का प्रकट हो गया। बिना कुछ बोले उसने सामान उठाया और जयेश के साथ सीढ़ियाँ उतर गली तक आ गया।

जयदेव के पास सोली के घर लौटने के अलावा कोई विकल्प न था। उसे सोली के घर का रास्ता याद था। वह वहाँ पहुँचा तो सोली घर पर नहीं था। एक लड़का लम्बे बरामदे के बाहर खड़ा था, शायद उस अगले आदेश का इन्तज़ार करता। तभी सोली लौट आया हमेशा की तरह चहकता। आते ही बोला, "मेरे प्यारे दोस्त जयेश, सुबह का भूला शाम को घर तो पहुँचा...।"

जयेश ने संजीदगी से कहा, "मेरा घर लौटना ज़रूरी है।" वह फिर से पुराना जयेश बन रहा था। शहर का जो पागलपन उसके सर पर सवार था अब दूर हो चुका था। इसके बाद वह बोला, "मैं जड़ी-बूटियों की गोलियों की कुछ शीशियाँ तुम्हारे पास सैम्पल के तौर पर छोड़कर जा रहा हूँ। मेहरबानी कर इनके लिए कोई विक्रेता ढूँढ़ना। मैं इनकी क्वालिटी की गारंटी लेता हूँ और मैं तुम्हारा शुक्रगुज़ार रहूँगा यदि तुम मुझे सौ रुपए उधार दे सको। मैं इसका हिसाब भविष्य में मिलने वाले ऑर्डरों के अनुसार चुकता कर दूँगा।"

सोली ने जवाब दिया, "बेफ़िक्र रहो, मैं ऐसा ही करूँगा। पर जाने के पहले तुम्हें कुछ खाना चाहिए।"

थोड़ी देर बाद पारसी तरीक़े से बनी अंडे की भुजिया का नाश्ता करते हुए उसने जयेश को बतलाया कि उसकी दिलचस्पी उड़ने वाली मशीनों में है। उसके जान-पहचान का शिवकर बापूजी तालपड़े नाम का एक आदमी है, जो बंबई के निकट दुक्कड़वाड़ी में रहता है। उसने जेजे स्कूल ऑफ़ आर्ट्स में नाम लिखवाया था और कुछ साल तक वहाँ कला की पढ़ाई की थी। उसने वेदों और न जाने किन-किन शास्त्रों का अध्ययन किया है। उसने चिरंजीलाल वर्मा से प्राचीन विमानों की जानकारी भी ली है, और उसने ऐसी ही एक विमान जैसी मशीन का चौपाटी के तट पर प्रदर्शन भी किया है। यह विमान ऊपर उठा और पन्द्रह सौ फुट तक उड़ा भी। बड़ौदा के महाराज सयाजी राव गायकवाड़ भी वहाँ मौजूद थे और अन्य भारतीय राजा-रजवाड़े भी। ''मैं अनाप-शनाप नहीं बक रहा। मैंने भी उस मशीन को उड़ते देखा है। तालपड़े ने गैस भरे गुब्बारों का भी अध्ययन किया है और भाप से चलाए जा सकने वाले हवाई जहाज़ों का भी। वह आधुनिक विज्ञान को प्राचीन ज्ञान के साथ जोड़ना चाहता है। मैं उसके इस प्रयोग में पैसा लगाना चाहता हूँ। लेकिन मेरे घरवालों का मानना है कि यह सिर्फ़ ख़याली पुलाव है।'' जयेश ने अपनी तश्तरी में थोड़ी-सी भुजिया और डाली। उसे अंडे खाना वैसा पाप नहीं लग रहा था जैसा मेरी के साथ मटन खाना। उसे गुब्बारों की सवारी करने वालों की प्रार्थना याद आ रही थी जो उसने न जाने कब सुनी थी :

> हम आसमान में उड़ेंगे बहुत ऊपर और बहुत मज़े में
> इतना ऊँचे कि ईश्वर देगा हमारी हँसी में साथ।

''हमारी दुनिया पलक झपकते बदल जाएगी सोली,'' उसने गम्भीरता से ऐसे अप्रत्याशित दृढ़ विश्वास के साथ कहा जो उसके अन्दर से कहीं मुखर हो रहा था, ''मनुष्य उड़ना सीखेगा और आसमान पर राज करेगा, भले ही हम यह देखने के लिए ज़िन्दा रहें या न रहें।''

सोने वाले कमरे में उसके धुले और इस्तरी किए कपड़े तकिए के पास करीने से तह लगाकर रखे गए थे। खाने-पहनने का बन्दोबस्त कर, उसे दो सौ रुपए पकड़ा उसका उदार दोस्त उसको ख़ुद विक्टोरिया टर्मिनस तक पहुँचा आया। जयेश वास्तव में अपनी पत्नी के पास पहुँचने और घर जाने को व्याकुल था।

अध्याय-10

# तीसरे दर्जे का टिकट

रेलवे स्टेशन खचाखच भरा था। लोग हँस रहे थे, रो रहे थे, जल्दबाजी में भाग-दौड़ रहे थे और झगड़ रहे थे। जयेश को लगा कि उसने इतने सारे लोग कभी भी एक जगह एक साथ नहीं देखे थे। उसने सोचा, क्या वास्तव में संसार इतना छोटा हो गया था या बड़ा? वास्तव में विज्ञान के चमत्कार अद्‌भुत हैं!

इस बार उसने अपने लिए तीसरे दर्जे का टिकट ख़रीदा। 'गोरों से मेल-जोल की कोई ज़रूरत नहीं,' उसने अपने आप से कहा, 'न मर्दों से न औरतों से।' पर वह ऊल-जलूल ख़यालों को दिमाग़ में घर करने से रोकने में असमर्थ था। एक गहरा अवसाद उसके साथ लिपटा था। भीड़ में भी वह बिलकुल अकेला छूट गया था। उसे रोज़मेरी की याद शारीरिक पीड़ा की तरह बुरी तरह सता रही थी।

डब्बे में भीड़ थी पर वह साफ़ था। जयेश अपनी सीट से कुछ ही दूर बैठे एक साधु को देख सकता था जो गेरुए चोले में था पर जिसके ऊपर उसने एक नीला चौखाने वाला कंबल ओढ़ा हुआ था। हालाँकि उसकी आँखें बन्द थीं पर वह मुस्कुरा रहा था और ऐसा लग रहा था कि वह अपने आप से और संसार से ख़ुश है। सीटी देने के बाद रेलगाड़ी स्टेशन से बाहर निकली तो जयेश अपने इर्द-गिर्द की चीज़ों से बेख़बर अपनी आन्तरिक यात्रा पर चलता रहा। बंबई का शहर आँखों से ओझल हो रहा था। वे नदियाँ और खाड़ियाँ, और झाड़ वाली पहाड़ियाँ पीछे छूट गईं। टिकट चेक करने वाला लम्बा-तगड़ा एंग्लो इंडियन जयेश के पास आया और उसने उसका टिकट माँगा। दस्तख़त करने के पहले उसने ग़ौर से उसकी परीक्षा की। फिर जयेश की पोशाक और उसके व्यवहार को देख शालीनता से उसने कहा, "धन्यवाद श्रीमान।"

जयेश ने सोचा अब तो मैं तीसरे दर्जे का 'श्रीमान' बन गया हूँ और पहले दर्जे

का बुरा आदमी। रेलगाड़ी के हिचकोलों से उसे नींद की झपकी आने लगी, तभी उसकी नींद कोलाहल से टूट गई। साधु बाबा बिना टिकट यह सफ़र कर रहे थे। टिकट चेकर की अपने अधिकार से रोबीली आवाज़ क्रमशः तेज़ हो रही थी। जिस से सवाल किए जा रहे थे उसने अपनी आँखें पल भर के लिए खोलीं और फिर बन्द कर लीं। उसने अपना ध्यान आन्तरिक जगत की ओर लौटा लिया।

टिकट चेकर ने दोबारा टिकट दिखाने को कहा तो साधु ने अपना सर हिलाया और ख़ाली हाथ उसके सामने फैला दिए।

टिकट चेकर ने कहा, ''मैं तुमसे निबटने को अभी लौटूँगा।'' वह खीजकर दूसरे डब्बे की ओर बढ़ा। कुछ ही देर बाद ट्रेन एक छोटे से वीरान स्टेशन पर रुकी जिसकी तख़्ती पर लिखा था—हरीपुर। टिकट चेकर अपने एक चमचे के साथ लौटा और उसने फ़कीर से सीट ख़ाली करने को कहा। फ़क़ीर मुस्कुराया और उसने तत्काल आदेश का पालन किया। वह सीट से उठा, डब्बे से नीचे उतरा और धूल भरे प्लेटफॉर्म पर कुछ क़दम चल पीपल के एक पेड़ की छाया के नीचे बैठ गया। वह अभी भी मुस्कुरा रहा था—जो कुछ हुआ उससे बेख़बर।

कुछ देर बाद घंटी बजी। गार्ड ने एक लम्बी सीटी बजाई और हरी झंडी तेज़ी से हिलाई। ड्राइवर ने भी अपनी सीटी बजाई और इंजन चालू किया लेकिन कुछ नहीं हुआ। गाड़ी एक इंच भी आगे नहीं बढ़ी। हरीपुर स्टेशन की पटरी पर अटकी रही। तीसरे दर्जे के यात्रियों ने आदतन धीरज से रेल चलने की प्रतीक्षा की। तीसरे दर्जे के हिन्दुस्तानी यात्रियों के कारण स्टेशन पर फेरी लगाने वाले खोमचे वालों का लड्डू और पेड़ों का व्यापार ख़ूब पनपा। नारियल और गुड़ से बनी उस मिठाई की भी काफ़ी बिक्री हुई जिसके लिए यह जगह मशहूर थी। भूखा जयेश हरीपुर की मिठाइयों को खाने का लालच रोक नहीं सका। उसे उस चिट्ठी की पंक्ति याद आई, 'नारियल बहुत अच्छे मुसाफ़िर होते हैं। शुभकामनाओं की तरह और आशीर्वादों की तरह।'

इस बीच पहले दर्जे के यात्री अपना धीरज खो रहे थे और ख़फ़ा होने लगे थे। एक फ़िरंगी फ़ौजी अफ़सर ने अपने अर्दली को टिकट चेकर के पास देरी का कारण जानने को भेजा। अंग्रेज़ फ़ौजी ग़ुस्से में हाथ हिला रहा था और वह पहले अंग्रेज़ी में फिर हिन्दी में चिल्ला रहा था। टिकट चेकर ने लाचारी से नीले कंबल वाले फ़क़ीर की ओर इशारा करते हुए कहा, ''यह सब इस आदमी की क़रामात है। बिना टिकट यात्रा करने के जुर्म में मैंने उसे गाड़ी से उतार दिया और अब इसने गाड़ी को रोक दिया है।'' फ़ौजी अफ़सर के बाल लाल थे और उसकी त्वचा में छोटे-छोटे तिल थे। वह जवान लग रहा था। उसने गुर्राते हुए कहा, ''तो उसे वापस बुला लाओ, मैं उसके टिकट के पैसे दे दूँगा।''

अर्दली ने टिकट बाबू को कुछ पैसे दिए और वह पवित्र साधु को तीसरे दर्जे

के डब्बे में लिवा लाया। अभी भी साधु मुस्कुरा रहा था, जैसे कुछ हुआ ही नहीं हो। लम्बी कर्कश घंटी फिर सुनाई दी और रेलगाड़ी स्टेशन से बाहर निकली। जयेश इस अनोखे घटनाक्रम को दिलचस्पी से देख रहा था निष्क्रियता और तटस्थता के साथ, 'इस संसार में सब कुछ सम्भव है,' उसने सोचा।

काठगोदाम के रेलवे स्टेशन से अल्मोड़ा तक की यात्रा ख़ास रही। इस सफ़र के दौरान जयेश के भीतर बहुत कुछ बदल गया। 'पलक झपकाओ, घूरो मत' एडिनबरा से आए आँखों के डॉक्टर ने उससे कहा था। ये अंग्रेज़ लोग ऐसे ही होते हैं। तर्कसंगत आचरण करने वाले। तभी वे दुनिया पर राज कर रहे हैं। फिर उसका पारसी दोस्त सोली दिनशौ अपनी शराफ़त और रईसी के कारण निरापद था। ऐसे लोग उसकी ज़िन्दगी की जटिल मुश्किलों की असमंजस की कल्पना ही कैसे कर सकते थे?

'मुझे झूठ बोलना बन्द कर देना चाहिए' उसने फ़ैसला किया। 'इससे नाहक पहले से उलझी गुत्थी और उलझती है और झूठ का नतीजा बुरा ही होता है। मैं अब से सच बोलूँगा और सिर्फ़ सच। मरने तक सच के अलावा कुछ नहीं बोलूँगा।'

उसके अन्दर की एक आवाज़ ने उसे छेड़ा, 'पर सच होता क्या है?' उसने इस विचार को दरकिनार किया, 'सच का मतलब है ज़िन्दगी का सबसे बदसूरत और कष्टदायक हिस्सा। जिससे जूझना होता है, लगभग कुश्ती लड़ने वाले अन्दाज़ में और उसे पीछे छोड़ना पड़ता है। बाक़ी सभी कुछ झूठ है।'

वह जब जीवनपुर लौटा तब बारिश हो रही थी। सिर्फ़ एक छाते से उस मूसलाधार तिरछी बारिश से बचाव नहीं हो सकता था। घर के भीतर दाख़िल होने तक वह बुरी तरह भीग चुका था। उसकी चाची कौमुदी और नौकर घनुवा जाने किस पूर्वाभास से दरवाज़े पर बाट जोह रहे थे। शायद ईश्वर ने उन्हें कोई सन्देश भेजा था। "भीतर मत आ," चाची ने कहा, "अभी छौड़ा डालना है," फिर उन्होंने उसके ऊपर गोमूत्र छिड़कना शुरू किया। जयेश रुका नहीं, बलपूर्वक आगे बढ़ता रहा।

"मुझे शुद्ध नहीं किया जा सकता," उसके ख़ूबसूरत चेहरे पर एक अजीब सी मुस्कान खिल गई, "मैंने मांस खा लिया है, गोमांस भी। मैं म्लेच्छ स्त्री के संग भी रहा हूँ और बंबई की गलियों में फिरने वाली प्रदूषित वेश्याओं के संग भी। मैं एक गोरी ईसाई स्त्री से प्रेम करता हूँ और अब सिर्फ़ यीशु मसीह की कृपा मुझे सर्वनाश से बचा सकती है।"

उसे ख़ुद इस बात से आश्चर्य हुआ कि वह कैसे यह सब बोल गया। उसे यह भी पता नहीं था कि कैसे, कब उसने यह सब कहने का फ़ैसला किया। पर अब यह हो चुका था। परेशान कौमुदी के हाथ से छौड़े का कनस्तर छूट गया। घनुवा का मुख

सदमे में खुला का खुला रह गया। पर उसकी चाची ने ख़ुद को सँभाला और चीज़ों को नियंत्रण में लेने की कोशिश की।

"जयेश को बुख़ार चढ़ा है और यह उसका बुख़ार ही बोल रहा है। इसे दवा की ज़रूरत है।"

यह कहते हुए कौमुदी उसका हाथ पकड़कर उसे उसके कमरे में ले जा रही थी पर उसके चाचा ने जो उसकी बातें सुन रहे थे उसे रोक लिया। "गोमांस भक्षी दुष्टात्मा!" उन्होंने ग़ुस्से से कहा, "तुम इसी वक़्त इस घर से जा सकते हो। जाओ और हमेशा के लिए जाओ। तुमने एक ब्राह्मण परिवार को कलंकित किया है। तुम्हें जाना ही होगा।"

जयेश जाने के लिए मुड़ा और उसने दरवाज़े का रुख़ किया। घनुवा हड़बड़ाकर उसे छाता देने चला। उसके चाचा ने दरवाज़े तक उसका पीछा किया और उससे आख़िरी बार अभद्रता से बोले, "चूरन कहाँ है? वह सारा सामान जो तुम अपने साथ ले गए थे?"

"वह सब मैं वहीं छोड़ आया, जो कुछ मेरे साथ था, सब कुछ, जयेश का जवाब था।"

देवकी को दूसरे दिन सुबह तक यह पता नहीं चला कि उसका पति लौटा था और फिर चला भी गया। किसी ने उसे कुछ भी बताने की ज़रूरत नहीं समझी। वह झाग वाली दूधिया चाय से भरा पीतल का गिलास वैद्य जी के सिरहाने रखने जा रही थी, जब उन्होंने अपनी खिचड़ी भौंहों को त्रिकोण बनाकर उस पर गरजना शुरू कर दिया, "कुलच्छनी, जब से तेरे पैर इस घर में पड़े हैं अनिष्ट ही अनिष्ट उनके साथ आया है। अब तो तू ख़ुश है कि तूने मेरे अबोध भतीजे को भ्रष्ट कर दिया है। चैन मिल गया अब?"

देवकी कुछ भी नहीं समझ पाई। उसे इस बात का कोई अता-पता नहीं था कि वैद्य जी क्या बात कर रहे हैं। उसके आँसू फूट पड़े और वह कमरे से निकल आई। दोपहर तक वह कौमुदी से यह पूछने का साहस जुटा पाई कि माजरा क्या है।

कौमुदी ने सपाट बयानी से कहा, "तुम्हारा पति आया था और चला गया है। उसका कहना है कि वह अब गोमांस भक्षी है और ईसाई बनने जा रहा है।"

कौमुदी उस वक़्त दाल बीन रही थी और गोहत की दाल से कंकड़-पत्थर या कीड़े निकालकर अलग कर रही थी। उसने आँखें उठाकर देवकी की तरफ़ नाराज़गी से देखा जैसे दोष उसी का हो और फिर घर के काम में जुट गई।

देवकी पीतल की बड़ी परात में बासमती के दाने बीन रही थी ताकि उनमें कोई कीड़ा-कंकड़ बचा न रहे। बल्कि उसने और भी एकाग्रता से चावल बीनना शुरू कर दिया। उसके दिमाग़ में भयंकर हलचल थी। आशंकाओं का बवंडर और अटकलें।

'वह कहाँ होगा? उसने मुझसे सम्पर्क क्यों नहीं किया? क्या वह अब मुझे

हमेशा के लिए त्याग देगा?' बासमती की पहाड़ जैसी ढेरी से कंकड़-कीड़े और तिनके बीनते उसने एक सुनिश्चित योजना की रूपरेखा तैयार की।

उसे एक मददगार की ज़रूरत थी जो उसे यहाँ से भाग निकलने में मदद करे। जिस एक व्यक्ति पर वह भरोसा कर सकती थी वह उसकी माँ तिलोत्तमा थी। उस रात जब सारे घरवाले सो रहे थे देवकी बाहर निकल गई। उसने एक मर्दाना शॉल ओढ़ रखा था और वह अल्मोड़ा की अपरिचित गलियों को नापती अपने माँ के घर पहुँच गई। वहाँ उसने अपने दिल का दुख-दर्द तिलोत्तमा को सुनाया। उसकी माँ ने हुक्म दिया, "यहीं रह मेरे साथ। छोड़ उस झूठ बोलने वाले जीवनपुर के ससुराल को। मुझे पहले ही पता था कि तुम्हारी उम्र अभी शादी की नहीं हुई है।"

देवकी ने यह तय कर लिया था कि वह अपने दिमाग़ की सुनेगी दिल की नहीं। वह अपनी माँ की सलाह को न मान जीवनपुर के घर को लौटी ठीक समय की प्रतीक्षा करते हुए।

जयेश जब जीवनपुर वाला घर छोड़कर निकला वह इतने भावावेश में था कि उसे अपनी पत्नी के बारे में सोचने की फ़ुर्सत ही नहीं मिली। वह उसके ज़िन्दगी के हाशिए पर से भी ओझल होती रहती थी। उसे बहुत बाद में यह पता चला कि देवकी उसके परिवार वालों के साथ जीवनपुर में ही रह रही है।

उसने अपने ननिहाल में शरण ली थी जहाँ उसके ममेरे भाई-बहन जीवनपुर वाले कुनबे से अधिक उदार थे। उनके लड़के ने ईसाई मिशन स्कूल में पढ़ाई की थी और वह इंडियन सिविल सर्विस का इम्तहान देने का इरादा रखता था। इनके रसोईघर में अंडों को आने की इजाज़त थी और एक ख़ानसामाँ पश्चिमी व्यंजन पकाता था।

जयेश के निर्वासन की कहानी तेज़ी से फैली और हर बार उसे ज़रा मिर्च-मसाला मिलाकर आगे बढ़ाया जाता। अल्मोड़ा की आबादी 30 हज़ार थी और इसका एक बड़ा हिस्सा बिरादरी-रिश्तेदारी और पारिवारिक दोस्तियों के कारण आपस में जुड़ा था। अफ़वाहें लगभग प्रकाश की गति से फैलती थीं। गलियों में कूचों-घरों के पिछवाड़े नौकरों-नाइयों और ज्योतिषियों के ज़रिए। सो जब जयेश चन्द्र पंत ने अपने चाचा जीवन का घर दूषित कर दिया तो पूरा ब्राह्मण समाज एकजुट हो गया।

उसकी सास तिलोत्तमा मन-ही-मन इस घुमड़ते बवंडर से प्रसन्न हुई। भले ही जयेश के आचरण ने उसकी लड़की को सुख नहीं दिया पर वह उसकी तारीफ़ किए बिना नहीं रह सकती थी। आख़िर उसने अपने दकियानूस चाचा के ख़िलाफ़ बग़ावत की दिलेरी दिखाई थी। वह अपनी भावनाओं को ठीक से मुखर नहीं कर सकती थी। पर वह इस बात को महसूस कर सकती थी कि बदलाव आ रहा है। तिलोत्तमा नियमित रूप से 'अल्मोड़ा एनल्स' और 'अल्मोड़ा अख़बार' का पारायण करती थी। उसे पता था कि अन्धविश्वासों को चुनौतियाँ दी जा रही हैं। ईश्वरचन्द्र विद्यासागर जैसे समाज सुधारक बाल विवाह का विरोध कर रहे थे। विधवाएँ सर ऊँचा उठाकर

पुनर्विवाह कर रही थीं। थोड़ी सी ही सही, कुछ महिलाएँ उच्च शिक्षा को कुछ तोला सोने से अधिक मूल्यवान समझने लगी थीं। महिला अध्यापकों, डॉक्टरों और वकीलों की ख़बरें भी मिल रही थीं।

कुछ भी पहले जैसा नहीं रह गया था। कुछ पढ़े-लिखे लोग ईसाई धर्म की ओर मुड़ने लगे थे। कुछ और लोग विदेशी मालिकों के प्रति अपना आक्रोश व्यक्त करने के लिए विदेशी चीज़ें छोड़ने लगे थे। उसने पढ़ा था कि लोग अंग्रेज़ी चॉकलेट, बिस्कुट और दीवाली के पटाखों का बहिष्कार करने लगे थे। इन ख़बरों से उसके मन में भी ललक उठती। 'वह ख़ुद से कहती, मैं भी इन सब चीज़ों को छोड़ना चाहती हूँ मगर इससे पहले यह ज़रूरी है कि मैं इन्हें ख़रीद और चख लूँ। कोई भी चीज़ जाने-पहचाने बिना कैसे छोड़ी जा सकती है।'

अपनी सारी ज़िन्दगी तिलोत्तमा अपने परिवेश के प्रति बग़ावत के नाक़ामयाब मनसूबे पालती रही थी। लेकिन उच्च कुलीन समाज की बेड़ियों को तोड़ भाग निकलने में वह सफल नहीं हुई थी। उसके दामाद ने यह कर दिखाया था। उसे उस पर गर्व था। उसने चुपचाप उसे सराहा।

अपनी खिड़कियों के बन्द कपाटों से चारों तरफ़ घिरी पूजा की कोठरियों से अल्मोड़ा के ब्राह्मणों ने चाचा और भतीजे के बीच चल रहे इस युद्ध को दिलचस्पी से देखा। जयेश के आचरण का बचाव कठिन था। पर वैद्यराज जीवन चन्द्र पंत लोकप्रिय व्यक्ति नहीं थे। इस वक़्त उनकी नाक नीची होने से लोगों को काफ़ी आनन्द आ रहा था। सहानुभूति सिर्फ़ दिखावे की थी, पीठ पीछे गपशप में ख़तरनाक निंदा का पुट प्रमुख रहता—'ऐसा कुछ नहीं जो चाचा ने ख़ुद न किया हो। कुछ भी तो नहीं छोड़ा। काठमांडू में राजा से उसका पैसा ठगने और वहाँ एक रखैल रखने तक। कम से कम भतीजे में अपने कुकर्मों के बारे में सच बोलने का साहस तो है।'

वैद्य जीवन चन्द्र पंत जी ने फ़ैसला किया कि वह जयेश का घटश्राद्ध करेंगे। यह किसी ब्राह्मण को जात-बिरादरी से बाहर करने का सबसे भीषण तरीक़ा है, जिसके माध्यम से संकटग्रस्त ब्राह्मण परिवार अपनी शुद्धि और वंशवृक्ष की रक्षा का प्रयास कर सकता है। उसने इस बारे में जयेश के पिता, यानी अपने भाई से कोई सलाह नहीं ली। बस सूचित भर कर दिया। गूढ़ भाषा में इशारों में ही। एक तार के माध्यम से यह ख़बर दी, ''तुम्हारा पुत्र जयेश भले ही तन्दुरुस्त और ख़ुश है पर हमारे लिए मर चुका है।''

टैगोर परिवार पिराली ब्राह्मण था पर उसे इसी कारण जात बाहर कर दिया गया था कि उसने गोमांस सूँघ लिया। वैद्य जी ने अपनी पत्नी और रिश्तेदारों को सूचित किया, ''उस वक़्त बंगाली ब्राह्मणों ने यह व्यवस्था की थी कि सूँघना खाने के बराबर होता है और जयेश ने तो इसे खाया भी है और पचाया भी। मेरा फ़ैसला है कि वह अपने परिवार के लिए मर चुका है।''

भतीजे के विश्वासघात ने वैद्य जी को हिलाकर रख दिया था। उसने न केवल अपनी विरासत गँवा दी थी बल्कि वह पश्चात्ताप रहित गोमांसभक्षी था। उसने पुरखों के धर्म का उल्लंघन किया था। जीवन चन्द्र पंत का अपना बेटा मुक्तेश कभी भी उन्हें शिकायत का मौक़ा नहीं देता था। कौमुदी तब भी अपने भतीजे को अलग तरीक़े से प्यार करती थी। उन्हें उसमें अपनी झलक नज़र आती थीं। 'क्यों किया उसने ऐसा?' उसने शोकाकुल होकर ख़ुद से पूछा। 'मुझसे क्या ग़लती हुई आख़िर?' अंत्येष्टि संस्कार और फिर शौचकर्म की विधियाँ लम्बी थीं। देवदार वृक्ष से काटकर लाई एक शाखा को पापी ब्राह्मण का शरीर बनाया जाता था। काठ का यह टुकड़ा अब जयेश था जिसे श्मशान घाट में ले जाकर जलाया जाना था। मिट्टी का एक घड़ा निर्वासित आत्मा रूपी वहाँ तोड़े जाने के बाद ही यह कर्मकांड पूरा होता था।

~

तिलोत्तमा ने जब घटश्राद्ध के बारे में सुना तो वह बहुत नाराज़ हुई। उसने कहा, 'कैसे जंगली लोग हैं। अब मेरी बेटी का क्या होगा? क्या वह उसे विधवा बना देंगे? मेरे जीते जी ऐसा नहीं हो सकता और उसके जीवनकाल में भी मैं यह नहीं होने दूँगी।' उसकी आवाज़ रसोई की छत की शहतीरों से टकराकर उस धुएँ भरी कोठरी में लौटती रही।

उसे रोक सकने वाला अब कोई नहीं था। उसका पति धीरे-धीरे उसके जीवन से अलग हो चुका था। उसने अपनी पत्नी को एक सरकारी ख़त के माध्यम से यह सूचित किया था कि वह सर्वे के काम से एक कठिन दुर्गम यात्रा में निकल रहा है। दरअसल वह काठमांडू में बस गया था, हालाँकि वह बीच-बीच में देहरादून आता रहता था।

तिलोत्तमा ने पड़ोसियों के किशोर नौकरों को एक झंपानी लाने भेजा। कुछ देर बार दो कमज़ोर झंपानी और एक कुर्सी वाली डांडी उसके दरवाज़े पर खड़ी थी। उसने अपने स्वाभाविक तुनकमिज़ाज से एक सनक में टोकरी भर फल ख़रीदे— केले, सेब, माल्टा। हालाँकि बारिश नहीं हो रही थी फिर भी तिलोत्तमा ने एक रंगीन छाता साथ ले लिया ताकि उसके अभियान में कुछ शान-शौकत जुड़ जाए। मरियल झंपानी तिलोत्तमा को लेकर जिस वक़्त पत्थर की सीढ़ियाँ उतर जीवनपुर के अहाते में दाख़िल हुए वहाँ घटश्राद्ध की तैयारी शुरू ही हुई थी। 21 नारियल टोकरियों में रखे थे और पवित्र मंत्रों का उच्चारण शुरू हो गया था।

जीवन चन्द्र पंत एक दुविधा में थे। जयेश के पथ से भटकने वाले स्वभाव के कारण ही वह उसे चाहते थे, अनमोल समझते थे। उनका ग़ुस्सा अब कुछ शान्त हो रहा था

पर घाव अब भी पीड़ादायक था और ब्राह्मण के शब्द, जो एक बार मुख से निकल जाएँ, हर क़ीमत पर निभाने ही पड़ते हैं। अन्यथा उनकी जीभ गलकर गिर जाएगी।

*रघुकुल रीति सदा चलि आई।*
*प्राण जायँ पर वचन न जाई॥*

भगवान राम को अपने पिता के सम्मान की रक्षा के लिए उनका वचन निभाना पड़ा था। कोई और रास्ता नहीं था। जयेश की अन्त्येष्टि का क्रियाकर्म करना ही होगा।

जहाँ तक देवकी का प्रश्न है किसी को इस बात की कोई चिन्ता नहीं थी कि इस सारे नाटक का उसकी ज़िन्दगी पर क्या प्रभाव पड़ने वाला है। उसके पति का जात बाहर किया जाना, घटश्राद्ध के बाद उसका विधवा बनाया जाना पितृसत्तामक कुलीन कुमाऊँनी ब्राह्मणों के लिए अन्याय नहीं था।

तिलोत्तमा झंपानी से प्रकट हुई। उसने रंगीन छाते को रणक्षेत्र में किसी महारथी के छत्र के ऊपर फहराने वाले परचम की तरह लहरा रखा था। वह चिंघाड़ी, "कहाँ है मेरी बेटी?" उसकी आवाज़ दूर-दूर तक पहाड़ों में गूँजती रही। उसने वैद्य से पूछा, "कहाँ है मेरी बेटी?" जीवन चन्द्र चौंक गए और असमंजस में पड़ गए। उनके साथ इतने तीखे तेवरों में इतनी ऊँची आवाज़ में कभी किसी ने बात नहीं की थी। नेपाल नरेश पाँच सरकार ने भी नहीं। हवनकुंड से गीली लकड़ियों का धुआँ उनकी आँखों में लग रहा था जिससे उनसे पानी निकल रहा था। दरअसल ऐसा कुछ जड़ी-बूटियों के धुएँ की वजह से और कुछ उस मूर्खतापूर्ण अहंकार के संताप की वजह से हो रहा था जिसके कारण वह चाहने पर भी अपने प्यारे भतीजे को माफ़ नहीं कर पा रहे थे।

"कहाँ है मेरी बेटी देवकी?" तिलोत्तमा फिर बोली और इस बार उसने अंग्रेज़ी में माँग की, "रिटर्न हर टू मी!"

देवकी जैसे ऐसे किसी वाक्य का इन्तज़ार कर रही थी। वह घर के भीतर से जूट का एक झोला और एक बस्ता अपने पीले हाथों में लिये प्रकट हुई।

"और यह तुम भिखमंगों के लिए हमारे परिवार की तरफ़ से तोहफ़ा है," कहते हुए तिलोत्तमा ने शाही अन्दाज़ में उन केलों और सेबों को फ़र्श पर बिखरा दिया जिन्हें वह अपने साथ लाई थी। फिर वह देवकी के ऊपर छतरी तानकर उसे अपने साथ उस वाहन तक ले गई जिस पर उन दोनों के लिए बैठने की जगह तंग थी। सीढ़ियाँ चढ़ने के बाद दूसरी डांडी का उपयोग ज़रूरी समझा गया। आख़िरकार देवकी अपनी माँ की सुपुर्दगी में पहुँच गई।

अध्याय–11

# द्विज

कुमाऊँ भर में यह ख़बर फैल गई थी कि उच्च कुलीन ठुलधोतिया ब्राह्मण, जीवनपुर वाले जीवन चन्द्र पंत का भतीजा धर्मान्तरण कर ईसाई बन गया था। उसका बपतिस्मा अल्मोड़ा कुष्ठाश्रम के रैवरैंड बोडेन ने किया था। तमाम रिश्तेदारों और बिरादरी में खलबली मच गई—क्या करें सब समय का दोष है। आख़िर कलियुग पहुँच ही गया।

जीवनपुर वाले घर में वैद्य जी प्रार्थना में खोए थे। यह वेला संध्या–पूजा की थी पर इस समय उनके मुँह से गायत्री मंत्र नहीं बल्कि शिव तांडव स्तोत्र के शब्द निकल रहे थे। अब महाकाल शिव ही इस ब्राह्मण परिवार की शुद्धि की रक्षा कर सकते थे।

डमड–डमड, डमड–डमड, निनाद डड्वंये! वृद्ध वैद्य को तांडव स्तोत्र कंठस्थ था और वह यह भी जानते थे कि इसकी रचना राक्षसराज रावण ने की थी जो ख़ुद एक तरह से जाति–धर्मच्युत ब्राह्मण था। भतीजे जयेश को वैद्य राज ने हमेशा अपना बेटा माना था। अब उसने गोरे उत्पीड़कों का ईसाई धर्म ग्रहण कर लिया था। देवकी को उसकी पगली माँ उठा ले गई थी। कहीं न कहीं इस पागलपन की रोकथाम ज़रूरी थी। महादेव शिव का हस्तक्षेप ही जीवन में सन्तुलन को लौटा ला सकता था।

उनकी पत्नी कौमुदी ने घर के चारों ओर शिव के नाम का जाप करते हुए गंगाजल और गोमूत्र का छौड़ा छिड़का था और इमारत के हर कोने–कतरे को शुद्ध करने की भरसक कोशिश की थी। उनको अपने चारों ओर ख़ालीपन का एहसास हो रहा था और नौजवान नवदम्पती के जाने के बाद परम्परा के टूटने की, पुराने रीति–रिवाजों के ख़त्म होने की आशंका और बलवान हो गई।

जयेश पत्थर के छोटे से जलाशय के सामने नतमस्तक बैठा था और पवित्र जल उसके बालों से बहकर गालों को गीला कर रहा था। उसे इस बात का गहरा एहसास

हो रहा था कि उसका पुनर्जन्म हो रहा है। अब वह आज़ाद था रोज़मेरी के साथ रहने के लिए।

उसने अपनी आँखें ऊपर उठाकर क्रॉस पर टँगे प्रभु यीशु मसीह को देखा जो उसे संवेदना से देख रहे थे। उसका पुराना रक़ीब अब उसका पुराना साथी बन चुका था।

शेरसिंह फुलारा ने इस मौक़े पर एक भोज का आयोजन किया। जयेश ने, जो अब जोनास बन गया था, इस दावत में हिस्सा लिया। कुष्ठाश्रम के निवासियों के साथ खाने के लिए बाहर बग़ीचे में एक लम्बी मेज़ अखरोट के पेड़ के नीचे सिजाई गई थी, जिस पर काफ़ी मात्रा में चावल, आलू, गोभी और पूरियाँ आदि चीज़ें उन पत्तलों में लदी थीं, जिन्हें साल के पत्तों को तिनकों से बाँधकर कुष्ठ रोगी बिरादरी ने बनाया था।

रेवरैंड बोडेन ने एक छोटा सा भाषण दिया, ''चर्च में आप सबका स्वागत है। ब्रदर जोनास यह हम सबका कर्तव्य है कि हम सब यीशु का सन्देश दुनिया भर में फैलाएँ, जहाँ अनेक जातियाँ और अनेक राष्ट्रीयताएँ हैं। जैसा 'न्यू टेस्टामेंट' में कहा गया है कि कोढ़ी को सभी घिनौनी नज़र से देखते हैं, उसे देखते ही 'गन्दा है, गन्दा है' चिल्लाने लगते हैं और हमें पता है कि रोगी को कैसी यंत्रणा और अकेलापन झेलना पड़ता है। वह परित्यक्त हो जाता है। उसका न कोई सामाजिक अधिकार है और न ही क़ानूनी। सेंट पीटर को यह इलहाम हुआ था कि कुछ भी प्रदूषित नहीं, गन्दा नहीं। जब हमारे प्रभु ने अपने को रोगियों और पीड़ितों की सेवा के लिए समर्पित कर दिया तो हमें उसी पथ का अनुसरण करना चाहिए।''

बोडेन ने अपना भाषण जारी रखा, ''हम स्वागत करते हैं भाई माइकल बक्स का जिनका जन्म अवध के लखनऊ शहर में ख़ुदाबख़्श के परिवार में हुआ था। वह बरसों से उस डरावनी परम्परा के उन्मूलन के लिए संघर्ष करते रहे हैं, जिसमें कोढ़ियों को ज़िन्दा ही दफ़ना दिया जाता था। यह रीति परिवारों की सहमति से ही जारी रही है। लोग यह ग़लतफ़हमी पालते हैं कि अगर ऐसा किया गया तो परिवार के किसी दूसरे सदस्य को यह बीमारी नहीं लगेगी। मिस्टर बक्स जिनका हम आदर करते हैं एक महीने के लिए आए हैं और वह कुष्ठ रोग के उन्मूलन के बारे में एक पुस्तक लिखने वाले हैं।''

जोनास ने इधर-उधर देखा। चारों तरफ़ ऐसे रोगी थे जिनकी बीमारी पहले चरण से अन्तिम चरण तक पहुँच चुकी थी। तब भी कुरूप चेहरे और सड़े-गले अंग देखकर उसे कोई घिन नहीं आई। वरन् उसके मन में इन बेचारे क्षत-विक्षत चेहरे वालों के लिए गहरी सहानुभूति का भाव उमड़ने लगा। अँगुलियों के ठूँठों से वे दाल और चावल खा रहे थे, उनकी आँखों में दया थी और उनकी मुस्कान में ख़ुशी।

माइकल बक्स जो कभी मीरबख़्श रहे थे, विचारमग्न चेहरे वाले एक शान्त व्यक्ति थे। उनके चेहरे पर चेचक के डरावने दाग़ थे। क्या उन्हें भी मिशन में शरण लेने के पहले घरवालों ने त्याग दिया था? जोनास को उनसे बात करने का मौक़ा नहीं

मिला क्योंकि वह जल्दी ही चले गए। भोज में भी कटौती करनी पड़ी क्योंकि अचानक बारिश की बौछार शुरू हो गई थी।

जोनास सात ताल के लिए वहाँ रवाना हो गया जहाँ ईडन आश्रम था। रोज़मेरी ने उसका स्वागत यथासम्भव साहस जुटाकर किया। यह उसके प्रेम की परीक्षा थी। आध्यात्मिक चाहत और भावनाओं की रस्साकशी, प्रेम और संवेदना का द्वंद्व। उसने ख़ुद को समझाया पर भीतर-ही-भीतर वह जोनास यानी अपने जयेश के आने से बहुत ख़ुश थी, जो अब उसके निकट रहने वाला था। वह भी ख़ुद उसी अजीब चुम्बकीय आकर्षण से खिंचा चला आ रहा था, जो दोनों को मिलाता और दूर करता रहता था।

दोनों एक-दूसरे के साथ पहले से कहीं अधिक औपचारिक बर्ताव कर रहे थे। रोज़मेरी ने जोनास को ईडन आश्रम के बारे में बताया। मूर्ति पूजक हिन्दुस्तानियों को पढ़ाई-लिखाई और आधुनिक चिकित्सा का लाभ पहुँचाने के लिए इसकी स्थापना की गई थी। धर्म परिवर्तन का कोई लालच या दबाव नहीं था।

रोज़मेरी ने कहा, ''ईश्वर के काम करने के तरीक़े रहस्यमय होते हैं। देखो कैसे वह तुम्हें यहाँ ले आया सन्मार्ग पर।'' दोनों बरामदे में साथ-साथ बैठे थे। जोनास ने यह तय कर लिया था कि वह इस साध्वी के लायक़ व्यक्ति बनेगा, जिसने उसे तब शरण दी थी जब उसके परिवार ने उसे त्याग दिया था। उसे तो एक नई ज़िन्दगी दी गई थी और वह अब अपनी पुरानी ज़िन्दगी को इसे प्रदूषित नहीं करने देगा।

दोनों एक साथ सूर्यास्त देख रहे थे चुप्पी बनाए रखते हुए। आसमान गुलाबी से बैगनी हो रहा था और फिर बग़ीचे में छायाएँ पीछे सरक रही थीं। आसमान में बहुत ऊपर शुक्र तारा चमक रहा था। मनुष्य के भोलेपन और छल-कपट पर हँसते हुए। फिर वे अपने-अपने अलग कमरों में लौट गए।

तिलोत्तमा उन लोगों में से नहीं थी जो आसानी से हार मान लेते हैं। वह अपनी लड़की को जीवनपुर के तानाशाही वाले परिवार से छुड़ा लाई थी। अब वह उसके बिछुड़े पति से मिलाने वाली थी। कुछ करने का समय आख़िरकार आ गया था।

तिलोत्तमा की रणनीति तब तक इन्तज़ार करने की थी जब तक जीवनपुर वालों का क्रोध शान्त न हो जाए। जब जोनास संकल्प में पक्का होकर ईडन आश्रम में बस गया था ईसाई बनने के लिए तब उसने दो झंपानियाँ किराए पर लीं और बेटी देवकी के साथ सात ताल के लिए निकल पड़ी। उन्होंने रात रामगढ़ के डाक बँगले में बिताई। तिलोत्तमा ने चौकीदार को घूस देकर काम यह आसान किया क्योंकि बिना कमिश्नर की पर्ची के वहाँ कोई नहीं टिक सकता था। यह बँगला गोरे साहबों और ऊँचे ओहदे पर काम करने वाले हिन्दुस्तानियों के लिए आरक्षित था। पर तिलोत्तमा के सिक्कों ने काम कर दिखाया। एहतियातन उसने कर्नल वॉकर का नामोल्लेख भी कर डाला जो उसके पति के परिचित थे।

रोज़मेरी ने ही सबसे पहले इन दोनों को पहुँचते देखा। उसने अपने सहायकों को बुलाया और जयेश से कुछ अचरज से कहा, "दो लोग हमारे यहाँ आ रहे हैं, कौन हो सकते हैं वे ?" जोनास ने अपनी सास तिलोत्तमा को आते देखा और अपनी पत्नी देवकी को भी। तिलोत्तमा ने ज़रा भी समय बर्बाद नहीं किया और स्थिति अपने नियंत्रण में ले ली। उसने घोषणा की, "मैं अपने दामाद से बात कर रही हूँ। हिन्दू विवाह एक पवित्र बंधन है। मेरी बेटी देवकी जन्म-जन्मांतर से तुम्हारी पत्नी है और अगले कई जन्म में भी तुम्हारी पत्नी रहेगी। तुम उसे इस जन्म में कैसे छोड़ सकते हो ?"

जयेश ने कहा कि "अब मैं एक ईसाई हूँ।" उसका शरीर अकड़ रहा था और वह अस्वाभाविक रूप से सीधा बैठा था, जैसे किसी भारी बोझ के नीचे दबने की वजह से वह असहाय हो गया हो।

"अगर तुम ईसाई हो तो वह भी ईसाई है। तुम्हारे सामने जो स्त्री खड़ी है वह देवकी डायना है। उसने भी मार्गदर्शक प्रकाश देख लिया है और सही धर्म चुन लिया है। तुम दोनों सच्चरित्र पारिवारिक जीवन बिता सकते हो।" तिलोत्तमा यह सब कहते हुए सीधे जयेश की आँखों में देख रही थी और उसे यह लग रहा था कि जो कुछ वह कह रही है वह सच है।

कुछ भी पहले से तैयार नहीं किया गया था और जो कुछ घटा वह तिलोत्तमा ने पंडिता रमाबाई की किताबों से जो कुछ पढ़ा था उस पर आधारित था। अपने निरन्तर फैलते पुस्तकालय से अपने साथ लाई पवित्र बाइबिल निकालकर उसे तिलोत्तमा ने अपने माथे पर एक बार लगाया और अंग्रेज़ी में कहा, "आई विल नाउ प्रोनाउंस यू देवकी डायना।" फिर गम्भीरता से जोड़ा, "रेस्ट इन पीस।"

रोज़मेरी के चेहरे से रंग उड़ गया। वह देवकी डायना जैसी पीली दिखने लगी। उसने अपनी मुट्ठी कसकर भींच ली और एक फ़ौलादी संकल्प किया।

"स्वागत है मेरी बहन," उसने शान्ति से कहा। "हम सब ईडन आश्रम में एक साथ रहेंगे हँसी-ख़ुशी।"

भाग तीन

# संसार की सचाई

अध्याय-12

# ईडन आश्रम

देवकी डायना ताल के पास बैठी थी। उसने एक लम्बा स्कर्ट-ब्लाउज़ और जैकेट पहन रखी थी। जाड़ा हो या गर्मी, नंगे पैर फिरने के आदी उसके पैर फ़िलहाल कैनवस के चपटे जूतों में क़ैद थे। पन्ना ताल सात ताल इलाक़े की सात झीलों में एक था। वह अल्मोड़ा से बहुत दूर नहीं था महज़ दो दिन का पैदल रास्ता था। पर यहाँ सब कुछ फ़र्क़ था। हवा, गंध, पानी का स्वाद सब कुछ एक नई अप्रत्याशित ज़िन्दगी का हिस्सा थे।

उसने आस-पास की चीज़ों को उल्लास से भरकर देखा। आसमान का रंग नीले से बदलकर बैगनी हो रहा था और ताल की लहरें और भी गहरी हरी होने लगी थीं। एक ख़रगोश व्यस्त सा दिखता, महत्त्वपूर्ण होने के एहसास के साथ आस-पास फुदक रहा था। वह छोटा सा प्राणी था जिसके कान और पैर नीले-काले थे। देवकी ने सोचा— ऐसा लगता है जैसे इसने मोज़े पहन रखे हों और एक टोप। ज़रूर यह एक अंग्रेज़ ख़रगोश होगा।

ज़ाहिर है ऐसा नहीं था। वह एक हिमालयी पहाड़ी ख़रगोश था जिसकी नस्ल दुनिया भर में फैल चुकी थी। बेल्जियम में ख़रगोशों की पैदावार बेशुमार बढ़ने के साथ। वह उसे ग़ौर से धीमी रोशनी में देख रहा था, कुछ सहमा सा फिर भी बड़े कुतूहल से। उसकी लाल आँखें कोमल और दयालु लग रही थीं। लम्बे खड़े कान कुछ सुनने की कोशिश कर रहे थे, शायद वह जो बहती बयार कहना चाहती थी। ख़रगोश ने अपनी नाक फड़काई और अपने बिल की तरफ़ भाग गया। पर उसकी नज़र देवकी के साथ रही।

जब जयेश जीवनपुर वाले घर से निकल गया तब देवकी ने भी यह फ़ैसला कर लिया कि वह भी यहाँ से चली जाएगी। यह फ़ैसला सिर्फ़ उसके दिल और दिमाग़ में नहीं था, उसका पूरा वजूद उसे ऐसा करने को कह रहा था।

रोज़मेरी के अभ्यारण्य में उसके अचानक, अप्रत्याशित रूप से पहुँचने के बाद रेवरैंड बोडेन ने यह महसूस किया कि उसके विधिवत धर्म परिवर्तन की ज़रूरत है। लेकिन यह कर्मकांड तिलोत्तमा के लौटने के बाद ही सम्पन्न हुआ क्योंकि बोडेन यह नहीं चाहते थे कि उसकी दबंग ज़िद्दी माँ पवित्र कर्मकांड में कोई विघ्न-बाधा पहुँचाए।

आसमान में तारों के उगने के साथ देवकी ने अपने बदले हालात के बारे में सोचना शुरू किया। अब वह देवकी नहीं डायना थी। डायना जोनास पंत जिसे सच्चे धर्म में दीक्षित किया जा चुका था। उसका पुनर्जन्म हो चुका था और वह उस पुरुष की तलाश में लगी थी जो उसका पति था।

लहरों की सरसराहट को सुनते हुए उसने ख़ुद से कहा, 'मैं उसे रोज़मेरी नाम की औरत से वापस हासिल कर लूँगी।' फिर उसने इतने हलके से फुसफुसाते हुए कहा ताकि हवा भी न सुन ले, 'मेरे पति को मुझसे कोई नहीं छीन सकता।'

वह अभी तक कुँवारी थी। जयेश ने शादी के बाद उसके साथ सहवास नहीं किया था। जिस सफ़ेद अलबीनो औरत का बोझ उस पर लादा गया था वह उसके लिए एक अजनबी, लगातार पीछा करने वाली छाया ही बनी रही। वह सिर्फ़ कर्तव्य पालन के लिए ख़ुद को देवकी से जुड़ा पाता था और उससे अपनी दूरी बनाए रखता था। उसके बंबई से लौटने के बाद वाला घटनाक्रम इतना तेज़ अप्रत्याशित और सदमे पहुँचाने वाला रहा कि जयेश को अभी भी अपनी नई ज़िन्दगी के बारे में कोई भरोसा नहीं था। वह देवकी के बारे में अपनी पत्नी के रूप में नहीं सोचता था। उसे लगता था कि वह उसकी पुरानी ज़िन्दगी का कुछ सामान है जिसे जीवनपुर वाले घर से यहाँ भेज दिया गया है।

देवकी के रहने के लिए बरामदे के अन्त वाला कमरा तय किया गया था। जयेश से उसका सामना खाने के वक़्त ही होता या आश्रम में चलते-फिरते। वह यथासम्भव अपने को अपने तक सीमित रखती। ईडन आश्रम में उसको पहले की तरह व्यस्त रखने वाला कोई काम नहीं था। जयेश आश्रम के प्रबन्ध में हाथ बँटाता पर इसमें बहुत समय की ज़रूरत थी। उसने आश्रम के स्कूल में बच्चों को पढ़ाने की कोशिश की पर उसे बच्चों से ज़्यादा लगाव न था और सारे अध्यापक अपने आचरण से उसे खीज से भर देते थे। जयेश को आनन्द अनारदाने के काम में भी तब तक बड़ा मज़ा आता था जब तक नियति ने उसके साथ अपना क्रूर खेल नहीं खेला था। उसके नसीब ने तब से बहुत सारी कलाबाजियाँ खाई थीं। उसे आश्रम तक पहुँचा दिया था। पर चिकित्सा विज्ञान में उसकी दिलचस्पी ख़त्म नहीं हुई थी। उसने होम्योपैथी के नए

उदीयमान विज्ञान का अध्ययन करने का फ़ैसला किया और अपने लिए होम्योपैथिक दवाइयों का एक डब्बा नैनीताल के माल रोड के मेडिकल हॉल से मँगवाया। उसने संकल्प किया "मैं ग़रीबों और असहायों का इलाज करूँगा।"

जयेश जोनास को आयुर्वेद के सिद्धान्तों की थोड़ी-बहुत जानकारी अपने चाचा के साथ काम करते हो चुकी थी। जर्मन डॉक्टर हानेमान के होम्योपैथी का इलाज करने वाले सिद्धान्त में उसे 'विषस्य विषमौषधम्' की अनुगूँज सुनाई देती। वह मटेरिया मेडिका ऑफ़ इंडिया एंड द थैराप्यूटिक्स में अपने को डुबा देता। रुस्तम जी नौशेरवान जी खोड़ी और नाना भाई नवरोज़ जी कतरक ने बड़े परिश्रम से पाँच सौ से अधिक वनस्पतियों और जड़ी-बूटियों का वर्णन इस ग्रंथ में किया था और इनका सम्पादन, संकलन विभिन्न रोगों के उपचार में उनकी उपयोगिता को देख वर्गीकरण के साथ किया गया था। ऐसा जान पड़ता था कि मनुष्य के सभी रोगों का उपचार होम्योपैथी से किया जा सकता है।

ईडन आश्रम की स्थापना एक परोपकारी समुदाय के रूप में फिलैंडर फिप्स ने अपनी साली के आदर्शवादी काम के लिए की। जो क़ानूनी दस्तावेज़ इस काम के लिए तैयार किए गए थे उनमें सार्वभौमिक प्रेम के प्राकृतिक उद्देश्य और सामंजस्य के लिए काम करना, यह उद्देश्य शामिल था। यह काम ग़ैर साम्प्रदायिक तरीक़े से सभी नस्ल जाति और वंश की ईश्वर की संतानों को उदार शिक्षा देने के द्वारा सम्पन्न होना था ताकि वे प्रभु का प्रसाद ग्रहण कर सकें।

चीड़ की लकड़ी के चौखट वाले एक लीथोग्राफ़ में आदम और हव्वा का चित्र इस क़ानूनी दस्तावेज़ के साथ दीवार पर टँगा था। पेड़ की शाखा से लिपटा साँप अपनी चमकीली आँखों से नंगी हव्वा को देख रहा था जो अपनी लाज को अपने बालों से ढकने का प्रयास कर रही थी। सुनहरे अक्षरों में चित्र शीर्षक लिखा था, 'ईडन के बग़ीचे में आदम और हव्वा का सम्मोहन।'

आश्रम के स्कूल में आने वाले बच्चों की संख्या घटती-बढ़ती रहती थी। पाठशाला घर से कुछ दूर एक बड़े से छप्पर में थी, सब्ज़ियों वाली बग़िया के पास गाँव को जाने वाले रास्ते पर। एक अवकाश प्राप्त डाकिए की पत्नी उन्हें सिलाई-कढ़ाई सिखलाती थी। रोज़मेरी केक बनाने की क्लासें लेती थी जहाँ छात्रों का अभाव रहता था। कुंदन और विलियम आओ को क्रमशः बागबानी और मिस्त्री का काम सौंपा गया था। जयेश को पढ़ना, लिखना और प्रारम्भिक गणित सिखाने के लिए तैनात किया गया। पास के गाँव से एक अवकाश प्राप्त अध्यापक अपेक्षाकृत नियमित रूप से आते थे। स्थानीय गाँव वालों की सेहत अच्छी थी और उन्हें बाहर वालों की दवाइयों पर भरोसा नहीं था। इसका नतीजा यह था कि जयेश की होम्योपैथिक दवाइयों और रोज़मेरी के प्राथमिक चिकित्सा के बक्से की ज़रूरत बहुत कम पड़ती थी।

हर रविवार को रोज़मेरी पहाड़ी बोली में बिशप हेबर की कुमाऊँनी बाइबिल की

मदद से आध्यात्मिक ज्ञान बाँटती। सबसे लोकप्रिय कक्षा संगीत की थी जो प्रार्थनाओं और प्रवचन के बाद होती थी। रोज़मेरी पहाड़ी और हिन्दी में अपने बच्चों को सामूहिक ज्ञान सिखाती। वे शुरू करते, उसके सुर में सुर मिलाते—'मोहे शरण अपनी कर दीजो प्रभु यीशु शरण दीजो।' वे पैर से ताल देते और तेज़ लय वाले गीत गाते, जिनकी संगत ढोल-मंजीरे देते। संगीतमय सुबह रोज़मेरी को भाव-विह्वल कर देती उसे लगता कि वह अपने मिशन में ठीक से काम कर रही है।

देवकी स्कूल में पढ़ाना चाहती थी पर रोज़मेरी ने उसे यह काम सुझाया नहीं और वह ख़ुद कुछ कहने में शरमाती थी। वह बेमतलब आश्रम में इधर-उधर भटकती रहती, अपनी राह तलाशती अपने माहौल को परखती। उसकी दोपहर मछुवारे कुंदन के साथ बीतती, जो माली और रसोइया भी था। उसने इस नौजवान औरत पर तरस खा उसके साथ दोस्ती का नाता बना लिया था।

ईडन आश्रम में साँप नहीं थे। पन्ना ताल और उसके आस-पास का इलाक़ा हमेशा ही ज़मीन पर रहने वाले और पानी के साँपों से मुक्त रहा था। हालाँकि बिच्छुओं और मकड़ों की तादाद काफ़ी थी। कोई यह नहीं जानता था कि ऐसा क्यों है क्योंकि एक ही पहाड़ी पर नल-दमयंती ताल के पास जहरीले करैत और घास में रेंगने वाले साँपों की बहुतायत थी।

''क्या सचमुच ईडन आश्रम में साँप नहीं ?'' एक दिन देवकी ने कुंदन से पूछा।

उसने पहले ताल की तरफ़ इशारा किया और फिर सामने की पहाड़ियों की तरफ़, ''यह हमारा पन्ना ताल है, और वह रहा हमारा रक्षक करकोटक पर्वत।'' उसने आसानी से न समझ में आने वाली बोली में कहा जो शहरी पहाड़ियों की जुबान से बहुत फ़र्क़ थी। उसके लिए यह समझना आसान नहीं था कि मछुवारा क्या कह रहा है पर वह ध्यान लगाकर सुनती रही।

''करकोटक नागों का राजा था। वह पूरे नागवंश पर राज करता था। जहाँ भी करकोटक की छाया पड़ती है उसके प्रति सम्मान दर्शाने के लिए कोई दूसरा सर्प वहाँ नहीं रहता। यदि भूले-भटके वहाँ पहुँच भी जाए तो वह अपने ज़हर की थैली बाहर छोड़ आता है। अरे इतना ही नहीं, यहाँ रहने वाले अजगर तक शाकाहारी हैं,'' वह नाटकीय प्रभाव के लिए कुछ देर रुका फिर उसने कहा, ''उन्होंने शाकाहार का ही विकल्प अपनाया है। बड़े नाग काई और शैवाल खाते हैं, चूहे या मछली को देखते ही उनकी भूख मर जाती है।''

आसमान में शुक्रतारा एक बैगनी हीरे की तरह टँका था। ताल से उठने वाली हलकी बयार उसके बालों को सहलाती खजबजा रही थी। देवकी उसकी बातें सुन

तो रही थी पर उसे उन पर विश्वास नहीं हो रहा था। पन्ना ताल एक जादुई स्थान है और शायद यहाँ कुछ भी सम्भव है, यह उसने सोचा।

तभी अचानक विलियम आओ उसके पीछे से प्रकट हुआ। "रोज़मेरी मेम साहब कब से तुम्हें ढूँढ़ रही हैं उसने कहा, अब खाने का वक़्त हो गया है।"

मकान पहाड़ी की आधी चढ़ाई पार कर बना था। लम्बे बरामदे में चार शयनकक्ष खुलते थे और एक गलियारा था जो बैठक की तरफ़ ले जाता था। उसके आगे एक चौकोर कमरा था जिसमें बड़ी-बड़ी काँच वाली खिड़कियाँ थीं, कभी-कभार काम में लाया जाने वाला पियानो था, बाँज की लकड़ी की खाने की मेज़ थी और चार कुर्सियाँ। वहाँ दो-तीन सफ़ेद औरतें और एक दुबला भूरा आदमी बैठा था।

रोज़मेरी ने अपनी आँखें बन्द कीं और जुड़े हाथों से प्रार्थना की, "हे परमेश्वर! हम जो कुछ भी प्राप्त करने वाले हैं उसके लिए हम वास्तव में आभारी हैं।" एक जुगनू उसके इर्द-गिर्द हवा में मँडरा रहा था। देवकी उसे ग़ौर से देख रही थी। उसने अपने आप से कहा, 'बिलकुल संध्या तारे जैसा।' फिर उसने अकारण बिना किसी प्रोत्साहन के ज़ोर से कहा—'ट्विंकल-ट्विंकल लिटिल स्टार'।

उसके पति ने उसे ग़ुस्से और संकोच से देखा। रोज़मेरी शान्त बनी रही। वह देवकी को देखकर मुस्कुराई फिर उसकी नज़रें जोनास की ओर मुड़ीं और उसकी नज़र पर टिक गईं। रोज़मेरी ने महसूस किया कि उसका चेहरा लाल हो रहा है। हालाँकि हलकी रोशनी में उसकी त्वचा की सुर्खी देखी नहीं जा सकती थी पर देवकी ने महसूस किया कि वह उद्विग्न हो रही है। पीछे खड़े पहाड़ी नौकर को, जो आलू और मटर की ट्रे लेकर खड़ा था, इसका पता चला। जोनास रोज़मेरी की आँखों में अटका रहा। खाने, अपनी पत्नी और जुगनू से बेख़बर। तश्तरी में काँटे वाली मछली थी। देवकी ने असमंजस से काँटे-छुरी को देखा। मछली खाने के लिए कौन से चाकू और काँटे का इस्तेमाल करना है, उसे समझ में नहीं आ रहा था। उसने अपनी अँगुलियों से मटर खाना शुरू कर दिया।

जोनास और भी संकोच में पड़ गया। उसे लगा कि उसे देवकी की मौजूदगी नीचा दिखा रही है। उसके चेहरे का रंग लाल होने लगा। "डायना, क्या तुम्हें ज़रा भी तमीज़ नहीं?" उसने डपटते हुए कहा।

अब देवकी के शर्म से गड़ने की बारी थी। "मैं सिर्फ़ चख रही थी," उसने अपने बचाव में कहा और अपरिचित खाने को काँटे और छुरी से खाने की असफल कोशिश में जुट गई। जल्दी हार मानते हुए उसने कहा, "आज रात मुझे भूख नहीं," और वह खाने के कमरे से चली गई। जोनास और रोज़मेरी चुपचाप एक-दूसरे को घूरते रहे।

देवकी बरामदे में जुगनुओं को देखने बैठी। उसने अपने को सांत्वना देते हुए ज़ोर से कहा, "वैसे भी मुझे भूख नहीं थी।" किन्तु उसकी भूख शान्त नहीं हुई थी,

बल्कि जाग गई थी। उस रात देवकी अपने कमरे से निकली और बरामदा पार कर अपने पति के शयनकक्ष में चली गई। उसने दरवाज़े को बिना आवाज़ किए धीरे से धक्का देकर खोला और उसके पलंग तक पहुँच गई। जयेश को यह पता चल गया कि उसकी पत्नी कमरे में है। उसकी मांसपेशियाँ आशंका से सख़्त हो गईं। बंबई के गेस्ट हाउस की यादें उसके दिमाग़ में दस्तक देने लगीं और एक असह्य आलस ने उसे पस्त कर दिया। देवकी ने अपनी चुभने वाली सर्ज की स्कर्ट उतार डाली और जयेश के बग़ल में लेट गई। वह ठंड से और अपने मक़सद के डर से भी काँप रही थी। जयेश ने रजाई अपने चारों ओर लपेट ली और सोने का दिखावा करने लगा।

दृढ़ संकल्प देवकी सावधानी से उसके क़रीब गई। जयेश सोने का बहाना बनाता रहा। देवकी के उतावले चुंबन एक सख़्त दीवाल से टकराते रहे। जयेश एक बार फिर अपनी कल्पना में बंबई के उमस भरे उस कमरे में पहुँच गया था जहाँ दूर से समुद्री बयार पर्दों को हिलाती थी और मेरी उसे संभोग के लिए उकसाती थी। धीरे-धीरे वह देवकी के स्पर्श का उत्तर देने लगा और फिर अपने को उसके ऊपर आने से रोक न सका। वह सहवास क्षणभंगुर था जिससे देवकी को कोई शारीरिक सुख नहीं मिला। पर यह क्षण उसकी जीत का क्षण था। उसके पति को उसकी शारीरिक उपस्थिति स्वीकार करनी पड़ी थी। अब वह वास्तव में उसकी विवाहिता पत्नी के रूप में अपना अधिकार हासिल कर चुकी थी। जोनास ने हलके से कहा और बोझिल चुप्पी को तोड़ा। कमरे के अन्धकार को सहलाते हुए कहा, "चली जाओ।" उसने विनती की, "कृपा करके चली जाओ। तुमने एक बार फिर सब कुछ नष्ट कर दिया है।"

अँधेरे में वह उसका चेहरा नहीं देख सकता था पर देवकी आत्म-सन्तुष्ट हो मुस्कुरा रही थी। 'तो यह है स्त्री होने का मतलब', उसने कुछ विस्मय से अपने आप से कहा। पुरुष उसके शरीर पर क़ब्ज़ा कर सकता है और उसके दिमाग़ पर भी। उसने उसके कराहने की परवाह नहीं की पर वह उसे अँधेरे में तलाश कर रहा था। "तुम नहीं देख सकतीं क्या, तुमने सब कुछ नष्ट कर दिया?" वह बोला किन्तु देवकी ने अपने कपड़ों को शरीर पर लपेटते बाहर निकलना ही सही समझा। जाते-जाते वह दरवाज़े को हलके से बन्द करती गई। गलियारे में उसने रोज़मेरी का कमरा पार किया जो उसके और उसके पति के कमरे के बीच में पड़ता था। बग़ल में ग्लोरिया और फिलैंडर फिप्स का कमरा ख़ाली था। आधे खुले पर्दों के पीछे मिट्टी के लैम्प की धीमी रोशनी में वह खिड़की की चौखट की खुली रोशनी के पास रोज़मेरी की छाया को देख सकती थी। अपने अपराधबोध से चौंक जल्दी से इस कमरे को पार कर वह अपने ठंडे बिस्तर पर पड़ गई। फिर वह यह याद करने लगी क्या कुछ हुआ था उन दोनों के बीच और उसकी अँगुलियाँ उन जगहों को टटोलने लगीं जहाँ-जहाँ उसने प्रवेश किया था या लगभग प्रवेश किया था।

जब पहले-पहल देवकी डायना ने ईडन आश्रम में पनाह ली थी तब तिलोत्तमा ने उसके पक्ष में दलील दी थी। तभी रोज़मेरी ने यह संकेत दिया था कि आश्रम में पूरा जीवन ब्रह्मचर्य और कौमार्य का है।

''मैं भी विवाहित हूँ।'' रोज़मेरी ने तिलोत्तमा से कहा, ''मैं यीशु मसीह की वधू हूँ। यह एक पवित्र रिश्ता है,'' उसने पहेली बुझाते तिलोत्तमा से कहा, ''मेरे प्रेम का जो आवेश है वह शारीरिक नहीं आध्यात्मिक है। आप देखेंगी ईडन आश्रम आत्मा की शरणस्थली है। जो चीज़ आत्मा के लिए शुद्ध है वह शरीर के लिए भ्रष्ट है। मैं जानती हूँ कि मैं जो कह रही हूँ उसे आप समझ नहीं रहीं, और मैं आशा करती हूँ आप और आपका परिवार मन, वाणी और शरीर से इस अनुशासन का पालन करेगा।''

जयेश बरामदे में अपनी पत्नी और सास के साथ बैठा ब्रह्मचर्य का उपदेश सुना रहा था। जब वह बोल रही थी वह उसके स्ट्रॉबेरी के रंग वाले होंठों को देख रहा था। क्या वह उन्हें जानता था या सिर्फ़ उसने उन्हें सपने में ही देखा था? क्या उसने उसकी अँगुलियों को उस दिन वास्तव में चूमा था जब वे कट गई थीं—क्या उसने ख़ून पोंछकर उसके सत्व को चखा भी था?

देवकी दबे पाँव अपने कमरे में पहुँची और सिलाप भरे बिस्तर पर लेट गई। वह विजयदर्प, अपराधबोध और कामना से भरी थी। रोज़मेरी बग़ल वाले कमरे में चहलक़दमी कर रही थी। वह बेहद चिन्तित और परेशान थी। बरसों से उसके साथ रहने वाले यीशु इस समय कहीं बहुत दूर चले गए थे।

वह बुदबुदाई, ''तुमने मुझे क्यों छोड़ दिया है?'' बातें करती वह अपने बालों में लगा पिन ठीक कर रही थी। उसे लग रहा था कि जोनास जयेश और देवकी डायना ने उसे चारों तरफ़ से घेर लिया है। ताल के पास डूबते हुए पहाड़ों के बीच उसे अल्मोड़ा वाला अपना घर याद आ रहा था और अपनी बहन ग्लोरिया। भले ही वह यह मानने को तैयार न थी लेकिन यह सच है कि जब वे बच्चे थे ग्लोरिया ज़िन्दगी की असलियत के बारे में कसैली टिप्पणियाँ करती हुई उसके भोले रूहानी आदर्शवाद को सन्तुलित करती थी। मेरी ईडन आश्रम में एक देसी दम्पती की देखरेख करने के साथ-साथ एकान्त में यीशु के सन्देश का प्रसार करते अकेला महसूस करने लगी थी।

अल्मोड़ा एक छावनी थी ईसाई दुनिया का सुस्थापित केन्द्र। यहाँ ईडन आश्रम में स्वर्ग के नाम पर एक जंगल था जहाँ विचित्र छायाएँ तोड़े-मरोड़े स्थानीय अन्धविश्वासों के साथ बिचरती थीं।

ईडन आश्रम शिल्पकारों के एक गाँव के पास स्थित था जो कुमाऊँ की जाति-व्यवस्था में सबसे नीचे के पायदान वाले लोगों को रखा जाता था। आश्रम और गाँव के बीच साझे की ज़मीन थी जहाँ उस ग्राम देवता का एक छोटा सा मन्दिर बना था, जो सुख-दुख में उनके साथ रहता, उनकी रखवाली करता था। हालाँकि ताल के सामने वाले जलकुंड में बहुत सारे गाँव वालों का बपतिस्मा हो चुका था तब भी गाँव

वालों ने ग्राम देवता की पूजा करना छोड़ा नहीं था। ईसाई बनने के बाद वे यह सब शायद और भी ज़्यादा करने लगे थे।

इस ग्राम देवता की कोई मूर्ति नहीं थी। सिर्फ़ नीची छत वाली एक कोठरी में एक पत्थर की शिला गाड़ दी गई थी। विलियम आओ ने यह जगह दिखाते हुए कहा था, ''यह वह जगह है जहाँ मूर्ति पूजक नाचते हैं।'' रोज़मेरी ने कहा, ''पर यह तो गुड़िया के जैसा मकान है। आख़िर वे बच्चों जैसे ही भोले हैं, भटके हुए। हमें उन्हें सही राह दिखानी होगी।'' नागा ने जवाब दिया, ''यदि हम ईश्वर की शक्ल में विश्वास करते हैं तो हमें शैतान के स्वभाव को भी पहचानना चाहिए। जहाँ मासूमियत होती है शैतान वहीं खिंचा चला आता है।'' रोज़मेरी उसके शब्दों के बारे में सोचती है।

हर पूर्णिमा और अमावस के दिन लोग वहाँ नाचते-गाते-बजाते और बलि देते। रोज़मेरी को सही-सही कुछ पता नहीं था कि ये लोग क्या करते हैं। पर वह सोच सकती थी कि वे क्या करते होंगे। वह कोशिश करती कि स्थानीय रस्मो-रिवाज़ के प्रति असहिष्णु न हो। पर जब रात को ढोल बजना तेज़ होता और उसकी ताल उत्तेजक होती जाती तो उसे डर और हताशा घेर लेती।

वह लकड़ी के क्रॉस से सांत्वना लेने की कोशिश करती जो उसके कमरे की सफ़ेद दीवार पर टँगी थी। ''मेरे परमेश्वर, मैं आपसे शान्ति चाहती हूँ,'' वह कहती। यीशु की आँखें उसकी आँखों से मिलती और चेहरा फ़र्क़ लगने लगता। परिचित भी और ललकारता हुआ भी। आश्रम में हाल ही में दूर-दराज़ लखनऊ से एक घुमंतू हारमोनियम बाजा मँगवाया था। बैठक में पड़ा पियानो मरम्मत के लिए बाहर नहीं ले जाया जा सकता था और बच्चों को संगीत की शिक्षा देने के लिए किसी बाजे की ज़रूरत थी। रोज़मेरी ने उसका ढक्कन हटाया और अपनी अँगुलियाँ बाजे पर फिराईं। धौंकनी खींचकर बाजे में जान डाली और फिर उस प्रार्थना को गुनगुना शुरू किया जिसके शब्दों का अनुवाद उसने किया था। लय बाँधी थी राग पहाड़ी के छन्द में। धीरे-धीरे गाते हुए उसने महसूस किया कि मानो जोनास कमरे में उसी के बग़ल में बैठा है। मुस्कुराता, सुनता। वह उठकर ग़ुसलखाने तक गई और अपने मुँह पर ठंडे पानी के छपाके मार लौट आई। फिर बिशप हेबर की मशहूर प्रार्थना ग्रीनलैंड के बर्फ़ीले पहाड़ों का गाना शुरू किया—बहो-बहो लेकर तुम उसकी कथा अपने साथ। रेशमी आँसू उसकी आँखों से बहने लगे। वह बुदबुदाई, 'शरीर का मोह त्यागना उसे चाहना है।' उसका दिमाग़ अँधेरी रातों में ढोल की थापों की ओर मुड़ गया। और अचानक उसने वे रंगीन छवियाँ देखना शुरू किया जो अपराधबोध वाली नहीं कृपा कटाक्ष वाली थीं।

~

पास के एक मन्दिर में राक्षसी हिडिंबा की पूजा उसके गुणों के कारण की जाती थी।

रात अच्छी तरह ढलने के बाद जब अँधेरा आरामदेह हो जाता तब पड़ोस के गाँव से अधपगला लकड़हारा जगरिया आ पहुँचता। ढोलों की थाप उसके दिल की धड़कन में घर करने लगती। कुल चार ढोलक जैसे वाद्ययंत्र होते। दो-एक हाथ में पकड़े जाने वाले डमरू, एक हुड़का, एक गूँजता हुआ ढोलक। दो मज़ीरे और एक बंशी। जिसे सुनकर लगता कि उसकी नाक बन्द है। गणतुआ ज्योतिष धूनी की पवित्र लपटों के सामने बैठा समस्याओं का निदान करता। वह स्थानीय प्रेतात्माओं, भूतों, डायनों, पिशाचों को बुलाता, उनको अवतरित होने का न्योता देता। जैसे-जैसे ढोल की थाप उत्तेजक होती वह बारिश में भीगे कुत्ते की तरह काँपना शुरू कर देता। वह ज़ोर-ज़ोर से काँपता फिर उछलना-कूदना शुरू करता। एक तरफ़ से दूसरी तरफ़ झूलता मन्दिर के अहाते में चक्कर लगाता। नाच उसके पैरों में प्रवेश कर जाता। ढोलों की थाप, संगीत की लय तेज़ होने लगती और उसके कूदने के साथ बाँसुरी भी सुरीली लगने लगती। धूप और लोबान उस धुआँती आग में डाले जाने लगते जो हवन कुंड में सुलगती रहती। एक काँटा लगा लकड़हारे के बिवाई पड़े पैरों में ख़ून बहता पर वह न उसे देखता न कोई और। उसके सामने एक दृश्य उभरता आसमान में चिड़ियों की तरह उड़ते तारों का। फिर उसके अन्दर से आवाज़ निकलती। आमा और घुड़सैड देवताओं की, घोड़े की टाप जैसी। वह आवाज़ धमकाती—भगवान एड़ी नाराज़ हैं। वह आवाज़ उसके घर में उसके सर के भीतर चीख़ रही थी पर जब उसके गले से निकलती तो रिरियाहट की तरह—"भगवान एड़ी नाराज़ हैं जो पहाड़ी की चोटी से पाताल पर राज करते हैं। वे नाग भी नाराज़ हैं जिनके राजा करकोटक हैं। जो वहाँ नहीं रहे जहाँ उनकी छाया पड़ती है। हिडिंबा जो उस भीम से प्रेम करती थी जो धर्म का रक्षक था वह भी नाख़ुश है।"

भीड़ में कम लोग उसकी बातें सुन रहे थे। ढोल बहुत ज़ोर से बज रहा था। बंसी की आवाज़ तरल और सुखी थी पर लकड़हारे का काँपना-नाचना जारी रहा। "हिडिंबा पूछ रही है किसने इस जगह की पवित्रता को असन्तुलित किया है? किसने देवताओं को नाराज़ किया है और देवताओं के पवित्र स्थल को प्रदूषित?"

हलकी-हलकी बूँदा-बाँदी हो रही थी और धुआँती आग धीरे-धीरे लपक रही थी। "उसे ढूँढ़ो, उससे उसकी ग़लती कबूल करवाओ, प्रायश्चित्त में एक बकरी की बलि दो, धरती ख़ून की प्यासी है," वह कहता इसके बाद देवता उसके शरीर से निकल गए और वह थका-हारा बैठ गया।

रोज़मेरी अपने कमरे में बैठी ढोल की आवाज़ सुन रही थी, हवा के साथ बहती वह आवाज़ें कभी दूर, कभी पास से आती लगती थीं।

राक्षसी हिडिंबा ने प्रेम की यंत्रणा भोगी थी। उसने धर्म के पथ का अनुसरण किया था। उसने उसकी सिसकियाँ सुनीं और उसे आशीर्वाद दिया।

पहाड़ी की चोटी पर भगवान एड़ी, जिनकी पूजा धनुष-बाण के साथ की जाती है जो ग़ुस्से और प्रतिशोध के देवता हैं, निर्विकार भाव से लकड़हारे की वाणी सुन रहे थे जो उनके ग़ुस्से का बखान कर रही थी। पर उनका धनुष स्थिर था और चीड़ के पेड़ों की पत्तियाँ बूँदा-बाँदी वाली बारिश में काँप रही थीं, आह लेती, जाने किस बात की प्रतीक्षा में।

ताल के पास मछुवारा कुंदन एक कविता के सपने देख रहा था जिसमें आकाश के जाल में मछलियाँ तैरती हुई फँसने जा रही थीं।

ईडन आश्रम की ज़िन्दगी रोज़ाना के दस्तूर में बँधी गुज़र रही थी। दिनों का गुज़रना और मौसम का बदलना ज़ारी रहता। कुछ ऐसा लगता मानो समय ठहर गया हो। तीन गर्मियाँ ऐसे ही बीत गईं, नियमित और शान्त।

अचानक यह सम्मोहन टूट गया। एक सुबह जब वे तीनों बैठे नाश्ता कर रहे थे, रोज़मेरी उबले अंडे को चम्मच से हलके से तोड़ रही थी। देवकी थोड़ी परेशान होकर यह देख रही थी कि भीतर की ज़र्दी नाज़ुक छिलके के बाहर कैसे बह निकल रही है। उसने रोज़मेरी की नकल करने की कोशिश की पर अंडे का छिलका टूटकर बिखर गया और भीतर का सफ़ेद-पीला हिस्सा फैल गया। उसने बहुत परेशान होकर उसे देखा फिर किसी तरह चम्मच को अपने मुँह के पास ले लिया। यहाँ वह काफ़ी देर तक रुकी रही। देवकी को अंडे घिनौने लगते थे। इतने वर्ष आश्रम में रहने के बाद भी वर्जित भोजन का सामना करते ही वह दुविधा में पड़ जाती। देवकी की बाग़ी माँ तिलोत्तमा भी कभी अंडे न खाने वाले ब्राह्मण निषेध को तोड़ नहीं पाई थी। उसके काँपते हाथ में चम्मच अधर में तब तक टँगी रही जब तक उसने अंडे को मुँह में डालकर इस असमंजस को समाप्त नहीं कर दिया। इस कोशिश में उसका दम लगभग घुट गया। नाश्ते की मेज़ पर बैठे और लोग देवकी की यंत्रणा और कष्ट को या तो देख नहीं सके या देखना नहीं चाहते थे। रोज़मेरी वैसे भी सांसारिक चीज़ों के प्रति बहुत जागरूक नहीं रहती थी और आत्मपीड़न में बिताई उनींदी रातों के कारण थकी रहती थी। जयेश अभी भी चिन्तामग्न था, उसने अपने आपको गुज़री रात के पतन के लिए माफ़ नहीं किया था। वे तीनों अपने-अपने विषाद भरे विचारों में डूबे थे तभी एक ख़ूबसूरत आदमी ने अपने साथ सूरज की रोशनी लाते हुए कमरे में प्रवेश किया।

अध्याय–13

# कुंवारा कैनवस

"अब यह न कहिएगा कि आप लोग यह नहीं जानते कि मैं कौन हूँ," यह कहता और विस्मयपूर्ण हँसी से सबको चकित करता एक अजनबी कमरे में दाख़िल हुआ। "मैं विलियम डैम्पस्टर हूँ, फिलैंडर फिप्स का मौसेरा भाई। निश्चय ही मेरी बाबत उनका लिखा ख़त आपको मिला होगा। श्रीमती ग्लोरिया भी एक चिट्ठी भेजने वाली थीं।" उसके बोलने में ज़रा-सा तोतलापन था जो उसकी हँसी की खनक को और बढ़ा देता था।

उपस्थित लोग चुप रहे पर उसके उत्साह में कोई कमी नहीं आई।

"मैं इस जगह के रंग सूँघ सकता हूँ, तक़रीबन सारे रंग।" वह इस बात से बेख़बर बना रहा कि कोई उसकी बातों को सुन रहा है या नहीं। 'फिरोज़ी', और फिर उसकी आँखें नाश्ते की गोल मेज़ के चारों ओर घूमीं जिस पर मायूस से तीन लोग बैठे थे, "और लाल अंडे! ज़ाहिर है मैं सही जगह पहुँच गया हूँ।"

रोज़मेरी ने सबसे पहले अपने को सँभाला और पहाड़ी नौकर से मेहमान के लिए मेज़ पर चौथी जगह बनाने को कहा। एक फीकी सी मुस्कान उसके चेहरे पर अतिथि का स्वागत कर रही थी। उसने कहा, "मिस्टर डैम्पस्टर ईडन आश्रम में आपका स्वागत है और प्रभु के काम को आगे बढ़ाने में।"

डैम्पस्टर ने अपनी हलकी तुतलाहट में जवाब दिया, "आप मुझे बिल कह सकते हैं।" उसकी चमकीली मुस्कान कमरे में ऐसे उतरा रही थी जैसे झील पर कोई बतख तैरती हो। उसके गले के स्कार्फ़ का रंग नीले आसमान जैसा था और उसकी आँखें इससे ज़रा ही कम नीले रंग की थी। देवकी ने उसे बड़े हर्ष के साथ देखा। इसके पहले उसे इतने क़रीब से किसी अंग्रेज़ को देखने का मौक़ा नहीं मिला था (रेवरैंड बोडेन उसकी नज़र में ख़ालिस अंग्रेज़ नहीं थे। उनका रहन-सहन बहुत कुछ

स्थानीय लोगों जैसा था) उसने डैम्पस्टर की चकत्तेदार त्वचा को देखा, धूप से झुलसी उसकी नाक को और उसकी जोशीली अँगुलियों को जो अधैर्य से खाने की मेज़ को थपकियाँ दे रही थीं। इससे कोई फ़र्क़ नहीं पड़ता था कि विलियम डैम्पस्टर अमेरिकी था, उसके लिए वह एक असली अंग्रेज़ था।

यह अमेरिकी चित्रकार उनके जीवन में उतने ही सहज भाव से शामिल हो गया जितनी सहजता से वह बाक़ी सारे काम करता था। उसे रहने के लिए वह कमरा दिया गया जो उसके मौसरे भाई फिलैंडर के लिए ईडन आश्रम की स्थापना से ही आरक्षित रखा गया था।

डैम्पस्टर ने अपनी चित्रकारी का सारा सामान पूरे कमरे में फैला दिया। उसने रंगों के धब्बे वाले अपने पैलेट के पास एक गुलदस्ता रख दिया और फिर एक पानी का जग ब्रश रखने के लिए अपनी मेज़ पर रखा। तारपीन के तेल और अलसी के तेल की गंध चीड़ और गुलाब की सुगंध में मिल गई। डैम्पस्टर के दो ईज़लों में एक बरामदे में और दूसरा बग़ीचे के कोने में रख दिया गया।

कुँवारा कैनवस सृष्टि की प्रतीक्षा कर रहा था। रोज़मेरी जब भी बरामदे से गुज़रती कनखी से वहाँ रखे ईज़ल की ओर देखती। बिल डैम्पस्टर में ऐसा कुछ था जो उसे परेशान करता था। उसे समझ नहीं आ रहा था कि वह किस चीज़ का चित्र बनाने वाला है। उसका मन आशंका से भरा था।

डैम्पस्टर ख़ुद नहीं जानता था कि उसके चित्र का विषय क्या होगा। वह पहाड़ों के दृश्य और गंध देख और सूँघ रहा था। यहाँ का नज़ारा हिन्दुस्तान के उन सभी स्थानों से फ़र्क़ था जहाँ यात्रा उसने की थी। हालाँकि पेड़, फूल–पत्तियाँ यूरोप की किसी जगह की याद दिलाते थे पर वे उनसे फ़र्क़ भी थे। सवेरे की धुंध के साथ लकड़ी के धुएँ की गंध और गोबर के उपलों की महक शाम को वातावरण में अवसाद की परत चढ़ा देती। हर्ष के साथ एक मीठी उदासी का पुट देते हुए। उसने बड़ी दिलचस्पी से पहाड़ी राजपूत कलम के चित्रों का अध्ययन किया था, जो अपनी गीतात्मक शैली के बावजूद निर्जीव और एक आयामी लगते थे। उनमें पहाड़ी दृश्यों को साकार करने की क्षमता नहीं थी।

ऐसी ही कमज़ोरी उन लीथोग्राफ़ों की भी थी जो उन दिनों हिन्दुस्तानी चित्रकारों के चहेते थे। पृष्ठभूमि और भौगोलिक यथार्थ को पृष्ठभूमि में जिस तरह आरोपित किया जाता वह बिलकुल कृत्रिम लगता। फंतासी और कल्पना का वैसा मिश्रण जो पूरब के दृश्यों को चित्रित करते फ्रांसीसी चित्रकारों डेलाक्रॉय और यालियोन ज़िरोम के चित्रों में देखने को मिलता था। डैम्पस्टर इस तरह के चित्र नहीं बनाना चाहता था। उसकी इच्छा थी कि वह सिर्फ़ यथार्थवाद तक सीमित न रहे। मानव चरित्र का अध्ययन कर यथार्थ को एक दूसरे धरातल तक ले जाए।

कैमरे के आविष्कार ने फ़ोटो यथार्थ के ज़रिए नई पहेलियाँ और उलझे सवाल खड़े कर दिए थे। ईडन आश्रम में बिताई अपनी पहली रात में विलियम डैम्पस्टर ने

अपने रोज़नामचे में लिखा—चित्रकारी का मक़सद क्या है? क्या चीज़ों को दर्ज करना या उन्हें धुँधलाना? इसका लक्ष्य देखना है या दिखलाना?

पहले दो दिन तक उसने कोई चित्र नहीं बनाया। वह अपना चोगा पहन और फ्रांसीसी टोपी सर पर लगा देर-देर तक ख़ाली कैनवस को देखता रहा। देवकी उसके इस आचरण की ओर आकर्षित भी हुई और कुतूहल से भरी भी। वह अपने शयनकक्ष की खिड़की से उसे देखती या कभी जानबूझकर कमरे के दरवाज़े को खुला छोड़ देती, इस अन्दाज़ में जैसे असावधानीवश यह हुआ हो। वह काली टोपी वाले इस ख़ूबसूरत अजनबी को घूरती रहती।

कैनवस दो दिन तक ख़ाली रहा मगर डैम्पस्टर ने काली टीन के ट्रंक से डैगूरो टाइप कैमरा और फ़ोटोग्राफ़ी का सामान निकाल लिया। इसे भी बरामदे में एक तिपाई पर देवकी के क़रीब रख दिया गया। वह सोचती यह कोई पगला है क्या, जो ईडन आश्रम में हमारी ज़िन्दगी को अव्यवस्थित करने आ पहुँचा है।

डैम्पस्टर देवकी को ख़ुफ़िया निगाहों से देखता उसे पढ़ने की कोशिश करता। उसका रंग उसे असमंजस में डालता। हलके पीले बाल और पीली त्वचा, विनयशील आचरण मगर उसके भीतर की आग भी बीच-बीच में इस आवरण से चमक जाती थी। उसने सोचा यह एक फ़ोटोग्राफ़ की तरह है। एक रंगवाला चित्र जिसके हृदय से एक लाल रंग की लकीर निकलती है।

दूसरी तरफ़ रोज़मेरी उसे एक रिक्त स्थान लगती थी जो चित्र बनाने के लिए आवश्यक होता है। पर उसकी निष्क्रियता से उसे वितृष्णा होती थी। पर तब भी वह उसकी दयालुता और उदारता को सराहता था। वह यह भी चाहता था कि उसकी उदासीनता और निष्क्रियता को वह झकझोर कर दूर कर दे। एक दिन उसने रोज़मेरी से पूछा, "क्या तुमने कभी मोर के पंख को ग़ौर से देखा है? उस पर ध्यान लगाया है कि एक पंख ही में एक ही रंग की कितनी झाँकियाँ झलकती हैं?"

देवकी यह बातचीत सुन रही थी। जीवनपुर वाले मकान में उसके सोने वाले कमरे में दीवार पर भगवान कृष्ण की एक छपी हुई तसवीर टँगी थी जिसमें उन्होंने अपने माथे पर मोरपंख धारण कर रखा था।

"हाँ," उसने कहा, "मुझे मोर के पंखों के बारे में पता है और एक दिन मैं तुम्हें हिमालय का वह मोनाल पंछी दिखाऊँगी जो तुम्हारे देखे किसी भी मोर से सुन्दर होता है।"

डैम्पस्टर ने कहा, "हिन्दुस्तान एक बहुत रंग-बिरंगी जगह है, चटक रंगों की तश्तरी जैसा।"

नौजवान मुसाफ़िर की आदत थी साधारण सी बात को असाधारण बनाकर पेश करना उसकी चितेरी वाली नज़र बहुत पैनी थी। डैम्पस्टर मिस्र में एक साल बिताने

के बाद भारत आया था। वहाँ उसने 'सैंड्स ऑफ़ लक्सौर' नाम का एक अद्भुत कैनवस रँगा था। इसे उसके उदार मौसेरे भाई फिप्स ने ख़रीद लिया था। उसी ने उसे भारत भेजा था ताकि उसके चित्रों का फलक और व्यापक हो सके।

डैम्पस्टर समुद्री जहाज़ से बंबई में उतरने के बाद बड़ौदा पहुँचा। वहाँ उसकी मुलाक़ात लक्ष्मी विलास महल में राजा रवि वर्मा से हुई जो वहाँ बड़ौदा के शासक सयाजी राव गायकवाड़ के संरक्षण में भारतीय और यूरोपीय यथार्थवाद का मिश्रण कर रहे थे।

बिना किसी को सम्बोधित किए डैम्पस्टर ने कहा, ''राजा एक प्रतिभाशाली चितेरे हैं और ज़बर्दस्त रोमानी इनसान। उनकी देवियों के वक्षस्थल विपुल होते हैं।'' उसने अपनी हाथों की प्यालियाँ बना यह दर्शाने की कोशिश की। रोज़मेरी शर्म से लाल हो गई और अपने कढ़ाई के काम पर नज़र गड़ा ली। जयेश संकोच से गड़ गया।

सिर्फ़ देवकी ने विषय को आगे बढ़ाया अपनी हिचकती हुई अंग्रेज़ी में जो लगातार सुधर रही थी, ''मगर इसमें बुराई क्या है? देवी भी एक माँ होती है और माँ को स्तनों की ज़रूरत होती है।''

रोज़मेरी सुन रही थी और नहीं भी सुन रही थी ईडन आश्रम में ऐसी बातें। अचानक उसका सर घूमने लगा और वह गश खा गई। तीखी सुई ने उसकी अँगुली में छेद कर दिया मानो जानबूझकर। कढ़ाई का गोलाकार फ्रेम उसके हाथ से नीचे गिर गया। जब उसने मखमली पिन कुशन से ख़ून पोंछने की कोशिश की जो उसे उसकी बहन ग्लोरिया ने उसे उपहार में दिया था तो मामला और बिगड़ गया। ख़ून के धब्बे कढ़ाई के काम पर छिटक गए। क्रॉस स्टिच से बने लाल गुलाब तबाह हो गए। तीन गुलाबों पर अब ख़ून के धब्बे थे।

देवकी ने जल्दी से प्राथमिक उपचार का काम सँभाला। पट्टियाँ, नमक का पानी और सहानुभूति। जयेश को बहुत पहले वाला वह दिन याद आ गया जब वह कैनन हिल पहाड़ी पर पहले-पहल रोज़मेरी से मिलने गया था। कुष्ठाश्रम, चमकता हुआ सेब और ख़ून और ग्लोरिया का चोरी-चोरी चुंबन। उसके बाद ख़ून के वे पवित्र धब्बे जो रोज़मेरी की हथेली पर उभर आए थे। डैम्पस्टर सब कुछ देख रहा था और इस नाटक के पात्रों के चित्रण के बारे में सोच रहा था। उसने एक स्त्री का रेखाचित्र बनाना शुरू भी कर दिया था। जिसके होंठ खुले थे—ख़ुशी में या पीड़ा में। उसकी आँखें सूनी थीं जिनको पढ़ा नहीं जा सकता था। फिर एक दूसरी आकृति उसकी तरफ़ बढ़ रही थी। यह समय के प्रवाह में एक छोटा सा क्षण था जो उसके प्रवाह से बाहर था। उसकी आँखों में और दिमाग़ में यह एक रेखाचित्र था जिसमें कभी रंग नहीं भरा जाएगा। वह उसकी कॉपी में नोट्स के साथ वाले रेखाचित्रों के साथ रहने को मजबूर था।

डैम्पस्टर उनको देखता इस इरादे से कि वे उसके चित्र के फ़लक पर कहाँ बैठाए जा सकते हैं। रोज़मेरी अब असामान्य नहीं है, संयत है। देवकी ने पट्टी बाँधना बन्द कर दिया है। नमक वाले पानी का टीन का मग फ़र्श पर रखा है।

जयेश ग़ुस्से में खौल रहा है। वह अपनी पत्नी से ख़फ़ा है और इस अमेरिकी चित्रकार से भी जिसने ख़ुद को उनके ऊपर लाद दिया है। उसका मन कर रहा है रोज़मेरी को अपनी बाँहों में भर लेने का। मगर वह ऐसा करने के बदले उन सबकी तरफ़ पीठ पलट आँगन को घूरता हुआ निकल जाता है। तितलियाँ पंख फड़फड़ाते उड़ रही हैं। उसने तितलियों का अध्ययन किया है। यह डेलिया बेनेडोना है और यह काले और पीले बूटों वाली हिमालयन हिल जेजैबीर। वह डैम्पस्टर के रेखाचित्र का हिस्सा नहीं सिर्फ़ कोयले की रेखाओं का एक धब्बा भर है।

डैम्पस्टर रेखाएँ खींचना बन्द नहीं करता। उसके बक्से में बहुत सारी कॉपियाँ हैं और कोयले की पेंसिलें जिन्हें वह बड़े जतन से अपने पुराने स्विस चाकू से नोकदार बनाता है। देवकी उसकी कुशल अँगुलियों को ऐसा करते विस्मय से देखती है। उसने इतना सुन्दर पुरुष पहले कभी नहीं देखा है।

~

कॉपियों की ढेरी बढ़ती जाती है। इनके भीतर रेखाचित्र बने हैं। बरामदे से दिखने वाले बाहर के चित्र को हर कोण से चित्रित किया जा चुका है। इस कथा के पात्रों का अध्ययन चितेरे की नज़र से बारीक़ी से किया जा चुका है। वे आदतन किस तरह बैठते हैं—रोज़मेरी पीठ को झुकाकर जैसे उनींदा गुलाब का फूल हो, और जो मुरझा रहा हो। देवकी का हिचकता हुआ आकर्षण, जयेश का औपचारिक बचाव की मुद्रा में बैठना जहाँ कुर्सी भी उसकी प्रतिद्वंद्वी बन जाती थी।

और डैम्पस्टर ख़ुद ? वह वहाँ होता जहाँ उसकी नज़र होती। जहाँ उसकी पेंसिल की नोक काग़ज़ पर लाइन खींच रही होती। वह दर्ज करता, देखता और कभी ख़ुद अपने काम से असन्तुष्ट बेचैन, धीरज खो काग़ज़ को फाड़ डालता।

जिस स्थान को ये तीनों आकृतियाँ भरती थीं वे मानो प्रत्येक के तनाव का वृत्त दर्शाती थी। ये तीनों अलग-अलग रहते। कभी एक समूह का हिस्सा नहीं बन पाते। डैम्पस्टर उनको अपने काग़ज़ पर कभी जुड़े हुए वृत्त, कभी सीधे खड़े स्तम्भों और कभी शंकु के रूप में दर्शाने की कोशिश करता। फिर वह कॉपी से काग़ज़ फाड़ उसका गोला बना उसे फेंक देता। वह समस्या का समाधान कर नहीं पा रहा था।

उन्हें ठीक जगह बैठाने में उसे काफ़ी समय लग गया। अब रोज़मेरी चौड़े बरामदे की सीढ़ियों पर खड़ी है। कन्धे झुके हैं जिन्हें स्पष्ट रेखाएँ दर्शा रही हैं। उसमें स्वाभाविक हिचक है। उसके हाथों के ठीक नीचे पैर झुलाते हुए जोनास बैठा है।

उसकी कुर्सी की पीठ सीधी खड़ी है। एक क्रॉस सा बन रहा है। ज़मीन पर घास पर डैम्पस्टर ने देवकी डायना को बैठाया है। वह एक बच्चे को अपनी छाती से दूध पिला रही है।

देवकी रात में जयेश के पास जाने लगी थी। वह तब डायना नहीं होती और वह भी जोनास नहीं होता। उसने हर रात उसके आगमन को अपना नसीब समझकर स्वीकार कर लिया था। ऐसा नसीब जिससे वह लड़ नहीं सकता था। वह उसे प्रोत्साहित नहीं करता था पर टोकता भी नहीं था। दिन की रोशनी में वह उसे नकारता। वह इसे स्वीकार कर लेती। कम-से-कम उसकी आंशिक जीत हुई थी। वह इससे ज़्यादा की आशा नहीं करती थी। उसकी नज़र अभी तक अपने शत्रु को तलाश कर रही थी। रोज़मेरी उसकी शत्रु नहीं थी। रोज़मेरी उसकी संगिनी थी। वे दोनों साथ-साथ सिलाई करतीं, खाना पकातीं और प्रार्थना करतीं। हालाँकि वे दोनों एक साथ हँसती नहीं थीं।

अध्याय–14

# ताल के किनारे डायना

देवकी ताल की दीवानी थी। दिन में वह उसके पास ही बैठी रहती, और इर्द–गिर्द मँडराते पतंगों की बातचीत की भुनभुनाहट को सुनती। ऊँचे बाँज के पेड़ों पर बैठे लंगूरों का झुंड उसकी निगरानी करता। एक सीली चट्टान पर धूप तापती गिरगिट उसका साथ देती। वह गिरगिट को रंग बदलते देखती—काई जैसे हरे से हलका भूरा, गहरा सलेटी, बैगनी। उनके बीच की जगह में सुनहरे बालों वाला एक लम्बा आदमी नारंगी चोगा पहने तिपाई पर बैठा उसका चित्र बना रहा था। उसका ईज़ल मुलायम गीली घास पर रखा था। कैनवस पर एक औरत की आकृति उभर रही थी। चित्र में उसने कुछ नहीं पहन रखा था। वह नग्न थी। पीला शरीर, झूलते स्तन, चेहरे को चमकदार बनाती जीवन्त आँखें। पास ही तिपाई पर डैगुरो टाइप कैमरा रखा था। डैम्पस्टर देवकी का चित्र बनाने के साथ–साथ उसका फ़ोटो भी खींच रहा था। वह बड़े कौशल से उसे अपने प्रेम पाश में फँसा रहा था—कुछ आदतन और कुछ सहानुभूति के कारण।

देवकी चलकर वहाँ पहुँची जहाँ वह बैठा था। ''क्या यह मैं हूँ?'' उसने पूछा। अपने नग्न शरीर से वह संकोच में भी थी और कुछ मुदित भी, ''मैंने कपड़े क्यों नहीं पहन रखे हैं?''

''ईश्वर के सामने हम सभी नंगे हैं—ईश्वर और कलाकार की नज़र में,'' डैम्पस्टर ने जवाब दिया। उसके होंठों पर मुस्कान थी पर स्वर गम्भीर था। वह कुछ सोचता–बोलता रहा, ''कैमरे की आँख के सामने भी। कैमरा कभी झूठ नहीं बोलता।''

देवकी ने उत्तर दिया, ''पर तुम तो एक चित्रकार हो।'' उसे ख़ुद इस बात पर अचरज हो रहा था कि वह कितनी आसानी से उसके साथ इतनी खुलकर छेड़छाड़ करने लगी थी।

''चित्रकार का कैनवस कल्पना की उड़ान भर सकता है। वह झूठ बोल सकता

है, मनगढ़ंत रच सकता है।'' उसने सोचा, मनगढ़ंत रचने का वह क्या मतलब निकालेगी ? देवकी उसकी बातों को आधा ही सुन-समझ रही थी पर वह उसकी आवाज़ के सम्मोहन में फँसती जा रही थी।

उसकी नीली आँखों ने उसे जकड़ रखा था। पतंगा बहुत लम्बे समय से पानी के ऊपर चक्कर काटता उड़ान भर रहा था। गिरगिट सिलाप वाली चट्टान छोड़ धूप तापने कहीं दूसरी जगह चली गई थी।

''मैं सोचता था सारी हिन्दुस्तानी औरतें भूरी होती हैं। मटमैली या ताँबे के रंग वाली।''

देवकी उसकी आँखों को टटोलती रही। फिर दोनों के होंठ मिल गए। डैम्पस्टर के रंग से दाग़दार हाथ उसके स्तनों तक पहुँच गए। बड़े कौशल से उसने उसकी हिन्दुस्तानी-विलायती पोशाक के बटन और कसकर बाँधे बंधन खोले। लम्बी स्कर्ट, सलूका, जैकेट और दुपट्टा। अचानक वह उसके सामने निर्वसन थी—उसके चित्र की तरह। देवकी को लग रहा था यह क्षण यथार्थ नहीं सपना है।

उसने पहले ख़ुद को फिर उसको तटस्थता से देखा। फिर सब कुछ भुलाकर चरमानंद की अनुभूति में अपने को डूबने दिया। उसकी चितेरी अँगुलाई कुछ महसूस कर रही थी, कुछ खोज रही थी।

दूर की किसी अन्य पहाड़ी पर कोई औरत न्यौली गा रही थी। यह विलाप के स्वर वाला उदास गीत था। अपने बिछुड़े प्रेमी को तलाशती कोयल का विरही गीत।

काले मुँह और सलेटी-सफ़ेद रंगों वाले लंगूर अपलक उसकी निगरानी कर रहे थे।

देवकी को होश आया। कपड़ों को जो उसके पैरों के पास ढेर में पड़े थे हड़बड़ी में उठाकर वह पास की झाड़ियों के पर्दे के पीछे चली गई।

अब वह आमने-सामने खड़े थे। विडंबना यह थी कि वह अब, जब उसने सारे कपड़े पहन रखे थे, अपने को निर्वसन महसूस कर रही थी। तब भी सर्ज की उस स्कर्ट के भीतर उसे आह्लाददायक आज़ादी का अनुभव हो रहा था जो ईडन आश्रम में उसकी वर्दी थी। इसके पहले वह किसी पुरुष के सामने नग्न खड़ी नहीं हुई थी। दिन के उजाले में ऐसा करना! वह भी एक अमेरिकी चितेरे के सामने!

डायना को किसी शर्म की नहीं सिर्फ़ विजय के उल्लास की अनुभूति हो रही थी। वह काई से ढके पत्थरों और घास पर फिसलती सी अपना चित्र देखने बढ़ी। डैम्पस्टर की नज़र से अपने को देखती वह शर्म से लाल हो गई। ''यह मैं हूँ! मैं हूँ!'' उसने ख़ुद से फुसफुसाते हुए कहा। फिर अचानक व्यावहारिक डर से घबराकर वह घर की ओर भाग गई।

डैम्पस्टर नग्न मानव आकृतियों के साथ अपने कला स्कूल के दिनों से ही काम करता आ रहा था। पहले पेनसिलवानिया की एकेडमी ऑफ़ फाइन आर्ट्स में और फिर स्लेड में। वह मॉडलों के साथ सहज भाव से व्यवहार करता, उनके शरीर के उतार-चढ़ाव, कटाव और छेदों का अध्ययन पेशेवर नज़र से करता। वह सभी से समान रूप से प्यार करता, उन्हें उनके आकर्षण के लिए अकेलेपन में निर्वसन देखता। एक बार वह एक फ्रांसीसी मॉडल के प्रेम में पड़ गया था जिसने ऊबकर अपनी जाँघिये को खुजाते उसे बुरी तरह ग़ुस्सा दिला दिया था। उसने उसकी पेशकश का कोई जवाब नहीं दिया था और बात में पता चला था कि उसकी दिलचस्पी औरतों में थी।

निर्वसन महिला का चित्र बनाने का विचार एकाएक उसके मन में गर्मी की एक दोपहर की तरह कौंधा। वह किसी मॉडल के शरीर को बारीकी से नाप-जोख कर सकता था और मन-ही-मन किसी के भी कपड़े उतार सकता था। और अब तो उसने उसे वास्तव में नग्न देख लिया था।

एक चित्रकार के रूप में डैम्पस्टर हमेशा बहुत सावधान रहता था कि अपना अधूरा काम किसी को न दिखलाए। ख़ासकर यह सावधानी यहाँ ईडन आश्रम में और भी ज़रूरी थी जहाँ शरीर के बारे में बहुत सारी वर्जनाएँ थीं। वह डायना के अधूरे चित्र को छिपाकर रखता था। वह आसानी से इस बात की कल्पना कर सकता था कि यदि 'डायना बाई द वॉटर्स' पर आश्रमवासियों की नज़र पड़ जाएगी तो वे कितना परेशान होंगे, बौखलाएँगे। उसने अपने रोज़नामचे में लिखा कि इस सम्भावना पर विचार करते ही उसे गुदगुदी होने लगती है।

डैम्पस्टर शुरू से ही जयेश को नापसन्द करता था। तभी से जब वह बिना किसी को बताए यहाँ पहुँचा था। ईडन आश्रम के तीन बाशिंदों को वह त्रिमूर्ति कहता था जिन्हें वह अपने दिमाग़ में खाने की मेज़ पर बैठे देखता था। जैसा पहले-पहल उसने उन्हें देखा था। जहाँ तक रोज़मेरी का सवाल था, उसे वह कुछ सनकी, कुछ वाहियात लगती थी जो अपनी नस्ल और धर्म की वजह से विदेश में अपनी मनमानी कर रही थी। पर वह उसकी कुछ बातें पसन्द भी करता था और उसकी सराहना भी करता था। देवकी उसे शुरू से ही अच्छी लगी थी। वह कुछ-कुछ उस फ्रांसीसी मॉडल की तरह लगती थी जो अनमनी सी अपने अंडरवियर में हाथ डालकर खुजाती रहती। 'वह आकर्षक है,' उसने ख़ुद से तब कहा जब उसने उसे पहले-पहल देखा, 'इसमें एक देसी आकर्षण है और क्या अनोखा रंग है। शायद मुझे इस पर हाथ साफ़ करना चाहिए।'

ताल के किनारे वाले आश्रम में दमित वासनाएँ और अजीब तनाव खौलते रहते थे जो डैम्पस्टर को मज़ेदार लगते थे। उसे साफ़ लग रहा था कि देवकी पराजिता है और इसीलिए उसने उसके प्रति दयालु होने का फ़ैसला किया। उसने उदारता से

सोचा, मैं उसके साथ संभोग करूँगा। उसे इसी की ज़रूरत है। बाद में झील के किनारे उसे इस काम के लिए ललचाने वाली हरकतों में कुछ तो स्वत:स्फूर्त थीं और कुछ पहले से सोची हुईं।

डैम्पस्टर ईडन आश्रम में अपने आप से बहुत बातें करता था। यह आत्मलाभ और रोज़नामचे में दर्ज उसके बयान जो कुछ वह देखता उसका बखान थे। वह जोनास से बात करना पसन्द नहीं करता था और रोज़मेरी से भी दूर ही रहता था। देवकी की कुशाग्र बुद्धि उसके लिए पहले थी और दूसरे लोगों के सामने वह बहुत बातें नहीं करती थी।

देवकी उसके रेखाचित्रों में प्रवेश कर अपनी जगह बनाने लगी थी—बरामदे में रेखाकृतियाँ। उसने ख़ुद से कहा, 'यह कितनी साहसी है और कितनी निरीह भी। कोई भी इसका लाभ उठा सकता है।' देवकी के हलके रंग और चंचल सुन्दरता से आगे बढ़ वह उसके शरीर तक आशाभरी दृष्टि डालता आनन्द की तलाश में। जबकि निर्वसन रोज़मेरी की कल्पना भी उसके मन में जुगुप्सा जगाती। वह अपनी मन की आँखों से सब कुछ साफ़-साफ़ देख सकता था। उसकी डरी हुई छातियाँ, उसकी आशंका से कसी जाँघें और हमेशा कसी पैर की अँगुलियाँ। वह तो स्त्री नहीं एक टिड्डी है, उसने उसका रेखाचित्र बनाते हुए फ़ैसला कर लिया। उस वक़्त ध्यानमग्न रोज़मेरी की आँखें बन्द थीं।

एक दिन दोपहर में डैम्पस्टर ने देवकी से कहा, "चलो थोड़ा घूम आते हैं।" दो दिन की बारिश के बाद सूरज निकला था। आसमान शान्त और नीला था।

देवकी कुछ सकुचा रही थी क्योंकि जाने पर देर तक ग़ैर मौजूदगी का कारण बताना कठिन था।

डैम्पस्टर ने सुझाव दिया, "चलो पहाड़ी की चोटी तक जाकर लौट आते हैं, बहुत समय नहीं लगेगा।"

वे चले तो पगडंडी ज़रा ख़तरनाक थी और झील के चक्कर काटती पहाड़ी पर चढ़ती थी। उस पर बिच्छू बूटी और झाड़ियाँ भी उग आई थीं। वह जगह, जहाँ आओ ने सपना देखते पत्थर खोजे थे, जंगली फूलों से भर चुकी थी। पीली तितलियों का झुंड उनके इर्द-गिर्द मँडरा रहा था। बन्दरों और चिड़ियाओं की आवाज़ें चुप्पी को और गहरा कर रही थीं। यह सब इतना सुन्दर था कि पल भर के लिए देवकी ने अपनी साँस रोक ली।

वह पहाड़ की चोटी पर पहुँच गई और चीड़ की पत्तियों से ढके-सँकरे ढलान पर चढ़ ऊपर से राम-सीता ताल का दृश्य देखने लगी। बाईं तरफ़ बाँज और देवदार के जंगल से घिरा परिचित और अपरिचित पन्ना ताल दिखलाई दे रहा था। देवकी ने आश्चर्य से कहा, "मुझे पता नहीं था कि पन्ना ताल के इतने पास एक दूसरा ताल भी है। मैं सिर्फ़ दूसरी तरफ़ नंद देवंती ताल तक गई हूँ।"

डैम्पस्टर ने जवाब दिया, "अच्छा आपको पता है यह कुमाऊँ का झीलों वाला ज़िला है? देवी जी, पहाड़ की चोटी तक चढ़ना हमेशा फ़ायदेमन्द होता है।"

पहाड़ी की धार के बीचोबीच चीड़ और बाँज के पेड़ों की क़तार तोड़ता एक अकेला रुद्राक्ष का पेड़ खड़ा था। उसकी जड़ में पत्थर का एक छोटा सा मन्दिर था। भक्तों की चढ़ाई, पीतल की घंटियाँ और छोटे-छोटे तीर-धनुष चारों तरफ़ बिखरे पड़े थे। द्वीप स्तम्भ को बहुत दिनों से साफ़ नहीं किया गया था, उस पर कालिख लगी थी।

डैम्पस्टर ने चकराकर कहा, "यह सब क्या है, किसी अनाम तीरंदाज़ का मन्दिर?

देवकी ने आस-पास की जगह को ज़रा सावधानी से देखा। उसे पता था कि जंगल में किसी छुपी जगह दैत्यों के देवता एड़ी का मन्दिर होता है। यह जगह ख़तरनाक होती है। यहाँ पैर रखने से पहुँचे हुए तांत्रिक भी घबराते हैं कि कहीं ग़ुस्सैल एड़ी नाराज़ न हो जाएँ या उनके कुछ गण याकनी-डाकनी ही कहर न बरपा दें। एक डर उसके मन के भीतर बैठ गया कि वह यहाँ आने को राज़ी ही क्यों हुई थी। डैम्पस्टर नीची छत वाले मन्दिर में भीतर झाँकने के लिए झुका, देवकी ने फुसफुसाकर कहा, "ऐसा नहीं किया जाता।" डैम्पस्टर ने पूछा, "क्यों नहीं किया जाता? क्या यह कोई पवित्र स्थान है?" देवकी ने असमंजस से जवाब दिया, "हाँ, शायद या नहीं मैं नहीं जानती।" "तुम डर रही हो," उसने कहा। "जबकि डरने का कोई कारण नहीं। यह एक बहुत सुन्दर स्थान है और फिर मैं हूँ न तुम्हारे साथ यहाँ, तुम्हारा हाथ थामने के लिए।"

देवकी ने उसे अपना हाथ थामने दिया। फिर उसने मन्दिर के सामने घुटने टेके और धीमी आवाज़ में पहाड़ी में बुदबुदाने लगी प्रार्थना और विनती के बीच की कोई चीज़। "हे एड़ी देवता, हे रुद्रपेड़ में रहने वाली आत्मा, मैं दोबारा यहाँ आऊँगी और प्रायश्चित्त करूँगी। मैं आपके मन्दिर में पीतल के तीर-धनुष चढ़ाऊँगी। इस आदमी को माफ़ कर दो। यह एक गोरा है, इसे इन बातों के बारे में कुछ पता नहीं, इसकी कोई ग़लती नहीं थी।"

उन दोनों ने एक-दूसरे का हाथ थामा और ढलान में दूसरी तरफ़ मुड़े जहाँ से पन्ना ताल दिखता था। वहाँ उसने उसके कपड़े उतारने की कोशिश की तो उसने उससे कहा कि उसे एड़ी देवता देख रहे हैं और ऐसा करना ठीक नहीं है। साये लम्बे हो रहे थे और वे लोग वहाँ से नीचे उतरते कृष्णकली के एक पेड़ के पास पहुँचे जहाँ उसने उसके साथ सहवास किया। वे आनन्द में डूब गए। उसकी तेज़ चलती साँस और उसके आँखों की जंगली चमक को डैम्पस्टर की चितेरी आँखों ने स्मृति पटल पर अंकित कर दिया था। उसने सोचा, बिलकुल एक वन देवी की तरह है यह।

देवकी की ख़ुशी बहुत जल्दी फ़िक्र में बदल गई। वैसे उसे लग रहा था कि उसका शरीर और हृदय आजीवन कारावास से मुक्त हो गया है। अपनी त्वचा पर डैम्पस्टर के हाथों का कोमल सहलाता हुआ स्पर्श उसे अब भी महसूस हो रहा था और उसके बाद आनन्दमय मैथुन की स्मृति का स्पंदन उसका गर्भाशय महसूस कर रहा था। पर उसका दिमाग़ यह सोच-सोच कर चिन्तित था, और उसे यह डर भी लग रहा था कि कहीं इस बात की ख़बर किसी और को न हो जाए। ऐसा होना ही नहीं चाहिए था— ऐसा हुआ ही नहीं था।

वह जल्दी-जल्दी ईडन आश्रम जाने वाले पथ पर उतर रही थी। डैम्पस्टर आस-पास की सुन्दरता को निहारते उससे कई क़दम पीछे चल रहा था। जब वह पगडंडी के आख़िरी मोड़ पर पहुँची तो ठोकर खाकर एक पेड़ की जड़ से टकराकर बिच्छू बूटी के पौधे पर गिर पड़ी। उसने अपने को काँटेदार पत्तों से निकाला और डगमगाते हुए खड़ी हुई। फिर दर्द से कराहती गिर पड़ी मदद के लिए पुकारती। डैम्पस्टर ने चिन्ता से कहा, "ये तूने क्या कर डाला?" फिर एक सूती रूमाल से उसकी आँखों के आँसू पोंछने के बाद उसने उसके घायल पैर पर पट्टी सी बाँध दी और उसे अपने चौड़े कन्धों पर लाद घर की तरफ़ ले चला।

उसने उसे समझाया कि "उन्हें बताऊँगा कि मैंने तुम्हें ताल के किनारे इसी हालत में पाया था।" वह उसे शान्त आवाज़ में वैसे समझा रहा था, जैसे वह बचपन में घबराए हुए घोड़ों को समझाता था।

जयेश अपने कमरे में बैठा मेटीरिया मेडिका पढ़ रहा था। जब उसने अपनी पत्नी को अमेरिकी चित्रकार के कन्धों पर लदा आते देखा, उस वक़्त वह डलसामारा नामक होम्योपैथी की दवाई के बारे में पढ़ रहा था। जिससे फ्रेंच चिकित्सक डॉक्टर हुहान मार्टिन होनिंगबर्गन ने महाराजा रंजीत सिंह को ठीक कर दिया था। उसने बड़े ध्यान और धीरज से विलियम डैम्पस्टर को इस घटना का संक्षिप्त वर्णन करते सुना फिर देवकी को अपने बिस्तर में सुला दिया, और उसके माथे को कोमलता से सहलाते हुए कहा, "हमें इसे अर्णिका देनी चाहिए।"

बिस्तर पर लेटी अपने घायल पैर का इलाज करवाती देवकी डैम्पस्टर की आँखों में चमकती हँसी को भूल नहीं सकती थी। अचानक ईडन आश्रम में उसकी नई ज़िन्दगी में सभी कुछ चमकदार हो गया था। उसे जीवनपुर के सख़्त अनुशासन वाले मकान के हँसी-ख़ुशी से महरूम दिन भी याद आए, जहाँ उसकी चचेरी सास कौमुदी रहती थी। कभी-कभार औरतें आपस में हँसी-मज़ाक़ करती थीं अपने को सांत्वना देने के लिए। वे दरअसल कठिन ज़िन्दगी की चुनौतियों का सामना करते थोड़ी राहत के लिए मुस्कानों का लेन-देन करती थीं। पर ये सब प्रयास थके-हारे होते थे। असली हँसी वहाँ नहीं रहती थी।

डैम्पस्टर वाकई उससे बातें करता था। भारत की अपनी यात्राओं के बारे में,

अपनी दुनिया के सफ़र के बारे में। उसने उसे राजा रवि वर्मा के साथ अपनी मुलाक़ात के बारे में बताया और जब वह मुंबई में था तब गिरगाँव वाले राजा के लिथोग्राफिक प्रेस के बारे में भी, जहाँ वह गया था। लोकप्रिय चित्रकारी और शास्त्रीय चित्रकारी में बहुत फ़र्क़ है उसने समझाया। मगर छपाई की नई टेक्नोलॉजी इन दोनों को एक-दूसरे के क़रीब ला रही थी। ग़रीब आदमी कभी अपने घर में चित्र नहीं रख सकते थे। ''यह राजा रवि वर्मा की प्रेस की मेहरबानी है कि तुम अपने देवी-देवताओं के चित्र अपनी दीवारों में टाँग सकते हो।'' देवकी को लगता यह आदमी वाक़ई दूरदर्शी है। उसे यह भी लगता कि वह दुनियादार और आधुनिक बन रही है।

डैम्पस्टर एक महिला मित्र के साथ बनारस की यात्रा पर गया था। उसने देवकी को बतलाया, ''मेरी दोस्त स्वीडन की रहने वाली फ़ोटोग्राफ़र है, और मैं भारतमाता को उसकी आँख से उसके कमरे के लेंस से देख सका।'' उसने एक एटलस निकाला और देवकी को दिखलाया कि स्वीडन कहाँ पर है। देवकी के पिता त्रिकोणीय सर्वे के अपने काम में नक़्शे भी बनाते थे। वह नक़्शों का अध्ययन ध्यान से करते। डैम्पस्टर अक्षांश-देशांत पहचानने और भौगोलिक दूरियाँ मापने की उसकी क्षमता से प्रभावित हुआ। डैम्पस्टर ने उसे नक़्शे पर अमेरिका और मिस्र भी दिखलाया और फिर वह अपनी स्वीडन वाली दोस्त की कहानी पर लौट आया।

''हम बनारस में घूमे। मेरी दिलचस्पी आधुनिक भारत में है सिर्फ़ योगी-फ़क़ीरों में और खँडहरों में नहीं। बनारस में कोई भी शहर से भाव-विह्वल हुए बिना नहीं रह सकता।''

''डायना देवकी, मेरी दोस्त, वहाँ बहती नदी जीवन और मृत्यु से भरपूर है। मगर वह एक ऐसी दुनिया है जो अंग्रेज़ों और हमारे लिए ख़ासकर अमेरिकनों के लिए बन्द है। मुझे लगता है तुम उच्च जाति वाले ऐसे लोगों में एक हो या थी—जो हमें असभ्य समझते हैं। एक पराजित नस्ल की विजेता के प्रति यह प्रक्रिया स्वाभाविक भी है। मगर मेरी फ़ोटोग्राफ़र मित्र अपने साथ बहुत सारे सिफ़ारिशी ख़त लाई थी उन राजा-महाराजाओं के नाम, जिनकी मेहमाननवाज़ी स्वीडन के महाराज कर चुके थे। मेरा अमेरिकन होना कुछ अद्‌भुत घटनाओं का दर्शक बनने के लिए काम आया। अनेक अन्य द्वार उसकी सुन्दरता ने भी खोल दिए। मैं तुम्हारे देश को अच्छी तरह देख सका। भव्य मन्दिर सनातन कर्म-कांड।''

अचानक देवकी का दिमाग़ बूढ़े वैद्य के तड़के उठ गायत्री मंत्र के जाप के साथ संध्या-पूजा की ओर लौट गया। लयबद्ध उच्छ्‌वास-निःश्वास के साथ प्रार्थना करते वक़्त उनकी अँगुलियाँ इसे नियमित करती थी। वह दूध का एक पीतल वाला गिलास दबे पाँव पूजा के कमरे के बाहर नीची तिपाई पर रख वापस रसोईघर में लौट जाती। सिर्फ़ एक सूती अनसिला कपड़ा पहने जो धर्मभीरु ब्राह्मण परिवार के लिए निर्धारित था।

उसे यह भी याद आया कि कैसे सावधानी से ढके पल्लू के नीचे से उसकी छातियाँ बाहर निकल जातीं। यह याद कर वह ज़ोर से हँसी। हँसते हुए उसने ख़ुद से कहा, 'आज पहली बार नहीं था। इसके पहले भी मैं किसी के सामने नग्न हुई हूँ।'

पर एक ब्राह्मण की पत्नी होने का अर्थ था एकनिष्ठ पतिव्रता होना और यदि यह पतिव्रत धर्म ही नहीं तब पत्नी कहाँ जाए? आख़िरकार वह अब ईसाई थी। ब्राह्मण पत्नी का कर्तव्य निभाते हुए उसने अपने पति का अनुसरण किया था। क्यों उसके कर्तव्यों और कामनाओं ने उसे एक गोरे-फ़िरंगी म्लेच्छ के सामने नंगा खड़ा कर दिया था? ज़रा भी शर्म नहीं थी क्या उसे?

उसे पत्नी के दिन याद आए जब वे सब जीवनपुर वाले मकान में एक साथ रहते थे। जहाँ गोमूत्र और गंगाजल के मटके छौड़ा डालने के लिए सामने वाले दरवाज़े की दहलीज़ पर रखे रहते थे। यह याद इतनी ताज़ा थी कि वह उन्हें सूँघ सकती थी। पवित्र जल ऊँची जात को प्रदूषण मुक्त रखता था। वह ब्राह्मणों, उनके बेटों और उनकी विवाहिता बेटियों को अपने गोत्र और सप्तर्षि पुरखों से प्राप्त शुद्धि को प्राप्त करता था। पीढ़ी-दर-पीढ़ी शुद्धि और दर्शन की यह परम्परा शुक्र और वीर्य को, औरतों और उनके गर्भाशयों को अछूतों की कलंकित छाया से प्रदूषित होने से बचाती रही थी। यहाँ ईडन आश्रम में यीशु मसीह के संरक्षण के कारण इस सबका अन्त हो गया था। और विलियम डैम्पस्टर उस समय हँस रहा था जब वह उसके सामने झील के किनारे घास पर निर्वसन पड़ी थी। गोमूत्र की खट्टी गंध उसकी स्मृति में बसी रही। तुलसी के तिनके से गोमूत्र और गंगाजल का छिड़का जाना भी याद रहा। 'कितने कनस्तर छौड़े अब मेरे पापों को धोएँगे,' देवकी ने अपने आप से कहा, 'मुझे उसमें डुबाए बिना काम नहीं चलेगा।' पर यह सब किए जाने लायक़ है? मैं एक पुरुष के साथ नग्न खड़ी हुई हूँ और सीधे उसकी आँखों में देखती रही हूँ।

झील के किनारे डैम्पस्टर से हलकी बयार भरी दुपहरियों में मिलना देवकी की एक आदत सी बन गई थी। सिर्फ़ कौए-तोते और दूसरे छोटे पंछी ही बीच-बीच में व्यवधान डालते थे। जब देवकी उसके साथ होती तो उसे लगता कि उसने कपड़े नहीं पहने हैं वह नग्न है। और जब थोड़े समय के लिए वह वास्तव में निर्वसन होती, उसकी त्वचा घास को छूती तो उसे अलौकिक आनन्द का अनुभव होता। उसे शर्म का नहीं विजयोल्लास का एहसास होता।

डैम्पस्टर के ऊपर जुनून सवार हो गया था देवकी के चित्र बनाने का—कपड़े पहने या ना पहने। जब वे एक साथ होते तो वह चुपचाप बारीक़ी से उसकी हर चीज़ का अध्ययन करता। अस्वाभाविक रूप से हलका रंग, ज़रा से उलझे बाल, सीधी गर्दन और ठोड़ी और सीधी नज़र में लाल रंग का पुट। उसे नग्न देखना, उसकी कल्पना करना सब उसके दिमाग़ में गड्ड-मड्ड हो चुका था।

उस दोपहर उसने देवकी के शरीर पर काम करना शुरू किया और वह घास और

पत्तियों में रंग भरने लगी। वह बहुत धीरज से काम कर रहा था और उसमें कई दिन लग गए। देवकी कैनवस के कोने पर खड़ी थी। वीनस, डायना, शर्मीली पहाड़ी औरत के रूप में। उसने अपने हाथ में कपड़े का चिथड़ा पकड़ रखा था जो उसके शरीर को ढकने की कोशिश कर रहा था लेकिन पूरी तरह ढक नहीं रहा था। उसके चेहरे का भाव जानकारी से भरी छेड़खानी का था। वह झील को देख रही थी जहाँ एक हलकी बयार पानी में छोटी-छोटी लहरें पैदा कर रही थी। गुलाबी कमल के फूल खिले थे जिन्हें उसने पहाड़ी कलम के चित्रों से उधार लिया था। यह जो उसकी कल्पना की उपज थी, घास बहुत हरी और घनी थी और यह सोचा जा सकता था कि उसके नीचे की ज़मीन गीली और सिलाप वाली होगी।

वह चित्र देखना चाहती थी पर उसने उसकी गर्दन को सहलाते हुए विनती की, "ठहरो, बस कुछ दिन और। जब यह पूरा हो जाएगा तब देखना। कृपया तब तक ठहरो।" उसके निरंकुश बाल उसके माथे पर बिखर आए थे। देवकी बड़े मन से राजा रवि वर्मा की बातें सुनती। "यह एक भावुक शैली है पर इसमें एक रोमानी आवेश भी है," डैम्पस्टर ने उसे इस अन्दाज़ में बताया जैसे वह भी एक चित्रकार हो, उसकी समकक्ष, और चीज़ों को वैसी ही समझती हो। "राजा उन बहुत कम हिन्दुस्तानी चित्रकारों में था जिसने यूरोप के चित्रकारों से चित्रकारी सीखी थी। डच, थियोडोर जैंशन, उनके चित्रों में एक अद्‌भुत मिश्रण देखने को मिलता है। इसके अलावा भारतीय देवियाँ जो दक्षिण भारतीय महिलाओं की यूरोपीय भंगिमा में चित्रित हैं। मगर मुझे इनकी तुलना में दुबली-पतली पहाड़ी देवियाँ ही सोहती हैं।"

बाक़ी दिनभर देवकी अपने को मुस्कुराने से नहीं रोक सकी। दिन में लंच खाते वक़्त उसने बहुत कोशिश कर इस मुस्कान को होंठों की मरोड़ में बदला। खाना नि:स्वाद, उबली सब्ज़ियों और सख़्त रोटियों का था जिनको दूसरों के साथ खा वह फिर बग़ीचे में एकान्त की तलाश में चली गई।

उसने सोचा, 'तो यह होता है प्यार! इसका रंग गुलाब के फूल जैसा गुलाबी होता है।' उसने अपनी गोरी मटमैली पोशाक को वितृष्णा से देखा। 'मैं गुलाबी देखना चाहती हूँ, गुलाबी महसूस करना चाहती हूँ और गुलाबी रंग में रंगना चाहती हूँ,' वह सोच रही थी पर वह इन शब्दों का उच्चारण ज़ोर से कर भी रही थी। उसने बग़ीचे में बिखरे रंगों को देखना शुरू किया। वे बरामदे में ग्लेडोलिया, डेनफीनिया और फ्लौक्स पर झाड़ियों के पास फूले और बिखरे थे।

देवकी ने सोचा ईश्वर भी एक चित्रकार है। फिर ख़ुद से बातचीत करते हुए उसने कहा, 'रोज़मेरी मैं तुम्हें यह कैसे समझा सकती हूँ?'

रोज़मेरी भी इसी वक़्त बग़ीचे में घूम रही थी। प्यार के रंग में रँगी देवकी अपने अमेरिकी प्रेमी के चुंबनों की याद में खोई उसकी उपस्थिति से बेख़बर थी।

"क्या तुम मुझसे कुछ कह रही हो डायना?" रोज़मेरी ने उससे पूछा। उसे कुछ

बदहवास देखकर देवकी ने कहा, ''मैं कह रही थी, ईश्वर भी एक चित्रकार है। यह सारी सृष्टि वही सारी सृष्टि का निर्माता है।'' देवकी के उत्साह से प्रभावित होकर रोज़मेरी ने कहा, ''वह चित्रकार भी है, मूर्तिकार भी, वैज्ञानिक भी। मुझे बड़ी ख़ुशी है कि तुम्हारा दिल और दिमाग़ उसके रहस्यमय क्रियाकलाप की ओर मुड़ रहा है।''

रोज़मेरी रसोईघर के पीछे वाले बग़ीचे में भटकती रही जहाँ कुंदन ने क़तार में विलायती पालक, पुदीना, धनिया और फरास बीन बो रखा था। उसने एक-एक कर बीन तोड़ना और उन्हें बाँस की एक टोकरी में डालना शुरू किया जिसे स्कूल के बच्चों ने उसके लिए बनाया था।

जयेश ने उसे दूर से देखा और उसकी ओर बढ़ा। मौसम में कुछ ऐसा था जिसने उसे कैनन हिल पहाड़ी वाली पहली मुलाक़ात की याद दिला दी। फरास बीन की बेलों के सीधा रखने वाली खपच्चियों की आड़ में उसने उसके होंठों पर एक चुंबन जड़ दिया। चकराकर उसने भी अपनी जीभ से उसके होंठों को टटोलना शुरू किया।

दोनों ने एक-दूसरे की आँखों में देखा, टोकरी ज़मीन पर गिर गई और बीन सब्ज़ियों की क्यारी में बिखर गए। आसमान, मिट्टी, चिड़ियों का चहचहाना सब कुछ अचानक गहरा गया।

रोज़मेरी ने अपने को पीछे खींच लिया। उसने हलके से कहा, ''तुम डायना के पति हो और मेरे दोस्त। इन रिश्तों को यहीं रहने दो। मगर हम एक-दूसरे को प्यार करते हैं और हमेशा करते रहेंगे।''

गोविंद नाम के एक पहाड़ी लड़के को आश्रम में काम करने के लिए सहायक के रूप में रख लिया गया था। वह ईडन आश्रम के रहने वाले पात्रों को गहरी दिलचस्पी से देख रहा था। उसने जयेश को झुककर रोज़मेरी को चूमते देखा पर मेम साहब के भक्तिभाव में उसकी आस्था इतनी पक्की थी कि उसने सोच लिया कि जयेश उनके कान में कुछ फुसफुसाने को ही झुका होगा।

वह असल में डैम्पस्टर की जासूसी कर रहा था। शंका और दिलचस्पी के एक सम्मिश्रण के कारण उसे जब भी मौक़ा मिलता वह चित्रकार का पीछा करता। पर चूँकि दिन का खाना खिलाने के बाद वह झपकी लेता था उसने देवकी और डैम्पस्टर को ताल के किनारे नहीं देखा था। पर उसने तसवीर को बनते देखा था और नंगी औरत के उभारों से वह सम्मोहित हो रहा था। जब उसे इस बात का एहसास हुआ

कि तसवीर वाली औरत का साम्य देवकी से है तो उसके मन में मिश्रित प्रतिक्रियाएँ होने लगीं। वह मोहित भी हुआ उसे ग़ुस्सा भी आया। उसकी निगाह में कोई भी गोरा आदमी कुछ ग़लत नहीं कर सकता था। और डैम्पस्टर तो अव्वल दर्जे का साहब था। इसके अलावा उसकी वफ़ादारी रोज़मेरी के लिए थी। किसी और की कोई परवाह उसे नहीं थी। पर उसे देवकी अच्छी लगती थी और वह डैम्पस्टर की बनाई तसवीर में उसकी झलक देख खड़ा रह जाता था।

गोविंद ने यह फ़ैसला किया कि इस तसवीर के बारे में वह किसी को कुछ नहीं बताएगा। वह इस रहस्य का उपयोग शतरंज की बिसात पर एक पेचीदा चाल के रूप में करना चाहता था। वह बैठे-बैठे अपने दिमाग़ में चालें चलता रहता।

देवकी की ज़िन्दगी में जो कालातीत भाव फैल रहा था वह अचानक गर्मियों की आँधी की तरह छिन्न-भिन्न हो गया। बहुत सारी चीज़ें अचानक एक साथ घटीं। देवकी बरामदे की सीढ़ियों में बेहोश हो गई और सुन्दर जून स्टेट में रहने वाले डॉक्टर के पास ले जाई गई। रोज़मेरी उसके साथ थी और दोनों औरतें जल्दबाजी से बुलाई गई एक डांडी में सवार थीं। जयेश उनके पीछे-पीछे घोड़े पर चल रहा था। जिस समय डैम्पस्टर की 'प्रेरणा' बेहोश होकर गिरी थी उस समय वह घर पर नहीं था। वह ताल के किनारे बेसब्री से उसका इन्तज़ार कर रहा था। फिर उसने एक चुरुट पी और अपने मिस्र वाले मित्र के लिए एक लम्बा ख़त लिखा जिसमें उसने तसवीर में मुखाकृति के चित्रण के बारे में अपने विचार विस्तार से लिखे।

नैनीताल वाले सिविल सर्जन डॉक्टर गार्डनर रिटायर होने के बाद सुन्दर जून स्टेट में रहने लगे थे। देवकी की जाँच करने के बाद उन्होंने ऐलान किया कि वह गर्भवती है, और उसके शरीर में ख़ून की कमी है। उसे सावधान रहना चाहिए। पहले-पहल उसका पीला रंग देखकर वह चिन्तित हुए थे फिर वह समझ गए कि वह एक अलबीनो है, जिसके शरीर में मैलानिन की कमी थी। पहाड़ की यूरोपीय बिरादरी में ईडन आश्रम की गतिविधियाँ कुतूहल का विषय रही थीं पर उसने इस नाजुक मामले में ज़्यादा पूछताछ मुनासिब नहीं समझी।

ईडन आश्रम के ब्रह्मचर्य वाले वातावरण में देवकी की गर्भावस्था के बारे में खुलकर बातचीत नहीं होती थी। जयेश ऐसा आचरण करता जैसे उसका इसमें कुछ योगदान नहीं है। हालाँकि वह अपनी पत्नी के बारे में फ़िक्रमन्द था। रोज़मेरी को लगता उसके साथ विश्वासघात हुआ है। फिर उसने अपनी भावनाओं पर काबू पाया और उन्हें बाहर प्रकट न होने देने का फ़ैसला किया। उसके विचार बार-बार उस चुंबन की ओर जाते जो उसने फरास बीन की क्यारी में उसे दिया था। तब उसके विवेक को क्या हुआ था और ख़ुद उसके अपने विवेक को? तब भी उसने अपना पूरा ध्यान गर्भवती माँ की देखरेख में लगा दिया। सिर्फ़ गोविंद ऐसा चतुर इनसान था जिसके मन में शक पड़ गया था। उसने लम्बी-चौड़ी योजनाएँ बना रखी थीं कि

डैम्पस्टर और पछताती देवकी का सामना उनके दुष्कर्मों से कैसे करवाएगा और अपनी चुप्पी की वाजिब क़ीमत उनसे कैसे वसूल करेगा। अपनी टूटी-फूटी अंग्रेज़ी में उसने डैम्पस्टर से इस विषय को छेड़ा था। पर अमेरिकन ने ऐसा दिखाया कि वह गोविंद के घुमा-फिरा के कहे आरोप समझ ही नहीं रहा है।

"हाँ-हाँ, तुम बिलकुल ठीक कह रह हो। तुमने, बिलकुल ठीक सोचा है," उसने कहा।

गोविंद की समझ में यह नहीं आया कि वह इस मुद्दे को देवकी के साथ कैसे छेड़े। "दीदी, तुम मेरी बड़ी बहन हो," उसने कहा, "मैं दिल से तुम्हारी इज़्ज़त करता हूँ। जो कुछ तुमने ताल के पास किया वह अच्छा नहीं किया। याद रखो, भगवान हमारा सब देखता रहता है। वह ईसाई भगवान हो या हमारे देवी-देवता, मैं उनसे प्रार्थना करूँगा कि वह तुम्हारे बच्चे का भला करें।"

देवकी ने उसे ध्यान से देखा, "मैं भी देवताओं का आदर करती हूँ। तू क्यों नहीं मेरे लिए सभी देवी-देवताओं से, भूतों और राक्षसों से प्रार्थना करता? अपने गाँव के मन्दिर में या जहाँ भी तेरा मन करे सच्चे दिल से प्रार्थना कर," यह कहते-कहते उसने हाथ से एक सोने की चूड़ी निकालकर उसे दे दी, और आगे कहा, "मैं तुझ पर भरोसा करती हूँ और तेरी प्रार्थनाओं और तेरी समझदारी पर भी।"

देवकी की माँ तिलोत्तमा अल्मोड़ा से बुला भेजी गईं। जयेश ने उनसे यह विनती की थी और एक चिट्ठी देकर गोविंद को रवाना कर दिया था, जिसे पहुँचाने में एक हफ़्ता लग गया। इसी हफ़्ते में डैम्पस्टर ने यह फ़ैसला किया कि उसे ईडन आश्रम में रहते बहुत दिन हो गए थे, अब निकल पड़ना चाहिए।

~

देवकी को डॉक्टर के यहाँ से लौटने के बाद से घबराहट हो रही थी। गर्भवती होने की ख़ुशी को अपराधबोध ने फीका कर दिया था। वह सोचती, निश्चय ही मुझे मेरे पापों की सज़ा मिलेगी और मेरे होने वाले लड़के को भी। उसने यह कल्पना कर ली थी कि उसके गर्भ में लड़का ही पल रहा है। लड़की के जन्म का तो विचार ही उसके मन में नहीं आ रहा था।

जब डैम्पस्टर ने उसे बताया कि वह अपनी यात्राओं पर निकलने वाला है, उसे बड़ी राहत हुई। उसने ख़ुद से कहा, मैं अपने अतीत को पीछे छोड़ दूँगी बिलकुल वैसे जैसे मैंने जीवनपुर के घर को छोड़ा था। मैं अपने लड़के के लिए एक अच्छी माँ बनूँगी। आख़िरकार कोई नुकसान तो नहीं हुआ है।

डैम्पस्टर को विदा लेने का अच्छा-ख़ासा अनुभव था। उसे उन स्त्रियों की मनोदशा का एहसास हो जाता था जिन्हें वह पीछे छोड़कर जाता था। देवकी गर्भवती

थी और उसके बच्चे के पिता के रूप में जयेश की पहचान असंदिग्ध थी। इससे चीज़ें उसके लिए और देवकी के लिए भी आसान हो गई थीं। वे आख़िरी बार ताल के किनारे मिले। डैम्पस्टर ने उसके लिए बरामदे के पास वाली क्यारी से स्वीटपी के फूलों का एक छोटा गुच्छा चुरा लिया था, और नरगिस के कुछ फूल भी तोड़ लिये थे। वह सोच रहा था कि देवकी बहुत आकर्षक लग रही है, जब उसने फूलों को अपने सीने से लगाया, और उसकी आँखों में शर्मीली पर सीधी निगाह डाली, कुछ वैसी ही जिसने पहले-पहल उसे उसके प्रति आकर्षित किया था। उसने एक अनुभवी लंपट की भाँति बुदबुदाते हुए कहा, "इन्हें अपने दिल के क़रीब रखना और फिर इन्हें एक किताब के पन्नों के बीच दबा देना। मैंने तुम्हारी जो तसवीर बनाई है उसकी तरह ये कभी मुरझाएँगे नहीं और मैं जहाँ कहीं भी रहूँ मेरा एक हिस्सा इस झील, इन पहाड़ों, और तुम्हारे बारे में सोचता रहेगा।"

उसने तसवीर से पर्दा हटाया ऐसे अधैर्य और आत्मीयता से जैसे वह किसी परिचित स्त्री के शरीर से कपड़े उतार रहा हो। तसवीर के रंग अभी पूरी तरह सूखे नहीं थे। एक परत ओस की तरह चमक रही थी।

उसने सामने की तरफ़ और भी रंगीन फूल लगा दिए थे, और एक धारीदार संगमरमर का स्तम्भ था, जिस पर एक अनार काटकर रखा था। उसके लाल दानों को एक हिमालयी पंछी चुग रहा था।

"यह तुम्हारे लिए है देवकी, तुम्हारी सुन्दरता का और मेरे प्रेम का स्मारक," डैम्पस्टर का बोलना जारी रहा। उसे ख़ुद प्रेम शब्द के उपयोग पर ज़रा आश्चर्य हुआ क्योंकि वह इसका उपयोग ज़रा कंजूसी से करता था।

देवकी ने भयाकुल होकर पूछा, "इसका मैं क्या करूँगी? मुझे इसे या तो जलाना पड़ेगा या ताल में फेंक देना होगा।"

डैम्पस्टर ने उसे एक चाँटा मारा जिसकी करारी चोट उसके पीले चेहरे पर पड़ी। इससे तेज़ दर्द के साथ उसके पीले गाल पर गुलाबी चकत्ते झलकने लगे। डैम्पस्टर ने सोचा, एक सूर्योदय की तरह और दूसरा सूर्यास्त की तरह। पर वह अब भी ग़ुस्सा था। उसने चिल्लाकर कहा, "बेवकूफ़ औरत, तुम ऐसा कैसे कह सकती हो?"

देवकी ख़ुद अपने आप से और उससे खिन्न थी। उसने कहा, "रोज़मेरी क्या कहेगी यदि मैं इसे अपने कमरे में टाँगूँगी?"

डैम्पस्टर ने सोचा कि फिलैंडर फिप्स क्या सोचेगा, अगर मैंने उसकी बड़ी साली को दुखी कर दिया। आख़िर वह उसका संरक्षक था।

वह उसे चूमने को झुका पर वह पीछे हट गई।

"मुझे माफ़ कर दो! मुझे माफ़ कर दो! मैं एक जानवर हूँ। सभी मर्द जानवर होते हैं। मुझे माफ़ कर दो मेरी प्यारी देवकी। मैं तुम्हें फिर से कपड़े पहना दूँगा। उसी कुमारी देवी की तरह जैसा तुम्हें होना चाहिए। मैं तुम्हें एक सफ़ेद साड़ी से ढक

दूँगा या चोगे से जिसका किनारा गुलाबी और सुनहरा होगा। पर उस बेहूदी नीले सर्ज की पोशाक से नहीं। मुझसे ख़फ़ा न हो, मेहरबानी करके मुझे माफ़ कर दो, मेरी प्यारी डायना।''

देवकी बेचैन और परेशान थी और उसके पास कहने को कुछ न था। पहली बार वे दोनों अब एक साथ नहीं रह सकते थे। वह उसे चूमने को झुका पर तभी घर की ओर से किसी औरत की आवाज़ ने उन्हें पुकारा। दोनों कुछ घबराए पीछे हटे।

उदासी की बड़ी लहर डैम्पस्टर को डुबो गई। वह उसे पीछे छोड़कर जा रहा था। बरामदे में भारतीय मडोना, जयेश जोनास थे और रोज़मेरी बोडेन के बीच खड़ी थी। ''शायद तुम,'' उसने बोलना शुरू किया पर फिर बीच में ही अपने वाक्य की दिशा मोड़ दी, ''मुझे चिट्ठी लिख सको।''

उनको पुकारती औरत की आवाज़ फिर सुनाई दी। कौन आ सकता है इस वक़्त ? वे सोचने लगे।

अध्याय–15

# जुड़वाँ इन्द्रधनुष

देवकी की माँ तिलोत्तमा अल्मोड़ा से आ पहुँची थी। गोविंद उसके आगमन की सूचना देने उससे पहले पहुँच गया था। वह उसे वैसा ही अति विनयशील आदर देता था जैसा वह गोरे साहबों को देता था। वह अल्मोड़ा से उसके साथ आ रहा था जहाँ उसे जयेश ने उस चिट्ठी के साथ भेजा था, जिसमें सास से अनुरोध किया गया था कि वह सात ताल आकर अपनी गर्भवती पुत्री की देखभाल की ज़िम्मेदारी सँभालें। अल्मोड़ा से रामगढ़ का रास्ता आराम–आराम से चलते एक दिन का था। रात डाक बँगले में बिताने के बाद सवेरे वे सात ताल के लिए रवाना हुए। यह जुलूसनुमा काफ़िला अजीबोग़रीब था। तिलोत्तमा जिस पालकी पर सवार थी। उसे चार डोटियाल ऊँचा उठाए ढो रहे थे। गोविंद आगे–आगे चल रहा था राजसी गति से। उसके एक हाथ में छाता था और दूसरे में बाँस का डंडा।

धूल सनी ख़ाकी डांडी पन्नाताल देर दोपहर में पहुँची। तिलोत्तमा लम्बे सफ़र से ज़रा भी नहीं थकी थी। वह अपनी महत्ता और उत्साह से भरी थी। एक बार फिर वह चीज़ों का केन्द्रबिन्दु बनने जा रही थी। ईडन आश्रम में प्रवेश के साथ उसने रोज़मेरी और जयेश की मौजूदगी दर्ज की और सीधे अपनी बेटी देवकी को ढूँढ़ने में लग गई।

वह अपनी लड़की को देख सकती थी जो दूर ताल के पास एक सुनहरे बालों वाले गोरे की आँखों में झाँक रही थी। यह दृश्य उसे अच्छा लगा। पल भर ठहरकर उसने अपने आसपास की सुन्दरता का जायजा लिया। झील का स्थिर पानी इर्द–गिर्द की नीची पहाड़ियों को प्रतिबिम्बित कर रहा था। पतंगे पर फैलाकर भनभनाते उड़ रहे थे, हवा में फूलों की सुगंध थी।

'यह तो स्वर्ग है!' सोचते हुए उसने अपनी बेटी को जोर से पुकारा, ''देवकी... बेटी देवकी...।'' पहाड़ियों में उसकी प्रतिध्वनि गूँजी और उसी क्षण उसकी बेटी की

आत्मा अपनी उस जबर माँ की सुरक्षित जागीरदारी में लौट आई जिसके साथ रहना आसान नहीं था।

तिलोत्तमा बरामदे से नीचे उतर उस रास्ते पर आ गई जो घास में खड़ी उसकी लड़की और गोरे आदमी की तरफ़ जाता था। विलियम डैम्पस्टर की तरफ़ मुड़कर उसने उसे इस अन्दाज़ में सम्बोधित किया, जैसे कोई स्थानीय शासक किसी विदेशी राजदूत को करता है, "श्रीमान, तो आप हमारे देश में पधारे हैं घूमने-फिरने। क्या आपका विवाह भी बाइबिल के साथ हो चुका है या आपकी मँगनी रोज़मेरी से हो चुकी है जो शायद बेहतर विकल्प है!"

डैम्पस्टर का वास्ता इससे पहले कभी इतनी विचित्र और ज़बर्दस्त किसी और महिला से नहीं पड़ा था। उसे महसूस हो रहा था कि तिलोत्तमा बहुत ख़ुशमिज़ाज नहीं। तब भी वह ख़ुद को उसकी दबंग शख़्सियत से प्रभावित होने से रोक नहीं पा रहा था।

उसने देखा कि देवकी उसके शारीरिक आकर्षण के दायरे से निकलकर अपनी माँ के रेशमी वस्त्रों से ढके निरापद शरण में पहुँच चुकी थी। "आप से मिलकर बहुत ख़ुशी हुई। दुर्भाग्यवश मुझे लौटना है...," अन्ततः वह बोला।

तिलोत्तमा ने देवकी को देर तक अपने आलिंगन में बाँधे रखा यह कहते हुए, "मैं आ गई हूँ बेटी...अब तुझे कोई फ़िकर करने की ज़रूरत नहीं!"

ईडन आश्रम पहुँचने के बाद पहली शाम ही तिलोत्तमा ने कमान सँभाल ली। उसने अपने झोले और सामान देवकी के कमरे में रखवा दिए थे। रहने की जगह का मुआयना पूरा कर लिया था और रसोईघर पर क़ब्ज़ा करने की कोशिश की जा चुकी थी। उसे मांसाहारी मटन चॉप बनाए जाने से कोई आपत्ति नहीं थी और हरी सब्ज़ी पहाड़ी तरीक़े से ही छौंकी जा रही थी। ईडन आश्रम सख़्त अनुशासन वाली आज़ादी के बावजूद उसे घर जैसा लग रहा था। आख़िर वह भी एक मिशन पर निकली थी—अपने नाती या नातिन को इस संसार में लाने वाले मिशन पर!

तिलोत्तमा अपनी बेटी की होने वाली संतान की कल्पना लड़की के रूप में करती थी, "लड़के के बारे में क्यों सपने देखते रहें? वह बड़ा होकर राक्षस भी निकल सकता है! हमारे जयेश जैसा रूखा और सख़्त जान जो कभी मुस्कुराता ही नहीं। मुझे तो एक नन्ही सी लड़की चाहिए गोद में खिलाने के लिए जो मेरी और तुम्हारी जैसी हो...।"

उस रात खाने की मेज़ पर पाँच लोग बैठे थे। तिलोत्तमा ने हाइड्रेंजिया फूलों को तोड़, उनका बड़ा सा गुलदस्ता बना उन्हें फूलदान में सज़ा दिया था। रोज़मेरी को फूल तोड़ना अच्छा नहीं लगता था। यह एक तरह की हिंसा थी। पर उसका साहस आपत्ति करने का नहीं हुआ। तिलोत्तमा जयेश की सास थी ऊपर से मेहमान।

डैम्पस्टर ने अपने जाने की सूचना दी, "अब मुझे कूच करना चाहिए। और मुक़ाम बुला रहे हैं।"

तिलोत्तमा ने उसे ग़ौर से देखा। "तो आप जा रहे हैं?" उसकी आवाज़ से लग रहा था कि वह इस फ़ैसले पर मुहर लगा रही है। जयेश चुप रहा। अकसर वह चुप ही रहा करता था। वह धीरे-धीरे साँस लेता बिना कुछ कहे जैसे किसी नाटक में अभिनय कर रहा हो। रोज़मेरी की राहत उसके चेहरे पर साफ़ झलक रही थी। उसने डैम्पस्टर को फिर आने का निमंत्रण दिया।

"मैं अपनी बहन के लिए आपको कुछ पत्र सौंपना चाहती हूँ, जिन्हें आप कृपा कर दिल्ली या बंबई में डाक में डाल सकते हैं। सुना है वहाँ से डाक सेवा बहुत तेज़ है।"

वह अपने मन में चिट्ठी का मज़मून तैयार करने लगी पर उसे समझ नहीं आया कि वह लिखे क्या। ऐसा कुछ भी नहीं था जिसे दूर बैठी ग्लोरिया समझ सकती।

उस रात डैम्पस्टर अपने कमरे में मिट्टी तेल के लैम्प की रोशनी में रातभर चित्र में देवकी की नग्नता को ढकने में व्यस्त रहा। पहले उसने हलके वॉश से कैनवस को साफ़ कर सुखाया। फिर रंगों की दूसरी परत चढ़ाई। नज़ाकत के साथ पुरानी रेखाओं पर समकोण। अन्त में एक साड़ी नज़र आने लगी यूनानी ओढ़नी के साथ। अब भी चित्र में मांसल आकर्षण शेष था पर ऐसा कोई चिह्न नहीं बचा था जिसे देख जयेश, रोज़मेरी या सलीब पर लटके यीशु को यह पता चल सकता कि देवकी उसके लिए ताल के तट पर निर्वस्त्र मॉडल बनी थी। अब कुछ भी उत्तेजक या आपत्तिजनक नहीं कहा जा सकता था। उसने ग़ौर से देखा—चित्र आकर्षक और काव्यात्मक था पर उसमें ताल के किनारे मंत्रमुग्ध करने वाले उन क्षणों को जगाने वाला जादू नहीं था जब पतंगों के पंख धूप में चमकते थे और गिरगिटें रंग बदलती थीं।

उस रात उसने अपने रोज़नामचे में लिखा—"हम चित्रकार भी गिरगिटें ही तो होते हैं। अपने रंगों का सामंजस्य माहौल के रंगों से बैठाने की कोशिश करते तो कभी उनका प्रतिरोध करते। गेटे ने अपने *रंगों के सिद्धान्त* में लिखा है—'रंग प्रकाश का खिलवाड़ हैं, कभी सक्रिय तो कभी निष्क्रिय।' धूप-छाँह कलाकार का संसार है पर सफ़ेद रोशनी का सतरंगी किरणों, रंगों में बिखरना हमको भी बदल देता है। हम अपना एक अंश इन्द्रधनुष के शुद्ध रंगों के साथ पीछे छोड़ आते हैं।"

उसने चित्र पर दाहिने कोने पहले ही हस्ताक्षर कर दिए थे पर अब अचानक एक आवेश में आकर उसने कैनवस के पीछे ब्रश से लिख दिया—*जलराशि के पास डायना, सात ताल आश्रम, 1899*।

डैम्पस्टर के चले जाने के बाद कुछ दिन तक देवकी ने ऐसे आचरण किया जैसे सब कुछ स्वाभाविक है। वह हमेशा की तरह दिखती, खाती-पीती, बोलती, चलती-फिरती रही। पर उसके अन्दर कहीं एक कोना था जो दुख रहा था और जिसे पहचानने से वह इनकार कर रही थी। स्वीकार करना तो बहुत दूर की बात थी। यह तरीक़ा उसका अपना था—वैसा ही जैसे उसने अपनी माँ की उपेक्षा का सामना किया था। ऐसे ही उसने अपने पति द्वारा त्यागे जाने और उसके वियोग का किया था। परन्तु उसने डैम्पस्टर से प्रेम किया था और उसने भी अपनी तरह से उसे प्रेम किया था। इस प्रेम के आवेग के बारे में सन्देह की गुंजाइश नहीं थी और न ही इस कारण उपजी निकटता के बारे में। उसने ख़ुद को उसकी आँखों से देखा था—निर्वसन और निर्भय। उसकी नज़र ने ही उसे मुक्त किया था और पहली बार ख़ुद अपने साथ छोड़ा था।

हालाँकि देवकी ख़ुशी-ख़ुशी मुस्कुराती रहती थी और ख़ुद को घर-गृहस्थी के काम में व्यस्त रखती थी भीतर का गुम घाव उसको बेचैनी से भरता रहता था जिसे वह बयान नहीं कर सकती थी। उसके क़दम उसे बरबस खींचकर पन्ना ताल की तरफ़ ले जाते थे जहाँ वह अकेली। लेकिन पथरीले तट पर सपना देखती पत्थरों के साथ बैठी रहती। उठकर चहलक़दमी करती फिर गीली घास पर बैठ जाती।

वह ख़ुद को समझाती, 'चलो अच्छा हुआ—चला गया राहत मिली! वह किसी भी तरह यहाँ रह नहीं सकता था। वह उन जंगली हंसों की तरह था जो गरुड़ ताल के पास लगे पेड़ों के फल खाकर उत्तर की ओर उड़ जाते हैं। कौन जाने कहाँ? ऐसा तो था नहीं कि हमारी शादी होने वाली थी। शादी कैसे हो सकती थी भला?'

वह उस चित्र को देखने से कतराती थी जो उसकी वेदना का कारण था। चोट कुंद थी और उसका दर्द धीरे-धीरे खौलता रहता था। एक शाम जब वह बरामदे में बैठी चाँद के क़तरे को पहाड़ों के ऊपर निकलता देख रही थी, उसे अचानक आत्मबोध हुआ—'मुझे यह दर्द पी जाना चाहिए। यह पेट के दर्द की तरह है। इसे आनन्द अनारदानाचूर्ण की दरकार है ताकि अगली सुबह पेट अच्छी तरह साफ़ हो जाए।'

पहाड़ी व्यावहारिकता के साथ वह अपनी दुनिया में लौट आई। एक बार फिर आत्मनिर्भर बन गई। वही ज़िद उसकी ताक़त थी जो उसकी माँ तिलोत्तमा को और उसे अदम्य स्त्री बनाती थी।

इस संकल्प के बावजूद डैम्पस्टर की याद बनी रही। पर अब यह पीड़ा शारीरिक नहीं अमूर्त हो गई थी, वैसे ही जैसे ऑपरेशन के बाद काटकर फेंक दिया कोई अंग बीच-बीच में भुतहे दर्द से दुखाता है।

वह उसके बारे में या उसके साथ बिताए दिनों के बारे में सोचती तो अपने को मुस्कुराते हुए पाती। एक दिन बारिश के बाद दोहरा इन्द्रधनुष आकाश में फैल गया

था। उसके रंगों के मिश्रण को देखते देवकी को उन रंगों की याद आ गई थी जिन्हें अपने पैलेट पर डैम्पस्टर घोलता था—नीला और नारंगी, लाल और बैगनी। कैसे वह अपनी कूची को एकाग्रता से कसकर पकड़ता था! इन्द्रधनुष को देखते, उस दिन के बारे में सोचते, वह रोगमुक्त हो गई।

देवकी की जुड़वाँ संतानों का जन्म नई सदी के अचम्भों के साथ हुआ। तिलोत्तमा ने उस कमरे को अपना बना लिया जिसमें डैम्पस्टर रहता था। वह दोनों नन्ही लड़कियों को अपने साथ ले गईं। इसने रोज़मेरी को खिन्न किया क्योंकि उसने इस कमरे को अपनी बहन ग्लोरिया और अपने शुभचिन्तक फिलैंडर फिप्स के लिए आरक्षित रखा था। पर कुछ किया नहीं जा सकता था क्योंकि आओ ने स्थानीय मज़दूरों को देवकी का कमरा बड़ा बनाने के काम में लगा रखा था ताकि उसमें चार पलंगें लगाने लायक़ जगह बनाई जा सके।

'डायना बाय वाटर्स' उसी कमरे की दीवार पर टँगा रहा जो देवकी के लिए हमेशा डैम्पस्टर का ही कमरा रहा। तिलोत्तमा के अनुरोध पर कुंदन ने उसे लकड़ी के सफ़ेद फ्रेम में मढ़वा दिया था। देवकी ने उस चित्र की हर रेखा, हर फूल-पत्ती, हर नीली लहर को याद कर लिया था। वे उसके लिए आसपास की किसी भी चीज़ से ज़्यादा वास्तविक थीं। उसे पता था कि रेशम की परतों के नीचे वह निर्भय, निर्वसन थी, और यह जानकारी उसे शक्ति देती थी।

जुड़वाँ बच्चों के आने के बाद ईडन आश्रम बदल गया। तारा और सारा पैदा हुईं तो सभी बदल गए—रोज़मेरी, देवकी डायना, जोना, जयेश। यहाँ तक कि विलियम आओ और नौकर गोविंद भी। बच्चियों के गले की घरघराहट के साथ रोने और किलकने की आवाज़ घर के अन्दर और बाहर बग़ीचे में ताल तक फैल जाती थी। ऐसा लगता था कि उनके जन्म ने इस स्थान को किसी शाप से मुक्ति दिला दी है।

जुड़वाँ बच्चियाँ बिलकुल एक सी और फ़र्क़ भी थीं। दोनों की भौंहें साफ़ नज़र आती थीं, आँखें चमकीली और मुस्कान मोहक थी। सारा का रंग हलका दूधिया था, 'जैसा किसी शंख के भीतरी भाग का होता है', तिलोत्तमा ने सोचा। तारा की त्वचा लाली लिये थी और गाल गुलाबी थे और उसकी ठोड़ी पर एक तिल था। रंग और इस तिल की मदद से दोनों में फ़र्क़ करना आसान था पर दोनों बच्चियों का स्वभाव एक सा ख़ुशमिज़ाज था।

रेवरैंड बोडेन ने दोनों बच्चियों का बपतिस्मा ताल के किनारे वाली पत्थरों की वेदी में किया। ग्लोरिया फिप्स ने उनके लिए उपहारों का एक पिटारा भेजा। टेडी बियर, गौलीवौग, पोशाकें। रोज़मेरी ने उनकी देखभाल की ज़िम्मेदारी सँभाल ली। बच्चियों का बचपन उसी पलंग पर बीता जिस पर नागा रजाई बिछी थी। तो बचपन का अधिकांश वक़्त बोडेन दादा तथा ग्लोरिया बुआ की कहानियाँ सुनते बीता।

तारा और सारा फ़ुर्तीली और चतुर लड़कियाँ थीं। वे बेफ़िक्री से बड़ी हुईं। तिलोत्तमा और रोज़मेरी उनकी देखभाल में एक-दूसरे से होड़ लेती थीं तो देवकी ज़रा दूर से इस बात का आनन्द लेती कि जयेश शरमाता हुआ उन्हें बेहद प्यार करता था, ज़बर्दस्त भक्तिभाव से। उनके जन्म ने, उनके अस्तित्व ने उसे वह सब लौटा दिया था जिसे अपनी समझ में वह गँवा चुका था।

अध्याय-16

# हवा की आवाज़

साम्राज्यवादी अभियान अबाध रूप से जारी था। नई सदी में कुमाऊँ के झीलों वाले ज़िले में कई अचम्भे हुए। 1899 में जिस बोएर युद्ध को मज़ाक़ में चाय के वक़्त की जंग कहा गया था कहीं ज़्यादा समय तक खिंच गया। ऑरेंज फ्री स्टेट तथा ट्रांसवाल पर क़ब्ज़ा करने के बाद 24,000 बोएर युद्ध बन्दी बना लिये गए जिन्हें दुनिया के अलग-अलग हिस्सों में भेजा गया। इनमें से 9000 भारत पहुँचे और पन्ना ताल के पड़ोस में भीमताल के मैदान में इनके लिए तम्बू वाले कैम्प स्थापित किए गए। रातोंरात एक बस्ती बस गई।

स्थानीय लोगों की गपशप के अनुसार यह जगह क़ैदियों का कारावास नहीं वरन् छुट्टियाँ मनाने आए लोगों का खेमा लगती थी। देसी संतरी यहाँ तैनात नहीं थे। गोरे सिपाहियों की ही ड्यूटी लगाई गई थी जो गोरे बन्दियों के साथ ऐसा सुलूक करते नज़र आते थे जिसकी कल्पना भी कोई अश्वेत हिन्दुस्तानी क़ैदी नहीं कर सकता था। तिलोत्तमा इस बात से मुग्ध थी कि इतने दूर देश से बन्दी ईडन आश्रम के पास लाकर रखे गए हैं। वह रात के खाने की मेज़ पर उन जानकारियों का साझा बाक़ी लोगों से करती जो उसने इनकी बाबत जुटाई होतीं।

"मुझे बताया गया है वे अपने गोरे चौकीदारों के साथ टेनिस खेलते हैं, कभी-कभार क्रिकेट भी।" देवकी और रोज़मेरी चुपचाप ध्यान से अच्छी बात सुनते रहते। जयेश अपनी चुप्पी बरकरार रखता। "इतना ही नहीं, सबसे दिलचस्प जानकारी वह अन्त के लिए बचाकर रखती, वे कैम्प में स्ट्रॉबेरी उगा रहे हैं और टमाटर भी। मैंने कुंदन को भेजा है यहाँ बग़ीचे के लिए टमाटर के कुछ पौधे लाने। मुझे बताया गया है कि टमाटर सेब जैसा होता है पर मीठा नहीं और अधिक कोमल। और वहाँ की महिलाएँ तालाब में तैरती हैं—उनमें से कई बदन बिना ढके...!"

रोज़मेरी शर्म से लाल हो गई और वह आपत्ति दर्ज कराती मेज़ से उठकर चली गई। देवकी और जयेश ने कुछ नहीं कहा पर बेटी ने अपनी माँ को टोकने वाली निगाह से देखा।

जोनास जयेश की ज़िद के अनुसार जब जुड़वाँ बच्चियाँ सात साल की हुईं, उन्हें नैनीताल के बोर्डिंग स्कूल में भेज दिया गया। वे सप्ताहांत पर घर ही आतीं। देवकी, तिलोत्तमा और कभी-कभी रोज़मेरी भी हर माह कॉन्वेंट में जाकर उनसे मिल आते।

पटना सेंट जोजफ़ कॉन्वेंट की मदर सलेसिया रीनर ने 1878 में रामनी पार्क में सेंट मेरी कॉन्वेंट की स्थापना की थी। वह ऊँचे देवदार के वृक्षों के बीच बना था और वहाँ वातावरण में शान्ति का माहौल था।

ईडन आश्रम में रहने वालों के लिए नैनीताल जाना एक आनन्ददायक बदलाव था। देवकी को यहाँ दुकानों में स्थानीय नमदे और शॉल देखते, बाज़ारों में घूमना अच्छा लगता, जहाँ भीड़-भड़क्का रहता। इंग्लैंड से आयात किया हुआ घर-गृहस्थी के काम का सामान भी वहाँ रखा जाता था। एक बार उसने लम्बी दाढ़ी वाले दक्षिण अफ्रीका से आए युद्धबन्दी भी देखे जो हर रविवार भीमताल से नैनीताल गिरजाघर में पैदल आते थे। उन्होंने मल्ला बाज़ार में एक छोटा सा फड़ लगा रखा था जहाँ वे दस्तकारी की सुन्दर चीज़ें, लकड़ी के छल्ले और मदर मेरी की मूर्तियाँ बेचते थे। उसने वहाँ चाहतभरी निगाह से उन चाबी के छल्लों की तरफ़ देखा जिन्हें छोटे-छोटे चीड़ के बीजों में पिरो दिया गया था। बहरहाल उसके पास कोई चाबियाँ इन छल्लों में रखने को नहीं थीं।

देवकी अपनी माँ की तरह अख़बार नहीं पढ़ती थी। इसलिए वह अजनबियों को देखकर समझ नहीं पाई कि वे कौन थे और यहाँ नैनीताल में क्या कर रहे थे? गोरे सिपाही दूसरे गोरों को क़ैदियों की तरह क्यों ले जा रहे थे? ये सब बातें उसकी समझ में नहीं आ रही थीं।

रोज़मेरी ने प्रिमरोज़ लॉज की तीर्थयात्रा की जहाँ उसने अपने माता-पिता के साथ 1880 वाले प्रलय जैसे भूस्खलन के समय दिन बिताए थे। वह सेंट जॉन्स इन दि विंडरनेस वाले गिरजाघर की ओर आकर्षित हुई जहाँ चीड़ के पेड़ों की हवा सीटियाँ बजाती सी सरसराती थी और जहाँ का सीढ़ीदार क़ब्रिस्तान घर से बिछुड़े परिवारों की याद दिलाता था। जोनास भी कभी-कभार निचली माल रोड की म्युनिसिपल लाइब्रेरी में जाता, ताज़ा अख़बारों और नई किताबों को देखने।

तिलोत्तमा अपने पैतृक घर कई बरस बाद आ रही थी। जाति के सख़्त नियम उसके रिश्तेदारों को आक्रोश से ही भर सकते थे, अत: उसने बड़े बाज़ार वाले उस घर में नहीं जाने का निर्णय किया जहाँ उसने अपने सरकारी वकील चाचा की स्नेहभरी परवरिश में अपना बचपन बिताया था।

जब पहली बार तिलोत्तमा अपनी नातिनियों को लेकर रामजी पार्क गई वह बोट

हाउस के पास ठिठककर रुक गई। यहीं सेंट जोजफ़ के बोट हाउस के पास फाँसी गधेरा था जहाँ तून के पेड़ पर उसके चाचा बद्रीदत्त उप्रेती को लटकाया गया था। उन्हें शहीद किया गया था उसने यह सोचकर अपने को सुधारा फिर भी उसके दिल और दिमाग़ में कई विचार गुत्थम-गुत्था हो रहे थे। उसने सायास अपने को ख़याली दुनिया से निकाला और कॉन्वेंट स्कूल की ओर दार्शनिक भाव से ज़िन्दगी की विडंबनाओं पर कन्धे उचकाती बढ़ी। उसका दिल तारा और सारा से मिलने के बारे में सोच-सोचकर ख़ुशी से भर गया था। वह हुलस रहा था।

अल्मोड़ा में जीवनपुर के पुराने मकान में भी ज़िन्दगी बदल रही थी। कौमुदी को अपने भतीजे और बच्चों की याद आती रहती। वह ख़ुद को इस बात के लिए दोष देती थी कि उसने मुश्किल चुनौती का सामना ठीक से नहीं किया। उसके बेटे मुक्तेश ने आनन्द अनारदाना की कमान अपने हाथ में ले ली थी। परिवार की दौलत और शोहरत में लगातार इज़ाफ़ा हो रहा था। मुक्तेश बिचौलियों-वितरकों से बख़ूबी, ज़रूरत पड़ने पर सख़्ती से निबटता था। जयेश ने आनन्द अनारदाना के प्रचार के लिए जो शरारत भरी तुकबन्दी रची थी, वह अब भी ग्राहकों को रिझाती थी। यह उत्तरी भारत के कई हिस्सों में इसका नाम घर-घर पहुँचाने में मददगार साबित हुई थी।

'काश, जयेश यहाँ होता! इस कामयाबी को देखने के लिए जिसमें उसका बहुत बड़ा हाथ रहा है,' —वह कभी सोचती।

जीवन चन्द्र पंत बाहर से सख़्त बने रहे पर उनका बूढ़ा मन भीतर से ख़ाली-ख़ाली और पश्चात्ताप से भरा था। उन्हें महसूस होता कि उन्होंने जो किया वह ग़लत था। धर्मांध कोप सिर्फ़ लक्षण था किसी अन्य निराशा और अपूर्ण कामना का। पर अब कोई रास्ता नहीं था। घट श्राद्ध का प्रतिकार सम्भव नहीं था, न ही जयेश को जात-पाँत से बाहर करने का।

एक दिन वह सात ताल के लिए निकल पड़े, बिना कौमुदी को कुछ बताए। जब वह आश्रम पहुँचे तो वहाँ के वातावरण से मंत्रमुग्ध रह गए। 'काश, मैं यहाँ रह सकता या अपने प्राण त्याग सकता!' उनकी अन्तरात्मा ने कहा।

उन्हें यहाँ देखकर उनके भतीजे को अचरज नहीं हुआ। क्रमश: उसे अचरज होना बहुत कम हो चुका था। उसने मंद स्वर में कहा, "ईडन आश्रम में आपका स्वागत है।" उसने गोविंद को बूढ़े वैद्य के लिए मीठी चाय और नमकीन लाने के लिए भेज दिया। रोज़मेरी और देवकी दिनभर के लिए नैनीताल गई थीं। दोनों जन साथ-साथ चुप बैठे रहे। जो कुछ वे एक-दूसरे से कहना चाह रहे थे शब्द उनके लिए बोझ ही साबित हो सकते थे। शुरुआत वैद्य जी ने की, कुछ झिझकते, सावधानी

बरतते, ''मैंने हमेशा तुझे अपने बेटे से अधिक माना है। अधिक प्यार किया है।''

''मैं अपने पिता को नहीं पहचानता। आप ही मेरे लिए सब कुछ रहे,'' जयेश ने जवाब दिया।

''जीवनपुर लौट आ—वापस अपने घर,'' वैद्य ने विनती की, ''तेरा घर-परिवार तेरी प्रतीक्षा कर रहा है।''

''अब यही मेरा घर और यही मेरा परिवार है,'' जयेश ने फ़ैसला सुनाने वाले अन्दाज़ में कहा।

महावैद्य जीवन चन्द्र ने वह विलायती चाय पी जो गोविंद ट्रे में लाया था पर बिस्कुट उन्होंने नहीं छुए। फिर उन्होंने अपने भतीजे से विदा ली।

जयेश अपने चाचा के पैर छूने के लिए झुका। ''शतजीवी भव!'' वैद्य जी ने हाथ उठाकर आशीर्वाद दिया। इसी तरह, ''सौ साल जिओ'' कहने के साथ उन्होंने घट श्राद्ध को ख़ारिज कर दिया। अब उनका चित्त शान्त था।

तिलोत्तमा ने जयेश के चाचा जीवन चन्द्र का आना और वापस जाना अपने कमरे से देखा। इसके लिए उसे तारीफ़ के क़ाबिल समझा जाना चाहिए कि अपने स्वाभाविक कुतूहल के बावजूद वह उनके लौटने तक अपने कमरे से बाहर नहीं निकली। न ही उसने यह पूछा कि क्या बातें हुईं। उसने यह भनक ही नहीं लगने दी कि उसने कुछ देखा है। कुछ चीज़ें अनकही ही पीछे छोड़ देनी चाहिए।

भले ही जीवन चन्द्र अपने भतीजे से मिल अपनी मानसिक शान्ति हासिल कर चुके थे परन्तु भतीजा अपने फ़ैसले पर अडिग था। जीवनपुर वाले मकान के पत्थरों से पटे आँगन से विषाद की छाया हटी नहीं।

कौमुदी काफ़ी दिनों से बीमार चल रही थी। उसके हलके रंग में सुर्खी नज़र आने लगी थी। उसका वजन तेज़ी से घट रहा था और उसने चीज़ों के बारे में फ़िक्र करना बन्द कर दिया था। उसके पति उसकी मौन, गिले-शिकवे रहित मौजूदगी के इस क़दर आदी थे कि उन्होंने इन लक्षणों पर ध्यान ही नहीं दिया। जब सवेरे के वक़्त उसकी खाँसी के दौरों ने उनकी नींद में खलल डालना शुरू किया तभी जाकर उन्हें घातक रोग की गम्भीर दशा का भान हुआ। कौमुदी के रूमाल पर ख़ून के धब्बे देख उन्हें रात को पसीना निकलना और गालों की सुर्खी का भेद भी पता चला। यह यक्ष्मा था, राज यक्ष्मा—अनन्त काल से वैद्यों, चिकित्सकों का प्रतिद्वंद्वी। ब्राह्मणों के आराध्य सोमदेव 'शोष' के पहले रोगी थे। उन्होंने ताड़ के पत्तों पर लिखी पांडुलिपियाँ पलटीं—'माधव निदान' और 'रोग विनिश्चय' का सहारा लिया। उसे हर क़ीमत पर नीरोग करना होगा, बचाना होगा, यह सोचा उन्होंने। उसे वह गँवा नहीं सकते थे। वैद्यजी ने कौमुदी के लिए रस तैयार किए, अश्वगंधा, आम्लकी और अखरोट के रसायन भी।

उनकी पत्नी ने अचानक यह बता उन्हें स्तब्ध कर दिया, ''मैं जर्मन डॉक्टर के पास जाना चाहती हूँ। मैं ज़िन्दा रहना चाहती हूँ। मैं अपने नाती-पोतों को गोद में

खिलाना चाहती हूँ।'' उनके पैरों तले से ज़मीन सरक गई। क्या वह उन पर विश्वास नहीं करती थी? वह उनके पीढ़ी-दर-पीढ़ी संचित ज्ञान को नकार रही थी। क्या ज़माना आ गया है! क्यों सब लोग अपने पुरखों के ज्ञान को नकार रहे हैं?

फिर भी उन्होंने उससे कुछ कहा नहीं। उन्होंने रेवरैंड हैनरी बोडेन के पास सन्देश भिजवाया कि वह डॉक्टर म्युलर से उनकी पत्नी के लिए वक़्त लेने की कृपा करें। डॉक्टर म्युलर ने अल्मोड़ा मिशन हस्पताल की स्थापना में डॉक्टर एमहर्स्ट की मदद की थी। इन दिनों वह कुमाऊँ में एक नए सेनेटोरियम (क्षय रोगाश्रम) की स्थापना के लिए जगह तलाश करने आए थे।

वह उनके पास उस मकान में पहुँचे जो कुष्ठाश्रम के पास उनके लिए किराए पर लिया गया था। डॉक्टर ने कौमुदी की नाड़ी देखी। फिर आला छाती पर रख साँस का परीक्षण किया। कौमुदी के मुख पर घूँघट पड़ा रहा, तब भी वह रेशमी साड़ी के पर्दे के भीतर से सब कुछ सजग, सतर्क हो देखती रही।

डॉक्टर ने उसके पति को सम्बोधित किया, ''भारत में टीबी बहुत ख़तरनाक है। बीमारी की शुरुआत वाले बुख़ार और फेफड़ों के घाव की अनदेखी डॉक्टर और बीमार दोनों के द्वारा की जाती है।'' बोडेन जर्मन डॉक्टर की अंग्रेज़ी का अनुवाद वैद्यजी और उनकी पत्नी के लिए कर रहे थे। जीवन चन्द्र ने आंशिक सहमति में सर हिलाया।

''अलग-अलग नस्लों में बीमारी से लड़ने की अलग-अलग ताक़त होती है। हिन्दुस्तानियों की जगह-जगह थूकने की आदत ने छूत की इस बीमारी को फैलाने में मदद की है,'' म्युलर का बोलना जारी रहा, ''स्थानीय लोगों की शारीरिक कमज़ोरी भी दिक़्क़त पेश करती है।'' उन्होंने अफ़सोस भरी आवाज़ में धीरे-धीरे, सावधानी से बोलते जोड़ा।

''पर आख़िर हमें करना क्या चाहिए?'' वैद्यजी ने सवाल किया। वह जानते थे कि रोग जीत चुका है। प्रश्न मात्र उसके अन्तिम चरण तक पहुँचने की प्रतीक्षा का था। तब भी वह अपनी पत्नी की आशा तोड़ना नहीं चाहते थे। ''हम वही करेंगे जैसा आप कहेंगे,'' उन्होंने कहा।

''इन्हें गेठिया वाले नए सेनेटोरियम में भर्ती करा दें,'' म्युलर ने राय दी, ''कुछ हफ़्तों में ही वहाँ हिन्दुस्तानियों की भर्ती शुरू हो जाएगी। मैं आपकी पत्नी की भर्ती का बन्दोबस्त कर दूँगा। म्यूनिख से आए एक कुशल समर्पित डॉक्टर वहाँ मरीज़ों के इलाज के लिए तैनात हैं। हम इन्हें ठीक कर देंगे।''

''हम आपके परामर्श पर विचार करेंगे,'' वैद्य ने कहा और कौमुदी ने घूँघट के भीतर से बैठे-बैठे सर हिलाया और झुकाया।

घर लौटते वक़्त झंपानी में बैठी कौमुदी के साथ-साथ वह पैदल चलते रहे। पश्चिम की दिशा में आकाश एक भव्य सूर्यास्त से लाल रंगा था। वह ध्यानमग्न, मौन

थे। जब वह ऊँची बेढब सीढ़ियों को पार कर घर के दरवाज़े तक पहुँचे तो उन्होंने हाथ पकड़कर पत्नी को पालकी से उतारा। हाथ पकड़े कौमुदी ने पति की आँखों में झाँका। वह उनमें पीड़ा और पराजय को देख सकती थी।

''मैं गेठिया सेनेटोरियम नहीं जा रही,'' उसने कहा, ''जर्मन डाक्टर जो कह रहा था मैं सुन चुकी। मैं यहीं जीवनपुर में रहूँगी तुम्हारी देखरेख में तब तक, जब तक मुझे घसीटकर तुम से अलग करने वाले यम के दूत नहीं आ पहुँचते।''

इस बीच तिलोत्तमा की पुरानी बेचैनी लौट आई थी। ईडन आश्रम के पुराने बाशिंदे उससे उकताने लगे थे। उसका पढ़ने का नशा उफ़ान पर था। वह नैनीताल की म्युनिसिपल लाइब्रेरी से किताबें लाती या मल्लीताल वाली किताब की दुकान से पुरानी किताबें ख़रीदती रहती। उसकी आँखों की रोशनी अभी बरक़रार थी जबकि जयेश और रोज़मेरी दोनों ही सुनहरे फ्रेम वाले चश्मे पहनने लगे थे। रोज़मेरी की नज़र कमज़ोर होती जा रही थी और उसे कढ़ाई के काम में काफ़ी दिक़्क़त पेश आने लगी थी।

तिलोत्तमा को जो लेखक सबसे अधिक पसन्द आता वह था माइकेल मधुसूदन दत्त। उसका नामकरण इस कवि की बंगाली रचना 'तिलोत्तमा सम्भव' के आधार पर ही किया गया था। वह लेखक के विवादों से घिरे जीवन संघर्ष, धर्मांतरण और उतार-चढ़ाव से प्रभावित थी। वह पुस्तकालय से उसकी कृतियाँ लाती रहती। जैसे, 'मेघनादवध' बंगाली काव्य का 'रत्नावली' नामक अनुवाद, और भड़काने वाले शीर्षक के नाटक, 'बूढ़ी गौरैया की गर्दन के काँटे', 'क्या इसे आप सभ्यता कहते हैं?' आदि। और हाँ, 'बन्दी महिला' जिसकी पुरानी प्रति उसने ख़रीदी थी।

माइकेल मधुसूदन दत्त के बारे में उसके दामाद की राय कुछ फ़र्क़ थी। उसकी समझ में यह लेखक उच्छृंखल चरित्र का था। पर अन्ततः उसने ख़ुद उसी परिचित शत्रु के सामने घुटने टेक दिए। मुझे उस कविता की वे पंक्तियाँ याद हैं जो उन्होंने अपने ईसाई मत में धर्मांतरण के वक़्त लिखी थीं—''जयेश ने हलकी आवाज़ में उन्हें सुनाना आरम्भ किया—

अन्धविश्वास के गहरे अँधेरे में डूबा
पाप के भँवर और शैतान के चंगुल में फँसा
मैं देख नहीं सकता था—
चाहता नहीं था देखना
स्वर्ग का पथ दिखलाने वाले प्रकाश को।
पर अब परमेश्वर की कृपा से
मेरे आसपास सब कुछ उज्ज्वल है

चमक रहे हैं पक्षी मेरे चहुँदिस
मैं श्रद्धानत हूँ
तेरे मन्दिर में!''

''उसे बंगाल का मिल्टन सही कहा जाता था,'' जयेश ने जोड़ा। तिलोत्तमा ने कुछ सोचते हुए एक पंक्ति दोहराई—''क्या मतलब है इन शब्दों का—'चमक रहे हैं पक्षी मेरे चहुँदिस' मुझे कुछ समझ नहीं आया वह ऐसा क्यों कर रहे हैं।'' जयेश ने उत्तर दिया, ''सम्भवत: वह स्वर्ग के पक्षी थे।'' वह अपनी सास का साथ बहुत कम समय तक ही झेल सकता था। तिलोत्तमा दो धर्मों के तुलनात्मक नैतिक मूल्यांकन के बारे में अपनी स्पष्ट राय बता पाने में असमर्थ थी पर वह दामाद के सामने अपने नव अर्जित ज्ञान के प्रदर्शन के लिए उतावली थी। उसने वह कॉपी निकाली जिसमें उसने बंगाल के मिल्टन के बारे में नोट्स लिखे थे—इन अंग्रेज़ों ने कैसा सलूक किया उसके साथ? उसके दफ़न के लिए क़ब्र की जगह तक मुहैया नहीं होने दी! मरने के पहले क्या-क्या मक्कारियाँ उसे नहीं झेलनी पड़ीं। माइकेल बाबू अपना सबक़ बख़ूबी सीख चुके थे जब उन्होंने लिखा—

'यदि हम एक बेज़ुबान जानवर की तरह अँधेरे में विलीन नहीं होना चाहते तो हममें हर एक को अपनी मातृभाषा की सेवा करनी चाहिए। मैं इससे पूरी तरह सहमत हूँ।'

तिलोत्तमा ने नाटकीय मुद्रा में माइकेल मधुसूदन दत्त की क़ब्र के शिलालेख को जाँचना शुरू कर दिया—'ठहरो पल भर पथिक, ठहर सको यदि बांग्ला माँ की संतान की ख़ातिर!' जब तक उसने पढ़ना समाप्त किया तब तक जयेश वहाँ से जा चुका था। देवकी और रोज़मेरी लौट आए। उसने अपने कमरे में पनाह लेना बेहतर समझा।

मादाम कामा द्वारा तिरंगा लहराए जाने ने तिलोत्तमा को भाव-विह्वल कर दिया था। 'वंदे मातरम्!' की आवाज़ उसके कानों में गूँजती रहती। भारत कोकिला सरोजिनी नायडू ने अपना पहला कविता संग्रह 'दि गोल्डन थ्रैशहोल्ड' हाल ही में 1905 में छपवाया था। इसकी कई कविताएँ तिलोत्तमा को कंठस्थ थीं—

कौन सपने हम बोएँगे अब
किन आशाओं की फ़सलें काटेंगे?
नहीं ऐसा कोई बंधन प्रेम का
रोके-टोके जो हमको
या फिर ऐसा हर्ष
बहती हवा की आवाज़
वाणी है हमारी नियति की!

ईडन आश्रम ख़ुद अपने सवाल पैदा कर रहा था। आश्रम सैद्धांतिक रूप से जात-पाँत से मुक्त था परन्तु नस्लवाद की छाया से नहीं। हालाँकि यहाँ के काले, भूरे, गोरे निवासियों के बीच बर्तानवी साम्राज्य के और इलाक़ों की तुलना में कहीं अधिक सद्भाव था।

गाँव की अधिकांश आबादी डोमों तथा अन्य अछूतों की थी। एक दिन रोज़मेरी से मिलने लालगुरु आ पहुँचे। वह लाल लबादा ओढ़े मेहतरों की छितराई बस्तियों में घूमते अपने उपदेशों से उन्हें सांत्वना देते थे। वह थोड़ी-बहुत अंग्रेज़ी बोल सकते थे और तिलोत्तमा ने बड़ी उदारता से उनकी हिन्दी और पहाड़ी का अनुवाद करने का बीड़ा उठा लिया।

लालगुरु ने रोज़मेरी से कहा, ''मैडम, आप निश्चय ही सरग जाएँगी। इसलिए नहीं कि आप ईसाई हैं, इसलिए कि आप मेहतरों के प्रति दया-भाव रखती हैं। ये लोग हमें मेहतर कहते हैं। यह फ़ारसी भाषा का शब्द है जिसका मतलब होता है राजकुमार! हमारी औरतें मेहतरानियाँ कहलाती हैं। यह सम्बोधन उनका तरीक़ा है, साज़िश है हमें बहला-फुसलाकर अपना गन्दा काम करवाने के लिए। ऊँची जातियों का जूठन खिलाने के लिए।

''मेम साहिब आप ज़रूर सरग जाएँगी। वे सब आपके साथ सरग जाएँगे जो भव-बाधा पार कर लेंगे। पर यह याद रखना, रास्ते में तीन नदियाँ पड़ती हैं जिन्हें पार कर ही सच्चे सरग तक पहुँचा जा सकता है। पहली नदी गाय के ख़ून वाली है जो सभी सवर्णों को रोक लेगी। वह सरग के रास्ते में बीच में ही डूब जाएँगे।''

लालगुरु के शब्दों में मन को छूने की ताक़त थी—तब भी यह सुनते तिलोत्तमा का मन अशान्त हो रहा था। उसके भीतर बसा ब्राह्मण इस प्रवचन को धिक्कार रहा था। देवकी बूढ़े की बातें ध्यान से सुन रही थी पर भविष्यवाणियों के प्रति निर्विकार भाव से।

''मेरी बातें ध्यान से सुनो और लिख लो,'' लालगुरु का बयान जारी रहा, ''दूसरी नदी सूअर के ख़ून वाली है जो मुसलमानों को रोक लेगी। तीसरी नदी मल-मूत्र और इनसानों की ज़िन्दगी के कचरे से लबालब होगी। यह सफ़ाई पसन्द यूरोपियनों को, क्रिस्तानों को, पीछे लौटने को मजबूर कर देगी।''

तिलोत्तमा ने अपनी सामर्थ्य भर इसका अनुवाद किया। रोज़मेरी की प्रतिक्रिया शालीन और सौम्य रही, ''हर धर्म के अपने दोष होते हैं जो मनुष्य और समाज की कमज़ोरियों को झलकाते हैं। मैं आपकी आभारी हूँ कि आप अपने ज्ञानी विचारों को हम तक लेकर आए। हम निश्चय ही इन पर सोच-विचार करेंगे।''

फिर वह चाय और बिस्कुट ले आई, और ''ईश्वर आप पर कृपा करे!'' कहते उसने एक चमकदार किनारे वाली अंग्रेज़ी बाइबिल, डॉक्टर कैरी द्वारा अनुवादित पहाड़ी और गढ़वाली बाइबिलों के साथ, लालगुरु को भेंट दी।

‘‘पढ़ना अच्छी बात है। अंग्रेज़ी की पढ़ाई हमें हमारी ज़ुल्मी ग़ुलामी से छुटकारा दिला सकती है,’’ लालगुरु ने कहा।

‘‘मैं आपके स्कूल को आशीर्वाद देता हूँ। ईश्वर करे यह फले-फूले और बहुत सारे लोग यहाँ पढ़ें,’’ कहते हुए लालगुरु ने अपना शाही लाल लबादा लपेटते प्रस्थान किया।

लालगुरु के आश्रम के दौरे का एक लाभ यह हुआ कि आसपास के शिल्पकार गाँवों के बच्चों के झुंड ने आश्रम के स्कूल में दाख़िला लेना शुरू कर दिया। एक नए अध्यापक को नैनीताल से बुलाकर नियुक्त करने की ज़रूरत पड़ गई। बहुत जल्दी एक दूसरा अध्यापक अल्मोड़ा से बुलाना पड़ा।

लालगुरु के दौरे का दूसरा असर यह हुआ कि तिलोत्तमा के लिए अन्तरात्मा का संकट उत्पन्न हो गया। वह लालगुरु के शब्दों को दिमाग़ से नहीं निकाल पा रही थी। भले ही वह दकियानूसी सोच को चुनौती देती रहती थी पर गुरु की वाणी ने उसके ब्राह्मण मर्मस्थल को बेध डाला था। सोते-जागते वह गाय के रक्त से भरी नदी के चित्र देखती थी। अपने प्रदूषण और अपराधबोध से ग्रस्त वह सप्ताह में दो दिन उपवास करने लगी—मंगल और शनिवार को। उसने मिशन स्कूल में पढ़ाना पूरी तरह बन्द कर दिया। पर उसकी यंत्रणा घटने की बजाय बढ़ने लगी। दिन में कई बार स्नान करने पर भी वह अपने को अशुद्ध-प्रदूषित ही महसूस करती।

आख़िर उसने निश्चय किया कि वह अपने पापों के प्रायश्चित्त के लिए बनारस जाएगी। उसने अपने से कहा, ‘इधर-उधर की बात बनाने का कोई लाभ नहीं। मैं एक ब्राह्मण महिला हूँ भले ही मेरा दामाद गोमांस भक्षी बन गया है। मेरे पास अभी भी मौक़ा है, गंगा में डुबकी लगाकर अपने को बचा सकने का!’

उसके फ़ैसले पर किसी ने ज़्यादा एतराज नहीं किया। देवकी अपनी माँ के जाने से उदास हुई पर उसने तिलोत्तमा से पुनर्विचार के लिए नहीं कहा। जयेश अपने स्वभाव के अनुसार उदासीन बना रहा। सिर्फ़ रोज़मेरी ने स्वाभाविक कोमलता के साथ उससे कहा, ‘‘आश्रम में तुम्हारे लिए हमेशा स्थान रहेगा। मैं तुम्हारे लौटने का इन्तज़ार करूँगी।’’ उसे साठवाँ साल लगने वाला था जब वह निर्भीक बूढ़ी बाहर निकल पड़ी। एक नया अभियान शुरू हो रहा था।

अध्याय–17

# यो बाटो, यो बाटो कां जालो ?

'मेरी षष्टिपूर्ति आ रही है, यह जीवन की तीसरी अवस्था होती है, मेरे वानप्रस्थ आश्रम में प्रवेश का वक़्त आ रहा है,' तिलोत्तमा ने अपने आप से कहा।

घर छोड़ने से पहले वह अपनी नातिनों से मिलने गई। इस काम के लिए उसे नैनीताल ले जाने के लिए रोज़मेरी ने एक शानदार झंपानी ख़ास तौर से मँगवाई। वह वसन्त ऋतु का एक सुन्दर दिन था। आलूबुखारे और खुबानी के पेड़ फूलों से लदे थे।

कुमाऊँ में चैत का महीना ऋतु-चक्र में शायद सबसे सुन्दर होता है। चार डोली वाहकों द्वारा सात ताल के ऊपर वाली चढ़ाई पर ले जाते वक़्त झूलती, हिचकोले खाती तिलोत्तमा अपने स्वभाव के प्रतिकूल पुरानी यादों में गोते लगाने लगी। उसे वह यात्रा याद आई जब नववधू के रूप में वह पहली बार नैनीताल से अल्मोड़ा की यात्रा पर निकली थी।

झंपानी ढोने वाले डोटियालों पर भी मौसम का असर था। वे सारे रास्ते गाते रहे—दूर-दराज़ के अपने घर-गाँव के गीत। प्रेम के गीत, प्रार्थना गीत उन स्थानीय देवी-देवताओं को ख़ुश करने के लिए जो पहाड़ों-जंगलों की रक्षा करते हैं :

*यो बाटो, यो बाटो कां जालो ?...देवी को मंदीरा!*

वे दोपहर तक नैनीताल के हिल स्टेशन पहुँचे। आख़िरी मोड़ काटते ही झील उनके सामने थी। हरी, लहराती, नयनाकार। तिलोत्तमा मंत्रमुग्ध हो गई तत्त्वों के शान्त सम्मोहक सामंजस्य से—नीला आकाश, हरे पहाड़ और सुनहरी-हरी झील।

वे फिर चढ़ाई चढ़ने लगे। रामनी कॉन्वेंट की तरफ़। तिलोत्तमा ने बड़ा बाज़ार के उस मकान की एक झलक देखी जहाँ देवीदत्त वकील और उनकी पत्नी सरूली

की सतर्क देखरेख में उसका बचपन बीता था। जाने कितनी ज़िन्दगियाँ बीत चुकी थीं तब से!

कोई दूसरा ही व्यक्ति था जो यह दृश्य देख रहा था। छोटी-छोटी बग़ावतें और फिर अनिच्छा से पीछे हटना। कितना कुछ सीख और भुला चुकी थी वह तब से अब तक।

कॉन्वेंट में आयरलैंड से आई ननों को उसके आने की सूचना थी और वे उसका इन्तज़ार कर रही थीं। इस ज़िद्दी, दबंग, अदम्य उत्साह वाली पहाड़ी महिला ने उनको मोह लिया था। वह अनोखी थी—अपनी तरह की अकेली। वह यीशु की नज़र में गलियारे के सामने वाले प्रतीक्षा कक्ष में बैठी चाय पी रही थी, जब उसकी नातिनें दौड़ती हुई आईं और उसकी छाती से चिपट गईं।

वह उन्हें कॉन्वेंट के अहाते में घुमाने ले गई—घास में रेंगती बीरबहूटियाँ दिखलाने, आसमान में भटकते उन बादलों की कहानी सुनाने जो एक-दूसरे को तलाशते रहते हैं। कॉन्वेंट का नियम तोड़ते उसने हायड्रेंजिया की नीली बैगनी झाड़ियों से फूल का एक छोटा सा गुच्छा तोड़कर अपने कान के पीछे खोंस लिया। नातिनें जानती थीं कि नानी ऐसी जोख़िम भरी हरकतें करती रहती हैं। उनके लिए यह दुस्साहसिक दिलेरी का प्रमाण था जो उन्हें अच्छा लगता था।

रोज़मेरी ने गोविंद को तिलोत्तमा के साथ इस लम्बे सफ़र पर भेजा था। तिलोत्तमा अपनी एक विधवा रिश्तेदार के साथ रामकृष्ण सेवाश्रम के समीप रही। उसने बाबा विश्वनाथ के भव्य मन्दिर के दर्शन किए पर उसके मन में भक्ति भाव नहीं उमड़ा।

'मेरे भगवान इन भव्य इमारतों में नहीं रहते,' उसने अपने आपसे कहा, 'वे तो साधारण स्त्री-पुरुषों के हृदय में निवास करते हैं!'

उसने कुमाऊँनी पंडे से मिलने से इनकार कर दिया और उसके बही खाते में अपनी तीर्थयात्रा को पुरखों के नाम के साथ दर्ज कराने से भी। "तुम क्यों नहीं समझ पाते कि वह सब मैं पीछे छोड़ आई हूँ," वह बोली तो उसकी विधवा रिश्तेदार और उससे प्रभावित होने वाली नई शिष्या दोनों चुपचाप यह सब सुन रही थीं। "तुम एक नदी में दो बार नहीं पैर रख सकते हो—सब बहती गंगा है," कहकर उसने अपनी बात ख़त्म की।

बनारस। पवित्र बनारस। तिलोत्तमा इस अनादि-अनंत नगर के घाट की सीढ़ियों पर बैठी है। गंगा का पानी उसके पैरों को धोता लहराता बहता जा रहा है। यहाँ तक पहुँचाने वाली यात्रा काफ़ी लम्बी रही है पर यहाँ तीर्थ यात्रियों की भीड़ में, उनकी

धक्का-मुक्की में उसका चित्त शान्त है। कम-से-कम इस पल। पानी की आवाज़ उसके कानों में है। वह घंटियाँ सुन सकती है, कीर्तन के कुछ शब्द और जलती चिताओं के पास से दाह-संस्कार का गम्भीर मंत्रोच्चारण—'राम नाम सत्य है।'

संध्या की आरती का समय हो गया है। घंटियाँ टनटना रही हैं, शंखों का शोर है। वातावरण में धूपबत्ती की सुगंध व्याप्त है। तिलोत्तमा अस्सी घाट पर बैठी अपने आसपास की ध्वनियों को, गंध को सोख रही है। उसका कुतूहल पहले जैसा अदम्य है, जिजीविषा भी।

कुमाऊँ के पहाड़ों में देवकी ताल के पास बैठी है जिसके चारों तरफ़ के ऊँचे पेड़ों की छाया गहरा रही है। रोज़मेरी चुपचाप उसके पास आकर हरे रंग वाली उस बेंच पर बैठ जाती है जिसे विलियम आओ ने उसके लिए गरुड़ के पेड़ की लकड़ी से बनाया था। दोनों सुखद चुप्पी को बरक़रार रख बैठे रहते हैं। एक पहाड़ी पक्षी पुकारता आसमान में उड़ जाता है। हिमालयी बयार उनके बालों को सहलाती है वैसे, जैसे बोडेन दादी सहलाती थीं और जैसे तिलोत्तमा ने कभी नहीं सहलाया।

जब पंछी अपने घोंसलों में चले गए तब ये दोनों औरतें भी ईडन आश्रम लौट गईं जहाँ जयेश बरामदे में बैठा उनकी प्रतीक्षा कर रहा था।

~

जब नई सदी का पहला दशक समाप्त हो रहा था सब कुछ अद्‌भुत और विचित्र लगने लगा था। बिजली के बल्ब और रेडियो। बिना घोड़ों के गाड़ियाँ यानी मोटरकार और हवाई जहाज़। कुछ लोगों को लग रहा था कि एक नया साहसी संसार जन्म ले रहा है। भारत में अंग्रेज़ों ने रेल की पटरियों का दुनिया में तीसरा सबसे बड़ा जाल बिछा दिया था। जूट उद्योग पनप रहा था, कपड़े और चाय का उत्पादन बढ़ रहा था। साम्राज्य का सूर्य आसमान में चमक रहा था। किसी को मध्यवर्ग के असन्तोष या बीच-बीच में पड़ने वाले अकालों की सुध लेने की फ़ुर्सत न थी। किसी को ख़बर न थी कि यह बदलाव किस ओर ले जाएगा परन्तु माहौल रोमांचक था। उत्तेजना से भरा।

बनारस में तिलोत्तमा अपने इर्द-गिर्द की परम आह्लादकारी धार्मिकता से उकताने लगी थी। यह शहर संगीत और नृत्य की नगरी भी था, मुशायरों और मुजरों की महफ़िल सजाने वाला। पर इस दुनिया में उसकी पहुँच न थी। उसे मिठाइयों और नमकीनों का चस्का लग गया था, लत-सी पड़ गई थी, उनकी ख़ासकर उन पेड़ों और ठंडाई की जो गली में मिलते थे। सफ़ेद कपड़े पहने चेलों तथा गेरुआ चोले धारण किए साधुओं के झुंड, घरों की चहारदीवारी से बाहर गूँजते बाँसुरी के स्वर और हवा में सुगंध के साथ कचरे की बदबू उसे थकाने लगी थी। वह सीढ़ी वाले घाट पर बैठी चिताओं से उठता धुआँ देखती, महान गंगा को निहारती अपने उच्छ्‌वास

के साथ नदी को अपने भीतर सोखती, और पानी पर उतराती नावों तथा बजरों को देखती। जल प्रवाह कभी थमता नहीं था। किन्तु उसे पहाड़ बुलाने लगे थे। वह सपनों में चीड़ की नम लकड़ी की गंध सूँघती, बैगनी आकाश और गर्मियों में अँधेरी पहाड़ी रातों को उजियारा करने वाले जुगनुओं को देखती।

एक दिन उसने आसमान में पीली चील को ऊँचे मँडराते देखा। अपने विचित्र स्वभाव के अनुरूप उसने इसे हिमालय की छाया में अपने घर वापस लौटने का शकुन-संकेत मान लिया। अल्मोड़ा नहीं और पन्ना ताल की तलैया में तो क़तई नहीं, उसने फ़ैसला किया। उसने अल्मोड़ा वाला अपना घर बेचकर नैनीताल में रहने का फ़ैसला किया।

तिलोत्तमा ने तल्ली ताल में झील के दूसरी तरफ़ अयारपाटा पहाड़ी की ओर एक मकान किराए पर लिया। यह जगह मिशन स्कूल के बोट हाउस से ऊपर थी जहाँ से वह स्थान नज़र आता था जहाँ उसके बचपन में चाचा बद्रीदत्त उप्रेती को फाँसी पर लटकाया गया था। 'मेरे चाचा को फाँसी पर लटका कर नहीं मारा गया—वह शहीद हुए थे!' वह अपने आपसे कहती, 'और वह सिपाहियों की बग़ावत नहीं थी। इन अत्याचारी गोरों की ग़ुलामी से छुटकारा दिलाने के लिए आज़ादी की पहली लड़ाई थी।'

अल्मोड़ा वाले दिनों में तिलोत्तमा को एकान्त की आदत पड़ गई थी। अकेले सोचने-विचारने, मनन-चिन्तन, ध्यान की। अब उसके पास इसके लिए समय था। उसकी राजनैतिक चेतना अख़बारों को पढ़ने से निरन्तर बढ़ रही थी। कुछ का सालाना चन्दा उसने दे रखा था पर ज़्यादातर म्युनिसिपल लाइब्रेरी में सुलभ थे। 1910 के दमनकारी प्रेस एक्ट के बावजूद लोग अपनी ज़ुबान खोल रहे थे, अपने विचार प्रकट कर रहे थे।

वह श्री अरविंदो द्वारा सम्पादित 'वंदे मातरम्' वह मनोयोग से पढ़ती थी। इसके बाद नम्बर आता था 'अल्मोड़ा अख़बार' का। श्री अरविंदो के विरुद्ध दायर देशद्रोह के मुक़दमे ने उसे रोष से भर दिया। उसके विपुल वक्षस्थल में राष्ट्र प्रेम का ज्वार उफन रहा था हालाँकि उसके दिमाग़ में अभी भी नरम दल और गरम दल वाले देश प्रेमियों के विचारों की रस्साकशी चलती रहती थी। वह गोपालकृष्ण गोखले की सराहना करती थी परन्तु बाल गंगाधर तिलक ने उसे सम्मोहित कर लिया था। मंडाले में निर्वासित बन्दी तिलक को भावावेश भरा एक पोस्टकार्ड लिख तिलोत्तमा ने डाक में डाला था। ऐसा ही ख़त उसने श्री अरविंदो को भी भेजा था।

कभी-कभार जब वह ईडन आश्रम जाती तो देवकी और जयेश से इन विषयों

पर बात करने की कोशिश करती। वह जगह इन तमाम हलचलों से अछूती थी। पर उनकी कोई दिलचस्पी उसकी बातों में नहीं थी या वे उसे समझना ही नहीं चाहते थे। राष्ट्रप्रेम की पीड़ा व उसके घावों और आक्रोश से ये लोग बेख़बर थे। खाई गहराती जा रही थी।

जुड़वाँ बच्चियाँ सिर्फ़ अंग्रेज़ी बोलती थीं। उन्हें हिन्दी और पहाड़ी बोलने की मनाही थी। कभी-कभार किसी मजबूरी में ही इसकी इजाज़त थी। तिलोत्तमा उन्हें स्वदेशी आन्दोलन के बारे में बताने की कोशिश करती पर वे बहुत जल्दी ऊबकर कहीं और लुकाछिपी खेलने निकल पड़तीं। तिलोत्तमा उन्हें स्नेह से देखती पर वे जानती थीं कि उनकी दुनिया अलग है। वे चक्राकार घूम रही कहानी का एक अलग हिस्सा हैं।

मानसून उस साल वक़्त से पहले पहुँच गया। तिलोत्तमा आश्रम में अपने घायल पैर की तीमारदारी कर रही थी। कुहासा बरामदे से होता कमरों के भीतर घुस आता। टीन की छत पर लगातार बारिश की आवाज़ उनकी बातचीत में विराम चिह्न लगाती, उन्हें सांत्वना भी देती। इसी साल गर्मियों में अमेरिका से डाक में एक उपहारों का पार्सल पहुँचा था। जब रोज़मेरी इसे खोल रही थी, एक चित्र बाहर गिर पड़ा। यह ग्लोरिया थी जो सिगरेट पी रही थी! अपनी घसीट मार लिखावट में उसने एक पंक्ति लिखी थी—'मेरी सबसे प्यारी रोज़—यह मैं हूँ शिकागो में, आज़ादी की मशाल का दम लगाती!'

इस पिटारे में किताबें थीं, विलायती मिठाइयाँ और एक रंगीन चित्र पहेली। किताब थी लुइसा मे एल्कॉट की 'लिटिल विमेन' और पहेली में ग़ुस्सैल रेड इंडियन घोड़ागाड़ी को कुल्हाड़ी घुमाते ज़बरन खींचकर ले जा रहे थे। 'लिटल विमेन' ने रोज़मेरी को मोह लिया। यह चार लड़कियों की कहानी थी जिनमें वह अपने को बेथ के सबसे क़रीब महसूस करती थी, भले ही चारों उसे जानी-पहचानी लगती थीं। पर मन-ही-मन वह सराहना करती थी लड़कों के अन्दाज़ में बिन्दास आचरण करने वाली मार्च का जिसने आख़िरकार प्रोफ़ेसर बहेर से विवाह किया। रोज़मेरी की आँखों में आभार और ख़ुशी के आँसू छलछलाने लगे।

शाम को बड़े लोग इकट्ठे बैठते, बारिश की आवाज़ सुनते और उस चित्र पहेली को सुलझाते जो फिप्स ने भेजी थी। तिलोत्तमा को रेड इंडियन कुतूहल से भर देते थे। रोज़मेरी ने उसे समझाया कि वही अमेरिका के आदिवासी मूल निवासी थे। पर तिलोत्तमा यह बात मानने को तैयार नहीं थी।

''इंडियन हम हिन्दुस्तानी हैं, तुम या कोई दूसरा नहीं! और रंगीन पंखों से सजे-धजे लोग तो कहीं से भी इंडियन नहीं नज़र आते,'' वह ज़ोर देकर कहती। रोज़मेरी जवाब देती, ''मैं भी अपने को हिन्दुस्तानी समझती हूँ, अपनी तरह से,'' पर तिलोत्तमा ऐसी बात पर कोई ध्यान नहीं देती।

वह रातों को सो नहीं पाती थी। उसी कमरे का साझा करने वाली देवकी उसका रातभर करवटें बदलना सुन सकती थी। सवेरे के पहले जब बाँज के पेड़ पर उल्लू बोलते या नन्ही चिड़ियाओं की चहचहाट का संगीत शुरू होता तभी कुछ देर के लिए उसकी आँख लगती थी। कभी तिलोत्तमा को लगता वह काली चिड़िया की तरह धरती के पलटने का इन्तज़ार कर रही है।

दिनभर उसे थकान लगी रहती। हरारत सी महसूस होती। उसके पैर दुखते रहते। उसका मन अब ईडन आश्रम में नहीं रम रहा था। उसने संकल्प लिया—अब मैं यहाँ नहीं लौटूँगी! अगर ये लोग चाहें तो नैनीताल आ सकते हैं—तारा, सारा और बाक़ी सब लोग। मैं अब ऊपर-नीचे भागदौड़ करने वाली नहीं।

तिलोत्तमा पाषाण देवी मन्दिर के पास ताल के किनारे एक सिलाप वाली चट्टान पर बैठी थी। चट्टान पर उकेरी देवी की सख़्त मुखाकृति पर ताज़ा सिन्दूर लगा था। उसके इर्द-गिर्द घिरते कुहासे ने नैनीताल को ढक लिया था। आसमान, ज़मीन, ताल का पानी सभी तैरते बादल जैसे समरस हो गए थे। उसे लगा वह कालातीत अतीत में प्रवेश कर चुकी है। उसे अपनी माँ का ख़याल आया जिसने बड़े बाज़ार वाले मकान की दीवारों को ख़ूबसूरत रंगीन चित्रों से भर दिया था और जो ग़ुस्से से भरी इसी ताल में डूब गई थी। उसे एहसास हुआ कि उसकी पानी भरे फेफड़ों वाली माँ उसे ताल के पानी से बाहर निकलता देख रही है। क्या वह जीवित रहने की इच्छा से किनारे की तरफ़ लौटने का संघर्ष करती थक गई थी?

उसने अपने आप से सख़्ती से कहा, 'अतीत को पीछे छोड़ो! सिर्फ़ आगे देखो भविष्य की ओर!'

उसने एक बैगनी पत्थर उठाया और उसकी चिकनाहट को सराहते हुए सहलाकर अपने पीछे फेंक दिया बिना यह देखने की कोशिश किए कि वह कहाँ जाकर पानी में गिरा। उसने सिर्फ़ उसके पानी में गिरने की आवाज़ सुनी। 'छपाक' की आवाज़ से उसके चेहरे पर मुस्कान खेल गई।

'पीछे पलटकर मत देख तिल्ली,' उसने अपने आप से कहा, 'आगे नज़र रख कि क्या कुछ होना है अभी। जो पीछे छोड़ आई है उसकी फ़िकर न कर।'

कुहासा उसके शरीर से लिपटकर उसे अपनी आग़ोश में ले रहा था। ताल के दूसरे छोर से अजान की आवाज़ सुनाई दे रही थी। मन्दिर की घंटियों की गूँज भी। ये आवाज़ें कुहासे की वजह से मंद लग रही थीं। उसने भविष्य के बारे में नहीं एक दूसरे युग के बारे में सोचना शुरू किया। एक अन्य काल जब शिव प्रेम और शोक से व्याकुल सती का शव कन्धे पर लादे कई दिन, मास, वर्ष भटकते रहे थे। तब तक

जब तक विष्णु ने अपने सुदर्शन-चक्र से सती के शरीर के टुकड़े-टुकड़े कर इस भार से उन्हें मुक्त नहीं कर दिया। विभिन्न अंग अन्तिम विश्राम के लिए धरती पर गिरते रहे। यहाँ इस जगह सती के नयन गिरे थे। इसीलिए झील का यह नाम पड़ा था।

सती की आँखें, नयना देवी की आँखें, क्या उस वक़्त भी खुली थीं जब वे यहाँ गिरीं? क्या वे पानी की तरह हरी थीं? या आसमान की तरह नीली? या कुहासे की तरह सलेटी? और उसकी माँ की आँखें—जो कुछ नहीं देख सकती थीं—जब वह मृत्यु के हरे अँधेरे मार्ग का अनुसरण कर रही थीं?

क्षण भर के लिए कुहासा हटा और वह ताल और आसमान को उनके शाश्वत रूप में देख सकी।

~

चित्र की पृष्ठभूमि में नीला आकाश—रुई के फाहे जैसे बादलों के कुछ धब्बे वाला। हरी पहाड़ियों का घेरा जिन पर बाँज और देवदार के जंगल थे। हरी झील में इनके अक्स। सामने संगमरमर का एक स्तम्भ जिस पर अनार का फल तोड़कर रखा गया था। चमकती आँखों वाला हिमालय का एक पंछी अनारदानों को ख़ुशी-ख़ुशी चख रहा है।

झील के पथरीले तट पर एक तरफ़ चट्टान है। एक औरत वहाँ खड़ी है। उसकी आँखें सीधे दर्शक की नज़र से नज़र मिला रही हैं। उसके बाल सीने पर बिखरे हैं जिनके पीछे वक्षस्थल का आभास होता है। एड़ियों के पास पानी की लहरों की झलक मिल रही है।

देवकी ने अपने मन की आँखों से इस कैनवस के चप्पे-चप्पे को निरख उसकी हर बारीक़-से-बारीक़ रेखा को याद कर लिया है। यह उसे अतीत के साथ जोड़ने वाली कड़ी है। वर्तमान में उसका लंगर है। यह वह सौग़ात है जो वह भविष्य के लिए छोड़ जाएगी।

✪✪✪

# राग पहाड़ी

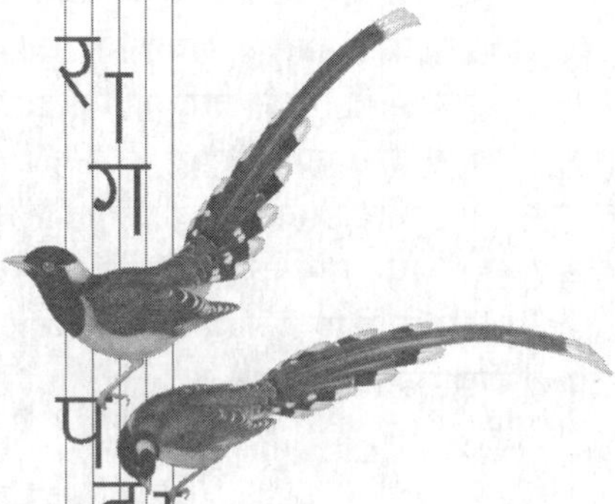

## बारहमासा

*बेड़ु[1] पाको बारामासा, ओ नरैनी काफल[2] पाको चैता, मेरी छैला**

बेड़ू का फल पकता बारह मास नरैण*,
पर काफल फलता सिर्फ़ बसंत के चैत्र मास में

*तेरा खुटा, काना बूड़ो, ओहो मेरा खुटा पीड़ा, मेरी छैला*

चुभता काँटा तेरे पैर, पिराते तब भी मेरे पैर, मेरी छैला!

*रूना बूना, दिन आयो, ओ नरैन पुजा मेरी मैता, मेरी छैला*

बेचैन बनाने वाले उदास दिन लौट आए—ओ नरैण!
पहुँचा दे मायके मुझको—
...मेरी छैला!

---

1. अंजीर जैसा एक पहाड़ी फल
2. फालसे के रंग वाली खट्टी-मीठी रसीली बेरी

* 'नरैण' तथा 'छैला' नायक-नायिका को सम्बोधित शब्द हैं जिनका प्रयोग कुमाऊँनी लोकगीतों में लय-छंद के प्रवाह को अबाध रखने के लिए किया जाता है।

# आभार

इस उपन्यास की रचना स्मृतियों पर आधारित है—व्यक्तिगत संस्मरण, पारिवारिक गाथाएँ और बरस-दर-बरस पढ़ी पुस्तकों की सामग्री की यादें। कभी-कभार ऐतिहासिक तिथिक्रम का निर्वाह पूरी तरह नहीं किया गया है और काल-प्रवाह को संकुचित कर सार-संक्षेप कर दिया गया है।

मुझे यह पुस्तक लिखने की सबसे अधिक प्रेरणा अपने दिवंगत परदादा बद्री दत्त पांडे द्वारा 1932 में रचित *कुमाऊँ का इतिहास* से मिली है। एडविन थॉमस एटकिंसन ने अपने सराहनीय अथक प्रयासों से अनेक खंडों वाले द *हिमालयन गज़ेटियर* में जो सामग्री संकलित की वह भी एक बहुमूल्य स्रोत साबित हुई। पिलग्रिम (पी. बैरन) की *नोट्स ऑफ वौनडरिंग इन दि हिमाला* और मार्टिन बूथ की लिखी *कारपेट साहिब : ए लाइफ ऑफ़ जिम कौर्बेट,* ई शर्मन ओकले की *होली हिमालया,* जेम्स कैनेडी की *लाइफ एंड वर्क इन बनारस* ने इस कालखंड को मेरे लिए सजीव बनाया। मुझे जे.पी. मिल्स की लिखी द *आओ नागा,* जे.एच. हटन की द *अंगामी नागा* पढ़ने में बड़ा आनन्द आया।

उन सभी लोगों का साभार सस्नेह स्मरण जिन्होंने इस लम्बी मनमौजी मचलती इधर-उधर भटकती यात्रा में साथ दिया : डेविड डेविडार, रवि सिंह, लॉर्ड मेघनाद देसाई, सोमक घोषाल, अनीशा लालवानी और अन्त में रजनी जॉर्ज जिसका धैर्य और सहज नैसर्गिक सूक्ष्म सम्पादन-कौशल असाधारण और बेमिसाल हैं।

# यह किताब

मैं नैनीताल में बड़ी हुई और वह मेरा अभिन्न हिस्सा है, मेरी साहित्यिक कल्पना का केन्द्र, बचपन का दृश्यालेख। हमारे घर के बाहर देवदार के जो ऊँचे-ऊँचे पेड़ खड़े थे वह *दि बुक ऑफ़ शैडॉज़* में जीते-जागते पात्र बनकर लौट आए। पारिवारिक इतिहास के अनेक उदास चरित्र *ए हिमालयन लव स्टोरी* में प्रकट हुए और हिमालयी उपन्यासों की त्रिवेणी शृंखला में *थिंग्स टू लीव बिहाइंड* में कथानक कुमाऊँ की 1840 से 1912 के बीच की ज़िन्दगी के इर्द-गिर्द घूमता है।

इस पुस्तक का पहला लोकार्पण मेरे अपने क़स्बे के प्यारे माहौल में हुआ।

मैं यही चाहती थी—शरद ऋतु की चमकदार धूप, नीचे कहीं ताल में झिलमिलाती लहरें और गहरे नीले आकाश की पृष्ठभूमि में चीनापीक पहाड़ी की छाया। फिर हम लोगों ने इन्तज़ार किया ढलती धूप में साये के लम्बे होने का और नैना देवी के मन्दिर की घंटियों के बजने का। रात ढली, अँधेरा घिर आया और मेरे साथी लेखक आग की तेज लपटों के आस-पास घेरा डाल बैठ गए, ख़ुशी के दोस्ताना लम्हे बिताने के लिए। क्या फ़र्क़ पड़ता है कि आज का नैनीताल भीड़-भड़क्के वाला धूल-गर्द से भरा पर्यटकों की नगरी बन गया है, जिसका मेरे बचपन के साफ़-सुथरे हिल स्टेशन से दूर का भी रिश्ता नहीं महसूस होता। लेकिन कुछ चीज़ें होती हैं जो कभी नहीं बदलतीं। दिल और दिमाग़ यादों में उन्हें वैसे ही सँजोये रखना चाहते हैं। नैनीताल का हर कोना स्मृतियों के इस मानचित्र में गहरे उकेरा हुआ है। वह आज के शहरी नैनीताल के दुःस्वप्न से ज़रा भी मेल भले न खाता हो, मगर स्मृतियों के स्वप्निल संसार में जस का तस

वैसे ही है जैसे कभी था या शायद कभी नहीं रहा।

कुमाऊँ पर केन्द्रित मेरी चार पुस्तकों ने इस दृश्यालेख का चित्रण किया है, कंकड़-दर-कंकड़। नैनीताल और अल्मोड़ा का उल्लेख *माउंटेन इकोज़* में बार-बार होता है, ख़ास अहमियत के साथ। इस किताब में पिछली सदी की चार कुमाऊँनी महिलाओं के संस्मरण संकलित हैं। *अ हिमालयन लव स्टोरी* असफल प्रेम की कहानी है जिसमें पश्चात्ताप का स्वर प्रमुख है—नायक अपने क़स्बे में लौटता है खोये समय की तलाश में। *दि बुक ऑफ़ शैडॉज़* का कथादेश, नंदा देवी की चमकीली बर्फ़ से ढकी चोटी के आगोश में रानीखेत है और *थिंग्स टू लीव बिहाइंड* यानी *राग पहाड़ी* नैनीताल, अल्मोड़ा और कुमाऊँ के झीलों वाले इलाक़े के बीच यात्राएँ करता है।

यह किताब एक कोशिश है—खोजने की और घर वापसी की चाहे मैं दुनिया में कहीं भी हूँ। देवदार की छाया मेरे दिमाग़ को तमाम यात्राओं के दौरान पनाह देती है—वह भूटान का अनिर्वचनीय सौन्दर्य हो या बुल्डर कोलोराडो में संतरी की तरह रॉकीज़ और फ्लैटीरॉन्स की भव्य मौजूदगी—मेरा मन कुमाऊँ की वृक्षविहीन सीढ़ीदार पहाड़ियों के लिए तरसता रहता है।

यह सिर्फ़ प्राकृतिक दृश्य नहीं; खाना, संगीत, वास्तुकला सब कुछ गहरी जड़ों वाली इन स्मृतियों का हिस्सा है। सबसे पहले पौष्टिक पहाड़ी खाना, जिसमें कुछ भी असाधारण नहीं। चीनी की चाशनी में लिपटे खसखस के छोटे-छोटे दानों की चादर-सी ओढ़े बाल मिठाई या फिर सुवासित पत्ते के बीड़े में ताज़ा खोये की सिंगौड़ी। खान-पान का इतिहासकार मेरा ममेरा भाई पुष्पेश— *राग पहाड़ी* का अनुवादक—इन खोज यात्राओं में लगातार मेरा सहयात्री रहा है और पहाड़ी व्यंजनों को बनाने, खाने-खिलाने की साज़िशों का साथी।

संगीत के स्वर पहाड़ों में कुछ फ़र्क़ से सुनाई देते हैं। वह चोटियों में गूँजते और पलटकर लौटते हैं—कभी उल्लास में कभी मुरली या बंशी की उदास उच्छ्वास लिये। हुड़के की उत्तेजक थाप, ढोलक की थिरकती ताल, हवा की फुसफुसाहट, पत्तियों की सरसराहट—यही तो हैं राग पहाड़ी के स्वर। यह सब उस पहाड़ के संगीत का हिस्सा हैं जिसे मैं घर कहती हूँ।

और चिड़ियों का संगीत : घुघूती का विलाप, पहाड़ी कौवे की कर्कश काँव-काँव जो सामगान की तरह भोर का स्वागत करती है।

फिर आकाश : दिन में झुलसाने वाला नीला, वर्षा ऋतु में सलेटी

कुहासा और गहरी धुंध जब आसमान धरती को छूने के लिए मचलता है, काली रात में झिलमिलाते अनगिनत तारे, ध्रुव सप्तर्षि मंडल और आकाशगंगा। यह सब चीज़ें आज भी वहाँ है—कुमाऊँ में।

और घर : भूल जाइए कंक्रीट की उन बीभत्स इमारतों को जिन्हें नगरपालिका ने बढ़ावा दिया है, उन घरों को जो पहाड़ों में ग्रेटर कैलाश-2 बसाना चाहते हैं और लौटिए उस स्थानीय स्थापत्य की तरफ़ जिसमें पारम्परिक घर बनाए जाते थे। ऊँची दहलीज़ और लम्बी शहतीर वाले पत्थरों से पटी छत, नक्काशीदार लकड़ी के दरवाज़े और खम्भे जिन्होंने बदलते समय और नसीब के उतार-चढ़ाव को बख़ूबी झेला है।

और राज के बँगले : प्रिमरोज़ सरीखे जहाँ मैं बड़ी हुई, जिसके अतीत को कुछ लम्हों के लिए पुनर्जीवित करने का प्रयास *राग पहाड़ी* में किया गया है।

मेरा उपन्यास ताल की देवी नैना देवी और चट्टान की देवी पाषाण देवी को समर्पित है जो एक साथ इस प्राचीन त्रि-ऋषि सरोवर की रक्षा करती हैं।

रुडयार्ड किपलिंग ने लिखा है—गीली लकड़ियों के नम धुएँ की गंध...गीली काई और सड़ते चीड़ के बीजों की गंध, यही तो हिमालय के शरीर की गंध है। और जिस किसी के ख़ून में यह एक बार रेंगकर घुस जाती है वह फिर अन्ततः यहीं लौटता है, पहाड़ में देहान्त के लिए—

कुमाऊँ और बहुत पहले के नैनीताल के दृश्य, वहाँ की आवाज़ें और गंध हमेशा मेरे साथ रहते हैं—सपनों में सोते-जागते यथार्थ में और इन सबके बीच वाली जगह।

नई दिल्ली, 2018

**—नमिता गोखले**